QUENTIN PECK

Minus 22 Grad

QUENTIN PECK

MINUS 22 GRAD

PSYCHOTHRILLER

blanvalet

Der Verlag behält sich die Verwertung des urheberrechtlich geschützten Inhalts dieses Werkes für Zwecke des Text- und Data-Minings nach § 44b UrhG ausdrücklich vor. Jegliche unbefugte Nutzung ist hiermit ausgeschlossen.

Penguin Random House Verlagsgruppe FSC® N001967

2. Auflage
Copyright © 2024 by Blanvalet
in der Penguin Random House Verlagsgruppe GmbH,
Neumarkter Straße 28, 81673 München
produktsicherheit@penguinrandomhouse.de
(Vorstehende Angaben sind zugleich
Pflichtinformationen nach GPSR)

Dieses Werk wurde vermittelt
durch die Literarische Agentur Thomas Schlück GmbH, 30161 Hannover.
Redaktion: Regine Weisbrod
Umschlaggestaltung und – motiv: Guter Punkt, München
unter Verwendung von Motiven von Getty Images Plus (© Evgeniy Ivanov;
© mycteria; © betyarlaca)
BSt · Herstellung: mar
Gesamtherstellung: GGP Media GmbH, Pößneck
Printed in Germany
ISBN 978-3-7341-1262-1
www.blanvalet.de

Wenn eine Katze eine Maus fängt, schlägt sie ihr die Zähne in den Nacken und wirft sie hin und her. Doch es ist kein sadistischer Akt, kein blinder Spieltrieb, der sie dazu veranlasst. Der Körper der Maus wird so besser durchblutet. Die Panik lässt ihr Herz schneller schlagen, lässt es wie wild pulsieren.

Und die Beute gewinnt an Geschmack.

KAPITEL 1

Sie liebte den Schmerz. Die Muskelfasern in ihren Oberschenkeln überdehnten sich, standen kurz vor dem Reißen. Ihre Waden pochten. In den Fingerspitzen begann ein Kribbeln, das die Arme emporkroch wie eine warme Welle. So fühlte sich das Lebendige an, nur so und niemals anders.

Laura trat in die Pedale, die Reifen ihres Trekkingrads knirschten im frisch gefallenen Schnee. Die Frontlampe warf ihr Licht auf die Straße, nur an einigen Stellen schimmerte noch der Asphalt durch die weiße Decke.

Die Digitalziffern ihrer Smartwatch blinkten am Handgelenk. Lauras Puls lag bei einhundertneunzig. Steigend. *Schneller. Noch schneller.* Sie verlagerte ihre Kraft in die Beine, und ihr Herz hörte mit, als wollte es sich den schnelleren Trittfolgen anpassen. Einhundertdreiundneunzig. *Weiter. Komm.*

Die Talsperre mit ihrer Mauer aus Beton lag wie ein schlafendes graues Ungetüm in der Dunkelheit, bestrahlt nur vom halben Mond. Atem entstieg Lauras Mund, die Schwaden zerfächerten in der Luft. Ihre Lippen waren aufgesprungen. Die fingerlosen Handschuhe ließen die Eiseskälte des Novembers zu, an den Händen, auf der Haut.

Dreimal die Woche schwang sie sich aufs Rad und hörte auf ihre schreienden Muskeln. Die Zeit kurz vor Mitternacht war ihre. Laura schwitzte, und sie fror. Sie nahm bewusst wahr, wie ihre Gedanken leichter wurden, sich ihre Sorgen und Probleme mit jeder rotierenden Bewegung der Pedale auflösten.

Hier draußen in der Kälte gab es keinen Professor, der sie mit väterlicher Fürsorge umwarb und sie doch nur in sein vorgewärmtes Bett locken wollte. Zwischen Fichten und Schnee gab es keinen Platz für ihre Freundin Marie, die Lauras Studium der zeitgenössischen Fotokunst als Fantasterei einer ewig Pubertierenden abtat. *Fotos kann doch heute jedes Kleinkind mit dem Handy machen. Dafür brauchst du kein Studium.* Harmlose Sticheleien unter Freundinnen. Doch obwohl Marie über zweihundert Kilometer entfernt in einem modernisierten Bauernhaus lebte, hatten sich ihre Worte in Lauras Kopf eingenistet. Von dort streuten sie ihre Zweifel mit Heimtücke immer dann, wenn eine Prüfung anstand.

Hier draußen gab es nichts von alldem – keinen Professor, keine Marie, keine geflüsterten Worte. Nur sie und ihr Rad inmitten der befreienden Kälte.

Die mächtigen Steilufer zogen an Laura vorüber. Die sechzig Meter hohen Fichten neigten sich im Wind, Schnee rieselte von den Kronen und berührte Lauras Stirn. Die Landschaft erinnerte sie an norwegische Fjorde, die sie als kleines Mädchen mit ihren Eltern so oft besucht hatte.

Da trug der Wind ein tiefes Grollen an ihre Ohren. Ein Auto, sein Motor tönte in der Ferne. Laura blickte über die Schulter. Die Bänder ihrer Kapuze flatterten vor ihrem Gesicht, mit einer Hand bändigte sie die Strippen.

Ein dunkler SUV fuhr über die verschneite Straße. Die Strahlen seiner Scheinwerfer folgten dem geschlängelten Verlauf der Fahrbahn. Vielleicht fünfzig Meter – mehr Distanz lag nicht zwischen Laura und dem Auto. Um diese Uhrzeit und vor allem bei diesem Wetter mieden die Menschen aus Saalburg die Straße mit ihren gefährlichen Windungen. Wer auch immer hinter dem Lenkrad saß, ganz sicher verfluchte er die Nacht mit ihrem Schneetreiben.

Laura konzentrierte sich wieder auf die Straße. Die Pedale

knackten, die Kette surrte. Schneeflocken schmolzen auf ihren Lippen. Der Nacken war müde, die Hände taub. Noch fünfundzwanzig Minuten, dann würde sie den Kopf in ihre Kissen pressen, den Docht ihrer Duftkerze entflammen und bei den Gerüchen von Leder und Vanille langsam wegdämmern. In einer Viertelstunde begann der Sonnabend, sie würde ihn mit zehn Stunden Schlaf feiern. Mindestens. Das hatte sie sich nach dieser harten Woche an der Uni verdient.

Laura tippte den Kippschalter am Lenker mit dem Daumen an, die Kette reagierte sofort mit einer höheren Übersetzung. In zweihundert Metern wurde die Fahrbahn abschüssig, bis dahin wollte sie ordentlich Geschwindigkeit aufbauen.

Sie beugte den Oberkörper tiefer nach unten, umklammerte mit beiden Händen die Griffe des Lenkers, bis ihre Knöchel schmerzten. Ihre Muskeln wussten, was Laura von ihnen erwartete, und sie gaben es ihr. Da blitzten die Reflektoren an ihrem Vorderrad wie rote Kristalle auf. Im Scheinwerferlicht des SUV wirkte der fallende Schnee vor ihr wie eine weiße Wand. Das Brummen des Motors war nun ganz nah. Viel zu nah.

Wieder warf Laura einen Blick über die Schulter. Nur zwei Meter trennten sie von der Haube des Wagens. *Was soll das*, formte sie stumm die Worte und deutete mit der flachen Hand einen Schlag gegen die Stirn an. Als Antwort heulte nur der Motor des SUV auf.

Hinter der Frontscheibe zeichneten sich die Konturen des Fahrers ab. Seine tief in die Stirn gezogene Basecap und der aufrechte Stehkragen seiner Jacke verrieten nichts über die Gesichtszüge – keine zusammengekniffenen Lippen, kein Stirnrunzeln –, in den schwarzen Umrissen suchte sie vergeblich nach einer Regung. Schnee verdeckte das Kennzeichen. Nicht einmal ein verräterisches Duftbäumchen baumelte am Rückspiegel. Der Mensch hinter den surrenden Scheibenwischern blieb ein charakterloser Schatten.

»Idiot«, flüsterte Laura und wedelte mit der Hand. Vorbeifahren, er sollte einfach nur an ihr vorbeifahren und verschwinden. »Hau endlich ab!«

Der Lenker schlackerte in ihrer Hand, das Rad verlor seine Stabilität. Laura wandte sich ab. Der Schnee verwandelte sich in ein Gestöber. Flocken wirbelten durch die Luft und verfingen sich in ihren Wimpern. Sie blinzelte nicht, schaute stur nach vorn und rechnete jede Sekunde mit dem an ihr vorbeirauschenden SUV. Vergeblich. Der Wagen hing weiter an ihrem Hinterreifen und überholte nicht.

Laura hob und senkte die Fersen und legte noch mehr Kraft in die Beine. Sie erhöhte ihr Tempo, der SUV folgte ihr, passte sich ihrer Geschwindigkeit an und ließ den Motor aufheulen. Der Mensch am Steuer schien sie vor sich hertreiben zu wollen.

Womöglich war es einer der Typen, den sie tags zuvor am Nachbartisch im Café abserviert hatte. Oder ein Betrunkener, der sich nur einen Spaß machen wollte. Beides womöglich oder nichts davon. Sie könnte einfach bremsen und vom Fahrrad absteigen, das Spiel beenden – wenn es denn überhaupt eines war.

Der Schnee knirschte, metallische Schleifgeräusche hallten über die Straße. Der Lichtschein des SUV verharrte auf der Stelle, wirkte wie eingefroren. Der Wagen stand, sein Motor lief weiter. Laura floh aus dem Kegel der gleißenden Scheinwerfer. Womöglich hatte der Fahrer die Lust an seinem schwachsinnigen Spiel verloren. Oder er hatte in einem lichten Moment begriffen, dass er einen Menschen in Gefahr gebracht hatte. Wie auch immer. Nur weg von hier.

Laura trat in die Pedale und reckte den Mittelfinger nach hinten. Ein einziges Fingerglied als höchster Ausdruck ihres Zorns sollte reichen. »Was für ein Mega-Idiot!«

Eisige Luft drang in ihren Mund, sie presste die Lippen aufeinander. *Geschafft. Jetzt geht es richtig los.* Die Straße fiel um mindestens dreißig Grad ab, der verschneite Asphalt lag vor ihr. Der Wind trieb die Zweige der Fichten hin und her, der Wald wuchs wie ein Dach über die Straße. Die Abfahrt konnte beginnen.

Laura verkrallte die Finger um den Lenker und folgte dem Sog der Tiefe. Schnee spritzte am Vorderreifen empor. Ein Loch tat sich in ihrem Magen auf. Sie berauschte sich an dem flauen Gefühl und der Geschwindigkeit. Wie sehr sie diesen Moment herbeigesehnt hatte!

Wind kann nicht schneiden. Er lässt sich nicht säen, um einen Sturm zu ernten. Er kann einem Menschen auch nicht wirklich ins Gesicht schlagen. Aber er war da und trieb Laura die Tränen in die Augen. Das hier war ihr persönlicher Ersatzwahnsinn, und sie genoss jede Sekunde davon.

In der Ferne heulte der Motor des SUV auf, Reifen drehten durch und fingen sich. Laura beugte sich tief nach unten, krümmte den Rücken. Ihr Kinn berührte den Lenker. Sie wagte einen schnellen Blick zurück.

Der Wagen rollte wieder, dicke Flocken tanzten vor seinen Scheinwerfern auf und ab. Er folgte dem Verlauf der Straße, er folgte Laura. Der Motor brummte, als wollte er die Luft zum Schwingen bringen.

Dieses verdammte Geräusch! Es erinnerte Laura an etwas längst Vergessenes. An das tiefe Grollen des Rottweilers, der ihr so oft nach der Schule vor dem Haus ihrer Eltern aufgelauert hatte. *Pascha*, der Hund hatte Pascha geheißen, und er hatte sie nachmittags zwischen den parkenden Autos die Straße hinab gehetzt. Lauras ganze Kindheit war von ihrer Angst vor dem

Tier überschattet worden, vor seinen zitternden Lefzen und den kleinen schwarzen Augen. Aber das hier war das Heute. Sie war kein verängstigtes Kind mehr, und erst recht fürchtete sie sich nicht vor einem Unbekannten, der sich in einem Haufen Blech verschanzt hatte. Das zumindest redete sie sich ein.

Der Wagen schoss hinter ihr die Straße hinab, das Brummen unter der Haube wurde lauter. Dreißig Meter noch, und er hatte sie eingeholt.

Laura riss den Kopf nach rechts und links. Die Seitenplanken aus Stahl ließen ihr keine Ausweichmöglichkeit. Mit den Fingerspitzen berührte sie die Bremshebel am Lenker, das kalte Aluminium. *Nein.* Bei der Geschwindigkeit konnte sie das Rad nicht einfach stoppen, die Reifen griffen kaum im frisch gefallenen Schnee. Besser, sie folgte der Straße.

Weiter unten, vielleicht achtzig Meter entfernt, gab es einen Zugang zum Fluss. Im Sommer hatte sie sich dort häufig ein schattiges Plätzchen zwischen Fichten und Sandstein gesucht, um in der Stille Lindberghs Arbeiten zu studieren. Laura blinzelte den Schnee auf ihren Wimpern fort. Achtzig Meter. Das war machbar.

Der Schnee baute sich vor Laura zu einem weißen Raum auf, den sie durchquerte. Noch ein Raum und noch einer. Endlose Räume. Die Flocken nahmen ihr die Sicht, beengten sie. Die fallenden Eiskristalle warfen das Scheinwerferlicht ihres Verfolgers wie Tausende kleine Spiegel zurück. Sie ließen die Nacht leuchten.

Das Brummen des Motors vermischte sich mit knirschendem Schnee und surrenden Scheibenwischern. Lauter, die Geräusche wurden immer lauter.

Treten. *Tritt schneller.* Irgendwo hinter der weißen Mauer, rechts von ihr, da musste der Zugang zum Fluss kommen. *Gleich.* Sie würde über knackende Zweige laufen, über Steine springen und sich hinter den Fichten verstecken – so lange, bis der Irre, der sie ins Visier genommen hatte, wieder in dem dichten Gestöber verschwunden war.

Laura stieß den Atem aus, schnell, viel zu schnell. Ihre Kapuze schlug ihr, vom Wind getrieben, gegen den Hinterkopf. *Weiter. Schau nicht zurück. Konzentrier dich auf die Straße.* Sie blickte erneut über die Schulter, konnte dem Zwang nicht widerstehen. Nicht einmal ein Meter lag zwischen ihr und der schwarzen Motorhaube. *Gott, nur ein verdammter Meter!*

Jetzt erst fiel Laura die mit Schaumstoff ummantelte Stoßstange des SUV auf. Die grünen Ballen waren mit einer Paketschnur umwickelt, an den Enden mit schwarzem Klebeband abgebunden. Sie riss den Kopf zurück, wandte sich wieder der Straße zu. »Was willst du von mir?«, flüsterte sie in die Nacht, bevor sie die Antwort bekam.

Stoßstange gegen Hinterreifen. Schaumstoff gegen Gummi. Kein lautes Geräusch. Der Aufprall vollzog sich mit einer sanften Bewegung. Das Fahrrad brach aus, geriet in Schräglage. Laura riss den Oberkörper nach links, wollte ihr Rad stabilisieren. Mit beiden Händen umklammerte sie den Lenker, härter als zuvor. Die Bändchen ihrer Kapuze schlugen ihr ins Gesicht. Schnee wirbelte von der Straße auf. Laura stemmte ein Bein nach außen, bremste mit dem Absatz, spürte Schnee und Asphalt unter dem Fuß. Da traf sie die Stoßstange erneut.

Diesmal war der Ruck stärker, ihr Hinterrad wurde von der Seite touchiert. Das Fahrrad schlingerte, Laura wurde vom Sattel gerissen, über den Lenker geschleudert. Mit rudernden Armen torkelte sie durch die Luft.

Zweige rauschen, Scheibenwischer surren. Laura prallt auf die Seitenplanke, schlägt mit der Stirn auf den Stahl. Dumpfes Geräusch. Sie fällt mit dem Gesicht in den Schnee. Dunkle Spritzer auf Weiß. Blut. Eine Tür klappt auf. Schritte. Sie kommen näher. Schnee knirscht. Direkt neben ihr. Immer wieder surren die Scheibenwischer. Eine Hand reißt an ihrem Haar, zerrt ihren Kopf in die Höhe, presst den Hals zusammen. Keine Luft. Schwindel. Schmerz an ihrem Hals. Ein Stich, etwas durchbohrt ihre Haut. Ihr Kopf fällt zurück in den Schnee. Kalt, so kalt. Sie will hoch, sich an der Planke aufrichten, sackt zusammen. Das Surren wird leiser, noch leiser. Lauras Gedanken versinken in der Dunkelheit, und dann – nichts.

KAPITEL 2

Das Licht brannte auf ihren geschlossenen Lidern. Ein Pochen zog über ihren rechten Stirnhügel. Das Hämmern klang so rhythmisch, als entstammte es einer Maschine, die sich einen Weg direkt durch Lauras Schädelwand bahnen wollte.

Mit dem Zeigefinger ertastete sie einen Strich über der Augenbraue. Eine Unebenheit, zwei klaffende Ränder. Laura hatte sich oft genug mit waghalsigen Manövern beim Handball verletzt. Diese Schramme aber stammte vom Aufprall an der Planke.

Laura streckte die Hände aus, tastete den Boden ab. Sie lag auf dem Rücken, unter ihr wohl ein Teppich mit langen Zotteln. Wahrscheinlich aus Wolle, doch der Stoff fühlte sich wie ein Tierfell an. Ein leicht muffiger Geruch wie von Roter Bete stieg in Lauras Nase auf. Doch ehe sie dieses Aroma weiter analysieren konnte, war es schon wieder fort.

Sie öffnete die Augen. Ein einziger Deckenstrahler warf sein kegelförmiges Licht auf sie. Rotierende Punkte flirrten vor ihren Augen. Das Licht stach auf ihrer Netzhaut, sie musste blinzeln.

An ihrem Finger klebten feine Krümel getrockneten Blutes, sie verrieb sie. Wie lange war sie schon hier? Und viel wichtiger als das – *wo ist hier?*

Laura richtete den Oberkörper auf. Ein Zimmer. Sie befand sich in der Mitte eines Zimmers. Vielleicht war es vierzig Quadratmeter groß. Reine Spekulation. Die Wände versanken im Halbdunkel, wirkten seltsam glänzend. Vier Meter von ihr entfernt stand ein Sessel. Papageien und Kakadus mit langen orangefarbenen Schnäbeln waren inmitten tropisch anmutender Blätter auf den Stoff gedruckt. Der Sessel wurde von zwei modernen Leuchtern aus Silber eingerahmt, in deren Armen zwölf abgebrannte Kerzen steckten. Sie waren nicht entflammt. Rechts daneben lehnte ein rotes Bücherregal an der Wand, darin reihten sich Dutzende Bildbände über Paris und den Amazonas aneinander. In einem anderen Regalbrett standen Rücken an Rücken Romane, sie wirkten abgenutzt. Einige Bücher lagen aufgeschlagen auf dem Boden. Davor stand ein hölzerner Schreibtisch mit einem weiß lackierten Stuhl ohne Lehnen. Das Zimmer wirkte, als sei sein Bewohner nur kurz aufgestanden und verschwunden, um jede Sekunde zurückzukehren und sich wieder an den Tisch zu setzen.

»Hallo? Ist hier irgendwer?« Der Boden knackte unter ihr. Aus einer Ecke drang ein Brummen, so lang gezogen und dunkel wie die Schwingungen einer Klaviersaite. Womöglich ein Generator, wie ihn Lauras Großeltern in ihrem Campingmobil auf Sylt verwendet hatten. Was ein solches Gerät in einem Wohnzimmer verloren hatte, erschloss sich ihr nicht.

»Hallo?« Sie hockte sich auf die Knie, ihre Gelenke knackten. Ein Ziehen ging durch ihren Hals. Sie strich über die Haut, ertastete eine feine Schwellung. Er hatte ihr wahrscheinlich eine Spritze mit einer Knock-out-Substanz in die Venen gejagt. Das erklärte ihren Bewusstseinsverlust.

Die ummantelte Stoßstange, ihre einsame Fahrradroute – wer immer der Unbekannte war, er musste einem Plan gefolgt sein. Er hatte ihre Gewohnheiten analysiert.

Die Kenntnis der Ursachen bewirkt die Erkenntnis der Ergebnisse. Wie oft hatte ihre Mutter ihr das schon als Heranwachsende eingebläut! Die ermüdenden Weisheiten einer Historikerin. Selbst hier meinte Laura noch ihre vom Rauchen dunkel gefärbte Stimme zu hören.

Von irgendwoher drang das Rauschen des Windes, kurz nur schwoll es zu einem schrillen Pfeifen an. Genauso schnell verebbte es wieder.

Ursache und Ergebnis. In einem Reflex schob sich Laura beide Hände ins Innere ihrer Radhose. Sie ertastete den Gummizug. Die doppelt gebundene Schlaufe am Bund war intakt. Alles in Ordnung. Niemand hatte sie geöffnet, niemand hatte sie während ihrer Bewusstlosigkeit vergewaltigt. Der Gummi im Hosenbund schnalzte zurück. Niemand hatte sich an ihr vergangen, und doch gab es einen Jemand. Jemand, der sie nicht nur von ihrem Fahrrad, sondern auch aus ihrer Welt gerissen hatte.

Laura zwang sich zu langen Atemzügen. Warum, verdammt noch mal, war sie hier? Was sollte das alles? Sie blickte über die Schulter. Hinter ihr stand ein Bett mit schneeweißer Wäsche. Es wirkte nicht wie frisch bezogen, die Decke lag zerknautscht auf der Matratze. Zwei riesige Kissen lehnten am Kopfende. Die Oberfläche des Gestells schimmerte rötlich braun wie Kirschbaumholz. Eine Kommode aus demselben Holz befand sich rechts daneben. Auf ihr stand eine Wasserkaraffe. Ein aufgeschlagenes Magazin lag neben dem Bett. Laura erkannte die Fotografie einer durchgestylten Frau auf einem schweren Motorrad. Wahrscheinlich Werbung für irgendeine überteuerte Jeans-Marke.

Der ganze Raum strahlte die Atmosphäre des Benutzten aus, des Durchlebten. Wer immer dieses Zimmer bewohnte, er würde zurückkehren. Vielleicht schon bald.

Jetzt nicht panisch werden. Noch einmal sog sie tief die Luft ein. Diesmal nahm sie einen süßlich-verdorbenen Duft wahr. Wieder ließ er sich nicht fassen, als ob er sich absichtlich ihren Geruchsrezeptoren entwand und nur in ihrer Einbildung existierte.

Sie musste hier raus. Sofort.

Laura stützte sich am Boden auf, schob sich mit einem Ruck in die Höhe. Ihre Beine knickten ein, sie taumelte. Ihr war heiß. Ein schneidender Schmerz zog ihr über den Rücken, eine Folge des Fahrradsturzes. Die Bänder ihrer Kapuze schaukelten. Laura wankte.

Schreibtisch, Kerzenleuchter und Stuhl verschwammen vor ihren Augen zu einem Farbenbrei aus Braun, Silber und Weiß. Ihre Sinne verloren sich in einem Trudel. Sie schwankte aus dem gleißenden Lichtkegel und näherte sich dem Sessel mit seinen bunten Papageien und Kakadus. Sie kippte um, verlagerte das Gewicht auf die Zehenspitzen und stürzte in das weiche Polster. Die Federn im Innern reagierten mit einem Knarren.

Laura drehte sich und ließ die Arme auf die Lehnen sinken. Feine Rillen waren in den Stoff des Sessels eingearbeitet, sie ertastete die Fugen. Es beruhigte sie. Laura legte den Hinterkopf auf die Rückenlehne und blickte nach oben.

Da hielt sie inne. Etwa zweieinhalb Meter über ihr, da war eine Bewegung gewesen. Wie grauer, wabernder Nebel. Nur ganz kurz. »Was ... was ist das?«

Das Licht stach nicht mehr auf ihrer Netzhaut, da war kein Flirren mehr, keine Unschärfe, und doch glaubte Laura an eine Täuschung. Mit dem Handrücken fuhr sie sich über die Augen, ein feiner Streifen Tränenflüssigkeit blieb darauf zurück.

Laura sah die Decke nun ganz klar. Nicht nur die Decke. Sie erkannte ihre eigenen Umrisse darin, ihren Kopf mit dem langen Haar und ihre schmalen Schultern. Sie richtete den Oberkörper auf. In der Fläche über ihr spiegelte sich die Bewegung. »Das ist doch nicht möglich.«

Sie blickte nach rechts, nach links, versuchte die Wände des Zimmers auszumachen, doch sie lagen außerhalb des Deckenspots im Halbdunkel.

Laura zog sich aus dem Sessel. Mit vorsichtigen Bewegungen ging sie auf die Wand neben dem Schreibtisch zu. Meter um Meter kam sie ihr näher. Laura berührte die Rückenlehne des Stuhls, die Kante des Tischs. Ihre Sportschuhe knirschten bei jedem Schritt. Der Generator brummte.

»Gott, nein …« Sie erreichte die Wand – die Wand, die keine war.

Plexiglas.

Der ganze Raum war umgeben von Plexiglas.

Laura berührte das Glas mit beiden Händen, sie strich über die kühle Oberfläche. »Unmöglich …« Ein Käfig. Sie war in einer gottverdammten gitterlosen Zelle gefangen.

Ihr Gesicht reflektierte schwach in dem Kunststoff – die vollen Lippen, die geschwungenen Augenbrauen, die immer einen fragenden Ausdruck besaßen. Sie konzentrierte sich und versuchte, hinter ihre Spiegelung, hinter das Plexiglas zu blicken. Sie beugte den Kopf vor, ihre Stirn berührte die Scheibe.

Dunkelheit.

Hinter dem Glas war nichts. Nur eine Schwärze, die auf Laura noch bedrohlicher wirkte als das Zimmer selbst. Sie ballte die Fäuste und schlug auf das Glas ein. Der Kunststoff vibrierte. Mehr nicht.

»Raus … ich muss hier raus, bevor der Typ mit der Basecap kommt.« Ein Ausgang. Wenn sie jemand hier hereingebracht hatte, musste es irgendwo eine Öffnung geben. Eine Tür. Irgendetwas. Das war nur logisch. Das war es doch. *Bitte.*

Laura drehte sich um die eigene Achse. Sie scannte den Raum von Ecke zu Ecke, suchte nach einem Riegel oder einem Schloss. Doch da war nichts.

Sie schob sich an der Wand entlang, tastete sich voran. Langsam erst, dann immer schneller. Der kühle Kunststoff quietschte unter ihrer Haut wie eine frisch gereinigte Fensterscheibe. Sie stolperte über den Teppich, fing sich und torkelte an der Kommode vorbei.

Und endlich, endlich, fanden ihre Finger einen schmalen Spalt, direkt neben dem Bücherregal.

Er mochte einen halben Zentimeter breit sein, an den Ecken abgerundet. Der Spalt reichte vom Boden bis zur Decke. Drei Scharniere aus Metall und eine Schiene waren in die Rückseite des Glases eingelassen. Die gläserne Zelle besaß also doch eine Tür. Ein wuchtiger Riegel stabilisierte sie in der Breite. Weiter unten, auf Fußhöhe, befand sich eine geschlossene Luke. Sie war ebenfalls mit Scharnieren befestigt.

Laura schlug mit beiden Händen auf das Plexiglas ein, ihre Hände klatschten auf die Oberfläche. Sie rammte das Knie in das Glas, riss mit den Fingerspitzen an dem Spalt, zwei Nägel rissen ein. »Dreck.« Noch einmal warf sie sich mit der Schulter gegen die Tür. Aussichtslos. Sie konnte den Widerstand des Glases nicht brechen.

Laura blickte sich im Zimmer um. Sie lief zum Schreibtisch und riss den Stuhl empor, balancierte ihn an den Beinen über dem Kopf und kehrte zurück – zurück zu der Schwachstelle in ihrem gläsernen Gefängnis. Sie holte tief Luft, streckte sich und warf den schweren Stuhl gegen die Tür.

Kein Krachen. Kein Splittern. Das Geräusch des Aufpralls klang so dumpf, als hätte Laura Watte in den Ohren. Der Stuhl fiel zu Boden. Der dicke Teppich verschluckte selbst diesen Laut wie in einem unwirklichen Vakuum.

Laura strich über das Plexiglas. Nur ein kaum sichtbarer Kratzer war dort zurückgeblieben. Mehr nicht.

Sie sackte auf die Knie. Ihre Finger hinterließen fettige Schlieren auf der Oberfläche. Ihr Gesicht spiegelte sich schemenhaft im Glas, die Striemen zogen sich wie Narben durch ihr Antlitz.

Laura tippte auf ihre Reflexion. Das da, die Frau mit dem

Striemen auf der Stirn, das war nicht sie. Das war irgendeine fremde Frau, die ein Irrer in einer Zelle gefangen hielt. Aber nicht sie. Ausgeschlossen. Völlig unmöglich.

Laura verwischte die Schlieren auf dem Glas mit dem Handrücken. Diese Zelle konnte sich in einer verlassenen Fabrik befinden. Im Keller eines Hauses. In irgendeiner Ruine, die Menschen mieden. Ein Ort, von dem niemand wusste, dass er überhaupt existierte. Oder auch nicht. Wer konnte eine solche Zelle unbemerkt bauen? Was hatte denjenigen angetrieben? Wie viel Zeit hatte er für seinen Plan benötigt?

Laura umfasste ihr Handgelenk. Sie stutzte und riss den Ärmel ihrer Kapuzenjacke hoch. Helle Haut blitzte dort auf, wo eigentlich das schwarze Display ihrer Smartwatch hätte sein sollen. Sie war fort. Ihr Entführer hatte ihr die Uhr abgenommen. Nicht einmal die Abdrücke des Armbands konnte sie noch erfühlen. Wie lange war sie bewusstlos gewesen? Was war in dieser Zeit geschehen?

»Du brauchst keine Uhr. Zeit ist für dich ab jetzt irrelevant.«

Laura riss den Kopf herum. Eine fremde Stimme, elektronisch verzerrt. Sie kam aus der Mitte der Zelle. Doch niemand außer ihr befand sich hier drinnen.

»Wer ist da?« Sie blinzelte, prüfte jeden Quadratmeter des Raumes. »Wer sind Sie? Was wollen Sie von mir?«

Ein Knistern setzte ein. »Hier drinnen gibt es keinen Sonnenaufgang und keinen Sonnenuntergang. Keine schleichenden Sekunden und keine rasenden Tage. Hier gibt es nur dich.«

Die Satzmelodie klang weich, intoniert von einer gefühlvollen tiefen Stimme – und doch wirkte sie durch den elektronischen Widerhall aller Menschlichkeit beraubt. Wieder sah Laura die Umrisse des Mannes mit der Basecap vor sich. Wieder scheiterte sie daran, sich sein Gesicht vorzustellen.

Laura erhob sich und trat in die Zellenmitte. Sie blickte nach oben. Das Licht stach ihr in die Augen, sie begannen zu tränen. Nur ein paar Zentimeter von dem Spot entfernt entdeckte sie kleine Löcher im Plexiglas. Eine Lautsprechermembran war dort befestigt. Sie legte den Kopf in den Nacken. Ganz sicher war auch eine Kamera in der Zelle verborgen. »Was wollen Sie von mir? Warum bin ich hier?« Laura wollte selbstsicher wirken, gefestigt und konnte doch nicht das Zittern ihrer Oberlippe unterdrücken.

»Du wirst genug Zeit haben, um die Antworten zu finden.« Die verzerrte Stimme ging wie ein elektrisches Rauschen durch die Zelle.

»Ich habe Freunde. Eine Familie ... Sie werden mich suchen.«

»Sie werden dich nicht finden.«

»Sie werden mich suchen! Sie suchen mich ... Das tun sie!«

»Bald wirst du vielleicht nur noch in ihrer Erinnerung existieren, Laura.«

Laura. Er nannte sie Laura, obwohl sie bei ihren Radtouren niemals einen Ausweis bei sich trug. Damit hatte er ihre letzte Hoffnung auf einen zufälligen Überfall zerstört. Er hatte sie ausgesucht. Es ging nur um sie.

»Aber ... ich ...« Sie jagte nach Worten, die sich nicht fangen lassen wollten. Niemals war sie um eine Antwort verlegen gewesen. Nie hatte sie sich in ihrem Leben so allein gefühlt. »Warum ... warum tun Sie das?«

Wieder knackte es in der Lautsprechermembran. »Da draußen, Laura, da gibt es eine Welt, in der alle Menschen leben. Die echte Welt. Aber es gibt noch eine andere, eine verborgene. Eine Welt in der Welt, die nur wenige sehen und in der noch weniger Menschen leben.«

Laura verstand nichts von dem. Ein Irrer hatte sie entführt. Sie wollte hier nur raus. *Raus!*

»Du wirst wie ich in dieser Welt leben. Diese andere Welt ist für mich normal. Und sie wird es für dich auch sein. Bald.«

»Das ist doch ... Wahnsinn!« Sie streckte den Kopf zum Lautsprecher empor. »Wahnsinn ...«

»Nein, das wäre zu einfach, Laura. Viel zu einfach. Du wirst es bald verstehen. Du bist ein kluges Mädchen. Das bist du doch, oder?«

Das hier konnte unmöglich wirklich passieren. Laura erinnerte sich an den Wind im Gesicht, an die kraftvollen Tritte auf ihrem Trekkingrad. Sie müsste jetzt in ihrem Bett liegen, mit einem weichen Kissen im Nacken – stattdessen war sie in der Gewalt eines Irren.

»Es ist alles gesagt. Für den Moment. Akzeptiere dein neues Leben. Vertrau mir ...« Ein Knacken erklang. »Am Ende wird es dir vielleicht sogar gefallen.«

Das elektrische Rauschen verstummte, das Deckenlicht verlosch. Nur die Finsternis blieb.

Laura glitt zu Boden. Die Zotteln des Teppichs strichen ihr übers Gesicht. Sie wartete auf Tränen, auf einen Schub ungebremster Panik. Wenigstens aber auf einen rasenden Puls, der sich in Wut verwandelte. Irgendeine Reaktion. Doch da kam nichts. Ihre Sinne waren wie ausgeknipst. Sie war müde, so unendlich müde. Ausgebrannt.

Unter Laura tat sich ein Gefühl von Tiefe auf. Sie wehrte sich nicht und ließ sich in die friedvolle Stille des Abgrunds fallen.

KAPITEL 3

Kreise. Ein Kreis nach dem anderen. Immer und immer wieder. Die Schlittschuhe des Mannes glitten wie Klingen über den zugefrorenen See, Eis spritzte an seinen Kufen empor. Zwei Öllaternen flackerten am Boden, er zog seine Bahnen um die Lichter. Am Ende jeder Kurve riss er die Arme empor – der Ausdruck seines verzweifelten Kampfes ums Gleichgewicht, wie er für einen Anfänger typisch war. Vielleicht trainierte er hier fernab von den Menschen, weil ihm seine ungelenken Versuche peinlich waren. In der Dämmerung würde er ohnehin niemandem auffallen. Rein theoretisch.

Ariane ließ das Fernglas sinken. Das Feuer knisterte. Glut stob auf und prasselte gegen die Kaminwand. Seit einer Viertelstunde beobachtete sie den Fremden. Er war vor drei Tagen aufgetaucht und mühte sich immer ab halb fünf auf dem Eis ab. Sein halblanges Haar schwang bei jeder Bewegung mit, sein Schal flatterte wie eine Fahne im Wind. Seine eisläuferischen Fähigkeiten stagnierten knapp über dem Nullpunkt, ebenso wie seine Sinne für Gefahr. Der See mochte zugefroren sein, zumindest erweckte er den Anschein. Dennoch sollte sich niemand seiner trügerischen Sicherheit hingeben.

Wieder nahm der Mann Anlauf für einen Sprint auf der spiegelglatten Fläche. Mit geballten Fäusten und wackligen Knien jagte er übers Eis.

Ariane richtete sich in ihrem Sessel auf. Vor den Fenstern ihres Hauses hatte sie genug Tragödien beobachtet. Im Sommer noch waren Boote mit ihren weißen Segeln über den See gezogen. Zweimal waren Menschen vor dem Ertrinken gerettet worden. Ein drittes Mal hatte der See eine Frau in die Tiefe gezerrt, von dort wurde ihr lebloser Körper geborgen.

Ariane strich über das kühle Metall des Fernglases. Sie hatte alles aus der Ferne beobachtet, verborgen hinter den schützenden Mauern ihres Hauses. Das lange Haar der toten Frau hatte einem Schleier gleich über ihrem Gesicht herabgehangen. Arme und Beine schaukelten wie die Gliedmaßen einer Stoffpuppe, als sie einer ihrer Begleiter über das Gras trug. Sie beatmeten sie, pressten ihr die Hände auf die Brust, wollten sie mit aller Gewalt ins Leben zurückzerren. Vergeblich. Die herbeieilenden Rettungssanitäter konnten nur noch ein weißes Laken über ihren Körper legen. Dann wurde sie abtransportiert. Inmitten der friedvollen Umgebung von Fichten und türkisblauem Wasser hatte der See sein heimtückisches Wesen offenbart. Ariane war Zeugin des letzten Kapitels im Leben eines Menschen geworden. Stecker raus und fertig. Einfach so.

Sie erhob sich aus ihrem schweren, alten Ledersessel und legte das Fernglas auf die Armlehne. Auf nackten Füßen ging sie zum Küchenbuffet. Dampf stieg über ihrer rissigen Teetasse auf, die Scheibe darüber beschlug. Sie nahm einen tiefen Schluck und ließ die Mandelaromen im Mund kreisen.

Ariane hasste Überraschungen, plötzliche Begegnungen und Situationen, die aus dem Nichts über sie hereinbrachen. Sie bereitete sich gerne vor, wog ab und entschied erst dann.

Ein plötzlicher Tod aber war der ultimative Plotpoint, die Kehrtwendung, die in einem Leben alles zunichtemachte und jeden Sinn ins Sinnlose verkehrte. Ariane hätte alles dafür gegeben, ihr Ablaufdatum oder das der Menschen, die sie liebte, zu kennen. Sie hatte keine Angst vor Gewissheiten, nur vor dem Unbestimmten.

Das Parkett knarrte unter ihren Füßen. Ein Holzscheit rumpelte im Kamin. Ein Eiszapfen brach von der Dachrinne ab und fiel mit einem dumpfen Geräusch in den Schnee. Ein schwarzer Schatten huschte an einer Scheibe vorüber. Ariane trat zum Fenster und zog den eisernen Riegel nach unten. Sie streckte den Kopf hinaus. »Hugo? Hugo, bist du das?«

Ein lang gezogenes Krächzen ertönte, Flügel schlugen, und anderthalb Sekunden später landete Hugo auf dem Fenstersims. »Da bist du ja, mein Kleiner.« Ariane strich mit einem Finger über den schwarzen Kopf der Krähe. Wieder stieß Hugo ein Krächzen aus und beobachtete sie aus dunklen Augen. »Du bekommst ja gleich was.«

Ariane hatte die Nebelkrähe im März unter einer Fichte im Wald gefunden. Sie musste aus einem Nest gefallen sein, von den Eltern vergessen. Inmitten des strömenden Regens hatte sie sich den kleinen Federhaufen in die Hand gesetzt. Nein, das war kein guter Tag zum Sterben gewesen und erst recht nicht der darauffolgende oder der danach.

Ariane hatte Mehlwürmer und Brei in den aufgerissenen Schnabel gepresst. Wochenlang, jede Stunde zweimal. Manchmal auch Katzenfutter. Andere dreiundvierzigjährige Frauen kümmerten sich um ihre Familien, sie aber hatte die Mutterrolle für eine Krähe übernommen. Noch immer war sie stolz auf ihre Rettungsaktion.

Sie tippte Hugos schwarz glänzenden Schnabel an, er schüttelte sich. Schnee fiel von seinem Gefieder. Selbst für einen Jungvogel sah er immer noch zu klein aus – irgendwie unfertig, aber er war am Leben.

Ariane nahm ein Messer, um eine Scheibe vom Bergkäse abzuschneiden. Eigentlich nichts für Krähen, aber Hugo liebte den würzigen Geschmack. Da ließ sie ein Geräusch herumfahren, ein lang gezogener Ton in der Ferne.

Irgendwo da draußen hinter den Fichten, da war etwas. Eine

Schwingung in der Luft. Sie blickte über Hugos Kopf aus dem Fenster. Der Laut war vom See gekommen und nun wieder verstummt. Sie blinzelte in die beginnende Finsternis. Vielleicht war es nur der Wind gewesen, der immer wieder durch die Äste der Fichten ging. Vielleicht der Ruf eines Kauzes oder aber ...

Ariane ließ das Messer fallen. Sie stolperte zu ihrem Sessel, griff das Fernglas und suchte das Areal des Sees ab. Die Okulare lagen kalt auf ihren Augen. »Wo bist du?«

Fichten. Die Eisfläche. Die Öllaternen. Eine der Lampen war umgestürzt, ihr Docht verloschen. Der Mann auf dem See war nicht zu sehen. *Halt.* Da war eine Bewegung, weiter rechts, ganz unten.

Die Arme des Mannes ragten aus dem Eis, ruderten durch die Luft. Sein Unterkörper war im Wasser. Die ruckartigen Auf- und-ab-Bewegungen des Kopfes verrieten, dass er mit den Beinen unter der Eisfläche strampelte. Eingebrochen. Er war eingebrochen.

Immer wieder stemmte er den Oberkörper in die Höhe, riss den Kopf nach vorn, wollte mehr Schwung gewinnen. Er versuchte, seine Masse aus dem Eisloch zu katapultieren. Aussichtslos. Seine Hände fanden auf dem Eis keinen Halt, die Finger rutschten über die spiegelglatte Fläche. Wieder wollte er sich aufrichten, und erneut glitt er zurück ins Wasser, als zerrte ihn jemand in die Tiefe. Bald schon würden seine Muskeln durch die Kälte erschlaffen. Sehr bald. Ariane senkte das Fernglas. Letzte Kapitel – sie wusste, was sich da vor ihrem Binokular abspielte. Was für ein Idiot! Hatte er das Knacken nicht gehört? Hatte er die dunklen Flecken im Eis, die gefährlichen Schwachstellen, im abnehmenden Licht nicht erkannt?

Das nächste Haus war anderthalb Kilometer entfernt. Niemand war in der Dämmerung noch im Wald unterwegs. Der Mann auf dem See hatte nur eine Chance.

Ariane warf das Fernglas in den Sessel. Sie ging in die Hocke, streifte sich ihre Lederboots über. Die Schnallen rasteten ein. Sie sprang auf und riss ihren Mantel vom Haken neben der Tür. Ein Seil lag in der Scheune, der Schlüssel befand sich in einer Werkzeugkiste unter der Spüle. Keine Zeit. Mit der Fingerspitze fuhr Ariane über die Gürtelschnalle an ihrer Jeans. »Das geht. Das muss gehen.« Sie riss die Eichentür an ihrem gusseisernen Gitter auf und rannte durch den knirschenden Schnee. Kahle Apfelbäume und triste Kirschbäume säumten den Pfad. Wie verkrüppelte und schweigsame Wächter wiesen sie Ariane den Weg zum See. Die Kälte drang in ihren geöffneten Mund. Sie stieß die Luft aus, als ließe sich so das eisige Gefühl im Rachen verdrängen. In der Ferne brannte nur noch eine der Öllampen. Achtzig Meter, vielleicht ein wenig mehr – diese Strecke lag jetzt vor ihr.

Seit Tagen hatte es nicht mehr geschneit, doch die gefrorene Schneedecke reichte ihr bis zum Unterschenkel. Schritt für Schritt, Meter für Meter kämpfte sich Ariane vorwärts. Ihre Boots brachen den Schnee auf, Klumpen flogen nach allen Seiten. Über ihr schlug Hugo mit den Flügeln. In seinem Krächzen meinte sie, anfeuernde Rufe wahrzunehmen. Die Schreie des Mannes aber waren verstummt. Er hatte das Hoffen auf fremde Hilfe wohl aufgegeben. Oder schlimmer noch.

Ariane hielt die Arme eng am Körper, riss immer wieder die Knie in die Höhe und steigerte das Tempo. Die Schöße ihres Mantels schlugen gegen die Oberschenkel. Ihr Atem ging schwer, als sie das Ufer des Sees erreichte. Neben der Öllampe zeichneten sich die Arme des Mannes ab, die aus seinem durchnässten Parka ragten. Erschlafft lagen sie auf dem Eis. Seine Stirn ruhte auf einem Oberarm. Kein Lebenszeichen.

»Heb den Kopf. Los, heb ihn.« Leise, sie sprach viel zu leise. »Zeig mir, dass du lebst! Los!« Sie schrie, der Wind trug ihre

Stimme wie ein wütendes Donnern über den See. Zweige knisterten im Wind. Die Öllampe flackerte. Der Mann hob erst den Kopf, dann eine Hand. Er war am Ende, aber am Leben.

»Gut. Ich komme! Beweg die Beine. Tritt das Wasser und hör nicht auf damit!« Kämpfen. Obwohl ihn die schweren Schlittschuhe an den Füßen behinderten, musste er kämpfen und den Körper am Laufen halten. Wenn die Kälte Nerven und Muskulatur erstarren ließ, konnte sie ihn unmöglich alleine aus dem Eisloch ziehen. Kreislauf und Atmung waren zweifelsohne schon geschwächt. Er musste nur bewusstlos werden, dann war alles vorbei.

Ariane streckte die Arme weit von sich und tastete sich mit den Schuhspitzen über die gefrorene Fläche. Wie erstarrt und leblos der See vor ihr lag, doch sie hatte seinen wahren Charakter erlebt. Wann immer das Eis unter ihr knirschte, änderte sie die Richtung. Das flackernde Licht der Lampe kam näher, so nah schließlich, dass sie es berühren konnte. Anderthalb Meter daneben streckte der Mann im Eisloch die Hand nach ihr aus. Sein Haar hing ihm in nassen Strähnen in die Stirn. Seine Lippen zitterten. Er mochte vielleicht dreißig Jahre alt sein, möglich, dass ihn das schwache gelb-orange Licht jünger wirken ließ.

»Moment, ich brauche nur eine Sekunde.« Ariane zerrte den Ledergürtel aus den Schlaufen ihrer Jeans und legte sich flach aufs Eis. Mit einer schnellen, präzisen Bewegung warf sie ihm das Ende mit der Schnalle zu. »Zieh dich daran hoch. Aber langsam, sonst landen wir da beide drin.«

Er deutete ein Nicken an und umklammerte die Schnalle mit einer Hand. Ariane spürte den Widerstand am anderen Ende und hielt ihm stand. Sie presste sich auf den Bauch, legte all ihre Schwere auf diese eine Stelle. Zusammen mussten sie ein Gleichgewicht finden, den Punkt der Stabilität, an dem er sich Zentimeter für Zentimeter aus dem Loch ziehen konnte – ohne sie zu gefährden.

Er verstand sie ohne weitere Worte. Ein Stück und noch ein Stück – ganz vorsichtig schob er den Oberkörper über die spiegelglatte Fläche und umklammerte den Gürtel. Die Knöpfe seines Parkas kratzen über das Eis, warme Luft entströmte seiner Lunge. Er robbte voran, kam ihr ein Stück näher und noch ein Stück. Zu schnell, Ariane verlor den Halt und rutschte nach vorne. Der Oberkörper des Mannes versackte wieder im Loch. Wasser spritzte empor, ein paar Tropfen trafen Arianes Wange.

»Langsamer. Hörst du? Langsamer!«

»Ich ... ich ... kann mich nicht ... be ... we ... gen ... « Seine zitternden Lippen zerhackten die Worte. » ... Mei ... ne Mus ... keln ... «

»Doch. Du kannst das.« Immer, wenn sie angespannt war, verfiel sie in einen harten Tonfall, einer Kriegsberichterstatterin nicht unähnlich. Oft schämte sie sich dafür. Doch nicht heute. Der Mann brauchte keine verbalen Streicheleinheiten. Er brauchte Härte, und Ariane gab sie ihm. »Noch mal! Komm!« Heute würde er nicht sterben. Nicht hier, nicht mit ihr. »Zeig es mir!«

Behutsam schob er den Oberkörper voran und blickte Ariane dabei in die Augen, löste sich nicht mehr von ihrem Gesicht. Vielleicht wollte er ihre Kommandos am Zucken der Augenbrauen oder am verspannten Zug um den Mund ablesen, bevor sie auch nur ein Wort in einem Schwall warmer Atemluft von sich gab.

Ariane nickte ihm zu. »Weiter!« Ihr Arm schmerzte, die Glieder ihrer Finger standen vor dem Zerreißen. Zentimeter für Zentimeter kam er ihr näher. »Zieh dich an meiner Hand hoch. Aber vorsichtig.« Sie spürte seine Haut auf ihrer. »Jetzt!«

Die Fichten knarrten. Der Wind trieb ein paar Flocken von den Ästen.

Er packte zu, seine Finger umklammerten ihr Handgelenk. Ariane ließ den Gürtel los, er rutschte ins Wasser und verschwand in der Tiefe. Der Mann zog ein Bein aus dem Eisloch und winkelte es an. Er schlug die Spitze der Kufe ins Eis, verschaffte sich so mehr Halt. Selbst diese mikroskopisch kleine Bewegung schien er konzentriert zu steuern. Das zweite Bein folgte. Wasser tropfte von seiner Hose. Das Eis knackte, ein dünner Riss zog sich neben ihm durch die Fläche. Seine Hand wanderte weiter, hoch zu Arianes Oberarm, sie spürte den Druck durch ihren Mantel hindurch. Noch ein Ruck, ihre Köpfe waren auf gleicher Höhe.

Sein Atem ging viel zu schnell, die warme Luft streifte ihre Wange. Seinen hämmernden Herzschlag konnte Ariane erahnen, ohne ihm die Hand auf den Brustkorb zu legen.

Der Mann riss die Kufe aus dem Eis und ließ sich neben ihr auf den Rücken fallen. Sein nasses Haar klatschte auf ihren Mantel. »Dan … ke …« Noch immer zitterten seine Lippen. Selbst im Licht der Öllampe schimmerte sein Gesicht blass und kalt, als würden seine Venen ihren blauen Schimmer durch seine Haut werfen.

»Schon gut. Wir müssen runter vom Eis. Aber erst müssen diese Dinger verschwinden.« Sie deutete auf die Schlittschuhe und kniete sich vor ihm nieder. »Du musst bei jedem Schritt vorsichtig sein.« Die Schnürsenkel lagen nass und eiskalt in ihren Händen, als sie die Schlaufen aufriss. Ariane umfasste die Kufen mit beiden Händen, eine nach der anderen, und riss sie ihm mit kraftvollen Bewegungen von den Füßen. Wieder knisterte und knackte das Eis, diesmal ganz nah bei Ariane. Der See sprach, und er drohte ihr. Darauf folgte ein lauter Knall, der an den Schlag einer Peitsche erinnerte. Schwallartig trat Wasser aus einem Riss neben dem Loch.

»Komm! Schnell!« Ariane richtete sich auf und zog den

Mann an der Schulter in die Höhe. Wie leicht er war, kaum schwerer als siebzig Kilo. Er überragte sie um einen halben Kopf. In gebückter Haltung stolperten sie über den See und erreichten das Ufer.

Die hohen Schilfgräser raschelten im Wind. Der Schnee knirschte unter ihren Füßen. Zweige knackten, als sich der Mann auf den Boden sacken ließ und tief durchatmete. »Gott, ist … mir … kalt! Ich weiß gar nicht, wie … wie ich Ihnen … danken soll …«

Hugo zog seine Runden über den Baumwipfeln. Sein raues Krächzen begrüßte sie, als er einen Ast anflog und sich darauf niederließ.

»Kein Problem. Alles gut. Männer, die ich rette, sagen selten danke und haben normalerweise Federn.«

Er blickte sie von unten an. »Federn?« Wasser tropfte von seinem Haar und versickerte im Schnee. »Ich … verstehe nicht?«

Ariane nickte Hugo auf seinem wippenden Ast zu. »Federn, genau. Was gibt es denn da nicht zu verstehen?«

KAPITEL 4

Er blinzelte selten. Höchstens viermal in der Minute. Die Schläge seiner Lider nahm Ariane wie eine Fehlfunktion seines Organismus wahr. Wie einen Impuls, der für ihn nicht steuerbar war, den er widerwillig zulassen musste.

Mit einer heißen Tasse Tee und einer Lammfelldecke auf den Schultern hockte der Mann vor dem prasselnden Kamin. Seine schlanken Beine lugten unter dem Bademantel hervor. Mit langsamen Bewegungen führte er die Tasse zu den Lippen. Geräuschlos nahm er kleine Schlucke, ließ den Tee im Mund kreisen, bevor er ihn herunterschluckte. Er schaute über die Schulter, seine Blicke wanderten und verharrten mal bei dem schweren Bücherregal aus Eiche, dann wieder bei dem halb blinden Spiegel neben der Kommode. Jedes Detail seiner Umgebung schien er bewusst wahrzunehmen: den Spazierstock mit dem silbernen Knauf eines Oktopus; die getäfelte Decke, in deren Winkeln Spinnen hausten; den durchgesessenen Ledersessel aus einem anderen Jahrhundert, in dem Ariane neben ihm saß; die knallbunten Teller im Regal über der Spüle; das Bild über dem Kamin aus anderen Tagen. Jede mikroskopisch kleine Nuance des Raums schien er bewusst zu scannen, sie durch die Verästelungen seiner Synapsen zu jagen und an einem verborgenen Ort abzulegen, der jederzeit für ihn abrufbar war. Mit einer seiner behutsamen Gesten strich er sich eine dunkelblonde Haarsträhne aus dem Gesicht. »Ich möchte mich bei Ihnen noch mal entschuldigen ... für meine Dummheit.«

»Akzeptiert.« Ariane deutete mit der flachen Hand auf ihren Oberkörper »Und ich bin ein *Du* und keine *Sie*.« Mit Anfang vierzig war sie deutlich älter als er. Vielleicht wirkte er ihr gegenüber deswegen so respektvoll.

»In Ordnung.« Seine Mundwinkel hoben sich. »Ich heiße Tom.«

»Ariane.« Sie wollte ihm die Hand reichen, stoppte aber in der Bewegung. Nach ihrer Rettungsaktion erschien ihr diese Geste zu unpersönlich.

»Ariane …« Drei tiefe Furchen zogen sich über seine Stirn. »So heißen doch diese europäischen Raketen.«

Grau, nicht blau und keinesfalls braun. Seine Augen hatten im Licht des Feuers und der kleinen Stehlampe einen grauen Schimmer. Im Mittelalter galten Menschen mit dieser Farbe der Iris als seelenlos, das hatte sie im Buch ihres Vaters über Märendichtung gelesen. »Meine Eltern haben bei meiner Geburt bestimmt nicht an Raketen oder den Weltraum gedacht.«

Tom nickte sich selbst zu. »Der Name passt aber irgendwie. *Sie* … ich meine *du*, du hast mich in Supergeschwindigkeit aus dem Eisloch gerettet.«

»Ich hätte schneller sein können, aber ich wollte erst meinen Tee austrinken.«

»Echt?«

»Natürlich.«

Sein Lachen klang leise, mit einem vertrauten Unterton, wie er üblich war für Menschen, die einander seit Langem kannten. »Gute Priorität.« Er prostete ihr mit der Teetasse zu. »Mandeln. Schmeckt lecker.«

»Verträgst du eine ehrliche Frage?«

»Sicher.«

»Was treibt dich in der Dämmerung auf den See? Das ist einfach nur …«

»… dumm, irre, bescheuert – ich weiß.« Er wandte sich dem Feuer zu. Die Flammen züngelten empor. »Ich hätte draufgehen können.«

»Das ist keine Antwort.«

Tom stellte die Teetasse auf den Boden, die Keramik schabte über das Eichenholz. »Stimmt.« Er zog die Decke an den Zipfeln über der Brust zusammen. »Ich bin ein lausiger Schlittschuhläufer.«

»Die kleine Kostprobe von eben war jedenfalls sehr überzeugend.«

»Ich weiß.« In seinem Seufzen lag eine Schwere, wie sie für einen Mann seines Alters ungewöhnlich erschien. »Ich muss das bis zum Frühjahr können.«

»Weil?«

»Mein Vater.« Mit dem nackten Zeh stieß er einen Holzscheit vor dem Kamin an. »Er ist krank. Krebs. Viel Zeit bleibt ihm nicht mehr.«

Vater. Schlittschuhe. Krebs. Ariane stellte die Worte auf den Kopf, verband sie und suchte nach einem Sinn.

In Toms Lächeln lag Nachsichtigkeit, begleitet von einem langsamen Schlag der Lider. »Mein Vater hat sich immer gewünscht, dass wir mal zusammen über einen See gleiten. Als Kind war ich eine riesige Enttäuschung für ihn.« Er beugte sich vor und griff nach einem Kiefernzweig, der auf dem Holzscheit lag. »Einmal habe ich es versucht und mir gleich das Bein gebrochen. Da war ich sechs.« Der Zweig zerbrach mit einem Knacken zwischen seinen Fingern. »Meine Schlittschuhkarriere besteht nur aus Totalausfällen. Aber dieses eine Mal will ich es schaffen. Für meinen Vater, solange er noch da ist.« Zwei Grübchen bildeten sich um seine Mundwinkel. »Ich schaff das. Ich krieg das hin.« Die zwei Vertiefungen in seiner Haut ähnelten nun aufrecht stehenden Sicheln, wie eingemeißelt. »Also ... vielleicht, wenn ich eine gute Trainerin hätte.«

Ariane winkte ab. »Ich bin nur mittelmäßig.« Vor vielen Monaten hatte sie sich in die Einsamkeit des Hauses zurückgezogen. Sie war nicht reif für neue Menschen in ihrem Umfeld. Zu spät oder zu früh – das hier war zweifellos der falsche Moment. »Und mir fehlt die Zeit.« Eine halbe Wahrheit blieb dennoch eine ganze Lüge.

Tom schwieg und deutete ein Nicken an. »Verstehe.«

Alles, was er tat, geschah langsam. Er strich langsam über die Spitze des zerbrochenen Zweiges, hob langsam den Kopf und ließ den Blick durch das Fenster neben der Tür in der Ferne abschweifen.

Der Wind rauschte. Im Bad brummte die Trockenmaschine so stoßweise, als läge sie in den letzten Zügen ihres maschinellen Lebens.

»Ariane, darf ich dich auch was fragen?«

»Klar. Trau dich.«

»Also ... du lebst hier alleine.«

Keine Frage. Eine Feststellung. »Ich genüge mir. Die Welt da draußen ist mir fremd geworden.«

»Geht mir manchmal auch so.« Tom stand auf und trat an den Kaminsims. »Du hast ja nicht mal einen Fernseher hier. Aber jede Menge Bücher.«

»Mir sind Menschen unheimlich, deren Fernseher größer als ihre Bücherregale sind.«

Sein Lachen klang offen und ehrlich. »Ich frage nur, weil mir diese Malerei hier aufgefallen ist.«

Da stand es, im Schein des knisternden Feuers und keinesfalls für fremde Augen gedacht. Das Bild lehnte an der Mauer, entstanden aus kräftigen Strichen mit Ölfarben. Darauf trug Fabian sein hellblaues Hemd mit dem Kentkragen, seine Hand lag auf

Arianes Hüfte. Noch jetzt und hier meinte sie, seine Wärme auf der Haut zu spüren. Eine Momentaufnahme an einem heißen Tag in Nairobi, im Hintergrund der rote Sand, hüfthohe grüne Farne und knorrige Affenbrotbäume. Ein junger kenianischer Lehrer hatte sie gemalt. Es war seine Art des Dankes gewesen, weil sie ihn an seiner Schule unterstützt hatten.

Ariane tippte die Leinwand an. »Das ist Fabian. Mein Mann. Der Käpt'n.« Sie erhob sich aus ihrem Sessel und trat neben Tom an den Kaminsims. »Er war Pilot.« Sie strich über die Baumwollstrukturen der Leinwand, ertastete die gehärtete Ölfarbe. »Wir haben ein paar Jahre in Nairobi gelebt.«

»Er *war* Pilot ...«, flüsterte Tom.

»Von Kangeta bis nach Nairobi sind es zweihundertachtzig Kilometer. Fabian ist die Strecke immer mit seiner Bristell geflogen. Das Flugzeug war knallrot, du hast es schon Minuten vorher am Himmel gesehen, bevor die Motorengeräusche an deine Ohren gedrungen sind.« Ariane nahm den zersplitterten Kiefernzweig aus Toms Hand. »Und an einem Tag im beginnenden Herbst kehrte Fabian einfach nicht mehr zurück. Bei Makuyu war er in einen Sturm geraten.« Sie warf den Zweig in die Flammen, das Feuer züngelte daran empor. Würzige Aromen von Harz stiegen auf. »Fabian ist mit seiner Maschine in einem Maisfeld zerschellt. Er starb in den Trümmern.«

Wie oft hatte sie dieses Erlebnis verdrängt, und wie lange hatte sie gebraucht, um nur die Worte zuzulassen, nicht aber die Bilder in ihrem Kopf. Die weit verstreuten roten Trümmerteile. Der herausgerissene Sitz. Die Schneise, die das Flugzeug im Maisfeld hinterlassen hatte. Fabians lebloser Körper inmitten der aufgewühlten Erde und seine ausgestreckten Arme, als wollte er in die Tiefe des Planeten tauchen. Der Käpt'n hatte sie in dieser Welt alleine gelassen, und er würde nicht mehr zurückkehren.

»Ich … das tut mir leid …« Tom berührte ihren Oberarm. »Entschuldige bitte, Ariane …«

»Das Leben ist manchmal scheiße, ungerecht und dreckig, ohne Wenn und Aber. Aber dafür musst *du* dich nicht entschuldigen.« Sie hätte sich elaborierter ausdrücken können, doch ihren Worten hätte es die Klarheit genommen.

Tom presste die Fäuste in die Taschen des Bademantels, wie kleine Kugeln zeichneten sie sich unter dem Frottee ab. »Vielleicht müssen wir nur lernen, uns da draußen zu wehren.«

»Das müssen wir. Ganz sicher sogar.« Da klang ein Piepen aus dem Waschraum, der Trockner verstummte. »Fertig. Deine Sachen sind getrocknet. Ich hole sie schnell.«

Ariane lief die Eichenstufen zum Waschraum hinab und riss die Trommel auf. Ein frischer Duft strömte ihr entgegen. Sie kniete sich nieder, zerrte Hose, Unterwäsche, Socken und Pullover aus dem Trockner. Als sie Toms Parka aus der Maschine zog, verhakte sich die Kapuze am Handgriff. Mit einer schlenkernden Drehbewegung befreite sie den Stoff, der Parka landete in ihrem Schoß. Ein metallisches Klimpern ertönte rechts von ihr. Eine Plastikflasche mit Waschmittel kippte um, die blaue Flüssigkeit lief in einer Lache über die Fliesen und bildete abstrakte Muster. Düfte von Limone zogen durch den Raum. In der Trommel knackte es. Wasser blubberte in den Heizungsrohren.

Direkt vor Arianes Schuhspitze lag ein kleiner Klauenhammer. An seinem Kopf befanden sich zwei Krallen, mit denen sich Nägel aus Holz ziehen ließen. Sie hob den Hammer auf und wog ihn in der Hand. Vielleicht zweihundert Gramm schwer, nicht mehr. Die Krallen erschienen in dem funzeligen Licht der Deckenlampe seltsam spitz, wie nachbearbeitet. Sie berührte den Stahl mit der Fingerspitze. Kein Zweifel. Die Krallen fühlten sich ungleichmäßig und am Ende nachgeschärft an. Ariane begriff nicht, warum Tom einen solchen Hammer bei sich trug. Noch weniger ließ sich entschlüsseln, warum das Metall überhaupt bearbeitet worden war.

Sie faltete Toms Kleidung und legte sie zusammen. Den Hammer schob sie sich in den Hosenbund. So eilte sie nach oben.

Stufe für Stufe erklomm sie und sah dabei Fabian vor sich, sein breites Lächeln unter der dunkelblauen Wollmütze. Einmal hatte sie ihn zum Klettern zur Trafoier Eiswand in Italien gebracht. Er liebte die Kälte und die Höhen. Zu seiner Ausrüstung gehörte ein kleines Eisbeil, das er beim Besteigen des Berges an der Hüfte trug. Das Gerät hatte nur einen erkennbaren Sinn. Nur diesen einen.

Ariane stoppte auf der vorletzten Stufe. Sie wog Toms Hammer in der Hand. Niemals taugte ein Verdacht zur Feststellung, und doch war in ihr etwas in Bewegung geraten. Alte Skepsis, gepaart mit frischem Misstrauen – eine zerstörerische Mischung, die sie bisher am Leben erhalten hatte. Sie schüttelte den Kopf und ging weiter.

Oben angekommen, überreichte sie Tom seine Kleidung mit ausgestreckten Armen. »Bitte, alles trocken. Riecht vielleicht etwas zu zitronig, aber ich mag das.«

»Ich auch. Den Geruch habe ich schon als Kind geliebt.« Er nahm den Stoffhaufen entgegen. »Vielen, vielen Dank. Für alles.«

Ariane zog den Hammer aus ihrem Bund. »Das hier ist aus deinem Parka gefallen.«

Tom betrachtete das Gerät mit gehobenen Augenbrauen.

»Warum schleppst du das mit dir rum?«

»Das habe ich ... für die Schlittschuhe benutzt, für die Kufen. Die waren vorne etwas verbogen.«

Ariane schwenkte den Hammer vor seinen Augen. »Aber hättest du dich damit nicht aus deinem Eisloch ziehen können?« Sie stieß mit den Krallen auf die Innenfläche ihrer ausgestreckten Hand. »Stück für Stück ins Eis schlagen und raus aus dem Loch. Ich hätte das jedenfalls so gemacht.« Noch einmal bohrte sie die Krallen in ihre Haut. »Ganz simpel.«

Tom nahm den Hammer und berührte ihre Hand kaum merklich. Er betrachtete das Stück Metall mit dem Plastikgriff, als sähe er es zum ersten Mal. Das Zucken seiner Schultern wurde von einem resignierten Seufzen begleitet. »Panik. Nackte Panik. Als ich da draußen festhing, hab ich nicht mehr an den Hammer gedacht. Ich wollte nur irgendwie raus.«

Eine Antwort. Gut – oder wenigstens gut genug für den Moment. »Es wäre schon dumm gewesen, mit so einem Gerät in der Tasche zu sterben.« War er wirklich so dumm? Schwer vorstellbar. Andererseits hatte sie ihn als einen Menschen erlebt, der sich bewusst viel Zeit für eine Handlung nahm. Unter Stress mochte sein System überhitzen. »Es wäre sogar sehr dumm gewesen.«

»Aber du warst ja da. Vielleicht bist du so eine Art Schutzengel.«

»Ich glaube nicht an Engel. Und selbst wenn, hättest du sicher einen besseren als mich verdient.«

»Aber *ich* glaube daran, dass jeder bekommt, was er verdient. Echt jetzt.« Er lächelte und klopfte zweimal auf seinen Kleiderstapel. »Ich ziehe mich jetzt schnell um, und dann mache ich mich auf den Weg.«

Der Mond ließ die Eiskristalle in der Nacht leuchten. Die Tür an der Gartenlaube klapperte. Ariane stand im Türrahmen, als Tom sie verließ und durch den hohen Schnee stapfte. Bei jedem Schritt klirrten die Kufen seiner Schlittschuhe, die er sich über die Schulter geworfen hatte. Hugo flog über ihm seine Bahnen, als wollte er sich von dem fremden Mann verabschieden. Vielleicht wollte er auch nur sichergehen, dass Tom in der Finsternis verschwand und nicht mehr zurückkehrte.

Einmal noch drehte er sich um und winkte ihr zu. Ariane erwiderte die Geste. Das Klirren der Schlittschuhe wurde leiser und Toms Konturen schemenhafter, bis sie sich ganz zwischen den rauschenden Bäumen verloren.

Das rhythmische Klacken der Uhr ließ Ariane herumfahren. »Verflixt!« Sie hatte mit Tom jegliches Gefühl für Minuten und Stunden verloren. Kontrollverlust hatte sie schon immer verabscheut. Im Halbdunkel machte sie das Zifferblatt der Uhr aus. Der kleine Messingzeiger näherte sich der Neun. Noch genau zweiundachtzig Minuten, dann war es wieder 22.12 Uhr. Wie jeden Tag näherten sich ihr die Echos. 22.12 Uhr. *Klack, klack.*

Sie zog die schwere Eichentür an ihrem Gitter zu, klemmte beide Querriegel in die Halterung und drehte den Schlüssel herum. Einmal noch atmete sie tief durch und trat vor die zwei Meter hohe Standuhr neben dem Bücherregal.

Das gewaltige Zifferblatt blickte wie ein Gesicht zu ihr herab, als wollte es mit ihr sprechen.

Klack. Klack. Das mechanische Pendel schwang von rechts nach links und wieder zurück. *Klack. Klack.*

Sie sah Fabian vor sich, sein gescheiteltes Haar, seine dunklen Augen, die sie fragend anblickten.

»Ich weiß, Schatz, ich weiß. Ich bin wirklich ein lausiger Schutzengel. Das wissen wir doch beide«, flüsterte sie der Uhr zu. Vorsichtig strich sie über das Glas in der hölzernen Fassung. »Irgendwann wird mit mir alles wieder gut sein. Vielleicht nicht heute oder morgen und vielleicht auch nur kurz – aber irgendwann einmal. Das verspreche ich dir.«

Klack. Klack. Unbeirrt wanderte das Pendel mit seiner goldfarbenen Kugel weiter. Es folgte den Bewegungen von Federn, Zahnrädern und Gewichten auf seinem vorbestimmten Weg durch eine eisige Herbstnacht. *Klack.*

KAPITEL 5

Seit zwei Tagen beobachtete er sie durch die gusseisernen Fenster des Hauses. Nach Einbruch der Dämmerung warf das lodernde Kaminfeuer ihre Silhouette an die Wände. Wie ein unheimlicher Riese folgte der Schatten ihren Bewegungen.

Mit seinem Fernglas hatte er durch die Fenster gespäht, mit ihr die späten Stunden geteilt, ohne dass sie es ahnte. Er wusste, dass sie Romane von Ian McEwan las und schon ein paar Seiten vor dem Ende eines Buches gleichzeitig mit einem neuen begann. Sie mochte stilles Wasser aus Lourdes, das in einer Glasflasche auf dem Küchenbuffet stand. Sie aß zum Abendbrot nur einen Apfel und trank dazu ein Glas Milch. Sie verließ das Haus nur selten – aber wenn, dann rutschte sie mit ihrem Mini viel zu schnell und unkontrolliert durch den Schnee. Sie genoss es. Ihr Lächeln verriet es ihm.

Eine dicke weiße Schicht lag auf dem Mansardendach des Hauses. Der schiefe Balkon mit seinem Eisengitter vervollständigte den Eindruck einer heruntergekommenen, kleinen Villa des ausgehenden neunzehnten Jahrhunderts. Das Großbürgertum hatte sich hier in die Stille vor dem Pöbel zurückgezogen. Nun war das Haus zum Zufluchtsort einer alleinstehenden Frau geworden.

Inmitten gewaltiger Kiefern und meterhohem Schnee erhob es sich wie eine von Menschen geschaffene Festung. Doch jede Konstruktion und jede Verteidigungsanlage hatte eine Schwachstelle. Am Anfang genügte ein kleiner Riss, dann noch einer und schließlich noch ein weiterer – am Ende wurde das ganze

Fundament erschüttert, bevor alles ins sich zusammenbrach. Nie hatte er es anders erlebt.

Mit den Fingerspitzen berührte er die schuppige Rinde einer Kiefer, kratzte an den harzigen Stellen. Unter seinem Nagel klebten feine Krümel, er sog den süß-holzigen Geruch ein.

Hier draußen, zwischen den Bäumen, konnte sie ihn unmöglich ausmachen. Doch einmal, nur ein einziges Mal hatte sie sich aus ihrem Ledersessel erhoben, die Tasse mit dem Tee abgestellt und ihrerseits mit einem Fernglas die Dunkelheit durchforstet. Als spürte sie die Anwesenheit eines fremden Menschen in ihrer Nähe. Selbst aus der Ferne hatte er gemeint, ihr Herz im Hals schlagen zu hören. Sie war eine sensible Frau, er musste vorsichtig sein.

Kalte Luft durchströmte seine Lunge, kroch ganz tief in seinen Körper. Ein und aus. Noch einmal. Ein und aus. Immer wieder. Die Schwaden wirbelten nach oben. Er legte den Kopf in den Nacken und streckte eine Hand aus. Schnee rieselte auf seine Haut und löste sich in der Wärme auf. Er führte sich die Hand nahe vors Gesicht.

Schneeflocken konnten schreien. In den Kristallen waren kleine Luftbläschen eingeschlossen. Fielen sie in Wasser, gaben sie einen schrillen Ton ab. Für einen Menschen war dieser einhundert Kilohertz hohe Klang nicht hörbar. Aber er war da. Manchmal zeigen sich Wahrheiten nicht auf den ersten Blick, und doch existieren unleugbare Fakten fernab menschlicher Wahrnehmung – so wie die Schreie der Schneeflocken, die einen lauten Tod starben.

Der Schnee rieselte von seiner Hand. Jeder Glaube an Sicherheit war eine Illusion, ein törichtes Hoffen. Er streifte sich die Handschuhe über und streckte die Finger, bis das Leder knirschte.

KAPITEL 6

Ein Knacken. Es kam vom anderen Ende des Käfigs. Das Geräusch erinnerte an einen Lautsprecher, der aktiviert wurde. Der Ton verstummte. Laura lauschte in die Stille. Nur das leise Brummen des Generators drang an ihre Ohren. Mal stärker, dann wieder leiser. Das Geräusch war für sie so natürlich geworden, als lebte sie seit Jahren neben einer Eisenbahnstrecke mit vibrierenden Gleisen.

Sie blinzelte den Schlaf und die Schleier von ihren Augen fort, die Matratze knarrte unter ihr. Sie hielt die Luft an.

Dort hinten – da stand ein Mensch im Glaskäfig. Seine Konturen nahm sie im Dunkeln verschwommen wahr, als befände sie sich inmitten eines Nebels auf einer Pier.

Laura rammte sich die Fingernägel ins rechte Handgelenk und empfing den Schmerz, der durch ihre Nervenbahnen schoss. Wach. Kein Traum. Keine Einbildung.

Die Gestalt hatte lange Haare, schmale Arme, ausgestreckt in einer nach Hilfe suchenden Geste. Kein Mann. Eine Frau. Sie befand sich am anderen Ende des Raums neben dem roten Bücherregal und war wie in der Bewegung erstarrt.

Was wollte sie hier? Sich anschleichen? Sie erledigen, während sie schlief?

Laura richtete sich in dem Bett auf und schob sich mit den Fersen instinktiv weiter zurück zum Kopfende. Der Lattenrost knirschte, die Decke raschelte. Sie verhakte die Zehen im Stoff.

Das Licht eines Scheinwerfers glühte von oben auf. Die Gestalt stand in dem Spot. Staubpartikel wirbelten auf. Das Licht reflektierte in dem fremden Gesicht – ein Glänzen, wie es niemals auf menschlicher Haut möglich sein konnte.

Laura presste sich mit dem Rücken gegen das Gestänge des Bettes. Das Holz knarrte.

Eine Schaufensterpuppe. Eine gottverdammte unbewegliche Puppe aus Plastik war in den Glaskäfig eingedrungen. Ein lebloses Ding ohne Adern, ohne Blut und innere Organe. Die Puppe trug schwarze Jeans, Sneaker und … ein braunes Shirt mit einem abgeblätterten Harley-Davidson-Aufdruck.

Das Motorrad mit dem Apehanger-Lenker würde Laura immer und überall erkennen. Der zerfetzte Saum auf der rechten Seite des Ärmels vertrieb ihren letzten Zweifel. Der Stoff war am Bündchen gerissen, als sie einmal an einer Türklinke hängen geblieben war. Das Shirt hatte ihr seit ihrer Zeit als Teenager gehört – bis es vor acht Wochen beim Volleyballtraining einfach verschwunden war.

»Bastard«, zischte sie. Er hatte sie monatelang beobachtet. War in ihren privaten Lebensbereich eingedrungen. Wollte ihr zeigen, dass Barrieren für ihn nicht existierten. Oder verbarg sich hinter der Puppe etwas anderes?

Laura schwindelte. Sie schob die Decke zur Seite und richtete sich im Bett auf. Ihre Wirbel knackten. Der Kratzer an der Stirn pulsierte.

Fünf Tage, womöglich sogar mehr. So viel Zeit war seit ihrer Entführung verstrichen. Sie hatte keine Uhr mehr. Ihr Zeitempfinden war wie ihre Psyche aus dem Takt geraten. Tag oder Nacht – wo es niemals Zweifel gab, musste sie nun spekulieren. Manchmal hörte sie in der Ferne den Gesang von Amseln, wenn die Vögel den Morgen begrüßten oder den Tag verabschiedeten.

Laura setzte sich auf die Bettkante, die Zotteln des Läufers kitzelten unter den Fußsohlen. Ihr Kopf schmerzte. Ein Presslufthammergefühl zog über ihre rechte Schläfe. Sie blickte in die künstlichen Augen der Puppe und erhob sich. Ihre Gelenke fühlten sich steif an. Sie näherte sich der Puppe. Zentimeter für Zentimeter wankte Laura voran durchs Halbdunkel und kam der Gestalt im Lichtkegel immer näher.

Die Lippen der Puppe waren leicht geöffnet, als wollte sie ein leises Flüstern ausstoßen. *Hilfe, bitte.* Laura blieb vor ihr stehen und strich über die künstlichen Lippen. *Hilf mir.*

»Dir hilft hier keiner.« In dem Käfig aus Plexiglas gab es nur Gefangene. Darin war sie sich mit dem Plastikwesen gleich. »Wir sitzen so richtig in der Scheiße, du und ich.« Der blonde Pony der Puppe und der bleirote Ton auf ihren Lippen gaben ihr einen Hauch von Wärme, ein Versprechen, das ihr lebloses Plastik nicht einlöste.

Laura prüfte Hose und Schuhe der Puppe. Schwarze Diesel-Jeans und blaue Converse-Sneakers. Sie stammten aus ihrer Wohnung. Den Schlüssel musste der Mann aus ihrer Radlerhose gestohlen haben.

Doch da war noch etwas: eine merkwürdig vertraute Duftnote. Sie atmete den Geruch von Jasmin ein, versuchte, die Duftmoleküle einzuordnen. *Le Labo*, ihr eigenes Parfum. »Du gottverdammtes Schwein.« Nacken und Hals der Puppe waren mit dem Parfum eingesprüht. Der feine Film aus Alkohol und pflanzlichen Essenzen zeichnete sich wie ein Netz auf dem Plastik ab.

Wie selbstsicher musste er sich fühlen, wie unantastbar! Er nahm sich, was er wollte, ob es tote Materie oder ein lebender Mensch war. Er hatte ein Duplikat in den Käfig gestellt, einen künstlichen Zwilling. Eine Machtdemonstration, ein verzerrter Spiegel, in den sie blicken sollte. Oder einfach nur ein Instrument, mit dem er sie verhöhnen wollte. Die Puppe war hier, zusammen teilten sie sich nun das Gefängnis.

Laura legte die Stirn an den Kopf der Puppe. Das Plastik war entsetzlich kalt. Sie hatte hellblaue Augen, so wie sie. Augen aus

Glas, die niemals einen Sonnenaufgang oder eine kalte Nacht mit einem klaren Sternenhimmel sehen würden. Einen kurzen Moment nur glaubte Laura, das künstliche Wesen werde sie in die Arme nehmen.

Nie zuvor hatte sie sich so einsam gefühlt.

Fünf Tage. Das sind einhundertzwanzig Stunden, die einfach so an ihr vorübergezogen waren. Vergangene Tage, in denen sie keine frische Luft gespürt, ihre Freunde und ihre Eltern nicht gesehen oder ihre Stimmen gehört hatte. Was würde sie jetzt nicht alles für das oberflächliche Geplapper ihrer Freundin Marie geben, für ihr Lachen, das immer ein wenig an einen knatternden John-Deere-Rasenmäher erinnerte! Marie war nicht hier, und vielleicht würden sie sich nie wieder in den Armen liegen und Wein trinken.

Der Unbekannte hatte Laura ihres Lebens beraubt, die Gründe für seine Tat verschwieg er. Seine Stimme mit dem tiefen elektronischen Timbre war nach dem ersten Tag verstummt. Doch der Mann hatte sie nicht allein gelassen. Er saß an seinem Kontrollpult. Sie spürte ihn. Er beobachtete sie mit seinen Kameras. Selbst jetzt. Er wollte sie zerbrechen. Nicht mehr lange, und es würde ihm gelingen.

Laura blickte über die Schulter der Puppe. Auf dem Tablett mit den zwei robusten Haltegriffen lagen die Reste ihres Essens. Aufgerissene Verpackungen von Keksen und benutztes Geschirr. Er sorgte für sie. Einmal am Tag stand hinter der Öffnung in der Plexiglasscheibe ihr Essen: Säfte, Wasser, gekochte Eier, Pfannkuchen sogar. Vegetarische Brotaufstriche und frisches Gemüse. Er wusste, dass sie kein Fleisch aß, und er teilte es ihr auf seine Weise mit. *Ich weiß alles über dich. Ich kenne jedes deiner Geheimnisse.* Für ihn war sie ein gläserner Mensch in einem eigens dafür geschaffenen Gefängnis. Seine Perfektion machte ihr Angst.

Laura strich über das Kinn der reglosen Puppe. Sie hielt inne. Da war etwas, eine minimale Unebenheit. Eine abgeschlagene Stelle. Kein Zufall. Genau an dieser Stelle zeichnete sich eine Narbe auf ihrer eigenen Haut ab. Laura fuhr über die Vertiefung an ihrem Kinn. Das Überbleibsel eines Sturzes vom Rad, als sie im Sommer vor drei Jahren viel zu schnell eine Böschung herabgefahren war.

Wie nah war ihr der Mann gekommen, um selbst dieses Detail an ihr zu bemerken? Er war offenbar ein absoluter Perfektionist und die Puppe das Sinnbild seiner virtuosen Planung. Er hatte sich nicht einfach angeschlichen und sie in den Käfig gestellt. Nein, nicht einfach so. Niemals würde er das Risiko eingehen, bei einer solchen Aktion entdeckt zu werden. Nicht er.

Die Karaffe mit dem Wasser stand unscheinbar auf der Kommode, glasklar und natürlich, doch Laura ahnte ihr Geheimnis. Doxylamin oder ein stärkeres Mittel – er mengte es wahrscheinlich den Flüssigkeiten bei, dem Wasser und den Säften. Ihr Schlaf war ein unnatürliches Abtauchen in sich selbst, erzeugt mit der Hilfe chemischer Stoffe. Das erklärte auch ihre wiederkehrenden starken Kopfschmerzen. Anfangs hatte sie sich dagegen gewehrt, Essen und Wasser verweigert. Sie fürchtete sich vor seinen Übergriffen, wenn sie am hilflosesten war. Doch nichts geschah. Niemals. Seine Motive blieben im Dunkeln.

Laura legte beide Hände über die Augen der Puppe, die falschen Wimpern kitzelten auf der Haut. Sie hatte ihren künstlichen Schlaf inzwischen akzeptiert, sie sehnte ihn sogar herbei. Weil er sie aus der Gegenwart riss. Weil die Dunkelheit friedvoll war. Weil sie ihre Träume steuern konnte und darin niemals um Hilfe rief.

Als sie ein kleines Mädchen gewesen war, hatte ihr ihre Mutter gesagt: »Laura, wenn du morgens aufwachst, ist das jedes Mal wie eine kleine Geburt.« Ihre Mutter hatte sich geirrt. Mit jedem Aufwachen meinte Laura dem Tod ein Stückchen näher zu kommen. In ihrem Schlaf war alles gut. Nur dort.

»So weit ist es mit mir gekommen. Schon nach ein paar Tagen.« Der raue Ton der morgendlich Erwachten zog sich durch ihre Stimme. »Sieh zu, dass es mit dir nicht genauso endet.« Die Puppe nickte nicht. Sie verdrehte nicht die Augen oder flüsterte beruhigende Worte. Aber sie war da und spendete Trost. Laura strich ihr über die Wange. »Schon gut. Bist ein hartes Mädchen.« Sie wandte sich ab. »War ich auch mal.«

Laura stutzte. Neben dem Sessel reflektierte etwas das Licht. Direkt am Boden. Etwas Metallisches. Eine kleine Röhre. Sie war ihr zuvor nicht aufgefallen.

Sie machte fünf schnelle Schritte und ging in die Knie. Ein schwarzer Lippenstift mit dem chromfarbenen Schriftzug *Mac* lag dort. Seltsam. Er stammte nicht aus ihrer Wohnung. Sie benutzte kein Produkt dieser Firma. Sie nahm den Lippenstift in die Hand, ließ ihn zwischen den Fingern rotieren. Laura riss die Plastikkappe ab. Benutzt. Die oberste Schicht der grenadineroten Masse war abgetragen.

Laura ging zurück zu der Puppe und strich über den Mund aus Kunststoff. Sie kontrollierte ihre Fingerspitzen, hielt sie empor ins gleißende Licht. Keine roten Schlieren. Nichts. »Was soll das?« Der Lippenstift lag in ihrer ausgestreckten linken Hand. Im Käfig gab es keinen Zufall, nur fehlende Erkenntnis.

Eine andere Frau. Er musste einer anderen Frau gehört haben. Der Mann am Kontrollpult sprach auch ohne Stimme zu ihr. Die Frau war nicht hier. Nicht *mehr* hier. Sie war vielleicht eine Gefangene des Käfigs gewesen. Vor Laura. Wieder betrachtete sie den Lippenstift, diesmal jedoch wie das Überbleibsel einer Verstorbenen. Er nahm sich Frauen und sperrte sie in seinen Käfig ein. Was danach mit ihnen geschah, verriet er ihr nicht. Vielleicht, weil sie es ohnehin bald erfahren würde.

Laura ballte die Faust um den Lippenstift und blickte zur Kamera empor. Ihre Finger knackten, das rote Licht hinter der Scheibe über ihr pulsierte. »Du krankes Schwein!«, flüsterte sie.

Laura stolperte durch den Käfig und blieb vor dem Sessel stehen. Sie legte die Hände auf die Lehnen, stemmte ihr Körpergewicht dagegen und schob ihn durch den Raum. Die Kakadus und Papageien im Stoff schienen sie mit Interesse dabei zu beobachten. Immer wieder verhakten sich die Dolchbeine in den Zotteln des Läufers. Direkt unter der Kamera hielt Laura inne. Sie atmete schwer. Es war die erste wirkliche Kraftanstrengung seit Tagen gewesen. Sie kletterte auf die Sessellehnen, balancierte auf ihnen und reckte den Körper empor. Die rechte Hand mit dem Lippenstift streckte sie zur Plexiglasscheibe hoch. Drei Zentimeter fehlten. Die Sehnen in ihrem Oberarm überdehnten sich. Noch zwei Zentimeter. In der Plexiglasscheibe über ihr spiegelten sich unscharf ihre Konturen wider, ihr angestrengtes Gesicht mit dem zusammengekniffenen Mund. Hinter dem Glas blinkte das rote Zyklopenauge der Kamera. An. Aus. An – und wieder aus. Laura stemmte ein Bein gegen die Rückenlehne. Sie presste die Zehenspitzen in den Sessel und riss den Arm so gewaltsam hoch, dass ein Knacken in ihrer Schulter ertönte. Der Schmerz traf sie wie ein Nadelstich. Unbedeutend.

Sie zog die bröcklige Masse des Lippenstiftes über das Glas. Von rechts nach links und wieder zurück. Sie verschmierte die rote Farbe, bis das blinkende Licht dahinter verschwand. Wenn sie die Kamera nicht mehr sah, konnte sie der Mann durch seine Linse auch nicht mehr beobachten. Eine simple Gleichung.

Laura ließ sich auf den Boden fallen. Das Plexiglas vibrierte. Sie richtete sich auf den Knien auf. »Gefällt dir das, du Dreckschwein?« Sie hatte ihn eines Bruchteils seiner Kontrolle beraubt. Doch mehr als das, sie hoffte, dass er ihre Provokation nicht einfach hinnahm. Sie wartete auf seine Stimme, auf das elektronische Timbre, das jede Menschlichkeit missen ließ. »Komm schon, das kann dir nicht passen«, flüsterte sie. Jede Reaktion war besser als die Stille und das Vakuum, die im Käfig herrschten.

Laura betrachtete die rote Masse über ihr. Wie eine verdreckte Bahnscheibe sah sie von hier aus. Hinter dem Plexiglas hatte sie sechs weitere Kameras entdeckt, ganz sicher waren im Inventar noch weitere Linsen verborgen, die jede ihrer Bewegungen an den Mann übermittelten.

Ein Knacken. Der Lautsprecher – der Ton musste vom Lautsprecher kommen. Laura ballte beide Fäuste. *Sprich. Komm.* Ein feines Rauschen lag über dem Käfig. »Was? Kriegst du deine Fresse nicht auf?« Sie warf den Lippenstift mit aller Kraft gegen die Plexiglasscheibe. Wieder ertönte das Knacken. Der Generator stotterte.

»So viel Wut, Laura?« Die Stimme klang monoton und beruhigend. »Dein Zorn ändert nichts an deiner Situation. Absolut nichts.«

»Ich will dieses Gerede von meiner gottverdammten Situation nicht mehr hören. Warum bin ich hier? Ich will es endlich wissen.«

»*Warum* – das ist ein großes Wort, vielleicht zu groß für dich. *Warum* sind wir dort, wo wir sind? Gibt es einen Grund, oder müssen wir mit dem Unwissen leben?«

Das philosophische Geschwafel eines Wahnsinnigen. Doch Laura war dankbar, nach all den Tagen überhaupt die Stimme eines Menschen zu hören. Selbst seine. Der Gedanke widerte sie an.

»Mit jeder Entscheidung, die wir treffen, schließen wir eine andere aus. Und du, Laura, hast gewählt. Deswegen bist du hier. Nur deshalb.«

»Ich soll hier sein, weil ich mich da selbst hingebracht habe?« Sie brüllte und schlug mit der Hand gegen das Plexiglas. »Das ist doch total verrückt.«

»Sicher kennst du die Sage von Sisyphus.«

Laura hatte als Sechzehnjährige darüber einen Aufsatz in der Schule geschrieben. »Kenne ich. Ja.«

Sisyphus hatte die Götter verärgert. Zur Strafe wurde er in die Unterwelt verdammt. Dort musste er einen Felsblock einen steilen Hang hinaufrollen. Immer, wenn er glaubte, das Ende des Hanges erreicht zu haben, entglitt ihm der Felsen, und er rollte wieder bergab. Sisyphus musste von vorne beginnen. Immer und immer und immer wieder.

Laura schüttelte den Kopf. »Sie sehen sich als Gott, der mich in seine Unterwelt verschleppt hat. Und jetzt soll ich bestraft werden.« Laura stieß ein spitzes Lachen aus. »Sie sind komplett durchgedreht.«

»Sisyphus war ein sehr glücklicher Mensch.«

»Warum?«

Ein dunkles, elektronisches Seufzen ertönte. »Da ist es wieder – dein *Warum*.«

»Lassen Sie endlich diesen Scheiß. Reden Sie!«

»Ich rede, aber du folgst mir nicht.«

Eine Pause setzte ein. Laura hätte sie mit einer erneuten Nachfrage füllen können, mit einem Räuspern oder einem zornigen Ausruf – sie verzichtete. Sie wollte hier nur raus. »Sisyphus hat sich durch sein eigenes Handeln in eine ausweglose Situation gebracht. Kein Schicksal und kein Zufall waren dafür verantwortlich. Nur er allein. Und während alle anderen Menschen nach dem Sinn in ihrem Leben suchen – Sisyphus hat ihn längst gefunden. Er hat gewusst, warum er den Stein immer wieder den Hang hochrollen musste. Und du …«, nun wurde die Stimme leise, »… du musst selbst eine Antwort auf dein *Warum* finden. Hier und jetzt.«

Hitze stieg in Lauras Bauch auf. Zentimeter für Zentimeter kroch sie über ihre Haut, über ihre Brust, über ihren Hals. Die

Wallung erreichte ihren Kopf. »Ich habe keine Ahnung, mit wie vielen Frauen Sie diese beschissene Nummer hier schon durchgezogen haben.«

Ihre Mutter hatte sie stets vor ihren Kurzschlussreaktionen gewarnt. Aber sie war nicht hier, und Laura wollte sich nicht mehr beherrschen. Sie lief zu der Puppe. Ihr geöffneter Mund schien sie anzuflehen. *Tu das nicht. Bitte nicht.* Laura schlug mit der Faust in das künstliche Gesicht. Der Kopf wurde aus dem Rumpf gerissen. Aufgerissene blaue Augen und ein roter Mund trudelten durch die Luft. Der Kopf polterte über den Boden. Zweimal noch wippte er hin und her, dann lag er still. Die Puppenaugen fixierten einen Punkt im Nirgendwo. »Ich mache bei Ihrem Spiel nicht mit.«

»Aber das tust du doch schon die ganze Zeit. Dir bleibt nichts anderes übrig, Kleines. Das weißt du doch.«

Er nannte sie Kleines, wie es sonst nur ihr Großvater tat. Wie sehr sie ihn und seine Wärme vermisste! »Ich will hier raus.« Ihre Stimme klang hart und fremd. »Ich will aus dem Käfig raus.«

Das elektronische Knacken aus dem Lautsprecher ähnelte dem Klopfen an einer verschlossenen Tür. »Unser Spiel, wie du es nennst, endet in siebzehn Tagen. Am 18. Dezember. Bis dahin hast du Zeit, die Antwort auf dein *Warum* zu finden.«

»Und wenn ich sie nicht finde?«

Der Generator verstummte. Etwas raschelte im Lautsprecher. »Dann wirst du wahrscheinlich sterben.«

Aus einem Verdacht war Gewissheit geworden. Ganz nüchtern teilte er ihr ein Todesdatum mit. Es war seine Selbstverständlichkeit, sein monotoner Tonfall, der Laura in Panik versetzte. »Gott, fahren Sie doch zur Hölle.«

»Wozu, Laura?« Ein Klicken. Das Licht im Käfig verlosch. »Die Hölle ist leer. Alle Teufel sind hier.«

KAPITEL 7

Vermisst. Das Wort klang scharf. Er hatte es in seiner Laufbahn viel zu oft gehört. Meist wurde es mit atemloser Stimme vorgetragen. Manchmal mit einem Schluchzen. In wenigen Fällen mit Zorn.

Kriminalkommissar Lukas Johannsen blinzelte in die Herbstsonne. Die kahlen Bäume konnten die Strahlen nicht aufhalten. Ungebremst fielen sie auf die Fenster des kleinen asiatischen Restaurants. Die Wärme zog ihm über die Stirn, über die Wangen. Er genoss diesen Moment. Der Schnee verdeckte den Fenstersims, die nächsten Wochen würden noch mehr Kälte bringen. Das Weiß begrub die Welt unter sich.

Vermisst. Er strich über die Buchstaben auf dem vergilbten Pappordner. Sein Landeskriminalamt benutzte schon seit Jahrzehnten dieselben Büroartikel, die Ordner waren steinalt, die Ecken abgestoßen. Die Fälle in ihnen aber waren neu. Grundsätzlich druckte Lukas seine Dateien für die Mittagspause auf Papier aus, weil sie für ihn erst dann real waren. Er war altmodisch, und er gefiel sich dabei.

Mit der flachen Hand schob er die Krümel seiner Goma Kukki, seiner japanischen Sesamkekse, von der Tischplatte und schlug den Pappordner auf. Ein Farbfoto lag zuoberst. Laura Gehler. Blondes Haar. Blaue Augen. Studentin. Vierundzwanzig Jahre alt. Verschwunden seit sechs Tagen. Keine Anzeichen für ein Gewaltverbrechen. Keine auffälligen Spuren.

Er tippte mit dem Zeigefinger auf das Foto. Dreihundert Personen wurden jeden Tag in Deutschland als vermisst gemeldet. Laura war eine von ihnen. Menschen wie sie verließen morgens das Haus, sie waren auf dem Weg zur Arbeit oder zur Uni. Sie trafen sich mit Freunden, gingen einkaufen – und kehrten nicht zurück. Zunächst zumindest. Die meisten Vermissten tauchten spätestens nach vierzehn Tagen wieder unversehrt auf. Die Gründe für ihr Abtauchen waren so zahlreich wie die Schneeflocken, die nun jeden Tag vom Himmel rieselten. Doch nicht immer gingen diese Geschichten gut aus.

Lukas sah Bahngleise vor sich und aufgewirbelten Schotter. Daneben lag ein Körper. Bilder vom Gestern. Er nahm einen tiefen Schluck von seinem Oukan-Tee und schob die Erinnerungen beiseite.

Am Nachbartisch saß ein hagerer Typ im Anzug, der sich mit Essstäbchen aus Ebenholz abmühte. Seine Finger krümmten sich, als leide er an fortgeschrittener Gicht. Dabei schien er hochkonzentriert. Immer wenn er eine Sushirolle vom Teller geangelt hatte, fiel sie als bröckliger Reisklumpen wieder auf die Platte zurück. Die Kellnerin hinter der Theke rollte mit den Augen, dabei lächelte sie Lukas an. Jeden Tag zur Mittagszeit beobachtete sie diese Studien des Scheiterns. Ermüdend.

Lukas drückte den Rücken durch und setzte sich aufrecht auf seinem Butterfly-Stuhl. Er nahm Laura Gehlers Porträtfoto in die Hand. Die geschwungenen Augenbrauen, die vollen Lippen, das kleine Muttermal neben dem Ohr. Er suchte in ihrem wachen Blick nach einer psychischen Instabilität, nach einem kaum merklichen Faktor, der ihr Verschwinden plausibel machte. Er fand nichts.

Laura Gehlers Mutter war eine dieser überambitionierten Politikerinnen in Bayern. Sie wollte nicht warten. Sie machte Druck auf das Landeskriminalamt. Suchaktionen, Hundertschaften der Polizei, Hubschrauber mit Wärmebildkameras –

alles war in Gang gesetzt. Die Behörden in Thüringen wurden zu Getriebenen. Doch Ergebnisse fehlten.

Lukas streckte sich. Die Zeiger der unmodischen Wanduhr näherten sich der vollen Stunde. Ein Uhr. Er kramte einen Zwanzigeuroschein aus seiner Hosentasche und legte ihn auf den Tisch. Immer mit der Brücke nach oben. Eine seiner unerklärbaren Macken.

Dem Hageren am Nachbartisch fiel ein weiteres Stück Sushi vom Stäbchen. Diesmal landete es auf seinem Knie und rollte von dort auf den Boden. Reiskörner klebten an seinem Hosenbein. Mit einer schnellen Bewegung bückte er sich, hob das Sushi auf und schob es sich heimlich in den Mund.

Genug war genug. Lukas zog sich aus dem Butterfly-Stuhl und deutete auf die Stäbchen des Hageren. »Darf ich?«

Der Mann blickte ihn mit offenem Mund an. Seine Krawatte war so eng gebunden, dass sein Hals über dem Hemdkragen Falten warf. »Also ... ich ...«

Lukas wartete die Antwort nicht ab. Er umklammerte die rechte Hand des Mannes »Sie sind einfach zu verkrampft.« Er schob Daumen und Zeigefinger auseinander. »Halten Sie die Stäbchen locker und immer von weit hinten.«

Der Mann betrachtete seine Hand, als wäre sie unmöglich ein Teil seines Körpers.

»Und, ganz wichtig, immer nur das obere bewegen.« Die Stäbchen klappten auf und zu. »Sehen Sie? Wie der Schnabel eines kleinen, hungrigen Vögelchens. Ganz einfach.« Er sprach mit dem Mann wie mit einem siebenjährigen Kind. Als es ihm auffiel, ärgerte sich Lukas über sein respektloses Verhalten. Hoffentlich hatte er damit wenigstens Erfolg.

Der Mann zog seine Krawatte ein Stück auf und ahmte dann die Bewegungen nach. Seine fingerakrobatischen Talente waren mittelmäßig, aber ausreichend. »Ich wollte schon wieder auf

Currywurst und Pommes umsteigen.« Er klapperte noch einmal mit den Stäbchen. »Danke.«

»Wenn etwas nicht funktioniert, müssen wir die Methodik ändern. Ganz simpel.« Vor allem, wenn es Lukas' Verständnis für japanische Esskultur beleidigte. Aber das behielt er für sich.

Lukas klemmte sich seinen Pappordner unter den Arm. Er nickte der leise kichernden Kellnerin zum Abschied zu. Das Glöckchen über der Tür klirrte, als er nach draußen trat.

Die kalte und trockene Luft schoss ihm in die Lunge. Das harte Sonnenlicht brannte auf der Netzhaut. Schaukelnde Bommelmützen und knirschende Schuhe zogen an ihm vorüber. Die Scheibenwischer eines vorbeifahrenden Autos surrten. Lukas blieb stehen. Etwas stimmte nicht. Er konnte es spüren. Wieder sah er für den Bruchteil einer Sekunde die Bilder der Bahnschienen vor sich. Eine dunkle Ahnung. Vielleicht bildete er sich das alles auch nur ein. Doch Intuition beruhte auf Logik.

Eiszapfen hingen an einer Dachrinne. Rauch stieg aus einem Schornstein auf. Ein Vater zog seinen Sohn auf einem Schlitten durch den Schnee. Das Kind kreischte laut.

Das Gefühl blieb. Irgendwo da draußen war etwas in Bewegung geraten. Lukas zog Laura Gehlers Foto aus dem Pappordner. Er presste die Ränder zusammen, bis sich das Bild wellte.

Dieser Tag hatte ihm sein wahres Gesicht noch nicht gezeigt. Aber das würde sich bald ändern. Daran hatte Lukas keinen Zweifel.

KAPITEL 8

Wie ein brauner Klotz lag das Päckchen auf ihrem Schreibtisch. Inmitten zerfetzter Bonbonpapiere, einer leeren Schachtel Zigaretten mit Mentholgeschmack und der verkrümelten Computertastatur strahlte die Box eine eigentümliche Autorität aus.

Das Päckchen war nicht größer als zwanzig mal zehn Zentimeter. Ein Kerzenständer hätte darin sein können. In jedem Fall etwas Längliches. Sie schüttelte die Schachtel. Etwas polterte gegen die Innenwände. Der Inhalt mochte nicht schwerer als zweihundert Gramm sein.

Imke Gehler wollte das Päckchen öffnen. Doch etwas in ihr widerstrebte dem Drang, das Klebepapier aufzureißen und die Papplaschen auseinanderzubiegen. Auf dem Aufkleber prangte in nüchternen Druckbuchstaben der Name der Absenderin: Laura Gehler. Es war der Name ihrer Tochter, die seit sieben Tagen vermisst wurde.

Die skelettierten Rothirschschädel mit ihren Geweihen blickten auf Imke herab. Das Licht des achtarmigen Leuchters warf einen sanften Schleier in das Büro. Vor den großen Flügelfenstern setzte die Dämmerung ein. Schnee stob vom Sims auf.

Sie blies den Rauch ihrer Zigarette gegen die getäfelte Decke. Die Schwaden wirbelten wie in einem Spiralnebel empor, bevor sie sich auflösten. Auf Verbote nahm sie keine Rücksicht mehr. Sechs Jahre lang hatte sie das Nikotin aus ihrer Lunge verbannt, nun krochen die Stoffe wieder durch ihre Blutbahnen. Sie drückte die Zigarette in dem kleinen Aschenbecher mit dem

Aufdruck einer Biermarke aus. Ein glühendes, verkrümeltes Häufchen blieb zurück.

Imke legte die Stirn in die Hände. Alle hier hielten sie für eine harte Frau. Eine bayerische Landrätin auf dem Weg zur Bürgermeisterin. Ihr Tisch war so groß, dass ein Mensch problemlos darauf hätte schlafen können. Je imposanter der Tisch, desto gewaltiger der, der dahinter saß. Eine Regel aus dem vergangenen Jahrhundert. Von ihrem Vorgänger war sie mit der Hartnäckigkeit eines alten weißen und in diesem Fall kleinen Mannes gelebt worden. Seine hinterlassenen halb leeren und bunten Flaschen mit Weizenkorn hatte sie heimlich in Einkaufstüten aus dem Rathaus geschafft. Sie war diskret, und sie hatte sich ihren Platz erkämpft.

Die andere Imke verbarg sie. Sie hatte in sieben Städten gelebt. Zwei Scheidungen, drei Kinder, eine überstandene Krebserkrankung und ein schwerer Unfall – und doch war sie immer noch da. Nun aber drohte sie innerlich zu zerreißen.

Sie blickte durch die Schlitze ihrer Finger. Wie eine Handgranate lag dort das Päckchen und wartete darauf, dass sie endlich den Sicherungsring zog.

Laut dem runden Stempel auf braunem Untergrund war das Päckchen vor vier Tagen versandt worden. Lange nach Lauras Verschwinden. »Was zur Hölle soll das alles bedeuten?«

Imke hatte sich von der Putzfrau Handschuhe geben lassen. Sie streifte sich einen über, der Gummigeruch stieg ihr in die Nase. Ein sofortiger Anruf bei der Polizei in Thüringen wäre vernünftig gewesen. Doch später war immer noch früh genug. Feiglinge klammerten sich immer dann an die Vernunft, wenn ihnen der Mut fehlte. Sie war nicht feige. Die Resultate der Beamten vor Ort waren bisher überschaubar, die leidenschaftslose Suche erfolglos. Und dabei hatte sie schon über Freunde im bayerischen Innenministerium Druck auf die Thüringer ausgeübt.

Sind Sie sicher, dass Ihre Tochter keine Drogen nimmt? Hat sie Probleme? Eine schwierige Beziehung? Fragen, Fragen, Fragen – und immer suchten die Beamten die Schuld bei Laura. Anwohner wurden befragt, Suchmeldungen verfasst, endlose Telefonate geführt. Laura war ohne jeden Anhaltspunkt verschwunden. Mit jedem weiteren Tag wurde sie mehr zu einer Polizeiakte mit Nummern und Querstrichen, die sich zwischen den Hunderttausenden Bits und Bytes eines Polizeirechners verlor – oder gleich im Blechcontainer einer Behörde verstaubte. Erst kamen die Tage, dann die Monate, und schließlich vergingen Jahre. Das würde Imke nicht zulassen. Laura war ein fester Teil von ihr. Ihre beiden anderen Kinder sprachen nicht mehr mit ihr. Vielleicht war es einfach nicht hip genug, das Kind einer konservativen Politikerin zu sein. Oder sie hatte zu viel von den beiden gefordert. Am Ende war ihr nur Laura geblieben. Ihr jüngstes Kind.

Imke zog am Bündchen des Handschuhs. Mit einem Schnalzen zog sich das Gummi wieder zusammen. Ihr Handeln konnte Beweise zerstören. Bedeutungslos. Sie musste wissen, wo sich Laura befand, ob sie überhaupt noch am Leben war. Niemals wäre sie aus freien Stücken verschwunden, so gut kannte sie ihre Tochter. Jemand musste sie entführt haben – oder gar Schlimmeres. Das Päckchen konnte Antworten liefern.

Imke zog ihren Brieföffner aus dem abgenutzten Lederetui. Wie kalt das Metall in der Hand lag! Sie streifte sich den zweiten Handschuh über. In ihrer geballten Faust lag der Griff. Sie rammte die Spitze in das Klebeband, das die Laschen miteinander verband. Das Ratschen erinnerte an einen Bänderriss im Sprunggelenk. Imke kannte das Geräusch von ihrem abgebrochenen Marathonlauf im vergangenen Herbst. Keine schlechten Gefühle. Das Päckchen vor ihr musste nichts Böses bedeuten. Ein Mensch hat im Schnitt sechzigtausend Gedanken am Tag, die meisten negativ. Sie musste den einen Hoffnungsschimmer finden und ihn für ein paar Sekunden festhalten. So lange, bis der Inhalt des Päckchens vor ihr lag.

Stück für Stück tat sich die Box auf. Zerknülltes braunes Packpapier zeigte sich, sie zog es zur Seite.

»Was …?«

Wolken zogen vorüber, noch einmal blitzte die untergehende Sonne vor den alten Flügelfenstern auf. Ein Auto hupte auf der Straße, zweimal kurz, einmal lang.

Eine Barbie-Puppe.

Wie ein harmloses Kinderspielzeug lag sie in der Schachtel. Langes blondes Haar, blaue Augen. Bekleidet mit einem Jeansanzug.

»Was soll das?« Imke riss das Packpapier aus der Box. Mit einem Rascheln fiel es auf das Fischgrätparkett. Sie kippte die Schachtel um, die Puppe fiel heraus und polterte auf den Tisch. Keine Nachricht, keine Forderung. Nichts.

Das Licht brach sich in der lackierten Platte aus Fichtenholz. Die Puppe spiegelte sich darin wie ein kleiner Mensch, der irgendwo in der Ferne am Boden lag. Imke nahm sie in die Hand.

Laura besaß einen solchen Jeansanzug. *Das ist kein Zufall.* Die Arme der Puppe streckten sich ihr entgegen. Ein fröhlicher Zug lag auf ihren Lippen. Ein dümmliches Lächeln, als wollte sie zu einer Party mit genauso stumpfsinnigen Freundinnen aufbrechen. Niemals hätte ihr Laura eine solche Puppe geschickt.

Was wollte ihr der Absender sagen? *Ich habe deine Tochter.* Das war alles? *Sieh genauer hin.* Gab es politische Motive? Wer wollte ihr schaden?

Imke hatte sich offen für die Aufnahme von Flüchtlingen in ihrem Ort ausgesprochen. Anonyme Pöbler hatten sie dafür im Netz angefeindet. Sie hatte während der Pandemie Maskenverweigerer mit drakonischen Strafen belegen lassen – und wieder hatte sich im Verborgenen eine Front gebildet, die im Internet gegen sie agierte. Bekam sie nun ihre Strafe? War es so simpel?

Sie schüttelte die Puppe. Das hier mochte die Quittung für ihr politisches Handeln sein. In diesen Tagen und in dieser Gesellschaft erschien ihr nahezu alles möglich. Imke umfasste die Puppe härter, presste den Stoff an der Hüfte zusammen. »Dämliches kleines Ding.«

Draußen landete ein Bergfink auf dem Sims. Sein kleiner Kopf bewegte sich so schnell, als wollte er alle Eindrücke in Sekundenbruchteilen aufsaugen. Oft gab ihm Imke ein paar Krumen von ihrem Frühstück ab. Sie war dankbar für seine Nähe, weil der Vogel ein Stück der normalen Welt da draußen verkörperte. »Ich kann jetzt nicht«, flüsterte sie ihm zu. Zweimal noch bewegte er schnell den Kopf, und als hätte er sie verstanden, verschwand er mit schnellen Flügelschlägen in der Dämmerung. Sie war allein.

Imke schloss die Augen. Nur einen Moment. Ihr Herz raste.

Da war dieses warme Gefühl in ihrem Kopf, als würde Blut gegen ihre Schädeldecke gepumpt werden. Die Wut kam, und sie verlieh ihr Kraft, ließ sie klarer denken. Zorn reinigte den Kopf. Sie war schon immer anders als andere gewesen. Laura war ihr Kind, in diesem Punkt glichen sie sich. In welcher Lage sie sich auch befanden, ihre Wut würde sie stärken.

Laura war neun Jahre alt gewesen, als sie bäuchlings mit ihrem Schlitten eine Rodelpiste im Stubaital hinabgeglitten war. Die Strecke war hügelig, schwer zu überschauen. Ein Bremsmanöver schlug fehl, die letzte Kurve war zu steil. Sie landete in einem Zaun, ihre Stirn schlug gegen einen Holzpfahl.

Imke wollte ihr helfen und rannte los. Doch Laura hatte sich bereits aufgerichtet und betrachtete das Blut im Schnee. Die roten Sprenkel hatten ein Muster vor ihren Füßen gebildet.

Mit dem Handrücken wischte sie sich die Schlieren von der Stirn. Keine Tränen, kein Gejammer. Nur in ihrem Blick lag all die Wut darüber, dass sie die Piste nicht bis zum Schluss geschafft hatte. »Das mache ich noch mal, so lange, bis ich es packe«, rief sie ihr zu und kletterte mit kleinen, geballten Fäusten wieder den Hügel hinauf. »Ich mach weiter, bis ich es packe!« Sie schaffte es. Weil sie wütend war.

Wo immer ihre Tochter auch war, Laura musste nur durchhalten. »Gib nicht auf. Mach weiter, bis du es schaffst«, flüsterte Imke der Puppe zu. Laura lebte. Das hoffte Imke nicht nur, sie spürte es mit jeder Zelle ihres Körpers – weil sie es spüren wollte.

Noch härter umklammerte sie die Puppe. Da stießen ihre Finger auf eine Unebenheit. Sie zog einen Handschuh aus. Mit der Fingerspitze ertastete Imke den Jeansstoff, seine schroffe Struktur. Die Jacke der Puppe, ihre rechte eingenähte Tasche – da war etwas. Ein Widerstand, kaum spürbar, aber er war da.

Sie bog den Saum an der rechten Tasche auf. Etwas Weißes zeigte sich. Papier, vierfach gefaltet. Sie strich über die Kanten.

Sicher nur einer dieser Zettel, auf denen die Prüfnummer des Artikels aufgeführt war. Oder sonst was. Mit den Fingernägeln angelte sie das Papier heraus und entfaltete es.

Weiß-bräunliche Farben, schwarze Schrift und ein Foto. Sie wusste, was sie in den Händen hielt.

Die Lüftung des PCs brummte. Draußen im Gang hallten die Schritte von Stöckelschuhen wider.

Imkes Hände zitterten. Der kleine Zettel entglitt ihr.

Ihr Atmen nahm sie so entfernt wahr, als stammte es von einem anderen Menschen.

Vor ihr lag die Miniaturausgabe eines Personalausweises. Eine verkleinerte Fotokopie, von der sie Lauras Gesicht anlächelte. Jemand hatte sie geholt, und er teilte es ihr mit. Sie wendete den verkleinerten Ausweis. Wie vermutet, war er beidseitig bedruckt. Die Schrift konnte sie kaum lesen.

Imke erhob sich mit zitternden Händen. Sie musste sicher sein, absolut sicher. Mit der Puppe in der einen und dem Zettel in der anderen Hand stürzte sie zur Tür. Ein Schlag mit dem Ellenbogen auf die Klinke, die Tür klappte auf.

Ihre Sekretärin saß vor ihrem bläulich flimmernden Computer. Ein Mausklick, und das Bild eines Onlinehändlers verschwand so schnell auf dem Display, als wäre es niemals dort gewesen.

»Marion, ich brauche ein Vergrößerungsglas ... eine Lupe oder so was ...«

Marion wandte sich ihr zu, dabei hob sie die überschminkten Brauen. »So was haben wir nicht, aber ich kann ja gleich mal beim Bürodienst ...«

»Jetzt! Nicht gleich. Bringen Sie mir irgendwas zum Vergrößern. Sofort!«

Marion erhob sich von ihrem Drehstuhl, die Sitzfläche federte nach. Sie betrachtete Imke und presste die Lippen aufeinander, als habe sie ein besonders scheußliches Insekt entdeckt. Natürlich. Die gelben Gummihandschuhe, die Puppe und Imkes hysterisches Auftreten vermittelten den Eindruck einer geistigen Irrfahrt. »Bitte«, schob Imke in betont ruhigem Tonfall nach.

Marion nickte nur, als sie durch das Vorzimmer stakste und durch die Tür verschwand. Sie war das ungeliebte Überbleibsel ihres Vorgängers, und ganz sicher würde der Tratsch in der Rathauskantine morgen epochale Ausmaße annehmen.

Imke betrachtete den kleinen Zettel in ihrer Hand. Kaum spürbar. Nur ein Stück Papier. So wenig reichte aus, um sie komplett an den Abgrund zu treiben. »Moment mal ...« Sie hätte gleich darauf kommen können.

Mit hastigen Schritten lief Imke zurück in ihr Büro. Ihre Handtasche hing am Kleiderständer. Sie legte Puppe und Zettel vorsichtig auf das Fensterbrett und durchwühlte ihre Tasche.

Eine aufgerissene Packung Tempotaschentücher, zwei Lippenstifte, eine Schachtel Kaugummi mit Erdbeergeschmack, ein Paar Ersatzstrumpfhosen, ein Schlüsselbund mit einem Sylt-Anhänger – ihre Tasche war der komplette Gegenentwurf zu ihrem organisierten Leben. Endlich fand sie ihr Smartphone. Sie umklammerte das Metallgehäuse und aktivierte den Foto-Modus.

Sie trat ans Fensterbrett. Der Blitz flackerte auf. Sie wendete den Zettel. Ein weiteres Flackern. Vorder- und Rückseite des Personalausweises flimmerten hoch aufgelöst auf dem Display.

Imke zog die Handschuhe aus. Mit zwei Fingern zoomte sie das erste Foto auf, vergrößerte es.

Saalburg-Ebersdorf 07929, Steinbergstraße 7 – Lauras Anschrift. Stimmt. *Augenfarbe blau, Größe 178 cm*. Alles korrekt.

Sie klickte auf das zweite Foto, die Vorderseite des Ausweises. Lauras Gesicht blickte sie an. Die feinen Grübchen um ihre Mundwinkel verliehen ihr einen mädchenhaften Zug. Imke musste sich von dem Bild losreißen. *Staatsangehörigkeit Deutsch*, daneben war als Geburtsdatum der *18.12.2024* genannt. Sie hielt inne.

Das war nicht möglich. Ausgeschlossen.

Sie zog das Foto weiter auf. Die Buchstaben wuchsen, erhoben sich wie schwarze, hässliche Flecken auf hellem Grund. Imke hielt sich am Fenstergriff fest. Sie verstand.

Auf der Straße parkte ein Golf mit brummendem Motor ein. Die Leuchtreklame eines Supermarkts flackerte. Im Wohnblock an der Ecke brannten in allen Wohnungen die Lichter. Ihr Handydisplay reflektierte in der Fensterscheibe.

Todesdatum/Date of death/date de décès 18.12.2024.

Lauras Entführer hatte zu ihr gesprochen. Ganz sachlich und selbstverständlich, als sei es bereits geschehen, teilte er Lauras Sterbedatum mit. In fünfzehn Tagen endete das Leben ihrer Tochter.

Eine Tür klappte. Schuhe stöckelten übers Parkett. Marion. In der Hand hielt sie eine riesige Lupe, die sie hin und her schwenkte. »Die hat Schmitti aus der Poststelle aus irgendeinem alten Karton rausgekramt.« Marion hielt inne, ihre Brauen hoben sich. »Frau Gehler ... alles in Ordnung?«

Imke winkte ab. Sie hatte das Gefühl, Wasser zu atmen, als ob ihre Lungenbläschen verklebten. Ihre Glieder wurden schwer, verkrampften sich. Ihr schwindelte. Das Display verschwamm zu einem weiß-bräunlichen Brei.

Sie stützte sich auf die Fensterbank, klammerte sich am eisernen Griff des Fensters fest. Sie wollte den Rücken durchdrücken, aufrecht stehen, ihre Schwäche verbergen. Zu spät. Sie sackte vor dem Fenster zusammen.

Von weit her vernahm sie Marions aufgeregtes Rufen. Das Klackern ihrer Schuhe klang wie ein geheimnisvoller Morsecode. *Laura. Tot. Tot. Laura. Tot. Tot.*

Dann wurde alles leiser und noch leiser, bis die Stille kam.

Imke blickte nach oben, zur Wand – direkt in die leeren Augenhöhlen der Rothirschskelette. Und die schwarzen Höhlen blickten zu ihr hinab und in sie hinein.

ᴫᴫᴫ TONAUFZEICHNUNG

Audiodatei – File 38, 11 MB, 192 kbit/s.

Ich mag den Geruch von Autoabgasen und von Edding. Ich trinke Kakao nur mit Strohhalm, weil ich Angst davor habe, dass meine Zähne braun werden. (Ein Prasseln im Hintergrund, untermalt von einem Rauschen)
Die Dämmerung mag ich lieber als Sonnenaufgänge. Und ich liebe Regen, obwohl das da draußen schon seit zwei Stunden so geht. Keine Ahnung, ob es noch irgendjemanden auf der Welt gibt, der Regen liebt, ohne Wasser zu mögen. Ich bin auf jeden Fall dieser eine Mensch.
Ist doch komisch (seufzt). Ich habe im Wellenbad als Kind fest daran geglaubt, dass hinter den Gittern am Becken Seeungeheuer gefangen gehalten werden. Die haben die Wellen gemacht. Hundert Pro. Ich habe nie nachgesehen, weil ich zu viel Angst hatte. Klingt lächerlich (räuspert sich). Heute weiß ich ja, dass es nur die Generatoren waren. Aber damals hatte ich echt eine Höllenangst. Ein paar Jahre später habe ich dann beim Schwimmen Panik davor gehabt, dass ich meine Zehennägel verlieren könnte.
Wasser und ich, das läuft nicht richtig gut. Aber den Regen da draußen vor meinem Fenster, den mag ich wirklich. Außerdem sitze ich ja drinnen. (Ein Quietschen wie von Fingern, die über eine Scheibe gleiten) Klingt widersprüchlich. Vielleicht bin ich das auch. Das bin ich sogar ganz sicher.
Morgen ist Freitag, und wir sind dann schon eine ganze Woche in Bayern. Neue Stadt, neues Leben, neue Freunde. Dieses ganze Blablabla. Ich verstehe hier manchmal kaum ein Wort. »Zam sei« hat mir so ein junger Typ im Bier-

garten zugerufen, als ich an seinem Tisch vorbeigegangen bin. Dabei hat er mir zugewinkt und auf einen freien Stuhl gezeigt. Zusammen sein – und wenn ich ehrlich bin, mag ich das eigentlich. Die kennen sich hier alle im Ort. Ganz anders als in Berlin, wo dich fremde Menschen aus dem Auto schon anschreien, weil du zu langsam über eine grüne Ampel gehst. Ich rieche noch immer Urin, Abgase und das Kupfer von billigen Eincentmünzen, wenn ich an die Stadt denke. Das geht auch nicht weg. Das bleibt. Ist aber irgendwie okay.

Mom sagt, dass wir mal in Val Gardena zum Skifahren gehen können. Ist ja nicht so weit weg. Ich, auf gefrorenem Wasser mit zwei so Brettern unter den Füßen. Ich weiß nicht ... Andererseits probiere ich gerne was Neues aus. All right, freue ich mich eben drauf. Mache ich wirklich. Mal sehen, wie die Leute hier so sind.

Ich kann nicht viel mit Menschen anfangen, die den ganzen Tag ihr Instagram mit Fotos füttern. Interessiert mich einfach nicht. Für wen machen die das überhaupt?

Bei meinem Zahnarzt in Berlin konnte ich seine Stimmungen immer auf dem Display von seinem Handy ablesen. Ständig hat das geklingelt. Erst flimmerte da seine dunkelhaarige Frau mit den beiden Töchtern. Irgendeine Sommeridylle mit See im Hintergrund. Ein halbes Jahr später hat er das Foto ausgetauscht gegen eine blonde Frau mit Kurzhaarschnitt. Die war maximal halb so alt wie er. Ich erinnere mich noch an ihr Lächeln und ihre riesigen Zähne.

Mit den ganzen Fotos wollte er wohl mit Gewalt das Leben festhalten. Als ob es nur dann passiert ist, wenn es auch ein Foto davon gibt. Kein Foto, kein Leben. Irre.

Ich werde meinen Freakfaktor wohl ein bisschen runterschrauben müssen, sonst passe ich hier nicht rein. Aber vielleicht sind die in Bayern auch ein bisschen mehr auf Natur aus und weniger auf Hightech und digitales Rauschen. Würde mir gefallen. Jedenfalls bin ich megaentschlossen, mich diesmal nicht zur Aussätzigen zu machen.

Hey! (Schritte auf knarrenden Dielen) Ist das ein Regenbogen da draußen? (Knarren) Ja, ist einer. Wow! Das ist ein gutes Zeichen. Das ist es doch. Jede Wette.

Mehr später. (Klick)

KAPITEL 9

Der Schnee erstickte die Welt im Weiß. Er verschluckte Straßen, Geräusche und löschte alle Spuren aus, die Laura Gehler hinterlassen hatte. Wenn Natur tatsächlich eine Gewalt darstellt, dann stemmte sie sich mit aller Kraft gegen Lukas' Ermittlungen.

»Kälte kann ich ab. Aber das ist eine gottverdammte Eiszeit.« Frank Weber, der erste Polizeihauptmeister, lehnte an einer knöchernen Pfarrlinde. Mit den Händen umklammerte er seine heiße Thermoskanne mit dem Holundertee. »Wir haben hier draußen nichts gefunden. Weder aus der Luft noch am Boden.« Er nahm einen tiefen Schluck vom Tee, Schwaden stiegen empor. »Und wir werden auch nichts finden.«

»Weil unsere Suchmethoden nicht straff genug sind.« Lukas ballte die Finger in seinen Handschuhen zu Fäusten. »Das werden wir ändern.«

Sie blickten von einem Hügel auf die Saale hinab. Wald und Dunkelheit umgaben sie. Die Bäume erschienen wie schlafende Riesen unter einer Decke. Die Straße am Fluss lag still vor ihnen. Noch immer fielen dichte Flocken.

Lukas hatte den Tag von Lauras letzter Sichtung rekonstruiert. Bis zum Nachmittag war sie in ihren Vorlesungen an der Uni gewesen. Danach ein Cafébesuch. Am späten Nachmittag betrat sie einen Computershop und kaufte dort eine Laptoptasche. Am Abend telefonierte sie kurz mit einer Kommilitonin. Ihre Kreditkarte und ihr Handy sprachen, doch danach verfielen sie in tiefes Schweigen. Als hätte sich Lauras Essenz in nichts aufgelöst.

»Sie ist die Strecke da unten mehrmals die Woche mit ihrem Rad gefahren. Fünfzehn Kilometer. Bei jedem Wetter. Immer. Nun ist Laura Gehler verschwunden und auch ihr Trekkingrad. Seltsame Koinzidenz.«

»Das Fahrrad kann irgendwo angekettet sein«, widersprach Weber und leckte sich den Schnee von den Lippen.

»Ein siebentausend Euro teures Trekkingrad?«

In Webers lautem Schnaufen lagen Unglaube und Missgunst. »Irrsinn. Dafür bekomme ich einen Kleinwagen.«

»So oder so. Wir teilen das Kartenmaterial noch einmal in kleinere Einsatzabschnitte mit Untersegmenten ein. Die Feuerwehr holen wir uns als Unterstützung dazu. Wir pflügen das gesamte Areal noch einmal um.« Lukas schlug mit der Faust gegen den Stamm der Rinde. »Alles. Jedes Krümelchen Erde.«

»Die Einsatzleitung wird Sie für diesen Megastress hassen.«

»Das ertrage ich.« Drogen. Psychische Ausnahmezustände. Ein Unfall. Entführung. Mord. Irgendwo dazwischen lag Laura Gehlers Geschichte, und Lukas wollte sie endlich hören.

Er wandte sich auf dem Waldweg um, als sein Handy einen echolotartigen Ton von sich gab.

Wie ein verzerrter Widerhall erschallte auch aus Webers Manteltasche ein lang gezogener Harfenklang. »Riecht nach LKA.«

Lukas zog sein Handy hervor. Weber tat es ihm gleich. Das Licht der Touchscreens bestrahlte ihre Gesichter von unten.

Mit dem Zeigefinger tippte Lukas die blaue Sprechblase im Nachrichtenmodus an. »Imke Gehler hat anonyme Post bekommen ...«

»Ein Päckchen ...«, vollendete Weber und scrollte über sein leuchtendes Display. Er stoppte. Seine Augen verengten sich, dabei schüttelte er den Kopf. »Gott ...«, hauchte er.

»Eine Puppe. Im Paket«, ergänzte Lukas.

Schnee rieselte lautlos von der Linde zu Boden. Ein Zweig knackte, als Weber an ihn herantrat. »Aber das heißt ja ... also ... das kann doch nur bedeuten, dass ...«

»Genau das.« Lukas legte die Kiefer hart aufeinander. Schwer lag das Handy in seiner Hand.

Eine Puppe. Nur ein Stück Plastik – und doch viel mehr als das. Eine Stimme aus der Vergangenheit hatte sich gemeldet. Sie hatte Lukas nie verlassen, sich in seinem Innersten eingenistet. Nun schrie sie ihn an und drohte ihm. »Das ändert alles. Absolut alles.«

KAPITEL 10

Der Mini schlitterte durch die Schneemassen. Reifen knirschten, Profile griffen ins Leere. Scheibenwischer surrten mit maximaler Geschwindigkeit. Die Fichten rahmten die Zufahrt zum Haus ein, ließen sie im Scheinwerferlicht wie einen endlos kurvigen Tunnel erscheinen.

Ariane riss das Lenkrad herum, wollte den Wagen stabilisieren. Die Achse knirschte, der Mini drehte sich um die eigene Achse. Sie drückte das Gaspedal durch, trat kurz auf die Bremse, gab wieder Gas. Der Motor heulte auf, ihre Einkaufstüten trudelten über die Hinterbank. Drei Bananen polterten in den Fußraum des Beifahrersitzes. Der Wagen fiel zurück in seine Spur wie eine Kugel in einer Laufschiene.

Ariane liebte das kurvige Gelände und den Schnee auf dem Weg zu ihrem Haus. Vor allem den Schnee. Neuschnee, Pappschnee, Tiefschnee – für Ariane war er viel mehr als gefrorenes Wasser oder harte Eiskristalle. Das Weiß glich einem Schleier, der den Schmutz der Tage verdeckte und ihn vergessen machte – so wie ein Meeresrauschen am Strand störende Töne verschlucken konnte. Jedes Jahr freute sie sich auf die kalte Zeit, in der alles ganz anders war. Zweige schlugen gegen die Windschutzscheibe, gleich holperte der Wagen über einen Stein, der dort schon seit Monaten lag. Das Fahrwerk knarzte. Da war er, genauso verlässlich hob sich an dieser Stelle das linke Vorderrad. Dann folgte der Hinterreifen. Die Bananen rollten über den Boden und wieder zurück. Alles in ihrem Umfeld hatte seinen festen Platz, und so sollte es immer bleiben. Sie sehnte sich nach der Sicherheit, nach dem Verlässlichen.

Manchmal fuhr Ariane die Strecke in der Schwärze der Nacht ohne Licht. Dann fühlte sich die Fahrt wie ein Trip aus der Erinnerung an – oder wie ein Traum. Das klang gefährlich, war es aber nicht. Nicht für sie.

Niemand benutzte diese Zufahrt. Außer Gerd, dem Postboten, betrat kein Mensch ihr Grundstück. Selbst der Postler stellte die Pakete meist schon bei dem großen Vogelhaus hinter der ersten Kurve ab. So sparte er Zeit für sein drittes oder viertes Frühstück.

Instinktiv griff sie in die Ablage neben der Kupplung. Ihre Tabletten knisterten in der Alufolie. Die meisten Aushöhlungen der Blisterpackung waren leer. Vielleicht noch zwei oder drei Tage, dann brauchte sie ein neues Rezept. Sie musste den Doktor aufsuchen. Ariane mochte diese Termine nicht. Fremde Menschen mit flatternden Kitteln hatten nicht das Recht, in ihren Kopf einzudringen. Doch ohne Besuch beim Shrink gab es keine Tabletten und keine Hilfe. Ein übler Deal, doch unausweichlich.

Ariane nahm die nächste Kurve. Etwas war anders. Einem Impuls folgend, tippte ihr Fuß auf das Bremspedal. Der Wagen rutschte durch den Schnee, nach acht Metern stand er. Sie hatte die Kupplung zu schnell gelockert. Der Motor stotterte, dann erstarb er. Der Kühler knisterte unter der Motorhaube.

Am Rand des Weges loderten Flammen. Eine Feuerstelle. Daneben befand sich ein weißer Campingwagen mit dem Aufdruck einer blauen Welle, wie sie für Surfer üblich war. Die runden Fenster ähnelten zwei Bullaugen. Licht schimmerte durch die Scheiben. Die Beulen an der Aluminiumwand des Wagens, eine fehlende Radkappe und der schief hängende Auspuff ließen das Fahrzeug wie ein dreißig Jahre altes Relikt erscheinen.

Davor machte Ariane zwei Gestalten unterschiedlicher Größe aus. Ein Kind und einen Erwachsenen.

Der Campingwagen stand unangemeldet auf ihrem Grund. Niemand hatte sie um Erlaubnis gebeten. Hier wollte sich jemand ein paar Euro Standgebühren für einen regulären Platz ersparen. Der Wagen musste verschwinden.

Sie riss die Tür des Minis auf und federte vom Fahrersitz. Zweige knackten unter ihren Schuhen, als sie sich den beiden Personen von hinten näherte. Die erwachsene Gestalt trug eine dicke Wollmütze, erst jetzt wurde das lange Haar darunter erkennbar. Eine Frau. Womöglich eine Mutter mit ihrem Kind.

Als die Fremde Arianes Schritte wahrnahm, drehte sie sich um. Sie zog sich die Mütze vom Kopf und umklammerte sie mit beiden Händen.

Nun wandte sich auch das Kind Ariane zu. Ein Mädchen. Die Flammen warfen ihren Schein auf das kleine Gesicht. Acht Jahre, älter sicher nicht. Die Haare des Kindes flimmerten weiß, als würden Nebelschwaden das Gesicht umrahmen. Aber das musste eine optische Täuschung sein, die sich aus dem Zusammenspiel des Feuers mit der Dunkelheit des späten Nachmittags ergab.

Ariane blieb vor den beiden stehen. Ihre geballten Fäuste verbarg sie in den Manteltaschen. »Sicher können Sie mir erklären, warum Ihr Campingwagen auf meinem Grundstück steht. Von dem Feuerchen will ich gar nicht erst reden.«

Die Frau vergrub die Finger in den wollenen Aushöhlungen ihrer Mütze. »Ich ... wir ... also, meine Tochter und ich, wir wussten einfach nicht, wohin mit dem Wohnmobil. Die Campingplätze sind ja alle im Dezember geschlossen, und ... wir wussten einfach nicht weiter. Und kalt war uns auch.«

Das Kind stellte sich neben seine Mutter und blickte Ariane

direkt ins Gesicht. Sein Haar besaß tatsächlich einen milchig weißen Schimmer.

Die Frau blickte zu Boden. »Also ... Ich dachte, wir stören hier keinen, wenn wir uns am Wegrand ganz klein machen.« Mit ihrer Jeans, dem abgenutzten Mantel und den mit Wasserflecken übersäten Stiefeln war sie weit entfernt vom Prototypen eines Campers, der sich durch die wilde Natur schlug. Die vierzig hatte sie noch nicht erreicht. Unter dem rechten Auge zeigte sich eine dunkle Stelle. »Aber ist schon gut, wir fahren weiter. 'tschuldigung, echt jetzt. Wir wollten Sie nicht stören.«

Das Kind umklammerte die Hand seiner Mutter. Seine Augen verloren sich in einer merkwürdigen Leere, als schaute es durch Ariane hindurch.

»Komm, Hannah, wir müssen weiter.« Die Frau legte einen Arm um die Schultern ihrer Tochter. Beide wandten sich ab. Ihre Schritte entfernten sich.

Die Holzscheite knisterten in der Feuerstelle. Von den Spitzen einer Kiefer erschallte ein hohes Krächzen.

Ariane schloss die Augen. Vor sich sah sie Felsen und ein tosendes Meer, das sich in sanfte, ausklingende Wellen verwandelte. Sie roch Salz und Meertang. Sand zerkrümelte zwischen ihren Zehen. Möwen kreischten. Ein Trick, den sie schon als Jugendliche angewandt hatte, wenn sie ihren Ärger beherrschen wollte. Kalte Luft strömte durch ihre Lunge, ein und aus. »Bleiben Sie. Es ist in Ordnung.«

Die Schritte vor dem Campingwagen stoppten. »Echt? Ich ... damit habe ich jetzt nicht gerechnet.«

Ariane öffnete die Augen. »Ich auch nicht. Aber es fühlt sich richtig an.« Hannah. Niemals würde sie einem Kind wehtun.

»Das ist wirklich supernett. Ich weiß gar nicht, was ich sagen soll ...« Die Stimme der Frau klang heiser, so erschöpft, als hätte sie in den vergangenen Stunden all ihre Kräfte für einen Marathon aufgebraucht.

»Nichts. Sagen Sie einfach nichts. Wenn Sie warme Decken oder sonst was brauchen, dann hupen Sie einfach. Und …« Ariane wühlte in ihrer rechten Manteltasche und zog zwei Tafeln Schokolade hervor. »Ich komme gerade vom Einkaufen.« Sie ging auf Hannah zu und reichte ihr die Tafeln. »Hier, ich war als Kind richtig süchtig danach.« Unter ihren Fingern knisterte die Verpackung. »Meine Eltern haben das vor mir versteckt. Meist habe ich das Zeug dann in der alten Waschtrommel gefunden. Durchaus kreativ, meine Eltern.«

Hannah nahm die Schokolade. Mit einer Hand strich sie über die gescheckte Kuh auf der Hülle. Sie lächelte Ariane an.

Ihre Mutter streckte die Hand aus. »Ich bin Iris.«

Ariane griff zu. Die Hand war kalt, an den Innenflächen rau und wenig kraftvoll. »Ich bin Ariane.« Da fiel ihr wieder der dunkle Fleck unter dem Auge der Frau auf. Ein rot-bläulicher Bluterguss. »Vielleicht verraten Sie mir ja, warum Sie sich mit so einem alten Campingmobil mitten im Schnee rumtreiben«, flüsterte Ariane so leise, dass es das Kind nicht hören konnte.

»Hannah, Liebling, geh doch schon mal rein«, rief Iris über ihre Schulter.

Hannah winkte noch einmal mit den Schokoladen und stapfte durch den Schnee. Sie zog die quietschende Tür des Campingmobils auf. Zwei LED-Laternen aus Chrom hingen an der Decke des Wagens und warfen ihr kaltes Licht auf Hannahs Kopf. Ihr Haar schimmerte nun kreideweiß. Auf dem Tisch lagen Schulhefte, Bücher und ein angebissenes Brot. Darunter stand ein Waschkorb mit Kleidung. Mit einem lang gezogenen Quietschen fiel die Tür in den Rahmen des Aluminiumblechs.

»Sie haben es gesehen, oder?« Iris scannte Arianes Gesicht,

als könnte sie erahnen, welche Gedanken hinter ihrer Stirn ein und aus gingen. »Selbst bei diesem Licht ist es zu sehen.«

»Meinen Sie das Veilchen unter Ihrem Auge oder Hannahs weißes Haar?«

Iris nickte. »Sie sind eine gute Beobachterin.«

»In gewisser Hinsicht ist das mein Job.«

»Polizistin?«

Ariane schüttelte den Kopf. Sie deutete auf die Feuerstelle. »Kommen Sie. Wenn wir schon hier draußen stehen, dann sollten wir uns wärmen. Bei einundzwanzig Grad Körpertemperatur stirbt ein Mensch. Herz, Lunge und Hirn sind fragil wie ein Ei. Das wäre ein lausiger Tod.«

»Sie sind Medizinerin.«

»Nein, ganz sicher nicht.« Ariane verabscheute Krankenhäuser und den Geruch von Borwasser, Jod und Chloroform.

Iris lächelte, ihre schmalen Lippen hoben sich. »Aber Sie mögen Rätsel. Wenigstens da bin ich mir sicher.«

»Treffer. Schon seit meiner Kindheit.« *Loch an Loch und hält doch.* Die Rätselreime ihres Vaters hatten Ariane durch die Grundschulzeit begleitet. *Eine Kette.* Wie sehr sie ihren Vater noch heute vermisste, seinen dunklen Vollbart und seinen schon fast naiven Glauben an das Gute!

Sie erreichten die knisternde Feuerstelle. Funken stoben in die Nacht. Eine Kiefernspitze neigte sich nach unten, erneut ertönte ein Krächzen. Irgendwo da oben musste Hugo sein, und er war hungrig.

Iris setzte sich die Wollmütze auf und zog sie über beide Ohren. Keine Lidstriche, kein Make-up – sie war ungeschminkt, das Haar verzottelt. Doch die manikürten Fingernägel und die sauber gezupften Augenbrauen sprachen von einer Frau, die auf ihr Äußeres achtete. Sie befand sich in einer spontan über sie hereingebrochenen Situation.

»Das hier ist kein Urlaub. Sie sind unfreiwillig von Ihrem Zuhause fortgefahren. Das könnte auch erklären, warum Hannahs Schulbücher im Wagen liegen. Und ich kann nicht ausschließen, dass das Veilchen unter Ihrem Auge der Auslöser für diese Geschichte ist.«

Iris nahm einen Zweig vom Boden auf und hielt die Spitze ins Feuer. Das trockene Holz knisterte. »Alles richtig. Mein Mann ist ausgerastet. Ich lasse mich gerade scheiden. Er hat wieder getrunken. Er ...« Sie warf den Zweig ins Feuer und zog an den Enden ihres Schals, der Stoff raschelte. »Er hat sich mit seinem billigen Whisky abgeschossen. So geht das fast jeden Tag. Sein Atem stinkt so stark nach Methanol, als wäre man auf einer Tankstelle. Er hat kaum stehen können, und dann ...« Sie hielt sich die Hände vor die Augen. »Manchmal finde ich ihn am Morgen in seiner Kotze. Gott, ich kann das nicht mehr ... ich kann einfach nicht mehr ...«

Hinter ihren Handflächen lag eine Welt des Schmerzes.

»Am nächsten Tag tut es ihm immer leid. Er kann sich an nichts mehr erinnern. Aber ich ... ich kann das nicht vergessen. Wie könnte ich das denn?«

Ariane machte einen Schritt vorwärts. Sie umarmte fremde Menschen nicht. Sie hielt sich von ihnen fern. Die leidvollen Schicksale anderer waren nicht die ihren. *Lass es. Bleib weg. Falscher Zeitpunkt.*

Ariane legte die Arme um Iris, hielt sie ganz fest und flüsterte: »Das ist nur eine Episode in deinem Leben. Sie ist vorbei. Du bist jetzt hier, weil du das Kapitel abschließen willst.« Und auf keinen Fall duzte Ariane fremde Menschen, wenn sie es ihr nicht angeboten hatten.

Iris zitterte, sie rang um Luft. »Er hat zu Hannah gesagt, dass sie ein Freak wäre und ihr Leben schon jetzt im Eimer ist.« Sie schüttelte den Kopf. »Zu seinem Kind hat er das gesagt. Zu seiner eigenen Tochter. Als ich dazwischengegangen bin, da hat er mich ...«

»Ist gut. Beruhige dich. Atme ganz langsam. Er ist nicht hier.« Iris legte den Kopf auf Arianes Schulter. Der Wollmantel verschluckte ihr Schluchzen, das Zittern ihres Körpers spürte Ariane noch durch den dicken Stoff hindurch. Wie viel Elend sich doch in einer solch zierlichen Gestalt verstecken konnte.

»Tut mir leid. Ich will niemanden belästigen.« Sie löste sich behutsam aus Arianes Umarmung und wandte sich dem Campingmobil zu. Hinter einem der beiden Bullaugen zeichnete sich Hannahs Silhouette ab, ihr kleiner Kopf mit dem weißen Haar. Sie schob sich ein Stück Schokolade in den Mund, das Knistern von Stanniolpapier glaubte Ariane sogar noch hier draußen zu hören.

Iris presste die Hände in ihre Manteltaschen. »Hannah ist krank. Sie ist auf einem Ohr taub, und ihr Haar ist weiß. Sie hat das Waardenburg-Syndrom.« Iris scharrte den Schnee vor sich zu einem Häufchen zusammen. Sie krümmte den Rücken und schluchzte. »Hannah spricht selten. Sie lebt in ihrer eigenen Welt. Sie weiß, dass sie anders ist als die anderen Kinder. Aber deswegen ist sie doch kein Freak ohne eine Chance im Leben?« Iris zertrat das Schneehäufchen. Das Feuer und die Schatten ließen ihre Wangenknochen wie gemeißelt wirken.

Der Schnee fiel dichter und schneller, er benetzte Arianes Lippen und schmolz. Flüssigkeit zog über ihre Haut. Sie streckte eine Hand aus und fing ein paar Flocken. Ariane hielt Iris die Hand entgegen. »Siehst du die große Flocke hier? Komm schnell, bevor sie geschmolzen ist.«

Iris streckte den Kopf vor. Schnee legte sich auf ihre Wimpern und auf ihre Augenbrauen.

»Die Schotten nennen das *Skelf*. Und das da über uns ...«, sie deutete auf den wehenden Schnee, »... das ist ein *Blin-drift*.« In der schottischen Sprache existierten vierhunderteinundzwanzig Wörter für Schnee. *Flindrikin* beschrieb einen leichten Schneeschauer, und *Feefle* bedeutete herumwirbelnder Schnee. Ein Rinderzüchter aus Banffshire hatte Ariane so seine Welt erklärt. Es war der schönste Winterurlaub ihres Lebens gewesen.

Ariane schüttelte die Hand, Flüssigkeit tropfte von ihrer Haut. »Die Schotten haben verstanden, dass Schnee nicht einfach nur Schnee ist. Jede Flocke ist anders, ihre Eiskristalle sind asymmetrisch und unförmig. Aber keine ist schlechter oder besser als die andere. Darin sind sie sich absolut gleich. Schnee ist Schnee ist Schnee.«

Iris wischte sich mit dem Handrücken die Tränen fort. »Ariane ...«

»Pst. Warte!« Kurz nur tippte sie sich mit einem Finger auf die Lippen. »Du hast ein besonderes Kind. Als Hannah hier vorhin mit ihrem weißen Haar durch den Schnee gestapft ist, da sah sie aus, als wäre sie mit der Natur verschmolzen. Sie gehört hierher. Sie hat ihren Platz bei uns. Daran darfst du niemals zweifeln.« Ariane klopfte den Schnee von ihrem Jackenärmel. »Aber wenn du Hannah nicht mehr willst, dann gib sie einfach her. Ich nehme sie gerne.« Hatte sie das wirklich laut gesagt?

Das Schneewehen nahm an Stärke zu. Die Sichtweite lag bei höchstens fünfzehn Metern. Aus dem Campingwagen drang ein hölzernes Klappern.

Iris lachte ein herzhaftes, breites Lachen. »Ich lebe nur für Hannah. Mehr habe ich nicht. Nur sie. Aber das ist viel. Vielleicht mehr, als ich verdient habe.« Sie blinzelte den Schnee auf ihren Wimpern fort. »Ich bin froh, dass ich dich hier draußen getroffen habe. Du bist ... irgendwie ein guter Mensch.« Ihr Haar quoll unter ihrer Wollmütze hervor. Eine dichte weiße Decke legte sich darauf. Wie sehr sie ihrer Tochter nun ähnelte. »Du bist anders, Ariane.«

Sie winkte ab. »Unsinn! Bin ich nicht. Weder gut noch anders. Am Ende bin ich auch nur eine Flocke von vielen.« Und genauso würde sie vergehen.

»Dein Mann wartet sicher auf dich.« Iris' Stimme klang durch den Schal gedämpft, wie aus weiter Ferne.

»Auf mich wartet niemand. Ich bin nicht verheiratet.« Nicht mehr. Fabian war tot, er war für immer fortgegangen.

Iris deutete auf das Haus. »Aber vorhin war da so ein Typ. Er ist da rumgelaufen und hat irgendwas an deiner Tür gemacht.« Sie zeigte nach rechts. »Und dann ist er dahinten zwischen den Bäumen verschwunden.«

»An meiner Tür ...« Ariane spähte in die Dunkelheit. In den Schneewehen blitzte das Mansardendach ihres Hauses für Sekundenbruchteile auf. Die Bäume knarrten. Keine Spur von einem Eindringling. »Ich weiß nicht, wer das war.« Der Schnee mochte die Landschaft in Schweigen hüllen, doch mit *ihr* würde er sprechen. So, wie er es in den weißen Monaten immer getan hatte. »Ich werde es rauskriegen.« Jetzt und auf der Stelle.

KAPITEL 11

»Ich mach das Licht an. Ist ja kaum noch was zu sehen hier drinnen.« Kriminalkommissar Lukas Johannsen tippte mit dem Zeigefinger auf den vergilbten Knopf seiner Tischlampe.

Der Schirm aus Stahlblech war von innen weiß lackiert. Tote Insekten, die Überbleibsel des Sommers, klebten in abstrakten Mustern darin.

Imke hatte sich das Büro eines Kriminalkommissars anders vorgestellt. Moderner. Sachlicher. Vor allem sauberer.

Im faden Schein der Lampe zeigten die Wände ihren gelblichen Schimmer. Wie ein Hauch des Kaputtgelebten hing er über dem gesamten Raum. Nur das Foto eines lächelnden Samurai, seine erhobenen Arme mit dem Schwert und sein rotes Stirnband widersetzten sich der Trostlosigkeit des Büros. Klein und verloren stand das Bild in einem Holzrahmen auf einem Aktencontainer.

Vor den Flügelfenstern verabschiedete sich der Tag, die Straßenlaternen gingen in der Dämmerung an, eine nach der anderen.

Imke verschränkte die Arme vor der Brust. Sie warf Benjamin einen Blick zu, der neben ihr auf einem wackligen Holzstuhl saß. Er erwiderte die Geste nicht und starrte gegen die Decke. Sein linkes Knie wippte auf und ab, seine Fersen hoben und senkten sich. Lauras Freund litt. Er hatte darum gebeten, Imke bei ihrem Gang zur Polizei zu begleiten. Womöglich bedauerte er das nun.

Auf Johannsens Schreibtisch herrschte ein Chaos aus aufgerissenen Gummibärchenpackungen, zerfetzten BiFis und ungarisch gewürzten Kartoffelchips. Ganz offenbar bestritt er seine tägliche Nahrungsaufnahme mithilfe des Süßwarenautomaten im Gang nebenan. Nur die Sesamkekse und die Kaugummipackungen mit den knallbunten japanischen Schriftzeichen wollten nicht dazu passen.

Dennoch wirkte Johannsen schmal, kein Bauchansatz oder Doppelkinn. Sein Hemdkragen war an einer Seite aufgeschubbert, ein typischer Makel alleinstehender Männer, wie ihn Imke oft genug in ihrem Umfeld erlebt hatte.

Zwischen all den Überbleibseln auf seinem Tisch lag die Barbie-Puppe mit dem Gesicht nach unten, eingewickelt in eine versiegelte Plastikfolie. Am oberen Rand klebte ein gelber Sticker mit dem Aufdruck *PIZ 965/195 AF*. Daneben, in einem genauso großen Beutel, schimmerte die Miniaturausgabe von Lauras Personalausweis durch die Folie. Auch daran klebte ein gelber Sticker.

Johannsen trommelte auf der Tischkante herum. »Ist gut, dass Sie nach Thüringen gekommen sind. Ist sehr gut. Macht alles ein bisschen einfacher.«

Imke entging seine dezente Kritik nicht. Sie hatte über das Innenministerium Druck auf das Kommissariat ausgeübt. Ein Politiker hilft einem Politiker – abgerechnet wird später. Pech für Johannsen. »Meine Tochter ist seit zehn Tagen verschwunden. Bis auf diese Puppe haben Sie nichts zu bieten, richtig? Und die haben Sie auch noch von mir.«

Benjamin neben ihr stöhnte auf. Er legte die Hand auf ihren Unterarm, und da lag sie nun – bleich und leblos wie ein fortgeworfenes Körperteil.

Johannsen strich sich über den Hinterkopf. »Würde ich so nicht sagen, Frau Gehler. Im Prinzip sind wir mit dem Täterprofil schon ein Stückchen weiter.«

»Schön. Fein. Dann machen Sie sicher gleich eine Tür auf, und meine Tochter kommt in Ihr Büro. Einfach so.«

Benjamin erhöhte den Druck auf Imkes Unterarm. Dabei warf er ihr einen Blick zu. Gott, was für ein zahnloser Opportunist er doch war. Einer, der sofort die Farbe seiner Umgebung annahm, weil ihm jeglicher Mut fehlte. Er war wie ein Weidenzweig, der sich unter der geringsten Last des Schnees beugte. Wie sich Laura für diesen Mann begeistern konnte, blieb Imke ein ewiges Rätsel.

Nun schob Benjamin den Oberkörper vor und nickte Johannsen zu. »Sie tun sicher alles, was Sie tun können.« Dabei sprach er in einem freundlichen und verständnisvollen Flüsterton, wie ihn Geistliche gerne beim Besuch am Sterbebett annehmen.

Wieder trommelte Johannsen mit den Fingern auf dem Tisch herum. Ein paar Kekskrümel wurden aufgewirbelt und rollten über die Platte. »Wir haben eine Spur. Aber ... ich weiß wirklich nicht, wie ich Ihnen ...«

»Was? Was haben Sie?« Imke hatte genug von Ausflüchten und Verzögerungen. »Nun sagen Sie schon!«

»Es ist zu früh für halbgare Verdachtsmomente.« Johannsen befeuchtete die Spitze seines Zeigefingers und stippte ein paar der Kekskrümel auf. »Ich möchte Sie vor Vermutungen bewahren, die Ihnen nur wehtun werden. Anhaltspunkte sind keine Fakten.«

Imke richtete sich auf dem Stuhl auf und deutete mit dem Zeigefinger auf Johannsen. »Sie dürfen keine Rücksicht auf mich nehmen. Ich weiß mehr über Laura als sonst wer. Ich bin Ihre wichtigste Informationsquelle.«

»Deswegen muss ich Sie auch schützen.«

Wieder spürte Imke den Druck von Benjamins Hand an ihrem Arm. »Es geht hier um Laura, nicht um mich. Ich habe kein Recht auf Rücksicht.« Sie ließ die Schultern sacken. »Sagen Sie endlich, was Sie haben. Ich will alles wissen.«

»Also gut. Wenn Sie es wirklich wollen. Das wird aber nicht leicht für Sie. Ich habe Sie gewarnt.« Johannsen presste die Lippen fest aufeinander, bis sie nur noch einen schmalen Strich bildeten. »Ich zeige es Ihnen. Ist ja nicht weit von hier.«

KAPITEL 12

Einer frischen Wunde gleich lag die aufgebrochene weiße Masse vor Ariane. Eine Schneise, ähnlich einem scharfen Schnitt, zog sich durch den Schnee. Sie begann im Wald und führte in einer geraden Linie vorbei an den kargen Apfel- und Kirschbäumen. Wahrscheinlich endete sie vor der schweren Eichentür ihres Hauses.

Die Schneedecke reichte bis zu Arianes Waden, Flocken rieselten herab und trieben ihr ins Gesicht. Über sich hörte sie das Schlagen von Flügeln, ein schwarzer Schatten huschte an ihr vorbei. Kurz darauf folgte ein kratzendes Geräusch an der Dachrinne, das der Wind zu ihr trug. Hugo hatte sein Zuhause erreicht. Ariane nickte ihm zu, eine ritualisierte Geste, die in dem dichten Gestöber jeden Sinn verlor.

Etwa dreißig Meter lagen zwischen Ariane und ihrem Haus. Sie ging in die Knie und tastete den Boden ab. Die Spuren im Schnee erzählten eine Geschichte. Sie ertastete die Abdrücke rutschfester Profile von Schuhen, so wie sie es von den Fährtenlesern in Nairobi gelernt hatte. Die Sohlen waren nicht sehr lang, höchstens siebenundzwanzig Zentimeter – machte eine geschätzte Schuhgröße von dreiundvierzig. Die Abdrücke waren nicht besonders tief. Der Postbote kam nicht mehr am späten Nachmittag. Freunde hatte Ariane nicht. Unter die Checkliste aller Verdächtigen konnte sie einen Haken setzen.

Sie erhob sich. Die Mondsichel am Firmament zeigte sich am westlichen Himmel. Der späte Nachmittag klang aus.

Arianes Handy lag im Haus, sie konnte es nicht als Lichtquelle benutzen. Sie kramte ihren Schlüsselbund aus der Manteltasche hervor, daran hing eine Kugelschreiberlampe. Die Batterien hatte sie aus Bequemlichkeit nie ausgetauscht. Sie tippte den Schalter an. Von dem kristallenen Glanz aus der Werbung war nur ein orangemattes Glühen geblieben. Der brennende Docht einer Kerze hätte mehr Licht gespendet, doch Ariane hielt die Lampe ausgestreckt vor sich. Besser als nichts, aber kaum mehr als das.

Sie stapfte neben der Schneise im Schnee entlang, kämpfte sich voran. Der Wind zerrte an den Schößen ihres Mantels. Meter für Meter folgte sie den Spuren im Schnee, bis sie ihr Haus erreichte. Da fiel ihr ein unnatürliches Glänzen auf, direkt auf ihrer Türschwelle. Kurz nur blitzte etwas unter dem Vordach neben einer der beiden Säulen auf.

Sie beugte sich hinab. Eine runde LED-Lampe warf ihren Schein durch die feine Schicht von Schneekristallen. Ein einziges Wort wurde schwach an ihre Holztür projiziert: *Danke.* Eine Flasche mit einem orangefarbenen Label und dem Aufdruck »Veuve Clicquot« stand daneben. Daran klebte ein in durchsichtigem Plastik eingeschweißter Brief. Sie zerrte ihn vom Flaschenhals und stach mit einem Fingernagel in die Hülle. Das Plastik riss, der weiße Umschlag lag in ihrer Hand. Sie öffnete ihn.

Liebe Ariane,

ich weiß, du möchtest nicht mein »Schutzengel« sein.
Kann ich verstehen bei einem Problemfall wie mir. So
einen Fulltimejob möchte niemand. Aber vielleicht hast du
ja doch Lust, mir ein paar klitzekleine Tipps fürs
Schlittschuhlaufen zu geben. Ich bin übermorgen nach der

*Dämmerung auf dem Eis. Bestimmt hast du kein
Vergnügen daran, mich wieder aus dem Wasser zu ziehen.
Deswegen frage ich dich vorher. Dann bleiben wir
wenigstens beide trocken.*

*Und noch einmal Danke für das, was du für mich getan
hast.*

Tom

Seine Zeilen klangen nicht schwülstig, nicht anbiedernd. Ariane las darin ehrliche Dankbarkeit, und doch …
 Sie betrachtete die Schneise im Schnee. Sie endete nicht vor ihrer Tür. Niemand hatte auf Toms Klingeln reagiert, danach war er um ihr Haus herumgelaufen. Ein ersichtlicher Grund für sein Handeln ließ sich nicht finden. Keiner, der gute Absichten vermuten ließ.
 Sie faltete den Brief, schob ihn in ihre Manteltasche und folgte den verwehten Spuren. Er hatte sich einmal quer über das Grundstück bewegt, vorbei an der Gartenlaube. Vor den Fenstern war der Schnee platt getreten. Hier musste er innegehalten haben. So würde sich jemand verhalten, der das Areal ausspähen wollte. Ariane ertastete den Brief in ihrer Tasche. »Du warst zu lange allein. Da wird jeder irgendwann irre«, flüsterte sie sich selbst zu, während der Schnee ihre Lippen benetzte.
 Sie ging zurück zum Haus und schloss die Tür auf. Toms Champagner stellte sie in den Kühlschrank. Sie brauchte eine halbe Stunde, bis die Holzscheite im Kamin ihre glühende Wärme spendeten und sich der Duft von Harz im Zimmer verteilte.
 Auf einem Tellerchen reichte sie Hugo frisches Hackfleisch und Käsereste durchs Fenster. Das hektische Klappern seines

Schnabels vermengte sich mit dem monotonen Klacken der Standuhr. Noch fünf Stunden und acht Minuten. Die Zeiger näherten sich 22.12 Uhr, wie jeden Tag.

Ariane ließ sich in ihren Sessel fallen. Das rissige Leder empfing sie mit einem Ächzen. Sie zog sich die Boots aus und ließ sie auf den Boden poltern. Ihre Wollsocken folgten. Das kühle Holz des Parketts, seine hölzerne Maserung, fühlte sich unter den Fußsohlen wie Bootsplanken an.

Im Schein des Feuers breitete sie Toms Brief aus. Wie merkwürdig! Sie hatte sich von der Welt da draußen verabschiedet, doch die Gesellschaft wollte das nicht zulassen. Iris, Hannah und Tom drangen in ihr Leben ein. Ganz so, als folgten sie einem geheimen Plan oder einer Absprache, von der Ariane ausgeschlossen war. Sie störten ihre Stille, ihren eingeschlagenen Weg und nahmen ihr etwas von der ihr verbliebenen Zeit.

Noch einmal las sie Toms Brief. Sie glättete das Papier und lächelte dabei. Das Wort *Schutzengel* hatte er in Anführungsstriche gesetzt, als wüsste er ganz genau, dass die Engel nur eine Erfindung christlich verklärter Fanatiker waren. Wie recht Tom hatte! Ariane zog die Beine an und kauerte sich in ihrem Sessel zusammen.

Sie zerknüllte Toms Brief zu einer Kugel und warf sie ins Feuer. Das weiße Kügelchen begann an den Außenkanten zu glühen. Die Flammen fraßen sich immer weiter vor, als wollten sie das Papier mit ihrer sengenden Kraft umarmen.

Es gibt keine Schutzengel. Keinen Gott. Nichts von alldem. Wir sind allein. Das Leben ist ein Betrug. Es kennt keine Gerechtigkeit, weder bei Strafe noch bei Belohnung. Es besitzt keine tiefere Bedeutung – nur die, die wir ihm selbst beimessen. Sonst nichts.

Vom Kaminsims schaute Fabian aus dem Gemälde zu ihr herab. Die Grübchen um seine Mundwinkel verliehen ihm den listigen Zug, den sie so sehr an ihm geliebt hatte. »Ich weiß, Fabi. Ich weiß. Du kannst meine schwarzen Gedanken spüren. Das konntest du immer.«

Das Feuer schlug über der Papierkugel zusammen. Sie schrumpfte, kleine Fetzen blätterten ab und wirbelten in den Flammen empor.

Ariane ertastete das kleine Silbermedaillon unter ihrem Rollkragenpullover. Sie strich über die ovalen Rundungen und seufzte.

Die verkohlte Papierkugel fiel zu einem schwarzen Häufchen zusammen und löste sich schließlich ganz zwischen den Holzscheiten auf.

Ariane erhob sich aus ihrem Sessel, trat ans Fenster und strich über Hugos Hinterkopf. Er blinzelte sie an und pickte weiter an seinem Käse.

Ganz still lag der zugefrorene See in der Ferne, wie hartes Blei erschien seine Oberfläche zwischen dem fallenden Schnee. Tom wollte sie dort treffen. Sie konnte in seinem Verhalten keinen Sinn ausmachen. Womöglich glaubte er nach seiner Rettung an eine schicksalhafte Begegnung. Oder er wollte vom Reiz einer älteren Frau kosten. Vielleicht war er auch nur dankbar dafür, dass sie ihn aus dem Eisloch gezerrt hatte.

Tom war ein Rätsel. Ariane liebte Mysterien, Geheimnisse und Fragezeichen. Auch wenn jedes Rätsel meist interessanter als seine Lösung war. Sie würde ihn knacken. Schon bald.

KAPITEL 13

Wie eiserne Klauen zogen sich die Eisenbahnschienen durch den Schnee. Nur wenige Menschen standen am Bahnsteig von Bad Lobenstein. Ein Mann scrollte auf seinem flimmernden Handydisplay durchs Netz. Eine Mutter hielt ihr Baby auf dem Arm. Sie hatte ihr Kind in eine zottlige Decke eingewickelt und presste sich den kleinen Körper fest gegen die Brust. Eine dichte weiße Masse lag auf dem Vordach. Der Schnee an den Schuhen der Reisenden hatte auf dem Steig Spuren von Matsch hinterlassen. Der Kiosk war schon am späten Nachmittag geschlossen, Tageszeitungen vom 7. Dezember hingen hinter dem Glas.

Imke sah ihrem eigenen Atem nach. Sie verstand ebenso wenig wie Benjamin, was sie in der Eiseskälte auf diesem Bahnhof am Ende der Welt verloren hatte. Über ihr war eine Uhr im Gemäuer eingelassen. Das Glas war eingeschlagen, der kleine Zeiger fehlte. Nur der Minutenzeiger wanderte einsam über den weißen Grund.

Johannsen ging zum Ende der Plattform. Er winkte ihnen zu. »Kommen Sie bitte. Es ist dahinten, die kleinen Stufen runter, und dann sind wir schon da.«

Benjamin zuckte mit den Schultern und folgte Johannsen.

Imke setzte sich in Bewegung, ganz langsam nur. Sie fühlte ein Kribbeln im Kopf, als würde Strom durch ihre Großhirnrinde gejagt. Johannsen ließ sich zu viel Zeit, als wollte er sie langsam auf etwas vorbereiten.

Zwischen den Gleisen blitzte an einigen Stellen der Schotter im Schnee auf. Leere Bierflaschen lagen dort, zersplittert und vergessen. Die Reste einer Zeitung flatterten im Wind.

Johannsen und Benjamin stiegen die Stufen am Ende der Plattform hinab. Imke folgte den beiden, sie stützte sich an der Wand eines verwitterten Holzverschlags ab. Zwei Spaten und eine Schubkarre lehnten daran.

»Da vorne, direkt neben den Gleisen haben wir sie gefunden.«

Benjamin schreckte auf. »Wen? Wen haben Sie da gefunden?« Sein Kiefer war angespannt, seine Stimme gepresst.

Johannsen antwortete nicht. Er ging über den Schotter und blieb neben einer Holzschwelle stehen. Mit der ausgestreckten Hand deutete er auf eine Stelle am Boden, die Imke nicht beliebiger hätte vorkommen können.

Johannsen senkte den Kopf. Er scharrte mit dem Fuß im Schnee, bis sich braune Erde mit dem Weiß vermengte. »Sandra Hanka. Sie war einundzwanzig Jahre alt, eine Medizinstudentin. Sie lag verdreht neben den Schienen. Tot. Nackt.« Johannsen stieß einen Schotterstein an, er trudelte durch den Schnee. »Drei Wochen haben ihre Eltern sie vermisst. Das war vor über vier Jahren in allen Zeitungen hier. Alle im Ort haben gesucht, und dann ...« Er führte Mittel- und Zeigefinger an seinen Hals, tippte gegen seinen Kehlkopf. »Ihr Mörder hat sie vergewaltigt und sie dann mit einem Messer getötet. Danach hat er sie neben die Schienen gelegt. Damit wir es alle sehen konnten.«

Der Wind ließ Imkes Haare tanzen. Die Gleise vibrierten. In der Ferne näherte sich ein Zug. Seine Lichter reflektierten im Schnee. Wie ein schlängelnder Wurm glitt er über die Schienen.

Imke trat an Johannsen heran, packte ihn an den Schultern. Dabei schob sie den Kopf so weit vor, dass sich ihre Nasen fast berührten. »Was wollen Sie uns sagen? Was hat das mit Laura zu tun?«

Johannsen antwortete nicht. Nur seine Nasenflügel bebten. Imke blickte über ihre Schulter, sah Benjamin ins Gesicht. »Was will er uns verdammt noch mal sagen?«

Benjamin legte den Kopf in den Nacken und schloss die Augen. Der Zug stieß Warnsignale aus. Das Tuten ertönte. Einmal, ein weiteres Mal. Die Bahn kam näher und näher.

Wieder rüttelte Imke an Johannsens Schultern. »Reden Sie mit mir!«

Er wandte sich ab, Imkes Hände rutschten von seinen Schultern. »Damals lag neben der Leiche eine Puppe. Eine kleine Puppe mit Kleidchen. Ein Kinderspielzeug. Das hat er direkt neben sein Opfer gelegt.« Johannsen fuhr sich über die Stirn. »Eine Puppe. Begreifen Sie nun …?«

Imke begriff, und ihre Welt versank in Schwärze. Laura war fort, sie würde nicht lebendig zurückkehren. Ihre Tochter war verloren.

Der Zug ratterte über die Gleise. Der Fahrtwind riss an Imkes Mantel. Hinter den beleuchteten Fenstern saßen Menschen in den Abteilen. Sie lasen auf ihren Handys, tranken Cola aus Blechdosen oder starrten nach draußen in die Dämmerung. Die zerfetzte Zeitung wurde von den Gleisen geweht, einen Moment lang berührte sie Imkes Unterschenkel. Die schleifenden Geräusche der Bremsen wurden zum grellen Quietschen, das kurz darauf erstarb. Die Zeitung flatterte davon wie ein verletzter Vogel. Imke sah ihr dabei zu, wie sie von dem verschneiten Niemandsland verschluckt wurde.

»Sie haben den Täter nie gefunden.« Ihre Feststellung taugte nicht zur Frage.

»Nein, haben wir nicht. Dutzende Hinweise, Hunderte Spuren, keine Festnahme.« Johannsen deutete mit dem Kinn in die Ferne. »Der Mörder ist immer noch da draußen. Irgendwo da draußen …«

KAPITEL 14

»Für mich sind Sie gläsern. Ich weiß genau, was in Ihrem verfickten Kopf für ein Film abläuft.«

»Harsche Worte. Sicher kannst du sie begründen?«

»Sie sind ein krankes Schwein, das im Leben versagt hat. Und jetzt wollen Sie *mein* Leben zerstören, weil Sie sich dann besser fühlen. Ich kenne Typen wie Sie.«

»Dein Wissen basiert auf Vermutung, de facto ist es also kein Wissen. Deine Welt beschränkt sich auf eine Zelle.«

Ein Käfig. Vier kahle Plexiglasscheiben. Eine Glasdecke, ein Glasboden. Eine Box, geschaffen, um darin einen Menschen gefangen zu halten. Um *sie* zur Gefangenen zu machen. Über allem lagen Dunkelheit und eine zerbrochene Stille. Seine elektronisch verzerrte Stimme schwang durch den Käfig, drang in ihre Ohren ein, in ihr Gehirn. Er lebte in ihrem Kopf.

Laura legte sich beide Hände an die Stirn und trommelte mit den Fingern auf ihre Haut. Als ließen sich seine Worte wie eine Schar flatternder Tauben vertreiben. »Wenn Sie mit mir fertig sind, holen Sie sich die Nächste. Ich weiß das. Sie können nicht anders, weil Sie krank sind.«

»Falsch, Laura. Du bist die Krankheit. Dieser Käfig ist die Medizin.«

»Das hier ist *mein* Leben. Sie gottverdammte Drecksau. Sie nehmen mir mein Leben.«

»*Dein* Leben, Laura?« Das elektronische Rauschen aus dem Lautsprecher vermengte sich mit dem Brummen des Generators.

»Dir ist das Leben zugestoßen, und du konntest es nicht verhindern. Das redest du dir zumindest ein.« Ein Knarren drang aus dem Lautsprecher. Ein Geräusch, wie es entstand, wenn ein Mensch sein Gewicht auf einem Stuhl verlagerte. »Und das ist ebenso falsch. Der Ausweg aus deiner Situation liegt vor dir, er liegt in deinen Händen.«

Laura setzte sich auf den Boden und drehte eine Haarsträhne um ihren Finger. »Oh, ich habe längst einen Ausweg gefunden. Den besten, den allerbesten von allen Auswegen.«

»Ich gratuliere dir.«

»Ich esse nichts mehr, und ich trinke nichts mehr. Ich verrecke hier doch sowieso. Aber dann ist es meine Entscheidung.« Sie lachte gekünstelt. Wie fremd sie klang! »So ein Mist, was? Das Opfer wehrt sich und versaut seinem Entführer den Spaß.«

»Nach elektrochemischen Richtlinien ist das Stadium deines Körpers unbedeutend. Egal, ob du lebst oder ob du tot bist. Dein Körper verfügt über dieselbe Anzahl an Atomen.«

War er Chemiker? Irgendein Wahnsinniger in einem weißen Kittel, der sein Leben vor Glasröhren und Bunsenbrennern verbrachte? War sie sein Experiment? »Sie lassen mich hier also krepieren.«

»Nein.«

»Nein?«

»Das exakte Gegenteil von *ja*.«

»Sehr lustig.«

»Dein Leben, deine Entscheidungen.«

Bevor Laura etwas entgegnen konnte, ertönte ein Klacken. »Noch etwas ...« Der Spot über dem Bücherregal flackerte auf und zerschnitt die Schwärze. Staubpartikel stoben empor. »Happy birthday, Laura.«

Sie richtete sich auf, blinzelte ins Licht. Ihre Augen brannten, vor ihrer Netzhaut tanzten graue Flecken auf und ab. Laura hatte die Kontrolle über die Stunden verloren, die Tage nicht mehr gezählt. Nun war ihr vierundzwanzigster Geburtstag. Heute war der 8. Dezember.

Laura hatte mit ihrer Mutter auf Teneriffa feiern wollen. Sie hatte sich vorgestellt, wie sie Cocktails mit lächerlich bunten Schirmchen trank und die Füße am Playa de las Teresitas im Sand vergrub. Zwei Tage später wäre Benjamin zu ihr gekommen. Benjamin ... er war kaum noch in ihren Gedanken gewesen. Vier Monate waren sie einander aus dem Weg gegangen. Eine Trennung auf Zeit, nach der sie überprüfen wollten, ob und wie sie ihr Leben gemeinsam gestalten konnten. Nun hatte Laura kein eigenes Leben mehr. Es gehörte jemand anderem: dem Herrscher des Käfigs.

»Happy birthday«, raunte die tiefe Stimme ein weiteres Mal aus dem Lautsprecher.

Womöglich war es ihr letzter Geburtstag. Tränen schossen ihr in die Augen. Sie unterdrückte ein Schluchzen. »Ich ... ich ...«

»Es gibt Kulturen, in denen es als unhöflich gilt, einen Satz nicht zu beenden.«

»Ich ...« Sie fuhr sich über den Hals. Ihr Kehlkopf mit all seinen Muskeln ließ sie im Stich. Sie schnappte stoßweise nach Luft, die Tränen liefen ihr über die Wangen.

»Du weinst, Laura. Sei nicht traurig, du hast doch mich. Ich bin für dich da.« Ein Knistern begleitete seine Worte. »Immer bin ich für dich da. Bis zum Ende. Immer und immer.«

Er sprach nur Drohungen aus, die er halten konnte. Furcht war wirkungsvoller als Schmerz, das wusste er zweifelsohne.

Ein Händeklatschen folgte, das Mikrofon ploppte. »Jetzt musst du aber dein Geschenk aufmachen. Es steht zwischen den Büchern im Regal. Husch, husch, schnell. Es wird dir gefallen.« Noch einmal ertönte ein Händeklatschen. »Versprochen ist versprochen.« Das Mikro knackte, als sei es deaktiviert worden.

Laura torkelte durch den Käfig, ihre Knie knickten immer wieder ein. Die Schlafmittel hatten den Schleier endloser Müdigkeit über sie ausgebreitet. Sie rutschte auf dem Wollteppich aus und fing sich. Mit der Schulter streifte sie die Schaufensterpuppe. Sie kippte, fiel aber nicht. Er hatte den Kopf wieder auf den Hals montiert, während sie geschlafen hatte. Der aufgerissene Mund der Puppe schien Laura wie bei einem Staffellauf anzufeuern.

Sie brauchte Luft, wollte raus aus dem Käfig, raus aus ihrem Körper. Weg. Egal, wohin – nur fort.

Stattdessen schwankte sie selbst wie eine seelenlose Puppe auf das rot lackierte Buchregal zu. Die Farbe hing in Fetzen an dem Holz. Laura stützte sich an dem Regal auf, das Holz knirschte unter ihrem Gewicht.

Buch an Buch, Roman an Roman reihte sich aneinander: *The Girls* von Emma Cline; *Götter der Schuld* von Michael Connelly. Doch dann tat sich eine Lücke auf, zwischen Jo Nesbøs *Das Versteck* und *Das Café der guten Wünsche* von Marie Adams. In der Kluft klemmte ein rechteckiges Päckchen.

Laura zog es mit den Fingerspitzen hervor.

Lachende Clowns mit Trompeten und ein tanzender Pudel mit einem spitzen Hütchen waren auf dem Geschenkpapier abgebildet. Je länger sie das Päckchen anstarrte, desto mehr Angst bekam sie. Sie zerfetzte das Papier, riss es in Streifen von der Schachtel. Mit einem Rascheln landeten die Fetzen auf dem Boden. Lauras Sneakers quietschten.

Eine graue Box mit dem Aufdruck einer Sofortbildkamera und fünf Filmen lagen in ihren Händen. Eine *Polaroid*. Laura hatte selbst eine ähnliche Kamera besessen. Die blassen Bilder mit dem weißen Streifen am Rand hatte sie geliebt.

»Es gefällt dir. Wie könnte es auch anders sein? Die Kamera in deiner Hand ist für jeden Studenten der Fotografie etwas Ursprüngliches, etwas Archaisches. Es sind deine Anfänge.« Er raunte die Worte regelrecht, seine Stimme hatte einen anderen, einen dünneren Klang angenommen. »Sicher gibst du mir recht.«

»Was soll ich in der Zelle schon fotografieren ... hier ist nichts.« Neben dem Buchregal drang ein Knirschen an Lauras Ohren. Dort, wo sich die Tür des gläsernen Käfigs befand. »Absolut nichts.«

»Du bist das Motiv, Laura. Das sollte dir reichen.«

Sie tastete sich vor zu der Plexiglastür mit ihren drei Scharnieren aus Metall. »Ich bin nicht der Selfie-Typ.«

»Nein, das bist du nicht.« Die Stimme brachte ein feines Lachen hervor. »Du wirst es lernen. Es ist eine Form der Selbstreflexion.«

Laura stieß mit der Schuhspitze gegen die Glastür. Verschlossen. So wie die Klappe, hinter der täglich ihr Essen am Boden stand. An diese Tür grenzte eine gläserne Schleuse. Rechts von ihr ging eine kleine, elektronisch verriegelte Toilette ab, die sie zweimal am Tag benutzen durfte. Doch geradeaus, wie in einer klaren Linie, gab es eine weitere Tür. Sie musste nach draußen führen, raus aus dem Käfig. Diese Tür war nun offen, eine dunkle Silhouette zeigte sich im Rahmen.

Die Box in Lauras Händen raschelte. Sie nahm ein Windrauschen hinter der Plexiglastür wahr, nur leise, ganz leise – aber es war da.

Die Gestalt näherte sich. Schritt für Schritt. Sie hob die Hand, ein länglicher Stab lag darin. Ein Mikrofon. »An deinem Geburtstag gratuliere ich dir selbstverständlich persönlich.« Sein Flüstern erinnerte an ein weit entferntes Rauschen. Er kam näher und näher. Drei Meter vor der Tür blieb er stehen. »Alles Gute, Laura.«

Da stand er. Ein unidentifizierbares Phantom, ein Entführer

und vielleicht schon bald ihr Mörder. Er war mindestens einen Kopf größer als sie. Seine Schultern erschienen schmal. Der Mann trug seine Lederjacke, der Kragen war aufgestellt. Dazu eine dunkle, weite Hose und ein Basecap mit dem Aufdruck der Boston Red Sox. Den Kopf hielt er gesenkt. Die schwarzen Handschuhe aus Leder verrieten nichts über seine Finger. Sie mochten feingliedrig, vernarbt, schmutzig oder manikürt sein. Oder nichts von alledem. Er war ihr so nah, und doch erschien er Laura wie ein Wesen aus einer anderen, einer weit entfernten Welt.

Er hob den Kopf, blickte sie direkt an. Sein Gesicht glich einem schwarzen Loch, verdeckt wurde es von einer Gummimaske. Die Augen lagen verborgen hinter einer mattgrauen, runden Brille mit dunklen Gläsern. Er sah Laura, sah ihre Schwäche, doch sein wahres Ich blieb ungesehen.

»Du siehst müde aus.«

Sie glaubte ihm. Im Käfig gab es keinen Spiegel, nur die unscharfe Reflexion im Plexiglas. Der Mann hatte ihr mit dem Tod gedroht – und doch verbarg er seine Identität. Das ergab nur dann Sinn, wenn er die Wahrheit sprach und ihr tatsächlich eine Chance gab, dem Käfig zu entkommen. Vielleicht wollte er sie das auch nur glauben machen. So oder so – ihr fehlte jede Alternative. Sie musste sein Spiel mitspielen. Der Krieg war ein Spiel, bei dem man lächelte, und nichts anderes war der Käfig – ein Schlachtfeld mit zwei Figuren.

Laura legte die Hand auf die Glasscheibe. Kühl, die Oberfläche fühlte sich so kalt an wie eine Fensterscheibe im Herbst. Sie spreizte die Finger. »Sind wir uns schon einmal begegnet?«

»Natürlich, Laura.« Die Maske spannte sich über seinem Mund, sie warf Falten.

»Habe ich Ihnen ins Gesicht geschaut und mit Ihnen gesprochen?«

»Selbstverständlich hast du das.«

Sie waren einander begegnet, hatten Worte gewechselt. Seine Stimme, ihre Intonation und Modulation ließ sich nicht einordnen. Er konnte sonst wer sein. Ihr Hausmeister, der ihr in unbeobachteten Momenten Blicke nachwarf. Ihr Friseur mit seiner vielleicht zu perfekten Fassade aus Freundlichkeit. Einer der blassen Studenten, der im Hörsaal eine Reihe hinter ihr saß und immer auf das Display ihres Handys starrte. Alles und jeder war möglich. Oder auch nichts und niemand. Nur ihre ausweglose Situation war ein definitiver Fakt.

»Warum tun Sie mir das an?«

»Weil du schuldig bist.« Er trat an die Scheibe und legte die Hand auf das Glas, als wollte er ihre Finger berühren. »Deine Gedanken kriechen. So wirst du den Käfig nicht besiegen. Aber wenn du nicht gewinnen kannst, solltest du nicht auch noch verlieren.« Erneut nickte er ihr zu, dann wandte er sich ab und ging fort.

Laura ließ die Hand sinken. Fettige Abdrücke blieben auf dem Glas zurück.

Die Silhouette des Mannes wurde von der Dunkelheit verschluckt. Die Glastür am Ende des Ganges schlug zu. Das Licht verlosch. Laura versank in der endlosen Schwärze des Käfigs.

KAPITEL 15

Er bewegte sich unter dem freien Himmel, als kämpfte er gegen die Natur – gegen das Eis unter seinen Schlittschuhen und gegen den Wind im Gesicht. Ein aussichtsloser Kampf. Der gefrorene See schien mit ihm auf seiner spiegelglatten Fläche zu spielen. Er wog ihn in Sicherheit und verhöhnte ihn doch nur vor jedem Sturz. Am liebsten hätte er ihn wohl in die Tiefe gerissen und unter dem Eis davontreiben lassen. Der See war hungrig, doch die eiskalten Temperaturen der vergangenen Tage hatten ihn seiner Gefahr beraubt.

Schon seit ihrer Kindheit stellte sich Ariane die Natur als ein denkendes Wesen vor. Mit seinen hilflosen Versuchen löste Tom all die alten Erinnerungen bei ihr aus.

Immer wieder riss er die Arme hoch, wenn er über eine holprige Stelle glitt. Dann kämpfte er um seine Balance. Diesmal vergeblich. Eissplitter spritzten empor. Er fiel auf die Knie, fing seinen Sturz mit beiden Händen ab. Das Eis unter ihm krachte, seine Schlittschuhe klirrten aneinander. Er ließ sich auf den Hintern fallen.

»Überraschend. Bewundernswert. Und vor allem sinnlos.« Ariane trat zwischen die zwei fackelnden Laternen auf dem Eis. Sie schwenkte bei jedem Wort den Stock in ihrer Hand wie eine Lehrerin, die mit ihren Schülern an der Tafel das Alphabet durchgeht. »Du hast deinen Mittelpunkt noch nicht gefunden.« Sie tippte mit dem Stock gegen ihre Hüfte. »Die Stabilität kommt von hier. Nicht von deinen rudernden Armen.«

Er rieb sich die Oberschenkel. »Du tust so, als ob ich keine Beine hätte.«

»In deinem Fall wäre das sogar ein Plus.« Ariane warf den Stock fort, er schlitterte über das Eis. Die Praxisstunde war vorüber. Sie zog Tom in die Höhe und legte ihm die Hand auf die Hüfte. »Hier. Da ist es. Spürst du das? Das ist deine Mitte beim Schlittschuhlaufen.« Sie drehte ihn um die eigene Achse. »Fühl es.«

Tom war außer Atem. »Ich spüre überhaupt nichts mehr.« Seit vierzig Minuten schien er um seine Würde zu ringen, die er zusammen mit seiner Vernunft auf dem Eis verloren hatte. »Hat mich erstaunt, dass du mir wirklich helfen willst. Ich hätte mit vielem gerechnet, aber ...«

»... aber sicher nicht mit meinem Mitleid.« Ariane winkte ab. Mit ihrer Neugierde und ihrem Misstrauen rechnete Tom ebenso wenig. Sie spürte, dass sein Anliegen auf dem See komplexer war, als er vorgab. Doch es war ebenso falsch, allen wie keinem zu misstrauen. Sie musste sich ändern. Vielleicht war Tom ein Anfang – vor dem Ende.

Er streckte die Arme von sich und stabilisierte sich. Einer seiner Ärmel war am Bündchen aufgerissen. »Ich pack das einfach nicht.«

Ariane zog ihre Handschuhe aus und schlug sie ineinander. »Du denkst zu sehr an deinen Vater, für den du das hier alles auf dich nimmst. Die Last nimmt dir die Freiheit. Das macht dich ungelenk.«

»Kann sein. Problem erkannt. Aber es ist so nicht lösbar. Nicht für mich.«

Breitbeinig stellte sich Ariane vor ihn und verschränkte die Arme vor der Brust. »Ich bin die Autorität auf dem See.« Sie rammte einen Absatz ins Eis. »Ich entscheide, wer hier was wie löst. Akzeptiert?«

Wieder lächelte er. »Ich höre.«

»Sieh mal, Tom. Die Kunst des Fokussierens besteht darin, alles auszublenden. Wie in einem Tunnel. Gleichzeitig musst du aber im Unbewussten zulassen, was außerhalb des Tunnels ist, was ihn umgibt. Du musst ein Gleichgewicht herstellen. Nicht nur mit deinem Körper.«

»Ich kann meinen Charakter nicht einfach aufteilen.«

»Das sollst und darfst du auch nicht. Aber du kannst das Kleine im Großen finden und daraus Kraft schöpfen. Ich weiß, dass du das kannst. Ich bin mir ganz sicher. Zu hundert Prozent.«

Tom blinzelte sie an. Er zog an den Kordeln seines Parkas und betrachtete sie, als sähe er sie zum ersten Mal.

»Das ist kein Eso-Geschwafel, Tom. Ich gehöre nicht zu den Frauen über vierzig, die sich Blumengestecke ins Haar binden und wie geistig determinierte Elfinnen Hüpftänze aufführen. Das bin ich nicht.«

Da war eine Furche auf seiner Stirn, direkt zwischen den Augenbrauen. Eine Hautfalte, die sein Gesicht teilte und ihn als grüblerischen Geist enttarnte. Etwas hatte sich bei ihm verändert, die Art, wie er sie wahrnahm.

»Aber was bist du dann? Du klingst wie eine Psychologin.«

»Keine Psychologin. Ich bin promovierte Biologin.« Sie führte die Hand zum Mund und pfiff zweimal, einmal kurz und einmal lang. Ein Krächzen ertönte vom Rand des Ufers, schwarze Flügel schlugen. Hugo näherte sich und landete auf Arianes Schulter. Mit dem Schnabel zog er an ihrem Ohrläppchen. »Und jetzt errate mal meine Fachrichtung.«

Tom strich mit dem Zeigefinger über Hugos Kopf. »Zoologie, wie es aussieht. Auch wenn du mich gerade an eine Figur aus einem Disney-Film erinnerst.«

»An die böse Hexe, vermute ich.«

»Nein, du nicht, Ariane. Du ganz sicher nicht.«

»Darauf solltest du niemals wetten.« Sie deutete nach Süden, wo die Fichten den See besonders dicht umrahmten. »Ich möchte dir etwas zeigen. Heute Abend.«

KAPITEL 16

»Auf diese Überraschung hätte ich verzichten können.« Lukas Johannsen presste die Backenzähne so hart aufeinander, bis sie knirschten.

Vor ihm wurde ein rotes Trekkingrad an einem Eisenhaken in die Höhe gehievt. Die Kette klapperte. Wasser tropfte vom Lenker. Eisbrocken schmolzen im Licht der Tausend-Watt-Strahler, die am Ufer aufgebaut waren.

Einsatzkräfte der Feuerwehr blitzten mit ihrer rotgelben Schutzkleidung in den Lichtkegeln auf. Einer der Männer trug eine stotternde Kettensäge im Leerlauf den Hügel hinauf. Lukas verabscheute dieses Dröhnen und Rattern, es störte seine Konzentration.

In seiner ausgestreckten Hand lag das Foto von Laura Gehlers Rad. Er musste die Abbildung nicht mit der Realität vergleichen und tat es dennoch. Immer und immer wieder, einem krankhaften Zwang gleich. »Dieser Hurensohn.« Das Bild verschwand in seiner Manteltasche, von außen klopfte er auf den Stoff. »Hurensohn«, flüsterte er noch einmal.

Die Spurensicherung zog ihre Flatterbänder am Uferstreifen entlang. Einer der drei Hundeführer ging das Areal mit seiner Schäferhündin ab. Das Tier schnupperte sich durch das Gestrüpp. Es blieb stehen, lief weiter und schnüffelte am Stamm einer Fichte.

Lukas stellte sich dem Mann in den Weg und deutete auf die Schnauze der Schäferhündin. »Hat sie irgendwo angeschlagen? Irgendwas Auffälliges?«

Der Hundeführer betrachtete ihn so intensiv, als läge seine Frage außerhalb des kriminaltechnisch Vorstellbaren. »Das da, das ist Eis.« Er schwenkte mit dem Ende der Hundeleine zum Fluss. »Die Saale ist jetzt komplett zu. Wenn hier vor Tagen ein Körper reingeworfen wurde, hat ihn der Fluss sonst wohin getrieben, als er es noch konnte.« Er zog an der Leine, die Hündin setzte sich neben sein rechtes Bein. »So ein Körper ist dann kilometerweit auf Tour. Hatten wir erst vor zwei Jahren mit dieser besoffenen Rentnerin.« Er streckte zwei Finger aus und deutete auf seine Augen. »Alles schon gesehen. Das Eis gibt so schnell nichts mehr her. Das Fahrrad haben sie anderthalb Stunden lang raussägen müssen.«

Der Hundeführer und seine hechelnde Begleiterin blickten Lukas so erwartungsvoll an, als würde er in dieser gottverdammten Kälte per Knopfdruck eine Lösung ausspucken.

Er nickte nur. Der Mann tippte sich gegen die Stirn und wanderte mit seiner Hündin weiter. Lukas hatte nicht geliefert. Der Dialog war für Herrchen und Tier beendet.

Lukas stellte seinen Kragen auf. Er griff in seine Manteltasche und wickelte seinen japanischen Sonomanma aus. Mit zwei Fingern schob er sich das Kaugummi in den Mund und zerstampfte es mit den Zähnen. Der Geschmack von saurem Soda reizte seine Schleimhäute. Er liebte dieses Gefühl.

Lukas streckte sich, seine Wirbel knackten. Den ganzen Tag über hatte er keine Wolke am Himmel gesehen. Schon jetzt zeichnete sich eine klare Nacht ab. Sterne, die Millionen Kilometer entfernt waren, würden deutlich am Firmament zu sehen sein. Jahrelang jagte ihr Licht durchs All, ehe es bei den Menschen ankam.

Aber hier unten auf der Erde, da blieb alles von einer Nebelwand umhüllt, hinter der sich ein Irrer verbarg. Er tauchte im Dunkeln ab und beobachtete ganz sicher jeden der Schritte seiner Verfolger. Solche Typen fanden darin ihr sexuelles Hochvergnügen, ihre Erfüllung.

Er und das LKA Thüringen hatten vor über vier Jahren ins Leere ermittelt. Das erste und einzige Mal in seiner gesamten Karriere. *Der Puppenmörder*, so hatten die Medien den Täter damals getauft. Klang aufregend, mit einem Hauch Grusel. Den Boulevardschmierfinken brachte das Auflage und Klicks – und ihm Stress mit Vorgesetzten, Anfeindungen und Monate ohne Schlaf.

In den meisten ungelösten Fällen legten sich die Jahre in all ihrer Milde auf die polizeilichen Akten und ließen sie verstauben. Lukas aber sah nun zu, wie ein Mörder seinen Kinderschuhen entwuchs und womöglich zum Serienkiller aufstieg. Der Staub wirbelte erneut auf. Alles begann wieder von vorne.

Erneut studierte er die alten Fotos, und abermals taten sich mehr Fragen als Antworten auf. Der lange Abstand zwischen beiden Taten erschien atypisch. Ein mörderischer Trieb ist eine zielgerichtete psychische Kraft. Schwer zu kontrollieren. Wenn hier tatsächlich der Puppenmörder agierte, dann musste ihn Laura Gehler auf besondere Weise emotional getriggert haben. Der wesentliche Kern seines Handelns lag hier verborgen.

Zwei Männer der Spurensicherung trugen das tropfende Fahrrad den Hügel hinauf. Ihre weißen Gummihandschuhe tanzten wie geisterhafte Hände durch die Dunkelheit.

Lukas blickte ihnen nach.

Die Rahmenbedingungen für die Jagd auf den Mörder hatten sich verändert. Der Täter fiel aus seinem Profil. Noch präsentierte er nicht die Leiche seines Opfers. Diesmal wollte er spielen, und alle mussten mitmachen – weil er es befahl. Darum hatte er ein Ultimatum gesetzt. Sein Ego musste gewaltig sein. Lukas und seinem LKA blieben noch neun Tage, um Laura Gehler aufzuspüren. Verstreichende Sekunden wurden zu Feinden.

Nun hatte sich auch noch diese Landrätin aus Bayern in seinem Nacken verbissen. Sie war eine Mutter, die mit allen Mitteln um ihr Kind kämpfte. Lukas respektierte das. Doch mit ihren politischen Seilschaften würde sie ihn und seine Vorgesetzten an die Wand nageln. Sie mussten ihre Tochter finden. Lebend und so schnell wie möglich. Wenn die ersten Fallanalysen mit den Profilern in Erfurt abgeschlossen waren, würde er Imke Gehler über den aktuellen Stand informieren. Bisher existierte keine Spur, nicht einmal eine lauwarme Fährte, der er mit seinem kriminalistischen Ehrgeiz folgen konnte.

Das säuerliche Aroma des Kaugummis war fortgekaut. Ein fader, lebloser Geschmack zog durch seinen Mund. Lukas spuckte das Kaugummi in das Einwickelpapier mit den Kanji-Schriftzeichen, da gingen die Strahler aus. Die Vorführung am Ufer war beendet.

Von der Spitze des Hügels näherten sich Schritte.

»Lukas?« Die Stimme des ersten Polizeihauptmeisters erinnerte ihn immer an einen knarrenden Bass.

Er drehte sich um. »Was gibt es?«

Frank Weber blieb zwei Meter vor ihm stehen. Das blaue Licht seines Tablets bestrahlte ihn von unten. Der Wind trieb ihm die drei verbliebenen Haarsträhnen an seiner Stirn durchs Gesicht. Weber presste einen Button auf dem Display. »Wir haben was Merkwürdiges gefunden. Eine Unstimmigkeit. Keine Ahnung, was das bedeutet.« Er hielt Lukas das Tablet hin.

Das helle Licht brannte auf seiner Netzhaut, er blinzelte das Stechen fort. Vier Fotos von Laura Gehlers Personalausweis schimmerten auf dem Display. Die Fälschung und daneben das Original, das die Beamten von der ausstellenden Behörde angefordert hatten.

Erst sah Lukas undeutlich, dann in aller Schärfe. Das Foto. Die Ziffern. Die Schrift. Kein Detail entging ihm, und schließlich begriff er.

KAPITEL 17

Der Mond reflektierte in der spiegelglatten Fläche des Sees.

Ariane ging in kleinen Schritten übers Eis. Tom hatte sich die Schlittschuhe über die Schulter geworfen, immer wieder schlugen die Kufen gegeneinander.

Weit entfernt ertönten die spätmittelalterlichen Glocken einer Kirchturmuhr. Meter um Meter ließen Ariane und Tom hinter sich, bis sie das Ufer auf der anderen Seite erreichten. Ihr Weg führte nun durch den Wald. Bei jedem Schritt knackten Zweige. Über ihnen kreiste Hugo.

In der Kälte des sternenklaren Abends erzählte Ariane von ihren Abenteuern in Nairobi. Davon, wie sie für ihre Universität monatelang Verhaltensstudien an der Tierpopulation durchgeführt hatte. Sie berichtete von den Gnus, die sie jeden Morgen besuchen kamen, und von einer Leopardenfamilie, die durch die Gärten schlich. Die Parks waren fest in den Händen von Affenbanden, die ihr oft genug die Lunchbox gestohlen hatten. Auf den Alleebäumen im Zentrum der Stadt brüteten Dutzende Marabuschwärme. Ariane liebte Nairobi, weil sich nirgendwo auf der Welt Mensch und Tier so nahe kamen wie dort. Für ihre Studien war diese Stadt der perfekte Ort gewesen.

Tom schien jedes Detail in sich aufzunehmen. Ihre Erzählungen von der Savanne wärmten Ariane in der Kälte, und womöglich erging es Tom ähnlich. Sie hatte ein Feuer mit Worten entfacht und bemerkte erst jetzt, wie sehr sie Afrika und ihre gelebte Vergangenheit vermisste.

Sie erreichten einen zwei Meter hohen Zaun, der sich zwischen gewaltigen Kiefern und Fichten entlangzog und ihnen den Weg versperrte. Gelbe und rostrote Blätter hatten sich in ihm verfangen.

Tom legte die Hände auf die Maschen und rüttelte an ihnen. Schnee rieselte herab. »Endstation.«

»Nur für Menschen, die keine Augen haben.« Ariane schlich nach rechts. Der Betonbau des alten Kraftwerksgebäudes schimmerte von der anderen Seite durch die Bäume hindurch. »Die Talsperre liegt direkt dahinter, und hier ...« Sie aktivierte das Licht in ihrem Handy und ging in die Knie. Der Strahl erfasste Schnee, Fichtenzapfen und schwarze Steinchen. »Hier ist unser Schlupfloch. Das ist die beste Abkürzung.«

Das Licht verriet die Schwäche des Zauns. Er war an dieser Stelle aus dem Boden gerissen, das untere Geflecht zerrissen. Ariane hob das Gitter an.

Tom verstand. In der Hocke und mit eingezogenem Kopf unterquerte er das Hindernis. Ein paar lose Drähte verfingen sich in seinem Parka. Er wand sich unter dem Zaun hindurch und hob ihn nun von seiner Seite an.

Ariane schaltete ihr Handylicht aus und folgte ihm. Die Drähte kratzten über ihren Mantel. Zweige schlugen ihr ins Gesicht. Sie erhob sich und bewegte sich in gebückter Haltung zwischen den Bäumen entlang. »Wir sind fast da.«

Die zweihundert Meter lange Talsperre ruhte wie ein gewundener Wurm aus Beton vor ihnen. Die gigantische Wand und das Eis hatten den Lauf der Saale ausgebremst. Eine kleine eingeschneite Straße führte über die Talsperre. Keine Menschen, keine Autos. Selbst der Wind schwieg.

Ariane legte sich einen Finger auf die Lippen und nickte Tom zu. Der Staumeister war meist noch in dem Häuschen neben dem Kraftwerk aktiv. Ein bodenständiger, grummeliger Typ, der die Bleilochtalsperre als sein Wohnzimmer betrachtete. Eindringlinge verscheuchte er mit der selbstverständlichen Attitüde des Hausherrn.

Ariane tastete sich an dem kalten Gemäuer des Kraftwerks entlang. Rote und blaue Lichter funkelten durch die Scheiben. Die Messgeräte mit ihren Manometern und Thermometern wurden durch die Glühbirnen der Armatur beleuchtet. Turbinen, Generatoren und Pumpen klickten und brummten auf Knopfdruck. Fehlten nur noch Männer mit dicken dunklen Hornbrillen und weißen Kitteln, die wie auf ein geheimes Kommando hin den Raum betraten.

»Wir müssen dort hoch.« Ariane streckte den Arm zur Mitte der Talsperre aus. Vier schwere Stahlträger ragten dort über zwanzig Meter hoch in den Himmel. Auf der obersten Plattform befand sich ein kleines Häuschen, das Ariane bei ihrem ersten Besuch auf den Namen *Haus der Späher* getauft hatte.

Tom legte den Kopf in den Nacken. »Du willst da hoch. Ganz hoch.«

»Natürlich. Das ist der Logenplatz, und heute teile ich ihn mit dir.«

»Wenn die uns erwischen, sind wir dran – aber so richtig.«

»Logisch. Aber es gibt keine Lektion ohne Preis.« Sie zog Tom am Ärmel hinter sich her. »Jetzt komm schon. Und zieh die Handschuhe aus, dann kannst du die Sprossen besser greifen.«

Sie überquerten die schmale Straße. Die Talsperre erstreckte sich in einer Höhe von fünfundsechzig Metern. Jedes Mal stellte sich bei Ariane ein sanfter Taumel ein, wenn sie in die Tiefe blickte. Dutzende Male war sie schon hier gewesen, nie würde sich daran etwas ändern.

Ohne Worte erklomm Ariane Sprosse für Sprosse des Stahlpfeilers, sie spürte die Vibrationen in dem Gestänge. Zweiundfünfzig Mal musste sie zugreifen. Die Kälte des Metalls zog in ihre Finger, in Arme und Brust und wanderte von dort durch den ganzen Körper. Endlich zeigten sich die Kanten der Plattform. Ariane zog sich daran hoch. »Gleich geschafft.«

Statt einer Antwort klirrten unter ihr Toms Schlittschuhe. Ganz sicher hatte er sich diesen Abend anders vorgestellt.

Ariane erklomm die letzten sieben Stufen einer Trittleiter, um auf das Flachdach des Späherhäuschens zu gelangen. Oben angekommen, schob sie den Schnee zu einer Sitzkuhle zusammen und ließ sich darin nieder. Ihre Beine baumelten über der Kante des Daches.

Tom zog sich an dem Gestänge hoch und folgte ihr. Er blickte in das Tal hinab. »Himmel, wow, Ariane. Das ist ja wirklich, also ...«

»Nein, warte. Komm her und beobachte. Nicht alles braucht eine Reaktion.«

Er setzte sich neben sie und zog die Beine an. Seine Kleidung raschelte nicht. Er unterdrückte sein Atmen. Tom machte kein Geräusch.

Über ihnen war der Himmel mit Sternen übersät. Unten im Tal gingen die Lichter in den Häusern an. Durch ihre Fenster fiel der gelbe Schein der Lampen, manchmal auch das bläuliche Flimmern eines Fernsehers. Die Menschen saßen zum Abendbrot an ihren Tischen und erzählten sich von den Erlebnissen ihres Tages. Oder sie diskutierten darüber, wie lange dieser frühe und harte Winter noch andauern würde.

Die Saale war zugefroren, der Fluss zum Stehen gekommen. Am Ufer unweit der Talsperre knackte es im Dickicht. Kurz nur huschte ein Reh zwischen den Fichten entlang und war genauso schnell wieder in der Tiefe des Waldes verschwunden. Die hügelige Landschaft erinnerte Ariane immer an die Wildnis Kanadas.

Tom streckte die Beine von sich, bis seine Schuhe über der Kante des Daches hingen. »Ariane ... du vermisst deinen Mann noch immer, oder?« Er flüsterte die Frage, als wollte er einen Schlafenden nicht wecken.

Seine Direktheit überraschte Ariane. Sie strich sich eine Haarsträhne aus dem Gesicht. »Ich vermisse seine kleinen Hefepfannkuchen sehr. Es gibt keinen Menschen, der sie so hinbekommen hat wie Fabian. Sie waren fluffig und vanillig. Immer ein bisschen sahnig, mit einer ganz feinen Schicht aus Puderzucker obendrauf, dazu ein Hauch von Zimt. Und immer exakt rund wie ein Kreis aus einem Zirkelkasten.« Sie ahmte mit den Händen eine Rundung nach. »Er wollte mir sein Rezept nie verraten. Ich habe ihn angefleht, aber Fabi hat nur gelacht und sich nicht erweichen lassen. Jeden Morgen nach dem Aufwachen haben die Pfannkuchen auf meinem Teller gelegen. Jeden Tag.« Ariane rieb sich die Augen, die Kälte ließ sie tränen. »Als Fabian gestorben ist, habe ich versucht, die Pfannkuchen selbst zuzubereiten. Ich habe Dutzende Restaurants ausprobiert. Alles vergeblich. Niemand konnte sich Fabis Geheimrezeptur auch nur annähern. Und dann, Jahre später, da war ich mal bei einer Freundin in Nairobi zum Frühstücken ...« Ariane nahm etwas Schnee in die Hände und formte eine Kugel daraus. »Was soll ich sagen? Vanillig, fluffig und ein bisschen sahnig mit einer Spur von Zimt – wie Fabis Pfannkuchen. Als ich sie nach dem Rezept gefragt habe, hat sie nur auf eine fertige Backmischung im Küchenregal gedeutet. Wort für Wort in kleinen weißen Buchstaben stand da die Anleitung auf der Pappverpackung. Ein billiges Supermarktprodukt.« Ariane musste lächeln. »Kein Geheimnis.« Sie warf den Schneeball über die Talsperre. Ein dumpfer Ton hallte nach dem Aufprall zurück. »Ich habe immer nur Fabian geschmeckt. Nur ihn. Gefühle ändern alles.« Sie blickte Tom von der Seite an. »Du verstehst das sicher.«

Er nickte. »Der Käpt'n ist immer noch da. Du hast ihn nie gehen lassen.«

»Die Vergangenheit ist da, wo sie hingehört. Ich kämpfe mit allen möglichen Tricks darum, dass sie mein Leben nicht überschattet. Meistens verliere ich.« Den Preis dafür musste sie alleine zahlen. Ariane zuckte mit den Schultern. »Ist eben so.« Sie ertastete die Kette um ihren Hals. Sie folgte den feinen Gliedern und spürte das ovale Medaillon unter den Fingerspitzen. »Manchmal genügt ein einziger Tag, um alles auszulöschen, was wir gewesen sind. Niemand kann die Zeit anhalten. Ich habe verstanden, dass wir nicht den Luxus haben, die Gegenwart für immer so zu belassen, wie sie ist. Menschen begegnen uns, und sie verschwinden wieder. Alles geht weiter. Deswegen sitze ich hier oben und beobachte das Leben in der Stadt.« Ariane beugte den Oberkörper vor. »Das da unten im Tal, das ist ein lebendiges Ding. Es hat einen Herzschlag und einen Puls. Ich kann von hier aus alles sehen, was gut und was schlecht ist. Ich spüre die Schwingungen und sehe die vielen unterschiedlichen Farbtöne. Alles ist dicht beieinander.« Sie schob mit der Handkante Schnee vom Dach. Wie weißes Pulver rieselte er in die Tiefe. »Das nimmt mir die Schwere. Wenn ich Fehler mache, geht da draußen trotzdem alles weiter seinen Gang. Das ist für mich beruhigend und befreiend.«

Tom zog die Beine an und legte das Kinn auf die Knie. »Deswegen hast du mich hierhergebracht.«

»Ich wollte dir die Sorgen nehmen. Du wirst deinen Vater nicht enttäuschen. Sei mutig.« Ariane griff in die Innentasche ihres Mantels und zog ihren Bleistift heraus. Sie hielt ihn Tom hin. »Den schenke ich dir. Sieh mal genau hin.« Sie ließ den Bleistift zwischen Zeige- und Mittelfinger rotieren. »Fast jeder Bleistift hat einen Radiergummi am Ende, als ob die ganze Welt sowieso nur darauf wartet, dass wir Fehler machen.«

Tom lachte, seine Augen lachten mit. Kleine Fältchen bildeten sich um den Mund. Zentimeter für Zentimeter rutschte er bedrohlich nahe an die Dachkante.

Ariane streckte den Arm aus und schob seinen Oberkörper behutsam zurück, presste seinen Rücken aufs Dach. Toms halblanges Haar breitete sich im Schnee aus wie ein Spinnennetz.

»Ich werde einen Bleistift nie wieder als Bleistift sehen. Danke dafür. Kann ich bei meinem Architekturstudium sehr gut gebrauchen.«

Architektur. Er war Student. »Vielleicht baust du den Menschen im Tal irgendwann mal Häuser. Stell dir nur vor, wie du dann hier oben sitzt und sie in deinen Werken beobachtest.«

»Wenn *du* mit mir hier bist, dann gerne.«

Ariane schüttelte den Kopf. »Dieser Augenblick wird dir ganz alleine gehören.« Sie war sich sicher, absolut sicher, dass Tom vergeblich auf einen solchen Moment mit ihr warten würde.

Ariane schlug ihren Mantelärmel nach oben. Die Zeiger ihrer Uhr ließen sie zusammenfahren. Schon 21.16 Uhr. Die Echos kehrten zurück. *Nicht jetzt. Zu früh.* »Ich muss dich jetzt verlassen.«

»Gut, ich komm mit runter.« Er richtete den Oberkörper auf.

Ariane erhob sich und schob ihn mit beiden Händen zurück. »Du bleibst hier noch ein Weilchen sitzen. Lass es auf dich wirken. Gib meinem Hokuspokus eine Chance.« Sie ging zur Dachkante, legte die Hände auf das Gestänge und stieg die erste Sprosse hinab. »Trau dich.«

»Sehen wir uns wieder?«

»Irgendwann. Vielleicht.«

»Du bist ein merkwürdiger Mensch, Ariane.«

Ich bin das Kontrastmittel zu den meisten anderen Menschen.

Sie sprach diese Wahrheit nicht aus, stattdessen lächelte sie Tom noch einmal zu und stieg die vielen Stufen in die Tiefe hinab.

***

Den Weg durch den Wald erlebte Ariane in völliger Klarheit. Ein aufgeschreckter Hase schoss vor ihren Schuhspitzen durch das Dickicht. Sie hörte das lang gezogene *Huu-hu-huhuhuhuu* eines Waldkauzes, der sein Revier markierte. Der Wind kehrte zurück und strich durch die Zweige, durch ihr Haar.

Ariane erreichte den See. In der Ferne schaukelte die kleine elektrische Laterne über ihrer Haustür. Das Licht schaltete sie immer an, wenn sie länger fortblieb. Der reinste Selbstbetrug. Als warteten im Innern des Gemäuers Menschen auf sie. Sie hatte sich längst durchschaut. Das bisschen innere Wärme tat ihr dennoch gut.

Sie passierte das Eisloch, aus dem sie Tom gerettet hatte. Eine neue Eisschicht bildete sich über der Bruchstelle. Ariane verharrte und ging in die Knie. Sie strich über die Kanten des Lochs wie über eine Wunde, die sich wieder schloss. Wäre Tom tatsächlich gestorben, wenn sie ihn nicht aus dem eisigen Wasser gezogen hätte? Hatte sie ein Leben gerettet?

An den Rändern fühlte Ariane Kerben wie feine Einschläge. Sie hielt inne. Noch einmal fuhr sie über die Bruchstellen. Kein Zweifel. Sie zog das Handy aus ihrer Manteltasche und drückte den Lichtbutton. Mit der flachen Hand strich sie den Schnee vom Eis. Ganz nah führte sie das Handy an die Eisoberkante.

Von weit her klapperte die Lampe am Haus. Das Windspiel klirrte. Im Unterholz des Waldes knackte es vom Ufer her.

Die Furchen zeigten sich im Schein des Handys und wirkten keinesfalls natürlich. Die Spalten verteilten sich an mehreren

Stellen rund um das Loch. Vielleicht stammten sie von Toms Kufen oder auch nicht. Wie das Kristallgitter des Eises ausgerechnet an dieser Stelle des Sees unter natürlichen Umständen brechen konnte, blieb rätselhaft.

Sie ging mehrere Schritte zurück und tastete mit der Lampe die umliegende Fläche ab, versuchte, die Bruchmechanik zu entschlüsseln. Die Natur verriet sich am Ende immer.

Ariane suchte nach weitflächigen Rissen an den Eisoberkanten, die sich zu einem konzentrischen Ringriss zusammenschlossen. In diesem Fall hätte das Eis ohne viel Gewicht brechen können. Ein Kristallograf aus Schottland hatte ihr das bei einer ihrer Expeditionen einmal vorgeführt. Doch nichts davon passte zu dem Bild vom See, wie sie ihn hier vorfand.

Sie brachte den Kopf in die Schräglage. Eingeschlossene Luftbläschen im Eis konnten zu bedrohlichen Störstellen im Kerneis werden. Meist war die Fläche dann besonders weiß. Das Eis, auf dem sie stand, hatte jedoch einen blau-grünlichen Schimmer angenommen und kaum Lufteinschlüsse.

Noch einmal strich Ariane über die Bruchstelle, dabei kam ihr Toms Klauenhammer in den Sinn, den sie bei seiner Wäsche entdeckt hatte. Sie ließ den Gedanken einen Moment zu und vertrieb ihn wieder. Ihr Misstrauen ließ sich bezwingen, sie musste es nur wollen.

Die Kirchturmuhr schlug dreimal, ihr mächtiger Klang zog über den See. Ariane erhob sich. Viertel vor zehn. Die Echos riefen nach ihr, und sie folgte ihnen.

KAPITEL 18

Sie hatte kein Ziel, keine Hoffnung und keine Kraft. Imke führte ihre leere Hülle im Hotelzimmer spazieren. Sie setzte einen Fuß vor den anderen, schlich durch den dunklen Raum – vorbei am Bett bis zum Wandspiegel und wieder zurück zur Kommode. Exakt zweiundzwanzig Schritte.

Die Wanduhr tickte. Die Dielen knarrten unter den nackten Füßen. Imke hielt vor einem Fenster und balancierte ihr Gewicht zwischen zwei rissigen und losen Brettern. Von rechts nach links, auf und ab und wieder zurück. Der Rhythmus, der durch das ächzende Holz entstand, half ihr beim Konzentrieren.

Fast dreiundzwanzig Uhr. Die Dunkelheit da draußen kam ihr finsterer vor, anders als andere Nächte. Von den Fenstern des Landhauses aus konnte sie den Parkplatz überblicken. Nur vereinzelt standen dort die Autos von Hotelgästen herum. Die Menschen blieben zu Hause, rotteten sich in ihren warmen Zimmern zusammen. Feuer knisterte in Kaminen, dicke Federbetten wurden aufgeschüttelt. Weihnachten nahte. Und überall dieser elende Schnee, als wollte er den Dreck und all das Elend unter sich begraben.

Imke zog eine Zigarette aus der Packung. *Wenn Sie rauchen, schaden Sie Ihren Kindern, Ihrer Familie, Ihren Freunden* – die anklagenden weißen Buchstaben auf der Hülle kamen ihr wie eine Farce vor.

Imke war Politikerin, falsche Freunde umgaben sie. Ihre Familie bestand nur noch aus einer Person – ihrer. Den Kindern konnte sie nicht schaden, selbst wenn sie es gewollt hätte. Ihre

Erstgeborene und ihr Sohn sprachen kein Wort mehr mit ihr. Ihr drittes Kind war vielleicht nicht mehr am Leben. Gestern hätte Laura Geburtstag gehabt.

Sie zog ihr Feuerzeug aus der Rocktasche, ratschte das Rädchen mit dem Daumen und entflammte das Ende ihrer Zigarette. Die Flamme brachte den Tabak zum Knistern. Imke nahm einen langen Zug und stieß den Rauch aus. Die Schwaden stießen gegen das Fenster, zerstoben und verteilten sich im Raum.

Als junges Mädchen hatte Imke ein eigenartiges Talent besessen. Sie konnte die exakte Anzahl von Buchstaben benennen, noch während ihre Eltern einen Satz sprachen. Dabei entging ihr nichts vom Inhalt des Gesagten. Eine seltsame Gabe, unnütz und doch vorhanden.

Mit der Geburt von Laura hatte sie dieses Talent verloren. Imke war das nur beiläufig aufgefallen, und es verwunderte sie kaum, als Laura im Alter von acht Jahren ebenso die Buchstaben zählen konnte. Sie war anders als ihre Geschwister. Sie war Imkes jüngeres Ebenbild.

Sie öffnete das Fenster, der Hebel knirschte im Holz. Kalte Luft strömte ins Zimmer. Noch ein paar Tage, dann war das Ultimatum abgelaufen. Sie warf die Zigarette vom ersten Stock aus in den Schnee. Ein Zischen. Das rote Glühen am Ende der Zigarette flackerte zweimal auf, bevor es verlosch.

Laura war nicht tot. Imke spürte das in diesen stillen Minuten. Als hielte sie einen Faden in der Hand, an dessen Ende jemand ruckelte. Laura lebte. Sie musste leben.

Unten auf dem Parkplatz knirschten Schritte im Schnee. Ein grüner Mantel flatterte in einer Windböe, eine graue Flanellhose zeigte sich im Schein der Parkplatzleuchten. Benjamin hatte sein Hotelzimmer verlassen. Er näherte sich seinem weißen Audi, den er direkt am Ausgang des Geländes geparkt hatte. Seine Fußstapfen hinterließen tiefe Schneisen im Schnee.

Was trieb ihn zu dieser Stunde aus seinem warmen Bett? Benjamin war ein Rätsel. Sie mochte ihn nicht. Nichts an ihm. Sein welliges blondes Haar, seine buschigen Augenbrauen. Sein nicht greifbarer Charakter und sein Mangel an Haltung. Benjamin konnte lachen, ohne dass sich sein Gesicht dabei veränderte. Als wäre eine zweite, unbewegliche Hautschicht wie eine Maske über seinem Schädel gespannt.

Imke hatte diesen Eindruck schon bei ihrer ersten Begegnung mit ihm gehabt. Jahre später empfand sie noch immer so. Und doch hatte er angeboten, sie bei dem schwierigen Gang zur thüringischen Polizei zu begleiten. Noch vor drei Jahren hatte Benjamin hier gelebt. Er kannte seine Leute. Das behauptete er zumindest. Eine Hilfe war er ihr allerdings nicht gewesen.

Benjamin erreichte seinen Wagen und drückte auf den Funkschlüssel. Die Lampen blinkten zweimal. Er öffnete die Fahrertür, hielt inne und schaute nach oben zum ersten Stock.

In einem Reflex riss Imke den Oberkörper nach hinten. Sie wollte nicht bei ihren Spitzeleien erwischt werden. Keine Schwäche. Nicht vor ihm.

Die Wagentür klappte, der Motor brummte. Benjamin fuhr fort. Die Rücklichter wurden kleiner und verschwanden hinter den Bäumen.

Womöglich wollte er nur zur nächsten Tankstelle, um sich Hochprozentiges für die Nacht zu holen. Er trank unkontrolliert. Das war der Grund, warum sich Laura eine Auszeit von ihm genommen hatte. In letzter Zeit war Imke kein verräterischer Ethylgeruch an ihm aufgefallen. Auch keine Pfefferminzpastillen, mit denen er das Offensichtliche zu verbergen versuchte. Nichts von dem. Doch Lauras Verschwinden mochte seine fragile Psyche zum Einsturz bringen. In den vergangenen Tagen war er verstummt. Kein gutes Zeichen.

Imke tastete sich zur Minibar vor. Den ganzen Tag hatte sie

nichts gegessen. Das Licht brannte ihr in den Augen, als sie die Tür öffnete. Bier, Brause, Erdnüsse, Schokolade. Ungesunder Mist zu Höchstpreisen. Sie schlug die Tür zu und ging zum Bett. Die Dielen begleiteten ihre Schritte mit einem tiefen Knarren.

Eine kleine schwarze Bibel lag auf der Kommode. Sie strich über den Einband. Das Leder war an vielen Stellen gebrochen, die Seiten hingen lose im Buch. Gott war der Menschen sicher müde. Warum sonst hatte er ihr einen Kommissar geschickt, der schon einmal an einem Mörder gescheitert war?

Johannsen war ein freundliches, schmales Männchen, von dem keinerlei Bedrohung ausging. Selbst wenn er den Lauf seiner Dienstwaffe schwenkte, würde er nicht gefährlicher wirken als ein kläffendes Hündchen. Sicher gehörte er zu den Männern, die man einfach nicht unterschätzen konnte. Und doch war Johannsen alles, was sie hatte. Sie musste mit ihm arbeiten. Vielleicht ließ er sich wenigstens steuern wie die kopflose Horde im Rathaus. Besser als nichts, weniger als gut.

Imke ließ sich aufs Bett fallen. Mit dem Zeigefinger strich sie über das Laken. Eine Linie und noch eine – Anfang und Ende. Der Stoff fühlte sich sanft an. »Ich vermisse dich, Engelchen. Ich hole dich da raus, Laura. Wo auch immer du bist. Das verspreche ich dir.« Auch wenn sie noch nicht wusste, wie ihr das gelingen konnte.

Sie schloss die Augen, ihre Gedanken wurden langsamer. »Zweiundachtzig Buchstaben. Oder waren das eben eher vierundachtzig? Was meinst du, Laura?«

Die Wanduhr tickte, die Minibar brummte. Das Fenster klapperte im Rahmen. Laura antwortete nicht.

⎍⎍ TONAUFZEICHNUNG

Audiodatei – File 93, 13 MB, 192 kbit/s.

Bei einem Menschen beträgt die Gesamtlänge aller Nervenbahnen des Gehirns 5,8 Millionen Kilometer, wenn man sie nebeneinanderlegt. Hammer, oder? Kommt aber noch besser. Das heißt nämlich, dass die Nervenbahnen sogar einhundertfünfundvierzigmal die Erde umrunden könnten. Ich habe das nachgerechnet. Das stimmt. Echt.

Ist doch unfassbar, was wir da jeden Tag in unserem Kopf mit uns rumschleppen. Das ist wie ein riesiges Labyrinth, in dem sich unsere Gedanken verlaufen können. Und trotzdem kriegen wir es hin, eine Tür zu öffnen oder ... sagen wir mal ... zum Beispiel ... einen Typen zu küssen.

Achtung! Achtung! (Trommeln wie auf Holz) Ja, es ist passiert. Fünf Monate in Bayern, und es ist wirklich, wirklich passiert. Er heißt Nils. N ... I ... L ... S. (Erneutes Trommeln)

Also gut, von vorne: Wir sollten im Deutschunterricht einen Fotoroman zu Effie Briest *nachstellen. Klingt irgendwie nuts. Aber Frau Rose meinte: »Wer Briest kapiert, versteht die Gegenwart viel besser.« Keine Ahnung, ob unsere Lehrerin einfach nur alt ist oder das wirklich ernst meint. Jedenfalls hat sie was davon gemurmelt, dass wir sowieso alle Selfie-süchtig wären und uns das leichtfallen würde. War mir klar, dass mein Abi in Bayern eine knallharte Nummer wird.*

Jedenfalls war ich Effie, und Nils hat die Rolle von Geert, dem Ehemann, übernommen. Mann, wo ich mich doch so ungern auf Fotos sehe. Aber Nils hat mich beruhigt, dann ging es irgendwie. Ich habe für ein Foto mindestens ein

Dutzend Anläufe gebraucht, weil wir die ganze Zeit gelacht haben.

Danach hat mich Nils gefragt, ob wir uns am Abend nicht mal treffen wollen. Er war irgendwie niedlich dabei, schon ernst, aber auch echt schüchtern.

Seine Eltern sind beide Anwälte, vielleicht denkt er darum fünfmal über jedes Wort nach. Vielleicht glaubt er auch, dass ich ein Superchick bin. So 'ne Hauptstadttussi, bei der man sich sowieso eine Abfuhr einhandelt. Völliger Blödsinn. Logo.

Wir haben dann zwei Stunden auf einer Bank im Park gehockt und uns unsere schlimmsten Geheimnisse erzählt. Davon habe ich Tausende. Mindestens. Ich habe Nils ein paar Kostproben gegeben und seine Ohren damit zugepappt. (Kratzen wie von einem Filzer auf Papier)

Also, immer wenn meine Oma damals das Geschirr weggeräumt hat, dann hat sie jede Schranktür und Schublade nur einmal geöffnet, damit sie sich gleichmäßig abnutzen. Ich mache das auch. Das sitzt ganz tief in mir drin, seitdem ich einmal ihr System gecheckt habe. Dann ist da noch diese Sache mit den Gehwegplatten. Wenn ich darüberlaufe, dürfen meine Füße nicht die Linien berühren. Auf keinen Fall. Treppen oder Stufen besteige ich immer mit dem rechten Fuß zuerst. Das ist ein echter Wahn bei mir.

Nils war ganz ernst und hat nur genickt. »Kenn ich, kenn ich«, hat er gesagt.

Dann war er dran mit Auspacken, und er hat echt was vorgelegt.

Immer, wenn er bei Google etwas sucht, gibt er nur ein Stichwort ein, und er drückt niemals auf Enter. Dann wartet er darauf, dass die Suchergänzung ein passendes Ergebnis ausspuckt. Erst dann drückt er auf Eingabe. Warum? Weil ihm seine Fragen peinlich sind und er nicht für dämlich gehalten werden will. Ist das nicht absurd? Ist das nicht komplett durchgeknallt? Als ob am anderen Ende des Internets irgendjemand hockt, der auf die neueste Nils-Frage wartet und sich dann darüber kaputtlacht.

Er hat dann ein paar Krümel aus seiner Hosentasche gezogen, einen Joint gedreht und mir hingehalten. Klar, wer aus Berlin kommt, der raucht automatisch auch ein Hörnchen. Ich glaube, er wollte mich nur beeindrucken. Völlig unnötig. Ich habe zweimal dran gezogen und abgewinkt. Ist nicht meins. Ich habe genug wirre Gedanken im Kopf.

Nils hat einen langen Zug von seinem Joint genommen und nachdenklich auf seinem Kinn rumgerieben. Dann hat er gesagt, dass ihm seit Monaten eine Frage im Kopf rumspukt, die so universelle Ausmaße angenommen hat, dass er nachts nicht mehr schlafen kann: Warum sind Mathelehrer niemals krank und Englischlehrerinnen immer schwanger?

Wir wissen es beide nicht. Wir haben so laut gelacht, dass wir die Vögel aus dem Dickicht aufgescheucht haben. Und der Rest ist dann einfach passiert. Ich mag Nils. Ich mag ihn echt. Mehr später. (Klick)

KAPITEL 19

»Hören Sie das Wasserrauschen?«

»Ja. Ganz deutlich. Es fließt ständig und ohne Unterbrechung.«

»Sehen Sie das Wasser?«

»Es läuft durch die Decke über mir. Da ist ein schmaler Streifen. Er wird immer breiter, er dehnt sich nach allen Seiten aus. Wie viele kleine Arme. Ein Tropfen ... mich trifft ein Tropfen an der Wange. Ich wische ihn schnell fort. Mir ist kalt.«

»Können Sie nach oben gehen und den Hahn schließen?«

»Ich ... nein. Die Decke, da ist ein Riss. Sie bricht auf. Das Wasser schießt durch den Spalt ins Zimmer. Putz rieselt herunter. Ganze Brocken fallen auf den Boden. Ich ...«

»Gehen Sie jetzt in den Tunnel. Sehen Sie nicht nach hinten. Gehen Sie, schnell!«

»Da ist nur Dunkelheit vor mir. Aber das Licht hinter mir strahlt noch in den Tunnel rein.«

»Hören Sie das Rauschen noch?«

»Ja. Aber es wird leiser. Es hallt wie ein Echo.«

»Gehen Sie weiter. Vertrauen Sie der Dunkelheit. Das Wasser kann nicht in den Tunnel vordringen.«

»Ich laufe. Ich laufe schneller.«

»Ihnen wird wärmer. Mit jedem Schritt wird Ihnen wärmer.«

»Mir ist ... heiß. Ich kriege keine Luft mehr.«

»Halten Sie an. Atmen Sie durch. Hören Sie die Echos noch?«

»Ganz schwach. Sie verklingen.«

»Die Echos haben keine Bedeutung mehr. Das Wasser wird

Sie nicht berühren. Im Tunnel sind Sie sicher. Gehen Sie weiter. Lassen Sie sich in die Dunkelheit fallen, Sie fühlen sich darin geborgen. Niemand wird Ihnen wehtun.«

»Meine Arme und Beine sind ganz leicht.«

»Sie bleiben jetzt stehen. Was hören Sie? Was riechen Sie?«

»Ich höre nichts mehr. Keine Echos mehr. Alles ist still wie in einem Vakuum. Und die Luft, sie riecht nach Petrichor. Sie ist ganz klar wie nach einem Regenschauer im Sommer. Ich atme ein und aus.«

»Sie sind angekommen. Lassen Sie Zeit vergehen. Nehmen Sie die Energie in sich auf. Noch einen Moment.«

»Ich möchte hierbleiben, ich will nicht mehr nach draußen.«

»Es ist 22.12 Uhr. Und Sie wachen auf in drei Sekunden ... in zwei ... in einer. Jetzt.«

Ariane öffnete die Lider. Es waren nicht ihre Augen, die zuerst erwachten. Auch nicht ihre Ohren oder der Geruchssinn. Etwas weit Entferntes in ihr wurde geweckt.

Einen Moment lang war ihr Gehirn vom Körper wie abgetrennt gewesen. Nun bauten sich die Verbindungen wieder auf. Sie liebte diesen Moment nach der Hypnosesitzung.

Wie ein überdimensioniertes Auge blickte die Stuckrosette von der Decke auf sie herab. Das Blattwerk im Innern rankte sich um eine Knospe, doch die Form erinnerte an ein halb geschlossenes Lid. Jedes Mal nach dem Erwachen in der Praxis hatte Ariane dieselbe Assoziation. Sie richtete sich auf, die Lederliege knirschte unter ihr. »Geschafft.«

Dr. Martin tippte mit der Spitze seines Waldmann-Füllhalters auf die Schreibunterlage, die auf seinem Oberschenkel ruhte. »Das klingt wie nach einem Marathonlauf.«

»Nur dass ich mich erfrischt fühle.«

Der Raum überwältigte durch seine Leere. Kein Bild an den Wänden, keine Stehlampen am Boden, keine grünen Pflanzen.

Das Weiß des Behandlungszimmers überstrahlte alles. Es bildete eine geschlossene Zone, die Ariane für ein paar Minuten für sich einnahm, die sie beherrschte – bevor sie wieder die Welt da draußen betrat.

Vor den Panoramafenstern spielte sich die Natur wie in einem Film ab. All die riesigen Birken und Ahornbäume in der Schneelandschaft. Ein krächzender Ruf und schlagende Schwingen ließen Dr. Martin herumfahren. Ein Fischreiher stieg vom Altfrauenteich auf und flog nahe am Haus vorbei.

Er blickte ihm nach. »Sie fühlen sich erleichtert und frei. Ich habe eine Barriere zu Ihren schmerzvollen Erinnerungen hochgezogen. Das sechste Mal jetzt. Ich helfe Ihnen sehr gerne, Ariane, aber auf Dauer ist das keinesfalls der richtige Weg.« Wieder klopfte er mit der Kugelschreiberspitze auf die Unterlage. »Vergessen Sie nicht Ihr Versprechen ...«

»... dass ich meine Probleme ohne Hypnose im nächsten Jahr mit Ihnen angehen werde. Das mache ich auch – vorausgesetzt, ich lebe dann noch.« Sie lächelte ihn an. »Natürlich nur dann.«

»Das ist wenig erheiternd.«

»Ich weiß. Ein Scherz.« Sie schämte sich für ihren Ausspruch. Jeder Therapeut fürchtete sich vor dem Tod seines Patienten – eine Urangst in der Branche. »Tut mir leid.«

Dr. Martin hob beide Brauen. »In Ordnung.« Er hatte die siebzig bereits überschritten. Sein Lebenswerk bestand aus Dutzenden Büchern über Hypnosetherapie. Die Arbeiten eines brillanten Psychotherapeuten, der selbst in den USA in Fachkreisen gefeiert wurde. Er hatte mehr Respekt verdient.

»Noch mal Entschuldigung, ehrlich.«

Dr. Martin nickte. »Trance-Prozesse sind keine Genesungsprozesse. Die Barriere, die wir zusammen bauen, ist sicher und geräuschlos. Aber sie ist nur vorübergehend. Sie hilft Ihnen tagsüber, weil Sie mich darum gebeten haben.« Mit dem Kugelschreiber tippte er gegen seinen dichten weißen Bart am Kinn. »Der Verlust hat sich Ihrer Seele mitgeteilt. Er sitzt tief in Ihrem Innern. Es war mutig, dass Sie zu mir gekommen sind.« Seine blauen Augen lagen hinter einer schweren Hornbrille. Trotz seines Alters hatten sie ihren messerscharfen Schliff nicht verloren. »Nun müssen Sie noch mutiger werden, sonst kann ich Ihnen nicht wirklich helfen. Wir können Ihre Vergangenheit nicht ewig unterdrücken und vorgeben, dass sie nicht da ist. Wir müssen uns ihr stellen.« Mit dem Ende seines Kugelschreibers deutete er auf ihren Oberkörper. »Sie, Ariane, Sie müssen sich ganz dem Verlust stellen.« Er zog sich an den Armlehnen aus seinem Stuhl und schlurfte um seinen Schreibtisch herum. »Schlechte Dinge passieren guten Menschen. Gute Dinge passieren schlechten Menschen. Es gibt keine ausgleichende Gerechtigkeit.« Martin ließ sich auf seinen ledernen Schreibtischstuhl sacken. Nur für den Bruchteil einer Sekunde wirkte er gebrechlich, als sei sein Geist in einem fragilen Gefängnis eingemauert worden. »Wir müssen das ertragen.«

»Ich teile Ihre schonungslose Analyse.« Ariane beobachtete den Reiher, der sich in seinem Nest in einer Baumkrone niederließ. Ein weiterer Reiher streckte den Kopf aus dem wackligen Konstrukt von Ästen und Reisig. Er war geringfügig kleiner, Ariane erkannte darin das Weibchen. »Ich bin nicht bereit, mich zu einem Spielball der Umstände machen zu lassen. Ich wehre mich.«

»Ganz genau, Ariane. Sehr richtig. Es ist an der Zeit, sich anderen Menschen zu öffnen. Seien Sie zweisam. Lieben Sie. Brechen Sie Herzen.« Dr. Martin deutete mit seinem Füller in Richtung Fenster. »Probieren Sie sich wieder aus in der Welt da draußen. Seien Sie lebendig.«

Sie war lebendig. Doch am Ende würde sie Dr. Martin wehtun müssen. Es war unausweichlich.

Er beugte sich auf seinem Schreibtisch vor und schob einen Briefbeschwerer zur Seite. In dem klaren Harz war eine *Theraphosida* eingeschlossen, eine Vogelspinne mit haarigen Beinen. Mit dem Handrücken bewegte Martin sie zur äußersten Kante. Seine Nase kräuselte sich. »Ein Geschenk meiner Frau. Ich leide unter Arachnophobie. Natürlich weiß sie das, und selbstverständlich versucht sie, mir auf diese Weise meine Angst vor Spinnen zu nehmen.«

»Ihre Frau liebt Sie sicher sehr.«

»Wenn jemand so viel Zeit und Gedanken darin investiert, mir das Leben zur Hölle zu machen, dann muss das Liebe sein.«

»Klingt für mich eher nach einer aggressiven Neurose.«

»Meine Frau ist auch aus der Branche. Eine Psychotherapeutin. Sie und ihre wissenschaftlichen Mitarbeiterinnen haben sich gegen mich verbündet. Sie glauben an diese Form der Schocktherapie, durch die meine Sinne für Gefahr dauerhaft abstumpfen.«

»Tüpfelhyänen.«

Dr. Martin zuckte mit den Schultern. »Ich verstehe nicht?«

»Im Tierreich dominieren weibliche Tüpfelhyänen die Männchen. Sie sind die Alphaweibchen. Sie netzwerken, sie planen, und sie beherrschen die Männchen, die viel zu unorganisiert sind. Ihre Frau beherrscht diese archaisch-animalischen Muster.«

Dr. Martin schlug die Hände ineinander und lachte. »Ich werde meine Frau und ihre Kolleginnen künftig mit ganz anderen Augen sehen. Danke, Ariane, Sie sind einzigartig.«

Er richtete sich auf und ging um seinen Tisch herum. Dabei streckte er ihr seine große, mit braunen Altersflecken übersäte Hand entgegen. »Frau Dr. Sternberg, unsere Sitzung ist beendet. Es war mir ein besonderes Vergnügen.«

Ariane tat es ihm gleich. »Herr Dr. Martin, danke für Ihre

Zeit.« Sein Händedruck war leicht, nicht fordernd oder gar dominant – er glich einer sanften Umarmung.

»Meine Sekretärin bringt Ihnen gleich noch das Rezept für das Amitriptylin. Immer nur eine Kapsel, und passen Sie auf sich auf. Das können am Ende nur Sie selbst.« Er schob seine Brille das Nasenbein hoch. »Immer und ausschließlich nur Sie.«

Als Ariane den Raum verließ und die Tür hinter sich schloss, klang Dr. Martins Stimme in ihren Ohren nach. *Schlechte Dinge passieren guten Menschen. Gute Dinge passieren schlechten Menschen.*

Sie betrat das Wartezimmer. Weiße Stühle, weiße Wände, weiße Tische. Die Gedanken der Patienten sollten sich nicht im Inventar verfangen. Wer hier saß, musste sich selbst reflektieren.

Ein Handyklingeln ließ Ariane aufschrecken. Kein wirkliches Klingeln, eher ein Wirrwarr aus Trommeln und Flöten, wie sie es in einem japanischen Kabuki-Theater erwartet hätte. Ein schmaler Typ um die fünfzig saß halb verdeckt hinter einer der beiden Säulen. In den Händen hielt er eine knallbunte Packung Kekse, darauf lieferten sich zwei Manga-Figuren mit Schwertern ein Duell. Die Schriftzeichen konnte Ariane nicht entziffern. Die glasierten, hellblauen Kekse waren so groß wie Handteller. Die pure Chemie für den schnellen Zuckerschock.

Ariane trat vor den Mann und legte sich einen Finger auf die Lippen. »Pst. Machen Sie das schnell aus. Das ist hier kein Kino. Der Doktor hasst das Gebimmel.«

Der Mann lächelte sie unsicher an. Bis auf sein dichtes schwarzes Haar sah er keineswegs asiatisch aus. Er schob sich den angebissenen Keks zwischen die Zähne und klopfte seine Sakkotaschen nach dem Handy ab. Krümel rieselten über seinen Mantel, der zusammengerollt auf seinen Knien lag.

Ariane deutete auf den Boden. »Unter dem Stuhl. Direkt darunter.«

Er kräuselte die Stirn und nickte ihr zu. Als er sich vorbeugte, erkannte Ariane eine ovale Messingscheibe an seinem Gürtel, darauf war die Prägung *Kriminalpolizei* erkennbar.

Mit den Fingerspitzen ertastete er sein Handy, prüfte das Display und drückte den Anruf weg. »Erledigt«, murmelte er undeutlich. Er zog den Keks aus dem Mund, die hellblauen Krümel rieselten nun auf seine Hosenbeine herab. »Das war mein Büro. Dabei habe ich mir heute Vormittag extra anderthalb Stunden freigenommen. Die verstehen das einfach nicht.«

Er war also privat hier. »Ein Cop beim Shrink. Ich bin mir nicht sicher, ob mich das beruhigen sollte.«

»Woher wissen Sie …«

»Ihre Dienstmarke am Gürtel.«

In einer wie automatisiert wirkenden Geste schlug er das Sakko zur Seite und ertastete die Messingscheibe. »Oh. Alles klar.« Er wippte mit den Knien und rieb sich mit der Hand über das Kinn. »Ich … ich habe Schlafstörungen. Schon seit Ewigkeiten. Nichts Schlimmes.«

Natürlich. Ein Polizist, der beim Nervenarzt ertappt wird, wählt den harmlosesten aller möglichen Gründe.

Ariane winkte ab. »Schlafstörungen hatte ich auch. Schon als Kind. Manchmal habe ich drei Tage am Stück wach in meinem Zimmer gelegen. Ich habe wirklich an das Monster unterm Bett geglaubt. Es war furchtbar.«

»Im Ernst?« Der Mantel in seinem Schoß knitterte, er legte den Keks in einer der Stofffalten ab. »Das ist ein Klassiker.«

»Ich war sogar sicher, ein Atmen unter der Matratze zu hören und so ein Schaben.« Sie krümmte die Finger und ahmte ein Kratzen nach. »Meine Eltern sind fast wahnsinnig geworden. Jede Nacht habe ich in ihrem Bett geschlafen. Das ging lange, sehr lange so weiter.« Ihr Vater und ihre Mutter waren überzeugt gewesen, dass Ariane nur mit mädchenhafter Raffinesse um ihre Aufmerksamkeit buhlte. Aber das war ja der größte Trick des Monsters; alle glauben zu machen, dass es überhaupt nicht existierte.

»Dann hat sich aber etwas geändert.« Der Polizist scannte sie vom Fuß bis zum Scheitel. »Bestimmt hat sich etwas geändert.«

Die Tür zum Wartezimmer klappte auf. Dr. Martins Sekretärin reichte das Rezept herein. Ariane nahm es, prüfte den korrekten Namen des Medikaments und bewegte sich auf den Ausgang am anderen Ende des Zimmers zu.

Hinter ihr raschelte es. Sie blickte über ihre Schulter.

Der Polizist hatte sich erhoben und zuckte mit den Schultern. »Aber ... was hat Ihnen denn nun am Ende geholfen?«

Die Sonne fiel durch das Panoramafenster ins Wartezimmer. Ein Zweig schlug gegen die Scheibe.

»Ich habe mich mit dem Monster unterm Bett angefreundet.« Ariane winkte ihm zum Abschied mit dem Rezept zu und trat nach draußen, hinaus in die klirrende Kälte des Herbstes.

KAPITEL 20

Laura zerrte das Laken am Ende des Bettes heraus. Der Stoff riss, weiße Fäden hingen ihr zwischen den Fingern. Sie packte die Matratze, stemmte sich mit dem Körper dagegen und schob sie zur Seite. Der Lattenrost aus Holz lag wie ein Gerippe vor ihr, darunter glänzte der Boden des Plexiglaskäfigs. Laura atmete schwer, der Bettrahmen knackte.

»Nichts. Absolut nichts.« Krachend fiel die Matratze zurück aufs Rost. »Mist!«

Laura stolperte um das Bett herum. Sie zog die Schubladen der kleinen Kommode auf, zerrte sie aus den Schienen. Klappernd fielen sie zu Boden. Als sie in die Hocke ging, stieß sie mit dem Kopf gegen die Kante des Schränkchens. Ein stechender Schmerz zog ihr über die Stirn, warmes Blut lief über ihre Haut. Sie biss sich auf die Unterlippe. Der Schorf über der rechten Augenbraue war wieder aufgebrochen. Laura griff nach dem Laken und fuhr sich mit einem Zipfel über die Stirn. Ein blutiger Striemen und zwei rote Punkte blieben im Stoff zurück, sie erinnerten an das Gesicht eines kindlich erdachten Strichmännchens.

Sie tastete das Innere der Kommode ab, erspürte die Fugen im Holz und verfing sich in einem Riss. Ein Splitter bohrte sich in den Zeigefinger. »Nichts. Fuck!«

Laura federte aus der Hocke empor. Sie jagte durch den Käfig. Die Stehlampe kippte. Das Tablett mit seinem Plastikbesteck flog über den Boden, als sie es mit der Fußspitze berührte. Ein Haltegriff brach.

Die Puppe lächelte sie an. *Dieses dämliche, überhebliche Lächeln.* Laura versetzte ihr einen Stoß. Die Puppe drehte sich um die eigene Achse, torkelte wie eine Betrunkene und fiel um. Der Teppich dämpfte den Aufprall. Eine Hand löste sich aus dem Gewinde ihres künstlichen Unterarms und blieb auf dem Boden liegen.

Laura ging in die Knie. Sie entkleidete die Puppe, zerrte ihr Hose, Jacke und T-Shirt vom kalten Plastikleib. Sie wendete den Körper auf den Rücken und tastete ihn ab, folgte seinen Linien mit den Fingerspitzen.

Keine Auffälligkeiten. Nur eine nutzlose Schaufensterpuppe. Nicht mehr. »Nichts. Nichts. Nichts.« Sie schlug mit der flachen Hand auf den leblosen Rücken. »Immer wieder nichts. Gottverdammt!«

Zentimeter für Zentimeter, Quadratmeter für Quadratmeter durchforstete Laura den Raum, wie sie es schon unzählige Male zuvor getan hatte. Sie suchte nach Anhaltspunkten, nach einem Indiz, das ihre Gefangenschaft erklärbar machte.

Der Käfig musste mit ihr sprechen, mit ihr sein Geheimnis teilen. Doch er sprach nicht, und sein Schweigen war die schlimmste Erwiderung.

Sie war schuldig, wessen auch immer. Dennoch konnte sie ihr Gefängnis besiegen. Das hatte *er* ihr gesagt. Er würde sie nicht belügen – womöglich, weil er nicht ihr Mörder sein wollte. Doch wenn er die Tat begehen musste, lag die Verantwortung dafür bei seinem Opfer. Die Logik eines Irren.

Laura bückte sich und ergriff die abgefallene Hand der Puppe. Sie fuhr über die Innenfläche. Keine Furchen, keine Wärme. Kein Leben.

Sagte der Mann die Wahrheit, dann hatte sie mit ihren Entscheidungen ein Stück Macht über ihn. Zumindest wollte er ihr diesen Eindruck vermitteln. So oder so – sie musste sich auf zwei simple Fragen konzentrieren: Wo war sie ihm begegnet, und welche Schuld hatte sie auf sich geladen? Nur die Antworten darauf zählten.

Laura ließ die künstliche Hand fallen. Da lag sie wie ein vergessenes Stück Plastik. Wer vermisste eigentlich wen mehr? Die Hand ihren Körper oder der Körper seine Hand?

Lustig, eigentlich sogar richtig komisch. Was dachte die Hand über die Nase? Und das rechte Ohr über seinen entfernten Verwandten auf der linken Seite des Kopfes? Laura lachte. Erst leise, dann lauter. Ihre stoßartigen Atemgeräusche versiegten schneller, als sie gekommen waren.

»Shit! Ich werde wahnsinnig.« Sie war in einer irrsinnigen Welt fernab jeglicher Logik gefangen. Hier drin vernünftig bleiben zu wollen, war der wahre Wahnsinn. Der Käfig hatte all ihre alten Realitäten zerstört.

Laura tippte sich gegen die Stirn. Blut klebte an ihrer Fingerspitze. Vor ein paar Wochen noch hätte sie eine so sichtbare Schramme an ihrer Stirn in Panik versetzt. Die Studentinnen der Fotografie achteten auf ihren perfekten Teint. Jeder Lidstrich musste sitzen, jedes Haar einer Augenbraue ordentlich gezupft sein. Ein Klischee hatte immer einen wahren Kern. Sie wäre in ihr Badezimmer gegangen und hätte vor dem Spiegel stundenlang mit Concealern und Abdeckcreme hantiert, um ihren Makel zu verbergen.

Der Lippenstift mit seinem metallischen Gehäuse lag noch immer neben der Kommode. Er mochte einem anderen Opfer gehört haben. Laura musste an ihre prall gefüllte Schminktasche in der Ablage neben dem Badezimmerspiegel denken. Bilder vom Gestern, nicht mehr.

Heute war sie zerschunden, ungewaschen, und ihr Körper roch nach säuerlichem Schweiß. Bedeutungslos. Der Mann hielt sie in einem System gefangen, in dem sich ihre alten Werte auflösten, bis sie nicht mehr existierten. Sie zerrieb ihr Blut zwischen Daumen und Zeigefinger.

Er, immer wieder er. Seine Gummimaske, die schwarzen Handschuhe. Seine monotone und verzerrte Stimme, die wie ein Eindringling einen Platz in ihrem Kopf eingenommen hatte. Laura hörte ihn sprechen, hörte das elektrische Knistern, selbst wenn er nicht in ihrer Nähe war.

Sie hatte ihm mit Selbstmord gedroht, doch nun hatte ihre Wut wieder die Kontrolle übernommen. Sie würde dem Käfig entkommen, dem Mann und seiner Stimme entfliehen. Alles hinter sich lassen. »Ich habe nichts Falsches getan. Das hier ist nicht meine Schuld.« Immer wieder flüsterte sie die Worte vor sich hin. So lange, bis sie zu ihrer unangefochtenen Realität wurden und alle Zweifel verschwanden. »Nicht meine Schuld, und ich werde es beweisen.« Aber dafür musste sie den Käfig bezwingen, in seinen etwa vierzig Quadratmetern zur Ermittlerin werden und selbst das mikroskopisch kleinste Indiz aufspüren.

Laura stellte sich vor das Bücherregal. Die rote, abgeblätterte Farbe auf dem Holz verströmte einen Hauch von Dramatik – wie ein in die Jahre gekommener Feuerlöscher in einem Schulgebäude. Als sie über das Holz strich, rieselten die Farbreste zu Boden. Die entstandenen Muster ähnelten den Blutstropfen auf dem Laken.

Laura riss ein Buch aus dem Regal. *Lautlose Nacht* von Rosamund Lupton. Das tiefblaue Cover lag schwer in ihrer Hand, die Seiten glitten ihr durch die Finger. Keine verborgenen Notizen. Keine angestrichenen Stellen, aus denen sie etwas ableiten konnte. *The Girls* von Emma Cline, *Das Café der guten Wünsche* von Marie Adams. Sie hatte Adams' Buch vor ein paar Jahren im Urlaub auf Mallorca gelesen. Da war sie noch Schülerin gewesen, hatte sich in der Sonne geaalt und die Höhen und Tiefen ihres Teenagerdaseins gefeiert. Die anderen Autoren im Regal kannte sie nicht, Adams musste ein Zufall sein. Sie ließ das Buch fallen und griff nach den nächsten Bänden.

Rowell, Hanika, Nesbø, Connelly – die Autoren und ihre Werke flogen wie in einem Zeitraffer durch ihre Hände. So viele schwarze Buchstaben, so viele weiße Seiten. Bildbände über den Amazonas und Paris, hochglänzende Aufnahmen aus den Paradiesen dieser Welt. Der Stapel der Bücher zu ihren Füßen wuchs und mit ihm die Ernüchterung.

Als die Regale leer gefegt waren, beugte Laura den Oberkörper vor und tastete das Innere ab. Sie war außer Atem, ihre Augen brannten. Die Maserung des Holzes erhob sich unter ihren Fingern. Keine versteckten Nachrichten, keine Hinweise. Sie schlug auf ein Brett, es polterte dumpf. »Was sehe ich nicht? Irgendwas muss ich doch übersehen.«

Laura sackte vor dem Regal zusammen, ließ sich in den Bücherstapel fallen. Papier raschelte, die Kanten der Einbände pressten sich spitz in ihre Unterschenkel. Jeder Schmerz war besser als das Nichts. Er erinnerte sie daran, dass sie lebendig war.

Sie zog die Beine an und stützte das Kinn auf die Knie.

Das Regal knackte, in weiter Ferne rauschte der Wind.

Der Käfig wurde nicht vollständig durch einen Generator betrieben. Über dem Regal waren ein paar Löcher im Plexiglas eingelassen. Wenn Laura auf einem Stuhl stand, spürte sie den feinen Luftzug und meinte, einen muffigen Geruch wahrzunehmen.

Manchmal schlug sie gegen das Glas und schrie um Hilfe, vielleicht hörte sie irgendjemand da draußen. Sie wollte jede Möglichkeit nutzen und schämte sich zugleich für ihre Hilflosigkeit. Doch es nicht zu versuchen, hieß aufzugeben. Keine akzeptable Option. Die Fähigkeit zum Kampf wird *im* Kampf gewonnen. Die Weisheiten ihrer Mutter begleiteten sie auch in ihrem Gefängnis. Vor allem hier.

Am Glas neben dem Bett klebten ein Dutzend Polaroidbilder von Lauras Gesicht. Im Käfig gab es keinen Spiegel. Die Sofortbild-Kamera übernahm diese Funktion.

Am Anfang hatte Laura nur überprüfen wollen, ob die Polaroid funktionsfähig war. Sie hatte die Kassette mit dem Film in das Kamerafach geschoben. Der Blitz flackerte, darauf folgte ein mechanisches Krachen. Langsam, ganz langsam schob sich das Foto aus dem Spalt am Gehäuse der Kamera. Blasse Farben, Rot, Blau und Gelb, zogen sich wie neblige Schlieren über das Papier. Schließlich zeigten sich Konturen, bevor sie sich in ein Gesicht verwandelten. In ihr Gesicht.

Das erste Bild aus der Kamera hatte sie erschreckt. Das war nicht Laura, nicht sie. Eine Fremde starrte sie von dem weißen Fotopapier an. Ihre eingefallenen Wangen, die müden Augen, der lange Kratzer an der Stirn und das strähnige blonde Haar gehörten zu einem Menschen, der sich aufgegeben hatte. Sie ertrug sich selbst nicht.

Mit dem dritten Foto hatte sie ihren Gesichtsausdruck geändert. Sie nahm harte, entschlossene Züge an und biss die Zähne zusammen. Die kleine Ader an der Stirn und die Muskulatur des Halses zeigten sich deutlich. Jedes Anzeichen von Schwäche vertrieb sie aus ihrem Gesicht. Immer wieder. So lange, bis sie die alte Laura von den Fotos angeblickt hatte. Laura, die wusste, was sie wollte. Laura, die sich alle Chancen im Leben nahm. Laura, die die Gefangene eines Irren war und sich selbst belügen musste, um zu überleben.

Sie zog das Buch von Adams aus dem Stapel zu ihren Füßen und durchblätterte es noch einmal. Dreihundertsechsunddreißig Seiten. Eine ganze Woche hatte sie damals damit verbracht. Ihre Freundin Marie verhöhnte sie immer als langsamste Leserin der Welt. Dabei hatte sie nur Angst, Entscheidendes zu übersehen.

Laura schlug die vierte Seite auf. Erscheinungsdatum 2016. Sechzehn – sie war selbst sechzehn Jahre alt gewesen, als ihre Mutter ihr das Buch vor ihrem gemeinsamen Urlaub geschenkt hatte. Sie erinnerte sich an das silberne Seidenpapier mit der roten Schleife. So verdammt lange her.

Laura streckte die Beine aus, schob die Bücher über den Boden. Der Deckel des Bildbands über Paris klappte auf. Vor ihr lag eine Schwarz-Weiß-Fotografie von Notre-Dame im Abendlicht, darunter war das Impressum mit Verlag und Erscheinungsjahr abgedruckt.

Der Generator stieß sein niederfrequentes Brummen aus. Das Plexiglas knackte zweimal.

Laura stutzte. Sie beugte sich vor und zog das Fotobuch zu sich heran. Erscheinungsdatum 2016. Sicher nur ein Zufall.

Sie kniete sich hin und durchblätterte erneut die ersten Seiten der Bücher. Lupton, Cline, Rowell, Connelly, Nesbø, Hanika. Bücher polterten über den Boden. Lauras Wirbelsäule knirschte. Sie prüfte Buch für Buch, bis auch der letzte Band durch ihre Hände geglitten war.

Der Wind rauschte. Er steigerte sich zu einem Zischen und Pfeifen, verfiel dann wieder in sein leises Flüstern.

»2016, 2016, 2016, 2016, 2016, 2016.« Jedes einzelne Buch war in diesem Jahr erschienen. 2016 – und keine Ausnahme. Nicht eine.

Manchmal kauften Möbelhäuser Restposten von Büchern auf und stellten sie in ihre Ausstellungsstücke. Nein, nicht einmal ein solcher Ansatz konnte die seltsame Koinzidenz erklären.

Laura durchschritt den Käfig. Das Lifestyle-Magazin neben dem Bett, es war ihr bereits am ersten Tag aufgefallen. Nur ein einziges Mal hatte sie es leidenschaftslos durchgeblättert. Nun nahm sie das Magazin und inspizierte die Titelseite. Oben rechts, direkt neben dem Preis von vier Euro, stand in dicker schwarzer Farbe der Jahrgang: 2016.

Laura richtete sich auf und setzte sich ans Fußende der Matratze. Die Federn knarrten unter ihrem Gewicht. Sie legte die Stirn in die Hände. Ihre Knie zitterten.

Das Jahr 2016 – hinter dieser Zahl verbarg sich kein Zufall. Hier lag eine erklärte Absicht.

Laura erhob sich. Sie ging zur Mitte des Raums und blickte sich um. Ihr war, als sähe sie ihr Gefängnis zum ersten Mal.

Der Käfig hatte endlich zu ihr gesprochen, nun musste sie ihm antworten.

KAPITEL 21

»Achten Sie auf die Jahreszahl.« Lukas hielt sein flimmerndes Tablet mit beiden Händen empor. »Sehen Sie genau hin.« Das blaue Licht fiel auf den Beifahrersitz und bestrahlte Imke Gehlers erstarrtes Gesicht.

Die Standheizung knatterte. Die kleine japanische Daruma-Puppe auf dem Cockpit vibrierte. Draußen umtanzten Schneeflocken die Ruine einer Villa aus dem neunzehnten Jahrhundert. In der Dunkelheit erhob sie sich wie ein steinernes Monument.

Auf Gehlers Stirn bildeten sich Falten. Drei tiefe Furchen, als hätte sie ein Steinmetz mit Fäustel und Scharriereisen in eine Statue gemeißelt. Ihre Augen wanderten über das Display, nach oben und nach unten. Die Falten vertieften sich. »Ich verstehe das nicht.«

Lukas unterdrückte ein Seufzen und ließ das Tablet sinken. »Wir haben uns bei einer Behörde die Originaldaten vom Personalausweis Ihrer Tochter besorgt und ihn mit der Miniaturkopie verglichen.« Er tippte auf den oberen Rand des Displays. »Dieses Foto hier, das ist das Original des Ausweises mit den korrekten Kennziffern, mit allen spezifischen Signaturen und Angaben. Und das hier ...«, sein Finger wanderte zum unteren Bildrand, »das ist die Kopie, die nicht nur in einem, sondern in *zwei* wesentlichen Punkten vom Original abweicht.« Er sprach mit Imke Gehler ganz vorsichtig, sie sollte Schritt für Schritt eigene Rückschlüsse ziehen.

Sie war angespannt, knetete die Finger im Schoß. Nie hatte Lukas die Angehörigen von Opfern anders erlebt. »In der Kopie ist das Geburtsdatum gegen das Sterbedatum Ihrer Tochter ausgetauscht worden.«

Gehler nickte. »Todesdatum ist der 18. Dezember 2024.« Ihre Stimme nahm eine raue Färbung an.

»Exakt. Aber der Entführer hat auch das Ausstellungsdatum des Ausweises verändert. Im Original zeigt Lauras Personalausweis auf der Rückseite den 24. Juli 2019. Und jetzt sehen Sie sich die Kopie an.«

Der Wind zerrte an der Antenne auf dem Autodach. Vor der Ruine der Villa stand eine Laterne aus den Fünfzigerjahren. Sie warf ihr schwaches Licht durch ihren Glaszylinder.

Imke Gehler strich über das Display des Tablets. »Da steht der 19. August 2016.« Sie schüttelte den Kopf. »Ich begreife nicht, was das soll. Tut mir leid.«

»Unsere Profiler im LKA glauben, dass der Täter uns auf diese Weise ein Enddatum und ein Anfangsdatum mitteilt. Wie bei einer Linie, die die Punkte A und B verbindet.« Lukas wartete nicht auf Gehlers Nachfragen. »Dieser Tag im August 2016 muss eine besondere Bedeutung haben. So etwas wie ein Startpunkt, ein Auslöser. Oder ein Ereignis.« Lukas stieß den Kopf der Daruma-Puppe an, der kleine Körper erzitterte. »Der Täter spricht mit uns, wir müssen ihn nur verstehen.«

Imke Gehler blickte durch die Frontscheibe nach draußen. Die Äste zweier Eichen schlugen, vom Wind getrieben, gegen die Fassade der Ruine. »Laura ist die Einzige, die darauf eine Antwort geben kann.« Schneeflocken fielen auf das Glas, sie lösten sich in feinen Wasserschlieren auf und liefen die Scheibe herab. »Aber sie ist nicht mehr da.«

»*Sie* müssen alles zusammentragen, was wichtig sein könnte. Lauras Freunde, Begegnungen, Ereignisse. Fotos, Videos, E-Mails, Briefe.« Lukas gab seiner Stimme einen ruhigen Klang, kaum Höhen, viele Tiefen – so wie er es beim Studium der Vernehmungspsychologie erlernt hatte. »Ich will alles sehen, wirklich alles. Und wir reden hier nicht nur von einem Tag.« Er deaktivierte das Tablet, der blaue Lichtschimmer verlosch. »Ich brauche alles aus dem Jahr 2016. Das ganze Jahr.«

»Sicher erklären Sie mir, warum.«

»Es gibt kein Ereignis ohne Ursachen. Ich muss das ganze Bild sehen.« Der Täter hatte sein Handlungsmuster drastisch geändert, die Profiler des Landeskriminalamts standen vor einem Mysterium. Kein stilles Morden im Dunkeln, keine unveränderbar geschaffenen Fakten. Stattdessen suchte er den Dialog mit seinen Verfolgern. »2016 muss unser Alpha sein. Hier beginnt alles.« Lauras Sterbedatum war das Omega, doch diesen Gedanken behielt er für sich.

In den Fallanalysen der Profiler wurde der Täter als pathologischer Narzisst eingestuft. Ein Gestörter, der ehrgeizig war, ohne jede Empathie, dafür aber ausgestattet mit einer grenzenlosen Gier nach Anerkennung. Er wollte mit den Kriminalbeamten Schach spielen, und seine Verfolger konnten das Brett nicht verlassen.

»2016 … Gott, das ist ja acht Jahre her. Da war Laura noch Schülerin.« Gehler legte sich beide Hände an die Schläfen, als wollte sie eine nahende Migräne vertreiben. »Aber ich schaffe das. Ich werde die ganzen Details zusammentragen.«

»*Sie* sind jetzt alles, was wir haben. Das Bayerische Landeskriminalamt ist auch schon informiert. Die Beamten warten auf Input.« Er legte ihr eine Hand auf den Unterarm. »Wir haben noch sieben Tage.« Erst jetzt nahm er ihren süßlichen Geruch von Flieder wahr. Ein Duft, der ihn an Sommer erinnerte. »Sie können das. Ich bin mir sicher.«

»Sie setzen alles auf eine Karte.« Ein harter Unterton schwang in ihrem Tonfall mit. Ihr Arm zuckte zurück. »Sollte diese Spur falsch sein, haben wir das Leben meiner Tochter verspielt.«

»Sollte diese Spur falsch sein, haben wir das Leben meiner Tochter verspielt.«

Doch eine andere Spur gab es nicht. Imke Gehler sprach aus, wovor Lukas sich am meisten fürchtete. Er sah Berit, die leitende LKA-Profilerin, mit der Akte des Täterprofils vor sich. Ihr langes rotes Haar, die schmalen Lippen und ihre Warnung: *Schach spielen heißt, du willst deinen Gegner manipulieren. Du führst ihn mit jedem Zug in die Irre und gibst ihm das Gefühl, eine Wahl zu haben. Aber jede Wahl führt ihn nur dorthin, wo du ihn haben willst. Vergiss das nicht, Lukas.* Er hatte Berits Worte verstanden und das Risiko akzeptiert.

Nur zusammen mit Imke Gehler konnte er diesen Fall lösen. Er brauchte sie an seiner Seite. »Sie müssen mir vertrauen.« Wieder tippte er die Daruma-Puppe an, ihr Kopf mit den tiefschwarz umrandeten Augen wackelte. »Versuchen Sie es.«

Imke Gehler fixierte durch die Windschutzscheibe einen Punkt in der Dunkelheit. Sie schien ihm nicht zuzuhören. Als würde er seine Worte von einer Bergspitze rufen, wo sie ungehört zwischen den Wipfeln verhallten.

Sie formte die geschminkten Lippen zu einem O und hauchte warme Luft gegen die Frontscheibe. »Ich dachte schon, der Täter wollte mich persönlich bestrafen.« Mit der flachen Hand strich sie über die beschlagene Scheibe. »So eine Art Abrechnung für mein politisches Handeln.« Sie blickte durch die freie Fläche der Scheibe nach draußen. »Politiker leben in diesen Zeiten gefährlich. Und nun sieht alles ganz anders aus. Nun gibt es plötzlich einen Serientäter.« Sie sah Lukas direkt ins Gesicht. »Es ist furchtbar, aber … für einen kurzen Moment, da war ich erleichtert, dass das alles womöglich nicht an mir liegen könnte. Und ich …« Sie fuhr sich mit der Hand über die Augen. »Himmel, ich schäme mich so dafür.«

Lukas hätte ihr Trost spenden und sie in die Arme nehmen

können. Zu persönlich. Stattdessen stieß er die Fahrertür auf und atmete die kalte Luft ein. Er betrachtete die Spur der Reifen, die sein Wagen im Schnee hinterlassen hatte, und dachte an die Tote neben den Bahnschienen. Wie sich ihr verrenkter Körper an den Boden geschmiegt hatte. Wie weiß ihre Haut und wie klaffend die Wunde an ihrem aufgeschlitzten Hals gewesen war. Der Täter hatte kein Messer und keine Schere benutzt. Eine simple Glasscherbe war für den breiten Stichkanal ausreichend gewesen.

Sandra Hankas Körper hatte im Schotter gelegen. Ihre offenen Augen waren auf die Gleise gerichtet, als erwartete sie den einfahrenden Zug mit Vorfreude. Vielleicht, weil die Bahnreisenden sie bald entdeckten. Oder weil sie im Tod mehr Aufmerksamkeit als im Leben erfahren würde. Die Bilder von ihr hatten ihn nie verlassen. Sandra Hanka war seit Jahren tot, aber sie lebte noch immer in seinem Innersten, und sie wollte nicht gehen.

»*Ich* muss mich schämen. Weil ich das Monster damals nicht gefasst habe.« Er stieg aus dem Wagen, seine Absätze bohrten sich in den Schnee. Lukas beugte den Oberkörper nach unten ins Wageninnere. »Wäre ich besser gewesen, würden Sie heute wahrscheinlich nicht in meinem Auto sitzen.« Mit der flachen Hand trommelte er aufs Dach, Schnee wirbelte auf. »Wollen Sie immer noch da reingehen?« Er deutete auf die verfallene Villa. »Sind Sie sich absolut sicher?«

Ein Windstoß brachte die Daruma-Puppe zum Wackeln. Schneeflocken legten sich auf den Fahrersitz und schmolzen auf dem Leder. Dunkle Trübungen blieben zurück.

»Ja, ich will es sehen.« Imke Gehler zog die Beifahrertür am Chromgriff auf. Der Hebel klackte. Sie stieg aus und schlug die Tür hinter sich zu. »Nicht, weil ich es sehen will, sondern, weil ich es sehen muss.«

Lukas nickte. »Dann lassen Sie uns gehen.«

Seite an Seite stapften sie durch den Schnee und stemmten ihre Körper gegen den eisigen Wind aus Norden. Im gelblichen Schein der alten Laterne blieben sie stehen.

Ein Hauch morbider Melancholie lag über der Ruine. Holzbalken schimmerten durch die eingerissene Fassade der Villa. Die Rußspuren am Dachstuhl erzählten von den Bränden im Innern des Hauses. Die meisten Fenster waren mit Sperrholz vernagelt, und dort, wo die Bretter fehlten, blickten die Öffnungen im Haus wie blinde Augen zurück.

Lukas nickte Imke Gehler zu und ging voran. Sie folgte ihm.

Das Schneetreiben verschluckte ihre Schritte, als sie sich dem Haus näherten – erst ihre Schritte, dann ihre Körper –, als seien sie nur noch eine verblassende Erinnerung.

KAPITEL 22

Der Schrei klang wie ein zorniges Grollen, lang gezogen und tief. Es war ein Schrei, wie ihn nur ein wütender Mann ausstoßen konnte, der den Zorn seiner Seele entlud.

Die Luft vibrierte, die Schallwellen erreichten Ariane durch das geöffnete Fenster ihrer Küche. Nun ertönte der hohe Aufschrei einer Frau – und erstarb.

Das Wasser aus dem Hahn tröpfelte ins Spülbecken. Einmal, zweimal. Die Dielen knarrten. Ariane knallte ihre Teetasse auf den Tisch. Der Henkel brach ab, bröselige Keramikfragmente fielen auf die Oberfläche.

Iris und Hannah. Ariane lief zur Tür und riss ihren Schlüssel vom Brett. Keine Zeit für einen Mantel, wenigstens trug sie noch ihre Boots. Sie schlug die Klinke nach unten und riss die Eichentür an ihrem eisernen Gitter auf.

Dunkelheit. Nebelschwaden zogen über den Boden, streckten sich zwischen den Bäumen aus, als wollten sie die Stämme erklimmen. »Auch das noch. Ausgerechnet jetzt.« Wenigstens ließ der Schneefall nach.

Ariane sprintete mit angewinkelten Armen in Richtung des Campingmobils. Schon nach wenigen Schritten spürte sie die Kälte des Schnees an den Unterschenkeln. Frostige Luft drang in ihre Lunge. Über ihr kreiste Hugo und stieß sein Krächzen aus.

Erneut ertönte der Schrei des Mannes mit seinem rauen und abgenutzten Klang. Drei Sekunden vergingen. Die weibliche Reaktion blieb aus. Ariane lief noch schneller.

Achtzig Meter entfernt schlugen die Flammen an der Feuerstelle vor dem Campingwagen empor. Das Flackern drang wie ein rötlich gelber Blitz zwischen dem Nebel und einer Baumgruppe hervor. Doch keine Spur von Iris oder Hannah. Keine dunklen Silhouetten, keine Geräusche im Schnee. Nur Arianes Atem, der stoßweise ihrem Mund entströmte.

Kurz nach sieben. Hannah war mit Sicherheit noch nicht im Bett. Was immer dort draußen geschah, sie bekam alles mit. Ariane ballte die Fäuste. Sie trat mit mehr Wucht auf, der kniehohe Schnee spritzte nach allen Seiten.

In den vergangenen Tagen hatte Ariane die beiden mit Lebensmitteln und Holz versorgt. Wann immer Ariane sie besuchte und die Einkaufstüten auf die Stufen vor dem Campingmobil stellte, legte Iris den Arm um Hannahs Schultern. Sie gab ihrer Tochter Wärme und das Gefühl, dass die Welt nicht nur von schlechten Menschen bewohnt war. Es waren stille Momente und kleine Lektionen für ihr Kind, die auch Ariane genoss. Sie fühlte sich gut dabei, als ob etwas von Iris' Güte auch zu ihr drang.

Ariane sprang über Äste, trat auf Tannenzapfen, die unter ihrem Gewicht knirschten. Zweige schlugen ihr ins Gesicht, doch sie lief und lief.

Hannah lächelte sie an, wann immer sie sich sahen. Niemals offen, immer nur von der Seite. Nie sprach sie auch nur ein Wort. Das musste sie auch nicht. Wenn Ariane ihr Wachsmalstifte oder eine Puppe mitbrachte, weiteten sich Hannahs Augen, ihre Mundwinkel hoben sich. Sie hatte ihr Heim verloren, weil ihre Mutter das Richtige getan hatte – ihren Mann verlassen. Nun aber war jemand in ihr selbst gewähltes Exil eingedrungen.

Ariane hatte das Campingmobil fast erreicht, da schreckte sie ein dumpfes Pochen auf. Es klang eindringlich, wie ein ungeduldiges Klopfen an der Tür.

Ariane hetzte über einen Baumstamm, das Feuer loderte direkt vor ihr. Die Tür des Campingmobils stand offen, Licht fiel durch den Rahmen. Die Holzscheite knackten, Nebel krochen über das Dach.

Inmitten der Schwaden zeichneten sich die Konturen eines Mannes ab. Er presste Iris mit ausgestreckten Armen gegen die Aluminiumwand des Wagens. Immer wieder riss er an ihren Schultern, ihr Hinterkopf schlug gegen das Blech. Synchron dazu erklang das Pochen. »Du ... packst ... jetzt deine Sachen ... und kommst zurück.«

Nicht ein Mann – *ihr* Mann. Seine Stimme hatte das brüchige Timbre der Raucher, dieses trockene Bröckeln im Klang, das Romantiker gerne als Ausdruck leidvollen Blues verstanden. »Ich hab die Schnauze voll von deinem Theater.«

Er erinnerte sie an die Hafenarbeiter in Port Elizabeth und ihre kaputt gerauchten Stimmen.

»Der Scheiß hört jetzt auf. Kapierst du?« Noch einmal schlug er Iris' Körper gegen die Außenwand des Campingmobils. Sie stammelte etwas Unverständliches, er schüttelte den Kopf. »Du machst jetzt, was ich dir sage!« Er holte aus und schlug ihr mit der flachen Hand ins Gesicht, ihr Kopf federte nach hinten.

Ariane spannte den Rücken, sie nahm Anlauf und lief seitlich auf die beiden zu. Mit der vollen Wucht ihrer vierundsechzig Kilo warf sie ihren Körper gegen den Mann. Er torkelte zwei Schritte nach hinten und ließ Iris los. Sie sackte im Schnee zusammen.

Ariane ging neben ihr in die Knie. »Sag was! Ist alles in Ordnung?« Sie legte ihre Hand auf Iris' Hinterkopf.

»Alles gut.« Die Tränen in ihren Augen und die feine Spur des Blutes unter ihrer Nase erzählten vom Gegenteil.

»Komm, ich helfe dir hoch.«

Iris wischte sich das Blut fort. »Nein, warte. Das ist Michael ... mein Mann ... ist besser, wenn du gehst, bevor er ...«

»Genau. Verpiss dich!« Wie ein unverrückbares Monument baute er sich vor Ariane auf.

Sie erhob sich. Er war einen halben Kopf kleiner als sie, dafür aber deutlich breiter. Seine Fleecejacke spannte über dem Bauch. Die schwarze Wollmütze hatte er sich tief ins Gesicht gezogen. »Mach dich vom Acker. Du hast dich hier nicht einzumischen, klar?« Er stemmte die Fäuste in die Hüften.

Neben dem hinteren Reifen des Campingmobils knackte ein Zweig. Ariane bemerkte eine Bewegung. Hannah. Ihr Kopf lugte kurz hinter dem Rad hervor.

Ariane deutete zu Boden. »Mein Land, meine Regeln. Sie haben hier nichts verloren. Sie gehen, oder ich rufe die Polizei.«

Michael trat näher an sie heran, spuckte vor ihr auf den Boden. »Das hier ist *dein* Land, und das da ...«, er deutete auf Iris, »das ist *meine* Frau. Ich nehme sie jetzt mit.«

Er blieb direkt vor Ariane stehen. Nur fünfzig Zentimeter trennten sie voneinander. Der Gestank von Methanol kroch aus seinen Poren, aus seinem Mund. Seine Fleecejacke knisterte, das Leder seiner Stiefel knirschte. Der Stoß gegen Arianes Schultern kam überraschend.

Sie wollte ausweichen, zur Seite treten. Zu langsam. Der Aufprall riss sie von den Beinen, ihr Körper fiel nach hinten. Sie hatte das Gefühl, endlose Sekunden zu fallen. Ihre Arme ruderten durch die Luft. Sie fiel weiter, immer tiefer – mit dem Rücken krachte sie in den Schnee. Neben ihrem Kopf prasselte das Feuer. Ein dumpfer Schmerz zog über ihre Schultern. Ihre Lungenflügel kämpften wie ein stotternder Motor um Sauerstoff.

»Nein!« Iris schrie, sie zog sich an einem Radlauf in die Höhe und streckte den Arm nach Ariane aus. »Lass sie, Michael!«

Er stellte sich zwischen die beiden und spuckte ein weiteres

Mal vor Ariane aus. »Liegt sich gut auf *deinem* Land, was?« Er klopfte auf seinen Oberarm. »Und wo das herkommt, gibt es noch mehr. Klar?« Das trübe Grau des Nebels kroch seinen Bauch hoch.

Das Holz knisterte, glühende Funken rieselten in den Schnee.

»Was für die Spinne normal ist, stürzt die Fliege ins Chaos.« Ariane hatte die Worte flüstern wollen, ihr Zorn hatte ihnen zu viel Kraft gegeben.

»Was redest du da für 'nen Schwachsinn?« Michael beugte den Kopf nach unten, wieder knirschte seine Jacke.

Ariane rollte sich über den Boden. Sie griff nach einem Stück Holz neben dem Feuer. Der Klotz lag gut in der Hand. Griffig, schwer, aber aus dem Handgelenk einfach zu führen. Ruckartig ging sie in die Hocke.

Den dumpfen Schlag gegen Michaels Knie führte sie mit einer schnellen Bewegung aus. Holz auf Knochen – der Aufprall mündete in einem zitternden, rauen Schrei. Michael knickte ein wie ein gefällter Baum.

»Du Schlampe.« Er presste sich eine Hand auf das Knie und richtete sich mit unterdrücktem Keuchen auf.

»Michael, bitte …!«

Er riss den Kopf zu Iris herum. »Halt endlich dein Maul!«

Ariane sprang aus der Hocke auf, ihre Schuhe glitten über den platt getretenen Schnee. Sie holte ein weiteres Mal mit dem Holz aus, wollte sein Kinn treffen.

Michael stoppte ihren Angriff in der Bewegung. Mit beiden Händen packte er sie am Hals, als würden zwei Klammern ihre Schlagadern zusammenpressen.

Der Holzklotz entglitt Ariane. Mit einem dumpfen Geräusch versank er im Schnee. Unerreichbar und verloren.

Michaels Gesicht zeigte keinerlei Anstrengung, als er den Druck auf ihren Hals erhöhte. Seine Finger tasteten sich über ihre Haut, erforschten ihre Schwachstellen. »Das gefällt dir.« Sein vom Alkohol verseuchter Atem strich über ihr Gesicht.

»Sag, dass dir das gefällt!« Seine Fingerspitzen bohrten sich in ihren Hals. »Bist 'n hübsches, wildes Ding.«

In Arianes Ohren setzte ein Rauschen ein. Iris sprang auf, sie klammerte sich an Michaels Arm, wollte ihn stoppen. Mit dem Ellenbogen stieß er sie zur Seite.

Da ertönte ein Krächzen. Neben Ariane schlugen schwarze Schwingen, Federn berührten ihre Stirn. *Hugo.*

Michael riss den Kopf herum. Scharfe Krallen und ein verhornter Schnabel bohrten sich in seine Wange. Immer wieder hackte Hugo den Schnabel in seine Haut. Dabei schlug er mit den Flügeln um sich. In einer Mischung aus Zorn, Schmerz und Unglauben gellte Michaels Schrei durch die Dunkelheit.

Der Druck an Arianes Hals ließ nach, sie gierte nach Luft, atmete stoßweise. Iris wollte ihr helfen, doch Ariane schüttelte den Kopf und formte nur ein Wort. *Hannah.* Iris verstand und lief hinter den Wagen.

Die schlagenden Flügel nahmen Michael die Sicht. Er wollte Hugos Krallen packen und griff ins Leere. Mit der flachen Hand schlug er ihn zur Seite. Hugo torkelte, fing sich in der Luft und verschwand über den Bäumen. Der Schlag seiner Schwingen verklang.

Michael wandte sich erneut Ariane zu. »Was bist du? So 'ne beschissene Hexe aus dem Märchenwald?« Er packte sie an den Schultern und schleuderte sie gegen die Aluwand des Campingmobils. Das Pochen ähnelte dem Donner eines sich nahenden Gewitters.

Hinter dem Wagen knirschte der Schnee, Schritte näherten sich. Iris und Hannah. *Gott, warum liefen sie nicht fort? Lauft weg!*

Michael strich über seine Wange und betrachtete das Blut

an seinen Fingern. Er hielt die befleckte Hand vor Arianes Gesicht. »Dein Land, deine Regeln, was?« Er ballte die Hand zur Faust. »Jetzt zeige ich dir mal *meine* Regeln für dämliche Tussen.«

Zweige knackten, Blätter raschelten. Dunkle Konturen brachen aus dem Nebel hervor. Zwei Arme packten Michael von hinten, rissen ihn zu Boden. Für Bruchteile von Sekunden taten sich die Schwaden auf und wirbelten umher.

Eine Faust traf Michael am Kehlkopf, drei weitere Schläge prasselten auf seinen Kopf ein. Er taumelte und ging in die Knie. Ein Tritt gegen seine Brust ließ ihn endgültig zusammenbrechen. Er krümmte sich im Schnee, als ihm sein Angreifer den Absatz in die Kehle presste.

»Alles in Ordnung, Ariane?« Toms Gesicht schälte sich aus dem Nebel. Dunkelblonde Haarsträhnen hingen ihm vor den Augen »Bitte ... sag was ...«

Ariane nickte. »Alles gut.« Eine Lüge. Ihre Lunge brannte, ihr schwindelte. Sie konzentrierte sich auf ihr Gleichgewicht und trat neben Tom.

Michael lag vor ihr auf dem Boden. Er ähnelte einem zappelnden Fisch an Land. Sein Mund stand offen, er japste. Noch immer lief Blut aus der Wunde an seiner Wange. Mit beiden Armen umklammerte er Toms Unterschenkel, wollte den Schuh von seinem Hals stoßen. Doch je mehr er sich wehrte, desto stärker drückte Tom zu. Wie erbärmlich Michael war! Hass, Bosheit und Alkohol hatten ihn schwach gemacht.

Ganz tief beugte sich Ariane zu ihm herab. »Sie werden mein Grundstück nie mehr betreten!«

Er antwortete nicht. Anstelle von Worten entrang sich seiner Kehle nur ein Gurgeln.

»Sie lassen Iris und Hannah in Ruhe.« Ariane holte tief Luft. »Ich werde Sie anzeigen. Körperverletzung, Hausfriedensbruch – ich werde sehr kreativ sein. Die Aussagen von drei Erwachsenen sollten reichen, um Ihr Leben in eine Hölle zu verwandeln.« Ariane richtete sich wieder auf. »Wobei ... vielleicht ist das der Ort, an dem Sie sich besonders wohlfühlen.« Sie nickte Tom zu, er zog seinen Schuh zurück.

Michael rang nach Luft. Er rollte sich über den Schnee und kroch auf allen vieren fort von ihnen. Mit einem Keuchen stand er auf. Seine Wollmütze war noch tiefer gerutscht, der breite Rand hatte die Augenbrauen verschluckt.

Noch einmal spuckte Michael auf den Boden, doch diesmal weit entfernt von Ariane. Er klopfte den Schnee von seiner Jacke, wandte sich ab und verschwand in einer Nebelwand. Kein letzter Blick zurück im Zorn, kein böses Wort zum Abschied.

»Danke, Ariane.« Iris trat hinter dem Campingwagen hervor, Hannah umklammerte ihre Hand. »Danke, dass du das für uns getan hast, und danke auch an Sie.« Iris lächelte Tom an.

»Schon in Ordnung«, flüsterte er.

Hannah trug einen groben Rollkragenpullover, der Kinn und Mund verdeckte. Sie ließ den Blick zwischen Ariane und Tom kreisen, als wollte sie deren Beziehung zueinander ergründen.

Ariane glaubte, dass Hannah unter ihrem Rollkragen lächelte. Zumindest wich sie ihrem Blick nicht mehr aus. Zwei Menschen hatten sie vor ihrem gewalttätigen Vater beschützt und ihr ein Gefühl von Sicherheit gegeben.

Ariane wollte auf Hannah zugehen, ihr über den Kopf streichen, sie mit leisen Worten beruhigen – doch der Schwindel kehrte zurück. Sie knickte ein, Tom fing sie auf.

»Ich kann ... alleine gehen ...«

»Sicher. Und du kletterst gleich die Bäume hoch und tanzt auf den Ästen«, flüsterte er ihr zu.

»Sei nicht boshaft, wenn ich schwach bin.«

»Sei nicht schwach, wenn ich boshaft bin.« Er umgriff ihre

Hüfte, legte einen Arm unter ihre Beine und trug sie wie ein kleines Mädchen durch den Schnee zum Haus.

Iris hielt sich am Türrahmen des Campingwagens fest. »Sollen wir einen Doktor rufen?« Furchen durchzogen ihre Stirn.

»Ich bin Doktorin, und ich bin schon da. Mir geht es gut. Ist nur ein ... ein kostenloser Lift zum Haus. Wir sehen uns.« Ihre gespielte Fröhlichkeit war ihr selbst peinlich. Ihre Lunge brannte, ihre Schultern schmerzten. Ihr Kopf taumelte. Sie fühlte sich schwach und müde, vielleicht waren das auch die Tabletten.

»Lügnerin«, raunte ihr Tom zu und stapfte weiter durch die weißen Massen. Seine Finger lagen kaum spürbar auf ihrer Hüfte und den Beinen. Das dumpfe Knirschen unter seinen Sohlen erinnerte an den monotonen Klang einer Maschine.

Die Geräusche stoppten, Tom stand still zwischen zwei schneebeladenen Fichten. Er beugte den Oberkörper vor.

»Sieh mal, hier am Boden.«

Ariane reckte den Hals. Vor Toms Schuhspitzen lagen Stöcke und Steine im Schnee, angeordnet wie zu einem Haus. Die hellen Kalksteine bildeten das Gemäuer, die Zweige waren zu einem Dach angeordnet. Es war ihr Haus. Davor befand sich eine geflochtene Figur, über deren Kopf ein dunkles Steinchen schwebte. Das waren sie und Hugo.

»Das hat doch das Mädchen gemacht.«

»Hannah. Sie heißt Hannah.« Sie wusste wahrscheinlich, dass Ariane ihr Werk im Schnee entdecken würde. Es war ihre Art der Kommunikation. Sie hatte nur eckige Steine benutzt und die Kanten sogar abgeschliffen. Hannah hatte sich viel Mühe mit ihrem kleinen Werk gegeben. Sie und ihre Mutter gehörten nicht in ein Campingmobil, und dabei begann der Winter erst. Ariane würde das ändern. Schon bald.

Tom legte den Kopf schräg. »Ist ein bisschen gruselig.«

»Nicht wirklich. Ich fühle mich geschmeichelt.«

»Du magst die Kleine mit dem weißen Haar.«

»Wie könnte ich sie nicht mögen?« Keine Frage, eine Feststellung. Sie tippte Tom am Arm an. »Was hast du hier draußen eigentlich gemacht?«

»Was schon? Meine Schlittschuhe liegen auf dem See. Ich habe die Schreie gehört und bin losgelaufen.«

Ariane war zu schwach, um zu zweifeln. Sie gab einen brummenden Ton von sich und legte den Kopf in den Nacken. Tom kämpfte sich weiter voran, begleitet von knirschendem Schnee und rauschendem Wind.

Über Ariane streckten sich die Nebelschwaden wie ein schwebendes Meer aus. Die Zweige der Bäume wurden zu Treibholz. Doch sie, sie war der Stein, der unaufhaltsam in die Tiefe glitt und sich dem Grund näherte.

KAPITEL 23

»Überall liegt dieses Geröll rum. Ich bin nur noch am Rumstolpern.« Imke Gehler hielt sich an einem verrosteten Rohr fest, das neben ihr aus dem Mauerwerk ragte. »Sie scheint das ja alles nicht zu stören.« Das Rohr knirschte in der Wand, Mörtel rieselte nieder.

Lukas schwenkte seine Stablampe über die Schachbrettfliesen. Zerschlagene Backsteine, Scherben von Bierflaschen und zerknüllte Zigarettenpackungen breiteten sich vor ihm aus.

»Ich kenne jeden Meter dieser Ruine. Auch das, was ich am liebsten vergessen möchte.« Er hob die Lampe an.

Die Wände hatten sich dem Druck der Jahrzehnte gebeugt. Die Wandmalereien, Anlehnungen an die Renaissance, besaßen nur noch den faden Schein ihrer ursprünglichen Farbenpracht. Bunte Vögel pickten Beeren. Gehörnte Satyrn tanzten im Wald. Reiter auf weißen Pferden trabten durch ein Blumenparadies. Ein wenig Florenz, ein Hauch Religion – doch alles lag in Trümmern. Den Vögeln fehlten die Schnäbel, dem Reiter ein Teil des Kopfes. Vom Satyr war nur noch der Oberkörper übrig. Graffiti zogen sich über das Gemäuer, dort, wo es nicht zerfressen war.

»Ich bin oft hier drin gewesen. Viel zu oft.« Erst vor ein paar Tagen hatten die Beamten erneut die Villa gecheckt. Lukas ließ den Strahl über das alte Treppengeländer aus Eiche kreisen. Die Zeit mochte alles zerstören. Nicht aber seine Erinnerungen, die sich der Milde der dahinziehenden Jahre verweigerten. »Es fällt mir nicht leicht, heute wieder hier zu sein.«

Gehler klopfte sich Staub von ihrem Mantel. »Ich weiß das sehr zu schätzen, dass Sie das für mich tun.«

»Glauben Sie nicht, dass ich Ihnen damit einen Gefallen tue. Das wird Sie lange verfolgen.«

Imke Gehler trat dichter an ihn heran. »Wenn ich begreifen will, was mit meiner Tochter geschehen ist, dann muss ich das hier zulassen.«

Lukas nickte und schwenkte den Strahl der Lampe zwischen zwei rissigen Marmorsäulen hindurch. »Dahinten ist der Zugang zum Untergeschoss. Der Raum liegt ganz am Ende hinter einem Schwimmbecken.«

»Unten also.« Imke Gehler atmete schwer. »Gut. Lassen Sie uns gehen.«

Glasscherben knirschten unter ihren Schuhen, der Wind fuhr durch die zersplitterte Scheibe eines Panoramafensters. Im Lampenschein blitzten die Reste eines herrschaftlichen Kronleuchters aus Messing auf. Wie ein vergessenes Skelett baumelte er von der Decke und schwang im Wind.

Gehler blieb stehen. »Erstaunlich. Es gibt hier sogar einen Fahrstuhl.« Rechts neben einer der beiden Säulen zeigten sich Schiebetüren aus Stahl. Sie waren verkratzt und verschlossen.

»Der funktioniert schon lange nicht mehr. Der Hausherr ist damit vom Schwimmbad hoch in seine Schlafgemächer ins Dachgeschoss gefahren. Das war in den Vierzigern.«

»Klingt irgendwie endgültig.«

»War es auch. Die Villa hat während der Nazidiktatur einem musikbegeisterten Richter gehört.« Lukas ließ den Lampenstrahl wandern. Ein vermoderter Flügel auf drei Beinen stand im Eingangsbereich. Der Schellack war abgeblättert, die fehlenden Tasten erinnerten an ein demoliertes Gebiss. »Er hat auf dem Dachboden Selbstmord begangen. Einen seiner Zwangsarbeiter hat er mit in den Tod gerissen.«

»Keine gute Geschichte.«

»Gute Geschichten kennt dieses Haus nicht.« Dabei konnte Lukas noch vieles von der ursprünglichen Eleganz der Villa spüren. Hier waren Mitte des zwanzigsten Jahrhunderts Dinnerpartys mit jagdbegeisterten Industriebossen gefeiert und Politik gemacht worden. Im Südflügel gab es drei Chauffeurzimmer, die Villa besaß sogar einen begehbaren Tresor. Doch die dunkle Historie des Hauses überschattete alles, und die tote Sandra Hanka mit ihrem verdrehten Körper war ein Teil von ihr geworden.

Sie durchquerten den Eingangsbereich, liefen über verschlissene Partituren, die auf den Fliesen lagen.

Im Kamin daneben war seit Jahrzehnten kein Feuer mehr entfacht worden. Stattdessen befanden sich auf dem Rost ein zusammengerollter Schlafsack und leere Thunfischdosen.

Sie erreichten die Treppen zum Untergeschoss. Lukas ging voran. Die Augen einer Ratte blitzten wie zwei leuchtende Murmeln im Licht auf. Das Tier huschte davon, eine leere Coladose polterte die letzten Stufen hinab.

Grün. So verdammt grün. Niemals hatte Lukas in den vergangenen Jahren einen anderen Gedanken zugelassen, wenn er vor dem Schwimmbecken mit den mintfarbenen Kacheln stand. Der breit gefächerte Strahl seiner Lampe tastete sich über das Becken, über Fliesen und Wände. Das Gewölbe strahlte etwas Eiskaltes aus, wirkte so klinisch und sachlich wie ein Operationssaal. Vielleicht hatte Sandra Hankas Mörder aus diesem Grund das Untergeschoss gewählt. Die oberen Stockwerke mit ihren verspielten Motiven hätten ihn womöglich vom Wesentlichen abgelenkt.

»Wir müssen ganz nach hinten. Treten Sie nicht zu nahe an den Beckenrand.« Holzbretter mit rostigen Nägeln und Glasscherben lagen im Becken. »Es geht da dreieinhalb Meter in die Tiefe.«

Kein Ausruf der Sorge, kein zustimmendes Nicken. Imke

Gehler folgte ihm, setzte vorsichtig einen Schritt vor den anderen, als balancierte sie auf einem Seil. Dabei streckte sie die Arme weit von sich, schien konzentriert. Doch das, was Lukas über seine Schulter wahrnahm, mochte eine Täuschung sein.

Gehler war eine harte Frau, und doch war sie im Ausnahmezustand. Sie wollte einen nahenden Schock abwenden. Dieses Verhalten hatte er oft bei Angehörigen von Opfern beobachtet. Diese Sekunden, in denen sich die Kehle zuschnürte in Erwartung des Unfassbaren. Niemand konnte helfen, niemand konnte vor dem Grauen schützen, das im Geiste eines Mörders entstanden war und seinen Platz in der realen Welt beanspruchte. Obwohl er in ihrer Nähe war, blieb Imke Gehler mit sich allein.

Ihre Schatten wanderten wie Riesen über die zersplitterten Fliesen des Gewölbes. Die Schwimmhalle verwandelte jeden ihrer Schritte, jedes Knirschen und Atmen in ein kleines Echo. Gerüche von Moder, Urin und Bier hingen unter dem Gewölbe.

Am Ende des zwanzig Meter langen Beckens gingen drei Räume ab. Zersplitterte Rahmen, herausgerissene Angeln – nur eine Tür war intakt. Ein eiserner Querriegel mit einem schweren Hängeschloss verhinderte den Zutritt.

»Das da ist es dann wohl, nehme ich an.« Gehler schob das Kinn vor und deutete auf die Tür. »Die ist aber zu.«

»Weil ich sie abgeschlossen habe. Ich und mein Dezernat.«

»Sie können sie öffnen.«

»Natürlich. Es sei denn ...«

»Öffnen Sie sie.«

Lukas begriff nicht, wie sich Imke Gehler diese unmenschliche Tortur antun konnte. Sie verlangte danach, hatte ihn aufgefordert, alle Details des Puppenmörder-Falls offenzulegen. Das Dezernat suchte nach Übereinstimmungen zwischen den beiden Fällen, nach dem entscheidenden *Klick* im Kopf, der alles erklärbar machte. Niemand kannte Laura besser als ihre

Mutter. Sie hoffte auf eine Spur – und er auch. Allein aus diesem Grund hatte er sich darauf eingelassen.

»Also gut.« Lukas trat vor die Tür, sein Langschlüssel versank im Vorhängeschloss. Wie oft hatte er hier schon gestanden und sich dafür geschämt, Sandra Hankas Mörder nicht gefasst zu haben. Immer wieder derselbe Moment wie in einer endlosen Zeitschleife.

Ein Klacken, das Schloss schnappte auf. Lukas zog den Querriegel zur Seite, er drückte die verrostete Klinke herunter. Die Tür stand offen. Der Lichtstrahl kroch durch den Raum.

Zeitungspapier raschelte unter den Füßen, ein Bierkorken rollte vor seiner Schuhspitze entlang.

Zersplitterte Fliesen am Boden, Eierkartons an den Wänden. Ein metallener Stab lehnte an einer Wand. Ein löchriges Heizrohr hing unter der Decke. Der Geruch von altem Öl schlug ihm entgegen. »Der Raum ist nur fünfzehn Quadratmeter groß. Damals haben die Hausmeister hier ihre Reinigungsmittel abgestellt.«

Wie einem Automatismus folgend, schwenkte Lukas die Lampe nach rechts. Da stand er – der alte Rollstuhl mit seinen Lederriemen. Das Gestell aus Eisen blitzte auf, als wollte ihn das metallene Monstrum wie einen alten Bekannten begrüßen. Die Hartgummireifen waren einmal weiß gewesen, nun nahm das vergilbte Gummi einen gelben Schimmer an. Die Speichen der Räder waren verbogen, der graue Stoff der Rückenlehne an mehreren Stellen gerissen. Weißer Füllstoff zwängte sich aus den Ritzen, als wollte er seinem Gefängnis entfliehen.

»Der Rollstuhl ist aus den Dreißigerjahren, gehörte wohl dem Richter.«

Gehlers Atem streifte Lukas im Nacken. »Dann … dann hat der Mörder die Studentin darauf fixiert …?« Sie trat neben ihn, berührte ihn an der Schulter. »Warum ein Rollstuhl?«

Lukas deutete mit zwei Fingern auf den Boden. »Wir haben im Schwimmbad und im Erdgeschoss Reifenspuren entdeckt.« Er lehnte sich an die Wand, die Spitzen der Eierkartons pressten sich ihm in den Rücken. »Er hat sie mit Lederriemen angebunden und ist mit dem Ding durch das Haus gerollt. Sein Opfer wurde so zur Begleiterin.«

»Aber dann gehört der Rollstuhl doch in die Asservatenkammer der Kriminalpolizei. Der steht hier einfach so rum.«

»Versuchen Sie, ihn zu bewegen.«

»Ich soll … an ihm ziehen.« Gehler zögerte. Sie griff nach einer Armlehne und ruckelte daran. Der Rollstuhl vibrierte, bewegte sich jedoch nicht von der Stelle. »Geht nicht.«

Lukas schwenkte die Lampe auf das Metallgestänge über den Reifen. »Er hat vier Stahlringe in die Fliesen getrieben und den Rollstuhl am Rahmen fixiert. Alles ordentlich verschweißt.« Lukas ging in die Hocke. »Hier, sauber eingesetzt wie in einer Linie.«

Imke Gehler beugte sich vor. Sie berührte den Rollstuhl nicht, vermied nun jeden Kontakt. Mehr als ein Nicken brachte sie nicht zustande.

»Nach unseren kriminaltechnischen Analysen hat er sie nach den ersten Wochen nicht mehr aus dem Raum gelassen. Sandra Hanka sollte sich nicht mehr bewegen. Jede Faser ihres Körpers wurde von ihm beherrscht. Kontrolliert wie eine Puppe, mit der er machen konnte, was er wollte.«

Lukas klopfte gegen einen Eierkarton an der Wand, ein hohler Klang entstand. »Damit hat er den Schall gedämpft und ihre Schreie auf ein Flüstern reduziert. Er war es auch, der den Querriegel an der Tür angebracht hat.« Lukas zog sich an der Rückenlehne des Stuhls in die Höhe. Wieder bemerkte er die Kratzspuren im Stoff der Armlehnen – die Spuren von Hankas Fingernägeln. »Dieser Raum war sein verfluchtes Spielzimmer.«

Mit der Schuhspitze trat er gegen einen Reifen. »Unsere Kriminaltechniker haben alles auf Hautschuppen, Härchen, Speichel oder Sperma untersucht. Bis auf Körperpartikel von Sandra Hanka haben wir nichts Entscheidendes entdeckt.«

Lukas hatte den Rollstuhl danach in die Asservatenkammer schaffen wollen, der Leiter das LKA hatte ihm das untersagt. *Schließ den Dreck da ein, Lukas. Und lass ihn nie wieder raus. Die Menschen vergessen das irgendwann.* Aber er, er konnte den stillen Raum mit dem Rollstuhl nie wieder aus seinen Gedanken vertreiben. Wochenlang hatte er das Knirschen der Räder in seinen Träumen gehört, war nachts aufgewacht und schrie seine Wände an.

»Sie haben also nichts. Absolut gar nichts.« Gehler senkte die Schultern.

Nie hatte Lukas Resignation unverhohlener erlebt. »Wenig bedeutet nicht, dass wir gar nichts haben.« Er leuchtete den Boden an. »Wir wissen, dass der Täter Schuhgröße dreiundvierzig hat. Die Spuren im Staub konnte er trotz seiner Perfektion nicht vollständig beseitigen. Und er hat ein seltsames Klirren von sich gegeben. Bei jedem Schritt. Als hätte er so etwas wie eine Kette bei sich getragen.«

»Eine Kette.« Gehler schien im Geiste nach Überschneidungen in Lauras Umfeld zu suchen. »Nein.« Sie schüttelte den Kopf.

»Vielleicht hat er die Studentin damit irgendwo angebunden.«

»Zum Fixieren hat er die Kette nicht benutzt. Wir hätten die Spuren entdeckt. Ich vermute, dass er sie in seinem privaten Bereich eingesetzt hat. Vielleicht eine Hundekette oder eine Rundstahlkette – wofür auch immer.«

Wieder schüttelte Imke Gehler den Kopf, dabei zog sie sich ihren Schal über Mund und Nase. Sie wollte die Atmosphäre des Raums nicht einatmen, wollte ihn aussperren. Ein sinnloses Vorhaben. Die Bilder kehrten zurück. Meist in der Nacht und immer in der Einsamkeit. Lukas musste sie hier rausbringen.

Mit der Lampe deutete er nach draußen. »Kommen Sie. Wird Zeit, dass wir gehen.«

»In Ordnung«, flüsterte sie. Einmal noch schaute sie sich um, als wollte sie sich verabschieden. Lukas kannte diesen Blick von Reisenden, die wussten, dass sie nie wieder an einen Ort zurückkehren würden.

Sie verharrte, beugte dann den Oberkörper nach vorne. »Da ... da ist getrocknetes Blut auf dem Sitzpolster.«

Lukas seufzte und schwenkte mit seiner Lampe nach draußen. Er hatte gehofft, sie würde die schwarzen Krusten nicht entdecken. »Lassen Sie uns zurück in die Halle gehen.«

»Schon gut. Ich habe verstanden.«

Sie verließen den Raum. Lukas brachte den Riegel wieder in Position und hängte das Schloss ein. Ein Klacken, der böse Geist war eingesperrt. Gefangen bis zu dem Tag, an dem die Tür wieder geöffnet wurde.

Sie gingen am Beckenrand entlang. Die Verschläge vor den Fenstern waren an vielen Stellen gerissen, die Scheiben zersplittert. Schneeflocken tanzten im Lichtstrahl.

»Vor über vier Jahren war die Villa komplett vernagelt und versiegelt. Die Besitzer haben nach einem Käufer gesucht und keinen gefunden. So gut wie niemand hat das Haus in dieser Zeit betreten. In den Schlafzimmern lagen sogar noch Bettwäsche, Kleidung und Handtücher herum.« Die Villa hatte damals so gewirkt, als sei sie fluchtartig verlassen worden. Lukas erinnerte sich an die hölzernen Spinde in der Schwimmhalle. Souvenirjäger hatten sie abgeschraubt, nachdem Hankas Fall von den Medien platt getreten worden war. Wie die Ratten waren sie in das Haus eingefallen. »Der Mörder hat sich Zugang verschafft durch ein Fenster. Er wollte sich hier in Ruhe seinem Opfer widmen.« Lukas blieb unter dem Fenster stehen, das vier Meter über ihm eingelassen war. Dahinter war ebenerdig der schneebedeckte Garten zu sehen. Der Rahmen aus Messing ähnelte einem Bullauge, die Scheibe war mit Packband geflickt worden.

»Hier oben ist er reingekommen. Genau dort. Aber es ist in der Regel immer so: Einer macht den Anfang, andere folgen ihm. In diesem Fall war es ein Obdachloser, der sich hierher verlaufen hatte.«

»Er ist dem Täter begegnet. Von ihm haben Sie die Informationen über die Kette.«

Lukas trat eine braune Bierglasscherbe über die Fliesen, sie fiel klirrend über den Beckenrand. »Er hat den Mörder nur ein Mal von hinten gesehen. Der Mann war ein gestrandeter Junkie aus Köln. Er ist dem Fremden aus dem Weg gegangen. Keine Lust auf Revierkämpfe.«

»Das kenne ich vom Münchner Hauptbahnhof.«

»Das war hier nicht anders. Aber dann wurde die Leiche von Sandra Hanka in der Boulevardpresse zerpflückt. Der Mann meldete sich aus nackter Angst, weil er nicht zum Kreis der Verdächtigen gehören wollte. Er hat Hanka in der Zeitung wiedererkannt.«

Gehler kräuselte die Stirn. »Das heißt …«

»Er hat sie oben am Klavier gesehen. Sie klimperte auf den Tasten rum.«

»Ich begreife nicht, warum sie hier plötzlich frei rumlaufen konnte.«

»Nicht plötzlich. Kommen Sie mit. Ich erkläre es Ihnen.« Lukas gab Gehler ein paar Sekunden, um eigene Rückschlüsse zu ziehen. Ein psychologischer Trick, der sie aus ihren Schockmomenten reißen sollte.

Sie stiegen die Treppen zum Erdgeschoss empor. Die Stufen unter ihnen knirschten mit der Widerspenstigkeit der Jahrzehnte. Das ganze Haus war eingefroren in der Vergangenheit, und es hatte Lukas als Geisel genommen. Sein Geist würde der Kammer mit dem Rollstuhl niemals entkommen. Nicht, solange der Täter da draußen frei herumlief. Darüber dachte er nach, als er die letzte Stufe erklomm und noch einmal einen Blick über seine Schulter warf. *Irgendwann, du Dreckschwein ...*

Sie durchwanderten die Marmorsäulen, betraten den halbrunden Eingangsbereich und stiegen über Schutt hinweg.

Vor dem Flügel blieb Lukas stehen. Die Zeit für weitere Wahrheiten war gekommen. »Wir haben das Fahrrad Ihrer Tochter gefunden. Unsere Analytiker haben sich den Hinterreifen genauer angeschaut.«

Imke Gehler verkrampfte die Schultern, ihre Hände bildeten sich wie Kugeln unter den Manteltaschen ab.

»Die Speichen sind verbogen, dazwischen klemmt grüner Schaumstoff. Davon haben wir auch etwas im Schnee gefunden. Sieht nach einer Kollision aus.« Lukas drückte eine weiße Elfenbeintaste auf dem Flügel, das tiefe *E* erklang wie das Brummen eines großen Tieres. »Laura ist gewaltsam von ihrem Fahrrad geholt worden.« Der Ton hing in der Luft und erstarb. »Vermutlich mit einem präparierten Auto. Der Täter muss ihre Gewohnheiten im Detail studiert haben. Ihre Strecke war außergewöhnlich.«

Imke Gehler senkte den Kopf. »Gott, wie oft habe ich sie vor diesen einsamen Fahrradfahrten gewarnt! Wie oft ...«

Lukas wischte mit der flachen Hand Staub vom Flügel. »Dann hätte er sie sich auf eine andere Art geholt. Mit dem gewaltsamen Überfall hat er seine Strategie ohnehin geändert.« Die grauen Partikel rieselten ihm von den Fingern. »Unsere leitende LKA-Profilerin geht davon aus, dass er sich im direkten Umfeld seiner Opfer bewegt.« Lukas ließ einige Sekunden verstreichen und studierte Gehlers angespannte Mundwinkel. »Anders gesagt, Laura ist ihrem Entführer mit hoher Wahrscheinlichkeit schon mal begegnet.«

Imke Gehler schob eine splittrige Klavierbank ohne Sitzpolster vor den Flügel. Sie setzte sich auf das nackte Holz und rieb sich die Stirn, als wollte sie gleich ein besonders kompliziertes Stück auf den Tasten spielen. »Sie spekulieren, weil es bei diesem anderen Fall so war.«

»Natürlich ist das kein Fakt. Aber bedenken Sie: Wir konnten an Hankas Körper keine drei Wochen alten Spuren von Gewalt nachweisen. Blutergüsse, Prellungen – nichts. Die kamen erst später.« In langen Schritten ging er um den Flügel herum und streckte die Arme von sich. »Das hier war sein Reich. Ich behaupte, dass er Hanka hierhergelockt hat. Sie ist ihm womöglich freiwillig gefolgt, sie fand das alte Haus aufregend, hat ein bisschen auf dem Flügel herumgespielt – ohne zu ahnen, was er mit ihr geplant hatte.« Lukas klappte den Deckel über der Tastatur zu. »Dann war es zu spät.«

Gehler zog sich den Schal vom Kinn, sie berührte die kleine Vertiefung zwischen Adamsapfel und Kehle. »Das ist alles so ... unglaublich.«

»Ich vermute, der Mann ist verdammt intelligent, gut aussehend und redegewandt.« Lukas ließ den Strahl seiner Lampe über die Wandgemälde wandern, über Blumenmeere und blonde Reiter auf Schimmeln. »Er analysiert seine Opfer, ihre Schwächen – und greift erst dann an. Für jede Frau die richtige Strategie.« Sein Lampenstrahl erfasste einen mit Efeu berankten Satyr, er entführte ein Mädchen in den Wald. Dabei lächelte die Bocksgestalt aus ihrem zerbröckelten Gesicht von der Wand herab. »Glauben Sie mir, Frau Gehler, der Teufel ist kein kleines rotes Männchen mit Schwanz und Hörnern – und er ist schon eine ganze Weile hier.«

KAPITEL 24

»Du siehst schon viel besser aus. Ich habe mir echt Sorgen gemacht.« Tom reckte sich in die Höhe und tastete mit den Fingerspitzen das oberste Badezimmerregal ab. Aus einem Stapel Handtücher zog er eine Blechbüchse mit einem roten Kreuz hervor. »Gib ruhig zu, dass du froh bist, mich hier zu haben.« Er öffnete die Box und wühlte darin herum. Pflasterstreifen und Mullbinden fielen zu Boden.

»Welcher Teil meines Gesichts vermittelt dir diesen Eindruck?« Ariane stützte sich auf den Rand ihres Waschtischchens aus Teak. Der Spiegel warf ihre Reflexion zurück. Die Blässe wich, die wummernde Heizung brachte ihre Wangen und Ohren zum Glühen. Sie strich sich eine dunkle Haarsträhne aus der Stirn.

»Im Ernst, Ariane ...« Abgenutzte Pillenschachteln und Tuben glitten durch seine Finger. »Der bullige Typ eben, der hätte dich fertigmachen können.«

Ariane drückte das Kreuz durch, sofort durchzuckte ein stechender Schmerz ihre Schultern. Sie unterdrückte ein Stöhnen. »Dann wäre das eben so gewesen.« Sie wandte sich vom Spiegel ab und griff in die Arzneimittelbox, die ihr Tom entgegenhielt. Die weiße Tube mit dem Aufdruck eines Tigers lag in ihrer Hand. »Die hier brauche ich.« Sie öffnete den Verschluss.

»Ich begreife dich nicht.« Tom zuckte mit den Schultern. »Du lebst hier alleine. Du sprichst kaum mit jemandem und hältst dich aus allem raus. Aber dann ... bamm!« Er setzte sich auf den abgerundeten Rand der frei stehenden Badewanne. Das glänzende Steingrau und die dunklen Füße, die die Tatzen eines Löwen nachahmten, ließen die Wanne wie ein schlafendes Tier erscheinen. »Dann greifst du in einen Familienstreit ein. Ich kapier nicht, wie das alles zusammenpasst.«

»Hannah ist ein Kind. Sie ist unschuldig.« Ariane presste die Tube mit dem Tigerbalsam am Ende zusammen, eine weiße Paste quoll aus der Öffnung. Der scharfe Geruch von Pfefferminze und Eukalyptus stieg auf. »Die ganze Gewalt, die Angriffe gegen ihre Mutter. Das da draußen war gefährlich für sie. Für beide.«

»Für dich auch.«

»Ich würde mein Leben jederzeit für ein Kind geben – jederzeit und bedingungslos.«

Selbst in dem gedämmten Badezimmerlicht bemerkte sie die tiefe Falte über Toms Nasenbein. Er balancierte sein Gewicht auf dem Wannenrand und nickte nur.

»Hannahs Mutter hat mir vor ein paar Tagen erzählt, dass sie ihr Kind nicht wollte. Als sie im vierten Monat schwanger war, hielt sie einmal Stricknadeln in ihrer Hand. Stricknadeln ... verstehst du?«

Tom wandte sich dem Fenster zu. Er hatte sie wohl verstanden und litt nun unter der Schwere seiner Gedanken.

»Iris hat sich die Nadeln gegen den Bauch gepresst. So verängstigt war sie. Nur weil ihr Mann kein Kind wollte. Weil dieses versoffene Schwein da draußen ihr gedroht hat.« Ariane sah die grau blitzenden Stricknadeln vor sich. Ihre Spitzen, die die Bauchdecke von Iris durchbrachen und ihr Ziel fanden. Die Haare an Arianes Unterarm richteten sich auf. »Sie hat es nicht getan und um ihr Kind gekämpft. Dann war Hannah da. Und seitdem hat sie im Haus eines Mannes gelebt, der sie hasst.« Der weiße Balsam tropfte aus der Tube und klatschte auf die Badezimmerfliesen. »Ich werde sie beide da rausbringen. Egal, wie.«

Tom stieß sich vom Badewannenrand ab und trat vors Fenster. Draußen hatte der Schnee wieder eingesetzt, die Flocken wirbelten. Der Schein des Lichts über dem Eingang war selbst vom ersten Stock noch gut zu sehen. »Ich kann das schlecht ertragen, wenn du dich in Gefahr bringst. Du solltest einfach nur vorsichtiger sein.«

In der Reflexion der Scheibe sah sie seine Augen, die sie fixierten. »Sollte ich?« Sie ging auf ihn zu. »Wenn ich dir recht gebe, liegen wir beide falsch. Manchmal musst du für andere kämpfen. Auch wenn es riskant ist.«

Tom wandte sich ihr zu. »Die Bewohner unten im Ort sagen, dass du seltsam bist.«

»In ihren Augen bin ich das wohl.«

»Sie sagen es aber, als ob du etwas Gefährliches bist.«

»Das bin ich für sie auch.«

»Ich würde mir wünschen, dass sie dich kennenlernen würden.«

»Wozu? Sie liegen womöglich richtig.«

»Das glaubst du doch nicht im Ernst!«

»Doch. Es ist mir gleichgültig, was andere von mir denken. Ich bin ein Mensch, der einen sehr gefährlichen Level an Freiheit erreicht hat. Das macht vielen Angst.«

»Ich würde dich so gerne besser verstehen, ich könnte viel von dir lernen. Im Moment mache ich mir einfach nur Sorgen um dich.«

Ariane seufzte und trat vor den Spiegel. Der Rahmen bestand aus Treibholzstücken, die an den Stränden Namibias angespült worden waren. In der linken Ecke klemmte ein Foto aus dem Kongo. Ariane nahm es, strich es glatt und reichte es Tom. »Das ist für dich. Ein Geschenk. Dazu habe ich eine Geschichte und ein Rätsel. Wenn du es löst, wirst du mich besser verstehen.«

Tom hielt das matte Fotopapier ins Licht. »Da ist ein ... ein schlafender Gorilla drauf.«

»Es ist ein Gorillaweibchen, und es ist tot. Ich habe die Aufnahme während einer Expedition in der Savanne in Kongo gemacht.«

»Das wird keine gute Geschichte.«

»Das weißt du noch nicht.« Ariane tippte auf das Gorillaweibchen. »Das ist ein Westlicher Flachland-Gorilla. Der Kopf ist braun, der Rest des Körpers schwarz. Diese Gorillas streifen nur durch die bewaldeten Täler – und dennoch ...«

Tom wog das Foto in der Hand. »Du hast das Bild aber in der Savanne gemacht.«

»Exakt. Dieses Gorillaweibchen hat das Tal und seine Gemeinschaft verlassen. Es hat tagelang nicht getrunken und nicht gefressen. Es ist einfach nur gelaufen. Immer weiter, ohne Unterbrechung. Dann ist es vor Erschöpfung zusammengebrochen und gestorben.« Diesen heißen Tag im Juni vor zwölf Jahren hatte Ariane nie vergessen. Sie hatte den Gorilla aus der Entfernung im niedrigen Gras zunächst für einen Stein gehalten. Als sie mit ihrem Geländewagen näher gekommen war, erkannte sie ihren Fehler. Das Weibchen lebte noch, blickte sie aus glasigen Augen an. Ariane rief in der Forschungsstation an, Hilfe machte sich auf den Weg. Sie schaffte Wasser heran, träufelte es auf die rissigen Lippen. Der Wind strich über die Gräser, Hyänen stießen ihr wieherndes Lachen aus. Das Gorillaweibchen schloss die Augen und öffnete sie nie mehr.

»Aber warum das alles?« Tom hielt sich das Foto ganz dicht vor die Augen. Er suchte nach einem Detail, nach einem Anhaltspunkt, der seine Frage beantworten konnte. Drei Sekunden vergingen, er ließ das Foto sinken. »Also, warum?«

Ariane strich über ein paar getrocknete Palmenblätter, die in einer Wasserflasche im Regal standen. »Das ist das Rätsel.

Was hat das Gorillaweibchen in der Savanne so weit entfernt von seiner Heimat gemacht?« Die grau-grünlichen Blätter raschelten unter ihren Fingern. »Was hat es gesucht?«

»Vielleicht ein anderes Tier. Oder es ist ganz woanders aufgewachsen und wollte an seinen alten Herkunftsort zurück.«

Ariane setzte sich auf einen Waschkorb aus geflochtenem Bast. »Nein, Tom. Das ist es nicht. Aber du wirst es irgendwann herausbekommen. Ganz sicher.«

Er schob das Foto vorsichtig in die hintere Tasche seiner Jeans und klopfte noch einmal darauf.

Ariane presste einen großen Tropfen Tigerbalsam aus der Tube. Sie verrieb die weiße Masse zwischen den Fingerspitzen und ging zum Handwaschbecken. Mit dem Rücken drehte sie sich zum Spiegel, schob eine Hand unter ihren Strickpullover, um ihr Schulterblatt einzucremen. Langsam tastete sie sich vor. Der einsetzende Schmerz glich einem Stich, spitz und scharf schoss er über das Rückenmark direkt in ihr Gehirn. Ariane stöhnte auf. »Mist!« Sie sackte zusammen und stützte sich am Waschbeckenrand auf.

Tom trat neben sie. In dem Licht schienen seine Augen blau oder vielleicht doch grau. Sie waren sich immer nur in der Dunkelheit des verstreichenden Tages begegnet. Niemals im Sonnenlicht.

»Ich helfe dir.« Er griff nach der Tube. »Also wenn du mich lässt …«

»Ich lass dich.« Sie ließ die Tube los.

»Wird wahrscheinlich wehtun.«

»Kein Problem. Ich bin ein großes Mädchen.«

»Komm, wir gehen zum Fenster rüber.«

»Soll ich springen, wenn ich den Schmerz nicht mehr ertrage?«

»Ich dachte, der Blick nach draußen lenkt dich ab.«

Ariane stützte sich auf das Fensterbrett. Die kahlen Apfelbäume und die tristen Kirschbäume erhoben sich in der Schneelandschaft. Ein halbes Jahr würde vergehen, ehe sie wieder Früchte trugen und die Landschaft mit ihren bunten Farben überstrahlten. »Also gut. Dann los.«

»Willst du nicht …« Seine Stimme schwankte. »Ich meine, willst du nicht den Pullover ausziehen? Die Creme saut doch alles ein. Den Gestank kriegst du nie wieder raus.«

Ihre Reflexion in der Scheibe schüttelte den Kopf, lachte über diesen unverschämten Vorschlag und huschte davon. Die echte Ariane aber zog sich den Pullover über den Kopf und ließ ihn auf die Fliesen fallen. Sie verschränkte die Arme vor den Brüsten und beugte sich vor.

Draußen vor dem Fenster wirbelten die Flocken mit aller Gewalt. Sie landeten auf dem Glas und liefen in langen wässrigen Schlieren über die Scheibe.

Tom näherte sich ihr, die Gummisohlen seiner Schuhe knarrten. Sie spürte seinen Atem am Hals, auf den Schultern. So warm. »Ich mag den Schneefall eine Stunde vor der Dämmerung am liebsten. Es ist dann, als ob Natur gegen Natur kämpft.«

»Auch wenn du vorher schon weißt, wer gewinnt?« Tom sprach leise, doch er flüsterte nicht.

»Genau deswegen«, antwortete sie ebenso leise. »Die Dunkelheit gewinnt immer. Aber diese Schneewirbel in der Schwärze sind schön.«

Die Tube mit dem Tigerbalsam machte kein Geräusch, als Tom sie drückte. Der scharfe Geruch von Eukalyptus zog erneut durchs Bad, intensiver als zuvor.

»Ich fange jetzt an.« Toms Fingerspitzen berührten ihre Schultern kaum merklich. Ganz sanft kreisten seine Hände, zogen Bahnen über ihre Haut. Er tastete sich an ihrem Rückgrat entlang, spreizte die Finger, erkundete ihren Körper.

Trotz seiner sanften Berührungen traf Tom die schmerzhaften Stellen an ihren Schulterblättern. Ein Ziehen, fast wie ein elektrischer Schlag, zog durch Arianes Nervenenden. Doch dieser Schmerz war anders, es war ein guter Schmerz. Er machte sie lebendig, und für einen Moment, nur für eine kurze Sekunde, vergaß sie alles um sich herum.

Toms Hände tasteten sich über ihre Schultern, legten sich um ihren Hals und verharrten dort. Wie zwei Klammern aus Haut und Knochen umgaben sie ihre Kehle. Reglos, aber sanft.

Das Wasser in den Heizrohren blubberte, das monotone Ticken der Standuhr drang vom Erdgeschoss nach oben.

Toms Finger glitten ihren Hals hinab. »Sag ruhig, wenn es zu hart ist.«

»Alles gut.« Sie erschrak über den sonoren und gehauchten Ton in ihrer Stimme und schämte sich dafür.

Der Wind trieb mehr Flocken gegen die Scheibe. Die Eiskristalle lösten sich auf. Sie verabschiedeten sich von ihrem alten Leben, um als Wasser irgendwo zu versickern. Ariane sah den Schlieren nach.

Ihr Leben war zu einem Minenfeld aus Fehltritten und mentaler Instabilität geworden. Aber sie war besser als die Summe ihrer Fehler. Sie war besser als all das. Vielleicht nur noch für kurze Zeit, doch die musste ihr genügen.

»Ariane ... sag mal, hast du eine Tochter?« Toms gerunzelte Stirn zeigte sich in der Spiegelung der Scheibe. Die tiefe Falte über seinem Nasenbein war zurück. Er fixierte einen Punkt unterhalb ihres Halses und blinzelte dabei.

Das Fenster knackte im Rahmen, ein Eiszapfen fiel von der Dachrinne und schlug auf den Sims. Er rollte über das Blech und versank im Schnee.

Das Halsband. Ihr Medaillon. Ariane ertastete die feinen Glieder der Silberkette. Tatsächlich, das Medaillon war aufgeklappt, das farbige Bild blitzte in der Scheibe auf. Der Anhänger musste aufgesprungen sein, als sie sich den Pullover über den Kopf gezogen hatte. *Nicht gut.*

»Nein, ich habe keine Tochter.« Und das war die Wahrheit – eine deutliche Antwort auf eine klare Frage. Sie klappte das Medaillon zu, der Verschluss rastete ein.

»Aber wer ist das dann da auf dem Bild? Deine Schwester?«

Sie presste die gekreuzten Arme vor ihre Brüste, bis sie schmerzten. »Tom, verzeih mir. Das ist alles zu viel für mich heute. Ich brauche jetzt etwas Zeit für mich. Und die Polizei muss ich auch noch anrufen. Das schafft mich alles.« *Wasser rauscht. Die Echos nähern sich. Die verdammten Echos. Geh in den Tunnel. Blick nicht zurück.* »Bitte ...«

Tom nickte. »Verstehe. Noch ein Rätsel.« Er hob ihren Pullover vom Boden auf, faltete ihn in der Mitte und legte ihn auf den Wannenrand. Bevor er verschwand, lächelte er ihr zu. Die feinen Sicheln um seine Mundwinkel verliehen ihm einen verständnisvollen Zug. Er klopfte gegen den Türrahmen und verließ das Badezimmer.

Die alten Treppenstufen zum Erdgeschoss knarzten, die Tür mit dem Eisengitter fiel ins Schloss. Tom hatte das Haus verlassen.

Als er durch den Garten stapfte und die schweren Schneemassen aufbrach, sah sie ihn nur von hinten. Der Wind zerrte an seinem Haar, ließ es über dem Kragen seiner Jacke tanzen. Tom verharrte. Er wandte sich ihrem Haus zu, suchte ihr beleuchtetes Fenster im Gestöber. Sekundenlang bewegte er sich nicht. Der Schnee umwirbelte ihn wie ein weißer, rotierender Schleier. Dann setzte Tom seinen Weg fort und verschwand. Seine Spuren im Schnee waren alles, was er zurückließ.

Ariane mochte ihn mehr als sie wollte, sollte und durfte. Doch diesen Gedanken würde sie niemals laut aussprechen.

KAPITEL 25

Sein Ziel war exakt achtundzwanzig Meter entfernt. Ein Schuss – nur dieser eine Schuss zählte. Er sog die Luft ein, sein Brustkorb hob sich. Die linke Hand umklammerte den Griff aus Leder und Rattan. Er war eins mit seiner Waffe. Die Muskeln im Arm spannten sich, er löste den Schuss blitzartig aus. Seine rechte Hand entließ den Pfeil. Die Sehne federte, ein Surren zog durch die Scheune. Die Scheibe erzitterte, als sich der Pfeil zwei Zentimeter neben dem schwarzen Punkt in den mit Papier bespannten Holzring bohrte. Daneben und doch getroffen.

Vielleicht hätte ihm sein Vater zu dem Schuss gratuliert und ihm seine geheimen Tricks verraten. Doch er war nicht da. Weder heute – noch jemals. Lukas senkte den Arm mit dem traditionellen Hankyu-Langbogen. Ein kalter Wind strich über seinen Nacken, hinter ihm ertönte leiser Applaus.

»Nicht schlecht, Lukas. Gar nicht schlecht.«

Ihm war, als hätte ihn jemand aus seinem Schlaf gerissen. Er hatte die Einheit mit seiner Waffe verinnerlicht, den vierundzwanzig Kilogramm schweren Bogen zum Teil seines Körpers gemacht. Seine Trance und die ihr innewohnende Stille waren erschlagen worden. Er drehte sich um die eigene Achse.

Der Wind schlug das Flügeltor aus Lärchenholz gegen die Pfosten, Schnee rieselte in die Scheune.

Es war Berit. Da stand sie inmitten von Strohballen, einem verrotteten Traktor und alten Pferdegeschirren.

»Na, was? Du bist doch jetzt nicht überrascht. Ich war oft genug hier.« Sie trug einen grauen Mantel, der ihr bis zu den

Knien reichte. Rote Strähnen quollen unter ihrer Kapuze hervor, Schnee hatte sich darauf abgesetzt. Ihr Gesicht war noch weißer als sonst. Eine Folge der extremen Minustemperaturen, die über den Ort hereingebrochen waren. Die Nächte erinnerten an das Klima eisiger Fjorde.

Lukas trat an das freigelegte Mauerwerk heran und hängte seinen Bogen an eine eigens dafür geschaffene Halterung aus Metall und Leder. Mit beiden Händen strich er seinen schwarzen Hakama an der Taille gerade. Der japanische Hosenrock mit den weit geschnittenen Beinen raschelte bei jedem seiner Schritte, als er sich Berit näherte. Stroh wurde aufgewirbelt, der Wind strich über sein Gesicht.

»Hallo, Lukas.« Berit umfasste seine Hände. »Sorry, dass ich hier unangemeldet auftauche, aber ich muss mit dir reden.«

Wie schön sie immer noch war! Berit hatte die vierzig überschritten, und doch schien ihr Körper keinen Bauplan für das Altern zu kennen. Allein die feinen spinnennetzartigen Falten um ihre Augen verrieten ihr Geheimnis. Der kupferrote Nagellack ihrer Fingernägel war nuancengenau auf ihren Lippenstift und ihre Haarfarbe abgestimmt. Berit achtete mit absoluter Präzision auf solche Details. Nie hatte er sie im LKA anders erlebt. Auch nicht in den neun Monaten, die sie zusammen gewesen waren. »Du hättest mich vorher einfach anrufen können.«

»Wozu? Es ist Mittwoch, und ich weiß, wo du mittwochs um zwanzig Uhr bist.«

»In meiner Scheune, mit meinem Bogen und meiner Stille.«

»Entschuldige, wenn ich störe. Aber wir müssen über den Puppenmörder reden.«

»Natürlich. Worüber auch sonst?« Lukas schämte sich für die Bitternis in seinen Worten. Nach drei Jahren, zwei Monaten und drei Tagen hätte er über Berit hinweg sein müssen. Das zeitliche Verblassen des Liebesschmerzes ließ sich sogar nach Formeln berechnen. So oder so hätte er längst wieder der alte Lukas sein müssen. War er aber nicht. Er brach alle Traditionen des mathematisch und medizinisch fundierten Liebeskummers.

»Lass uns professionell sein.« Sie umfasste seine Hände so sanft, als bildete er sich diese Berührung nur ein. »Das ist wichtig.«

»Du tauchst hier einfach so auf und redest von Professionalität.« Er schob sie zur Seite. »Ich werde nach Bayern fahren. Dorthin, wo diese Geschichte mit Laura Gehler angefangen hat. Bisher haben die da in ihrem Landeskriminalamt null Ergebnisse geliefert.«

»Genau darüber möchte ich mit dir reden.«

»Du möchtest es mir sicher *ausreden*.« Lukas hatte längst den milden Tonfall in Berits Stimme registriert. Ihre Sprachmelodie klang immer dann besonders sanft, wenn sie sich in eine Gegenposition begab.

»Lukas ...«, raunte sie.

Er fühlte sich bestätigt und schlurfte zum Eingang der Scheune. Die Pfeile in seinem Hüftköcher klapperten. Lukas passierte eine Sammlung von Sensen und Sicheln, die wie Halbmonde hinter den Strohballen an der Wand hingen. Zwei Holzfässer mit dem Aufdruck einer Destillerie aus Orkney ruhten unter einem Fenster. Gegenüber in seinem Haus brannte in allen Zimmern das Licht. Ein Vorbeiziehender hätte den Eindruck gewinnen können, dass hinter dem Gemäuer eine fünfköpfige Familie lebte, die sich lachend am Abendbrottisch versammelt hatte. Berits Anwesenheit störte diese Illusion schmerzlich.

Der Wind stieß das Flügeltor in Lukas' Richtung, als wollte ihn die Natur mit gewaltvoller Wucht wachrütteln. Er umklammerte einen Treibriegel und zog das Tor daran zurück in die Verankerung. Der Riegel rastete ein, der Wind und das Schneetreiben in der Scheune erstarben.

Ein Reißverschluss ratschte, Berit öffnete ihren Mantel und zog sich die Kapuze vom Kopf. Ihr rotes Haar breitete sich wie ein Schleier auf ihren Schultern aus.

Lukas näherte sich ihr, dabei deutete er mit der Hand auf die hinterste Ecke der Scheune. »Zu meinem Denkzimmer geht es dort entlang. Aber das weißt du ja.« Sieben messingfarbene Sturmlaternen standen dort, das Feuer flackerte in den Glaskörpern.

Berits Lederstiefel wirbelten Staub auf, als sie ihn zu den übereinandergestapelten Heuballen begleitete. »Du hast dich nicht verändert. Nicht ein Stück.«

»Vielleicht habe ich nur nie den richtigen Menschen gefunden, für den ich mich ändern wollte.« Die Worte waren gesagt, und alles Gesagte war real. Sein Frust lief auf Autopilot. Er attackierte sie, ohne es zu wollen.

»Also, Lukas ...« Berit blieb stehen. Sie legte den Kopf in den Nacken und stieß scharf die Luft aus. Ihre Augen schienen einen fernen Punkt über den Dachbalken zu fokussieren. »Das geht so nicht.«

Im Büro des LKA konnte er die kurzen Begegnungen mit ihr ertragen, doch hier brachen all sein Schmerz und sein Zorn hervor. »Tut mir leid. Ich habe das nicht so gemeint ...«

Berit nickte. Kein verständnisvoller Blick, keine Berührung. »Ist okay.« Sie setzte ihren Weg fort. Die Absätze ihrer Stiefel schlugen hart aufs Stroh. »Alles gut.«

Nein, nichts war gut. Gar nichts. Doch das hier war der falsche Zeitpunkt, die Rolle des verschmähten Ex-Freunds zu spielen. Hier und heute ging es um Laura Gehlers Leben. Nur darum.

Vor ihnen ragten die Heuballen in Hufeisenform vier Meter in die Höhe. So aufeinandergestapelt wirkten sie wie eine gelbe, faserige Wand. Fotos waren daran mit Spießen befestigt. Davor stand der verwitterte Schreibtisch aus Buche. Die kippligen Beine hatte Lukas an den Enden mit angeklebten Weinkorken angeglichen. Ein Stapel Akten lag aufgetürmt in der Mitte der Schreibfläche. Neben einem Tischbein stand sein Kirin-Bier. Das braune Glas reflektierte die tanzenden Flammen der Laternen. Jeden Abend gönnte sich Lukas ein Fläschchen. Das Bier machte seine Gedanken am Ende des Tages leichter und klarer, wenn er sich in mikroskopisch kleinen Details zu verlieren drohte.

Berit stellte sich mit verschränkten Armen vor die Heuballen und betrachtete die Fotos, als bestaune sie ein Kunstwerk im Museum. »Ich sehe, du hast deine Hausaufgaben gemacht.«

»Wir haben nur noch vier Tage, dann läuft das Ultimatum von diesem Irren aus. Die Zeit ist unser Feind.« Wieder sah Lukas den nackten, verdrehten Körper von Sandra Hanka neben den Schienen liegen. »Diesmal stoppe ich ihn.«

Berit folgte mit dem Zeigefinger einem roten Wollfaden, der mehrere Fotos miteinander verband. Auf beiden saß Laura Gehler auf ihrem Fahrrad, umgeben von Freunden. »Du hast die Fallanalyse gezielt auf ihr privates Umfeld ausgeweitet.«

»Exakt.« Lukas zog einen Pfeil aus seinem Hüftköcher und richtete ihn auf die linken Heuballen. »Wir haben genau wie die Bayern das Material von Lauras Mutter aus 2016 ausgewertet.« Achtundvierzig Fotos hatte Lukas mit kleinen Holzspießen befestigt. Laura tanzend auf einer Party. Laura mit ihrer Basketballmannschaft. Laura nach einer Schulaufführung vor Publikum. Laura beim Büffeln mit Freunden in einer Bibliothek. Immer wieder Laura. »Dazu alle Social-Media-Kanäle der vergangenen Jahre bis heute.« Die Bildergalerie darunter umfasste siebenundachtzig Fotos. Laura wirkte auf den Bildern reifer, ihr Haar war kürzer geschnitten, ihr Make-up dezenter. Oft hockte sie auf den Knien, hielt einen Fotoapparat in den Händen und schaute konzentriert durch den Sucher.

Der Pfeil in Lukas' Hand schwebte ähnlich einem Taktstock nach rechts zur nächsten Fotostrecke. »Diese Profilanalysen zum Puppenmörder haben wir Lauras Fall gegenübergestellt auf der Suche nach Gemeinsamkeiten.«

Ein einziger blauer Wollfaden verband die beiden Seiten der Fotos miteinander, darauf waren die Puppen abgebildet. Ihre Plastikhaut schimmerte gelblich, auf ihren Gesichtern lag ein dümmliches Lächeln.

Berit tippte auf den straff gespannten Faden. »So viele Fotos und nur eine entscheidende Similarität.«

Lukas rammte seinen Pfeil in den Heuballen. Direkt zwischen den Puppenfotos ragte der zylindrische Schaft hervor. »In beiden Fällen teilt sich der Täter über kleine Plastikpuppen mit – selber Hersteller, unterschiedliche Modelle. Das ist sein Erkennungszeichen, sein Totem.«

Berit schlich vor den Heuballen auf und ab. Als sie die Finger ausstreckte, knisterten die Halme unter ihrer Hand. »Gut. Beide Puppen sind eindeutig an die Identitäten der Opfer gebunden. Einmal an Sandra Hankas Leiche, das zweite Mal an Laura Gehler und ihren Personalausweis.«

»Und die Opfer waren beide Studentinnen. Von unterschiedlichen Hochschulen und verschiedenen Fachrichtungen zwar, aber dennoch …« Lukas setzte sich auf die Kante des Tisches. »Sandra und Laura wurden in nahegelegenen Landkreisen zu Opfern, und beide sind vor den Taten sehr wahrscheinlich ausgiebig beobachtet worden. Der Mann schlägt nicht zufällig zu.«

Berit hob einen Zeigefinger. »Lass mich die hässliche, kritische Stimme in deinem Hinterkopf sein.« Mit dem Wissen wächst der Zweifel. Einer von Berits Standardsprüchen, mit denen sie jede noch so faktische Konstruktion hinterfragte und ins Gegenteil verkehrte.

»Fang an.« Lukas setzte sich aufrecht hin. Kaum ein Mitarbeiter im LKA hatte eine Chance gegen Berits scharfen Geist. Selbst das Bundeskriminalamt lieh sie sich manchmal aus. Aber Berit hatte auf die spröden Paragrafenreiter aus Wiesbaden keine Lust, wie sie gerne beteuerte.

Sie zupfte zwei Halme aus den Ballen. »Puppen hin oder her – zwischen beiden Frauen lässt sich keine persönliche Verbindung nachweisen. Zudem hat der Täter den Modus Operandi auf dramatische Weise geändert.«

»Zwischen den Vorfällen liegen über vier Jahre. Da kann viel passiert sein. Solche Menschen sind instabil.« Angriff abgewehrt.

»Natürlich. Mir erscheint die Veränderung im psychologischen Stenogramm nur zu extrem. Diesmal informiert er die Angehörigen im Vorfeld der Tat über sein Vorhaben – und damit auch uns, seine Verfolger. Das zeigt durchaus atypische, wesensveränderte Züge.«

Lukas beugte sich nach unten und ergriff sein Kirin-Bier am Flaschenhals. »Du betonst ja immer, dass sich solche Täter weiterentwickeln und sich perfektionieren.« Er verwandte ihre eigenen Argumente gegen sie. »Mich überrascht das nicht.« Auf dem Etikett seiner Bierflasche prangte zwischen Ahornblättern und Kirschblüten ein Drache, der angriffslustig die Krallen ausstreckte. »Dieses Schwein will mit uns spielen. Und er glaubt, dass er uns noch einmal schlägt.« Lukas pulte mit dem Daumen an einer Ecke des Etiketts herum. Feuchte Papierkrümel lösten sich. »Er braucht Öffentlichkeit. Niemals sonst hätte er Sandra Hankas toten Körper neben einer viel befahrenen Bahnstrecke platziert.« Die erste Runde hatte Lukas für sich entschieden. Kein Zweifel. Nur Berits langsames Sprechtempo und ihre entspannten Mundwinkel widersetzten sich seiner Erkenntnis.

»Alles richtig. Alles möglich.« Sie strich mit dem Daumen über die beiden Halme in ihrer Hand. »Du erinnerst dich daran, was ich dir über das Schachspielen erzählt habe.«

Lukas ahmte mit zwei Fingern die Bewegung einer Figur auf einem imaginären Schachbrett nach. »*Du führst deinen Gegner mit jedem Zug in die Irre und gibst ihm das Gefühl, eine Wahl zu haben. Aber jede Wahl führt ihn nur dorthin, wo du ihn haben willst.*«

»Genau.« Berit kaute auf dem Ende eines Halms herum. Die Geste wollte nicht zu ihrem durchgestylten Äußeren und zu ihrem Alter passen. Es waren diese Widersprüche, die Lukas so sehr an ihr liebte.

Sie tippte sich mit dem Halm gegen die Unterlippe. »Wenn du jetzt nach Bayern fährst und Laura Gehlers 2016 vor Ort rekonstruierst, dann nur, weil *er* das will.«

»Ist mir klar.« Mit der Oberkante des Tisches öffnete Lukas die Bierflasche. Der Kronkorken trudelte durch die Luft und landete im Stroh. »Wenn er spielen will, zeigt er mir so seine Überlegenheit. Vielleicht ist das auch seine größte Schwäche, ohne dass er das weiß.«

»Wenn er aber nur Zeit gewinnen möchte, gehst du ihm in die Falle.«

»Möglich. Aber Zeit wofür? Er könnte Laura Gehler sofort töten, dafür muss er mich nicht durch Deutschland hetzen.«

Lukas nahm einen tiefen Schluck von seinem Bier. Der schwere Malzgeschmack schlug gegen seinen Gaumen. »Das erscheint mir nicht plausibel.«

Berit setzte sich neben ihn auf die Tischkante. »So einfach ist das nicht. Wenn *er* es ist, ahnen wir beide, dass er zu seinem Opfer wahrscheinlich erst ein vertrauensvolles Verhältnis aufbaut.« Sie nahm Lukas die Bierflasche aus der Hand und nippte daran. Noch einmal prüfte sie das Etikett und nickte der Flasche zu. »Er nimmt sich eine lebendige Frau und verwandelt sie nach und nach in eine leblose Puppe. Für einen Psychopathen ist Dominanz und Unterdrückung das Gefühl, das der Liebe am nächsten kommt.« Berit knallte die Flasche mit einem dumpfen Hämmern auf den Tisch. »Ich wette, du hast Imke Gehler nichts von der Frischhaltefolie erzählt.«

»Du gewinnst die Wette.« Gehler musste nicht jedes Detail kennen. Nach den Analysen der Forensiker hatte der Puppenmörder Sandra Hanka nicht nur auf dem Rollstuhl fixiert. In der Endphase seines Wahns umgab er ihren Körper vollständig mit einer Art Klarsichtfolie. Von Kopf bis Fuß hatte er sie darin eingerollt. Nur für Mund, Nase, Vagina und Analbereich schnitt er mit einer Rasierklinge Öffnungen in die Folie. So lebte er an ihr seine Sexfantasien aus – an einem zur Bewegungslosigkeit erstarrten Menschen. Wie ein lebloses Ding vergewaltigte er sein Opfer. Der Puppenmörder musste dabei rauschähnliche Gefühle von Macht verspürt haben. »Ich habe Imke Gehler genug gezeigt und ihr schon viel zu viel erzählt.«

»Du bindest sie komplett in den Fall ein – und an dich. Ein kluger Schachzug.«

Sie schmeichelte ihm, aber niemals würde sie sich seiner Argumentation beugen. Dafür kannte er sie zu gut. »Imke Gehler hat das von mir eingefordert. Mit Nachdruck sogar.« Lukas zuckte mit den Schultern. »Halte ich sie von dem Fall fern, setzt sie mich und das LKA mit ihren politischen Verbindungen unter Druck. Das kann ich nicht zulassen. Und außerdem«, er nahm einen Schluck vom Bier, »... außerdem ist sie der wichtigste Zugang zur Vermissten.« Selbst Lauras Freund, dieser Benjamin, war nicht hilfreich. Er mochte ein netter Kerl sein, doch die beiden waren monatelang getrennt gewesen. Ein nahezu unbrauchbarer Kontakt.

Lukas streckte Berit die Hand entgegen. »Unentschieden. Einverstanden?«

»Natürlich nicht.« Berit federte vom Tisch auf und trat an die Heuballen. Sie zog den Pfeil heraus und beschrieb mit der Spitze einen Kreis. »All diese Fotos, deine gesamte operative Fallanalyse, stellt keinen Bezug zwischen dem Puppenmörder und dem Jahr 2016 her.« Im Gehen kratzte Berit mit der Pfeilspitze über die Ballen. »Die Ermittler in Bayern haben Lauras Vergangenheit als Schülerin bereits auf den Kopf gestellt. Sie haben nichts Belastbares gefunden. Misstrauisch, wie ich bin, habe ich dort selbst noch einmal nach sexuell orientierten Gewaltdelikten suchen lassen – vor und nach 2016. Wir haben Motive rekonstruiert und neu bewertet.« Der Pfeil ratschte über das Stroh. »Ich habe sogar Tierschändungen analysieren lassen. Irgendwann muss auch ein durchgeknallter Psychopath wie der Puppenmörder seine Taten geübt haben. Du ahnst, was ich dabei entdeckt habe …«

Ihre Lippen lagen hart aufeinander. Der Wind rüttelte am Scheunendach. Ganz dicht trat Berit an den Tisch heran und rammte die Pfeilspitze neben ihn in die Oberfläche. »Nichts, Lukas. Absolut gar nichts. Es gibt keinen weiteren Fall, der dem des Puppenmörders auch nur im Ansatz ähnelt.«

Er betrachtete den vibrierenden Schaft des Pfeils und senkte den Kopf. »Wenn ich scheitere, stirbt Laura Gehler.« Er hatte alle Baumärkte nach grünem Schaumstoff scannen und Kreditkarteninfos von Käufern abfragen lassen. Nichts. Beamte durchsuchten Werkstätten nach beschädigten Fahrzeugen. Ohne Ergebnis. Lauras Kommilitonen und die wissenschaftlichen Mitarbeiter wurden verhört. Keine Resultate. Lauras Geschwister waren beim Vater aufgewachsen. Unbrauchbar. Auch in ihrem privaten Umfeld gab es keine Auffälligkeiten. Der 19. August 2016 war zudem ein ganz normaler Schultag nach den

Sommerferien gewesen. Im Leben Lauras hat er keine besondere Rolle gespielt. Ihre beste Freundin Marie war gerade für zwei Wochen in Cambridge, aber auch sie war sich dessen sicher. Genau wie Imke Gehler. Alle Wege führten Lukas ins Nichts. Seine Hände waren leer. »Ich darf nicht versagen.«

»Wir wissen nicht einmal, ob er es wirklich ist. Der Fall war damals mit nahezu allen Details in der Presse. Das hier könnte ein Nachahmungstäter sein. Oder es ist jemand, der sich ganz bewusst als Puppenmörder ausgeben will.« Auf ihrer Stirn zeigten sich drei kleine Falten, symmetrisch wie ein mathematisches Muster. »Natürlich, vielleicht ist der Psychopath tatsächlich zurückgekehrt. Dann will er dich womöglich auf falsche Fährten führen oder in eine Falle locken. Alles ist möglich.«

»Alles und nichts. Ich werde nach Bayern fahren. Das ist mein entscheidender Schachzug.« Mit dem Daumen folgte er der Rundung der Flaschenöffnung. »Und mein einzig möglicher.«

»Riskantes Manöver. Der König geht an den Rand des Spielfelds, und die Deckung ist offen.«

»Nicht unbedingt. Wir haben noch die Königin ...« Er deutete mit der Flasche auf Berit. »Mit ihr führen wir die direkten Angriffe aus.«

Sie seufzte nur und verdrehte die Augen. »Unbeirrbar.«

Berit war nicht zu überzeugen, zumindest nicht von ihm. Er zerlegte ihr Gesicht in kleine Teile. Ihre geschwungenen Augenbrauen. Ihr Mund mit der rebellischen Oberlippe. Ihr spitzes Kinn. Ihre grünen Augen, denen immer etwas Schläfriges anhaftete, obwohl ihr Geist nie ruhte. Mit einem Mal begriff er, warum sie zu ihm gekommen war.

Berit legte ihm beide Hände auf die Schulter. »Ich weiß, was der Hanka-Fall mit dir gemacht hat.« Sie erhöhte den Druck ihrer Finger. »Du gehst immer noch in die Kammer mit dem

Rollstuhl und quälst dich. Ich weiß das, Lukas.« Ganz tief beugte sie das Gesicht zu ihm hinab. »Wie könnte ich das nicht wissen?«

Ihre Haut duftete nach Zitrone, Ingwer und Moos. Mitten in der Kälte brachte sie ihm die Erinnerungen an einen heißen Sommer vor fast vier Jahren zurück. Der Fall des Puppenmörders hatte sie zusammengebracht und wieder auseinandergetrieben. So einfach begannen Geschichten, und so einfach endeten sie auch wieder.

»Du bist ein außergewöhnlicher Mann. Und du bist ein verdammt guter Ermittler mit einer unfassbaren Intuition. Einer der besten, der mir je begegnet ist. Aber das hier ...«, sie deutete mit dem Kinn zu den Fotos, »... das frisst dich auf.«

Berit hatte Hunderte psychologische Profile von Kriminellen erstellt. Lukas graute vor ihrer funktionalen Persönlichkeitsanalyse. Berit irrte nicht, und sie bereitete ihn so sanft wie möglich auf eine erneute Niederlage vor. Deswegen besuchte sie ihn in der Scheune.

»Scheitern ist für mich immer ein Tabu gewesen.«

»Natürlich, weil dir das dein Kodex vorschreibt. Du verstehst eine Niederlage als Schande. Und nun willst du deine Ehre mit diesem Rematch wiederherstellen.«

»Berit, ich ...«

»Du weißt, dass ich recht habe.« Sie trat zwei Schritte zurück und schloss den Reißverschluss ihres Mantels. »Du darfst nicht alles glauben, was du denkst.« Mit beiden Händen zog sie sich die Kapuze über den Kopf. Der schwere, graue Stoff verdeckte nun ihre Stirn. »Du musst deine Lasten loswerden. Mach einen Riesenbogen um die Kammer mit dem Rollstuhl. Sieh dir das alles aus der Ferne an. Dann erst erkennst du das ganze Bild. Löse dich.« Berit drückte ihm noch einmal die Hand. »Es ist möglich, keine Fehler zu machen und trotzdem zu verlieren.

Das musst du akzeptieren.« Sie verfiel in einen Flüsterton. »Ich will nicht noch einmal erleben müssen, wie dich dieser Fall in die Tiefe reißt und zerstört. Pass auf dich auf, Lukas.« Sie wandte sich ab und ging durch die Scheune. Das Stroh dämpfte ihre Schritte, hinter ihr fiel das Tor zu.

Lukas trat an eines der gusseisernen Scheunenfenster und klappte es auf. Rostige Partikel klebten an seinen Fingern.

Schnee umwirbelte Berit, als sie auf dem Weg zu ihrem Wagen in der Dunkelheit verschwand. Die Kälte strich über Lukas' Wangen. Mindestens minus fünfzehn Grad herrschten dort draußen, die Nächte verwandelten die Landschaften in Eiswüsten.

Die Lichter von Berits Renault strahlten die Scheunenwand an. Der Motor heulte auf. Schnee knirschte, als sie das Lenkrad einschlug und von seinem Grundstück fuhr.

Lukas kehrte zurück an seinen kleinen Tisch. Die Fotos an den Heuballen erinnerten an Hunderte glänzende Fische, die durch ein gelbes Meer schwammen. Das war das ganze Bild, das sich ihm aus der Ferne zeigte.

Er zog den Pfeil aus der Tischplatte und wog ihn in der Hand. Die Spitze aus Stahl hatte die Form eines Weidenblatts mit aufgesägten Verzierungen. Mit einem kraftvollen Wurf schleuderte er ihn in einen Strohballen und nahm dann einen letzten Schluck von seinem Bier.

Als er die Flasche absetzte, bemerkte er die wächsernen Schlieren am Flaschenhals. Berits Lippenstift. Sie hatte ihre Spuren hinterlassen. Lukas strich über die feinen Trübungen von Rot und verrieb sie auf seiner Haut. Ganz vorsichtig stellte er die Flasche ab.

Stroh knisterte, Flammen schlugen gegen das Glas der Laternen. Der Wind fuhr durch das geklappte Fenster.

Die Stille hatte Lukas nie gestört. Mit einer Ausnahme – die

Stille, die Berit zurückgelassen hatte. Sein Hass auf einen Psychopathen füllte diese innere Leere aus, wärmte ihn sogar. Wenigstens das musste ihm Berit nicht erklären.

Lukas blickte auf zu seiner Fotogalerie. »Egal, was Berit sagt. Du versteckst dich hier irgendwo.« Er griff den Bügel einer Laterne und ging vor den Bildern auf und ab. Die Flamme schaukelte bei jedem seiner Schritte. Die Gesichter von Lauras Freunden, von Lehrern, Eltern und Unbekannten zogen an ihm vorüber. »Du bist nah. Ich kann dich spüren.«

Er hob die Laterne, sein Schatten wuchs in die Höhe. »Ich finde dich.« Lukas schwor sich das selbst an diesem eiskalten Abend im Dezember – und diesmal würde er seinen Eid nicht brechen. »Ich werde dich finden.«

KAPITEL 26

Finn. Liam. Paul. Leon. Nico. Elias. Dann noch Christian, Lenny, Nils, Sebastian und Marek. Und das waren noch nicht einmal die Namen aller Jungen und Männer, mit denen sich Laura vor, bei und nach den Partys in ihrer Gymnasialzeit abgegeben hatte. An manche Gesichter konnte sie sich nicht mehr erinnern, andere hatte sie verdrängt.

Die Zettel mit den Namen klebten an den Wänden des Käfigs, bekritzelt mit den schiefen Druckbuchstaben eines Kugelschreibers, den sie auf dem Schreibtisch entdeckt hatte.

Mit übereinandergeschlagenen Beinen saß Laura auf dem Boden und stützte die Ellenbogen auf die Oberschenkel. Die spitzen Knochen bohrten sich in ihre Haut, der stumpfe Schmerz hielt sie wach. Gesichter schossen an ihrem inneren Auge vorüber wie auf einer sechsspurigen Autobahn. So viele Namen, so viele Menschen.

2016 – sie war diesem Jahr mit der unberechenbaren und extrovertierten Attitüde eines Teenagers begegnet, mit dieser Mischung aus rebellischem Impetus und Neugierde, die sie die Welt in langen Zügen einatmen ließ.

Zigaretten, Alkohol, Spaß und Schlimmeres – umgeben war sie von Mädchen, die Sweatshirts mit dem Aufdruck von Universitäten trugen, die sie niemals besuchen würden. Doch irgendwo hatte Laura offenbar einen verhängnisvollen Atemzug zu viel gemacht.

Strähniges Haar klebte an ihrer Stirn. Schweiß umgab ihren Körper wie eine harte, salzige Kruste. An den scharf-säuerlichen Geruch hatte sie sich längst gewöhnt, dennoch nahm sie ihn bewusst wahr.

Sie presste den Druckknopf des Kugelschreibers hinein und heraus. *Klack. Klack.* Und noch einmal. *Klack.* Der Rhythmus verlieh ihren Gedanken Struktur.

Jeden Tag sprach ihr Entführer über das Mikrofon zu ihr und suggerierte ihr eine Mitschuld an ihrer Situation. Nach jedem Gespräch verfasste Laura Notizen. Sie stellte seine Worte auf den Kopf, rüttelte sie durch, suchte nach einem versteckten Sinn.

Wenn sie versagte und den Käfig nicht bezwang, würde sie sterben. Das hatte er ihr in seinem alltäglichen und sonoren Stimmfall mehrmals mitgeteilt. Und dennoch störte sie etwas an seiner Formulierung. Da war eine Unstimmigkeit, die sich im Nicht-Gesagten mitteilte. Eine Kleinigkeit nur, doch sie war da.

Laura strich über die Fransen des Teppichs, rollte sie um den Zeigefinger. Mit keinem Wort hatte er jemals erklärt, dass *er* sie töten würde. Als sei das eine Handlung, die nicht von ihm selbst vollzogen würde. Vielleicht war er nicht alleine, hatte Mittäter, oder etwas Schlimmeres würde geschehen – da war etwas Unbestimmtes, an dem Laura mit ihrer Vorstellungskraft scheiterte.

Sie klopfte sich mit dem Ende des Kugelschreibers gegen die Schneidezähne. Ihre Polaroid-Selfies hingen neben den Namenszettelchen am Plexiglas. Gegenwart und Vergangenheit, beides existierte im Käfig untrennbar miteinander.

Im Gestern hatte Laura keineswegs zu den vorbildlichen Schülerinnen gehört. Ihr rebellisches und systemverachtendes Auftreten ließ die Lehrkräfte ihres bayerischen Gymnasiums erzittern. Ganz wie eine zweidimensionale Klischeefigur aus einer uninspirierten amerikanischen Komödie.

Ihr älterer Bruder hatte sie aus der Ferne dafür bejubelt. Er nannte sie *amazing girl* und sprach gerne vom unglaublichen Gehler-Gen, das in ihren Adern pulsiere. Wäre er hier – er würde ihr Mut zusprechen. Laura vermisste ihn. Mit ihrer Schwester hingegen hatte sie noch nie etwas anfangen können. Schon mit vierzehn Jahren hatte Luisa ihr Leben bis zur Rente durchgeplant gehabt. Sie waren Scheidungskinder, und nur Laura blieb bei ihrer Mutter. Vielleicht wäre sie niemals in diesem Käfig gelandet, wenn sie sich alle nicht getrennt hätten.

Laura klopfte mit dem Kugelschreiber gegen die Unterlippe. Da erst fiel ihr die seltsam aufgeraute Oberfläche neben der Halteklammer des Stiftes auf. Kein Schmutz, keine Klebereste. Sie strich mit der Fingerspitze über die Stelle. Die zerkratzten Reste eines Werbeschriftzugs erhoben sich auf dem Plastik.

Laura führte sich den Kugelschreiber ganz nah vor die Augen, das Licht reichte nicht aus. Sie robbte auf allen vieren über den Boden, drehte sich unter einem Spot und ließ sich auf den Rücken fallen. Das Licht ergoss sich wie ein kegelförmiger Schleier über sie. Laura drehte den Stift, suchte nach der besten Position und stellte die Augen scharf.

Die Konturen der Buchstaben ähnelten Schemen, abgegriffen und verschwommen. Kaum sichtbar, und doch waren sie da.

Laura identifizierte ein *P*, ein *O* und wieder ein *P*. Fünf weitere Buchstaben folgten. »Aber ... das ist ja ... unmöglich.«

Laura ging in die Hocke, ihre Knie knackten. Sie umklammerte den Stift, die Knöchel ihrer Hand erhoben sich wie weiße Hügel.

Pop a Gogo – das Logo der Diskothek, in der sie ganze Nächte mit ihrer Abiclique verbracht hatte. Die hölzerne Bar mit den Hockern aus rotem, zerschlissenem Leder. Das Kellergewölbe mit den abgenutzten Sesseln, die wirkten, als kämen sie direkt aus einer Wohnungsauflösung. Die alten Leuchter, deren Glühbirnen die wummernden Bässe der Lautsprecher zum Flackern brachten. So lange her.

Sie wog den Stift in der Hand. Das hier war beabsichtigt wie jedes Detail in dem Käfig. Das *Pop a Gogo* war seit fünf Jahren geschlossen, die Fenster vernagelt. Unwahrscheinlich, nahezu ausgeschlossen, dass ihr Entführer so viele Jahre später in irgendeiner dunklen Ecke diesen Stift aufgespürt hatte. Der Kugelschreiber entstammte mit Sicherheit dem Jahr 2016 – ihrer und auch seiner Zeit.

Laura zog sich an der Armlehne des Sessels in die Höhe.

Noch einmal prüfte sie die gelben Zettelchen an der Glaswand. Leon. Liam. Paul. Finn. Nico. Elias. Sebastian. Sie tippte jeden Namen einmal an, als würden die Männer in ihrem Kopf dadurch wieder lebendig werden. Lenny, Nils, Christian, Marek. Die Bilder wanderten durch ihren Kopf.

Eine Fotografin ist das äußere Gehirn der Menschen. Sie entscheidet, ob ein Ereignis speichernswert ist – oder sie es im Vergessen versinken lässt. Ihre Dozenten hatten ihr das in ermüdenden Seminaren eingetrichtert.

Fotolinse oder Hirn. Was außen galt, galt auch innen. Das Gehirn besteht zu sechzig Prozent aus Fett und ist morgens größer als am Abend. Fakten, Fakten. Doch irgendwo in diesen Windungen hatte Laura eine Erinnerung vergraben, die nun schmerzhaft in ihr Bewusstsein trat. Eine Dummheit nur. Sie begann im *Pop a Gogo,* und dort hätte sie auch enden sollen. Eigentlich.

Als Fotografin wollte sie die Zeit einfrieren, einen Moment in einem gerahmten Bild festhalten. Doch es gab Momente, die immer währten, sich nicht in einem Rahmen gefangen nehmen lassen wollten und ihre volle Wirkung erst viel später entfalteten.

Die Schaufensterpuppe stand vor dem Bücherregal und

starrte mit aufgerissenen Augen in den Raum. Die Bücher des Jahres 2016 lagen aufgeschlagen am Boden.

Ganz dicht trat Laura an die Glaswand. Sie riss den zweiten Zettel von rechts ab. Das Stückchen Papier mit dem Namen lag in ihrem Handteller. Ihre Finger zitterten, sie ballte sie zur Faust. Das Papier raschelte. »Du konntest nichts dafür. Das war ... alles meine Schuld.«

KAPITEL 27

»Warum haben Sie das getan?«
»Ich musste handeln, ich ... ich habe mich so hilflos gefühlt.«
»Sie hätten mich vorher informieren müssen.«
»Dann hätten Sie mir das ausgeredet.«
»Weil ich gute Argumente dagegen habe.«
»Ich habe richtig gehandelt.«
»Das wissen wir erst am Ende. Wenn Sie sich täuschen, bezahlt Laura für Ihren Fehler. Dann tragen Sie die Verantwortung.« Lukas wartete nicht auf die Antwort. Er tippte den roten Punkt mit dem Telefon auf seinem Handy an, das Gespräch mit Imke Gehler erstarb.

Der eiskalte Wind des Nachmittags strich ihm übers Haar, seine Wut wärmte ihn. Der Himmel spuckte Schnee aus, als habe er ihn dort oben für diesen einen Tag gehortet. Alles versank im Weiß. Die Greizer Einkaufsstraße mit ihren kitschigen Weihnachtssternen und den mit Lichterketten überladenen Tannen wollte nicht zu Lukas' Stimmung passen. Menschen mit raschelnden Tüten zogen an ihm vorüber, dampfende Becher mit Glühwein verströmten Himbeeraromen.

Lukas zerknüllte die überregionale Tageszeitung in der Hand. Die Headline mit den schwarzen Buchstaben bestand nur aus zwei Worten: *Neuer Puppenmord?*

Imke Gehler hatte nicht sauber gespielt. Ein Anruf bei einem befreundeten Journalisten, ein Foto aus dem Archiv, und schon hatten die Boulevardgeier ihr blutiges Mahl zubereitet. Lukas ahnte, wie Gehler die Klaviatur ihrer Netzwerke bespielte, um ans Ziel zu kommen. Sie erhöhte den Druck auf sein Kommissariat und auf den Täter, wollte mit Gewalt die Öffentlichkeit einbinden. Sie war in Panik geraten, und das hier, dieses bedruckte Stück Papier, war ihr Ausweg. Ein möglicher Fehler – vielleicht hatte sie darum stundenlang nicht auf seine Anrufe reagiert.

Lukas zerknüllte die Zeitung und warf sie in einen überfüllten Mülleimer. Zwischen Pappbechern, verkleisterten Resten gebrannter Mandeln und einem löchrigen Wollhandschuh fand das zerfetzte Papier seinen Platz.

In der Ferne stand sein eingeschneiter Wagen am Straßenrand zwischen anderen geparkten Autos. Nur eine halbe Stunde war er einkaufen gewesen. Sandwiches, Diät-Cola und ein paar Melonenbrötchen aus einem japanischen Restaurant – seine dreihundert Kilometer lange Fahrt nach Bayern konnte beginnen.

Er klopfte auf seine Manteltasche, die rechteckige Geschenkverpackung des Parfums konnte er von außen erspüren. Berit liebte diesen Duft von Amber und Zedernholz. Jedes Jahr folgte er seinem inneren Fluch und kaufte ihr Geschenke, die er ihr niemals überreichen würde. Er begriff sich selbst nicht. Ein Romantiker hätte ihn als verlorenen Liebessüchtigen eingestuft, dabei war er nur ein pathetischer Idiot.

Lukas betrat die verschneite Fahrbahn und aktivierte den Funkschlüssel seines Autos. Das zweimalige Piepen ertönte in zehn Meter Entfernung, das Blinken der Leuchten wurde von einer zentimeterhohen weißen Schicht verschluckt. Sie umgab seinen BMW wie eine kristallene Haut. Oben, unten, überall. Doch da war noch etwas. Im Schnee auf der Windschutzscheibe zeigten sich seltsame Zeichen.

Lukas sog scharf die Luft ein. Er wischte sich mit dem Handrücken die wässrigen Flocken von den Wimpern und ging schneller. Vorbeifahrende Autos wirbelten Matsch auf, der gegen seine Hosenbeine klatschte.

Keine Zeichen. Buchstaben im Schnee. Drei Worte.

Die Tür im Café nebenan wurde aufgestoßen. Zwei Kinder lachten laut. Ein Hund scharrte vor einem Baum die Erde auf, Braun vermischte sich mit Weiß.

Lukas sprang über die hohen Fahrrillen im Schnee. Ein Autofahrer hupte ihn an, weil er seiner Stoßstange zu nahe gekommen war. Lukas ignorierte den Mann, fokussierte sich auf die Windschutzscheibe seines eigenen Wagens.

Tatsächlich. Nur drei Worte. Ganz sauber eingekratzt im Schnee.

Abyssus abyssum invocat stand dort in der körnigen weißen Masse. Eine Nachricht auf Latein. Lukas musste die Übersetzung nicht googeln. Seit seiner Jugend beherrschte er das kleine Latinum. *Abyssus abyssum invocat – ein Fehler zieht den anderen nach sich.*

Lukas scannte die Umgebung. Ausschließlich auf seinem Auto war diese Botschaft hinterlassen worden. Sie galt ihm. Kein harmloser Streich eines vorbeiziehenden Schülers. Kein primitiver Scherz im Schnee. Ein Phantom sprach zu ihm – oder ein alter Bekannter.

Ein Fehler zieht den anderen nach sich. Was der Verfasser der Nachricht damit auch immer meinte.

Vor Lukas zogen die Menschenmassen über den Asphalt. Wortfetzen hingen in der Luft, vermengten sich mit dem *Last Christmas*-Gedudel, das aus einem Lautsprecher drang. Eine Frau biss in eine kandierte Weintraube. Zwei Männer schleppten einen riesigen Geschenkkarton zu einem SUV.

Lukas entdeckte keine Auffälligkeiten, keinen verstohlenen Blick aus dem Verborgenen, der ihm galt. Doch auf dem Boden vor seinem Wagen zeigten sich fremde Fußabdrücke. Spuren mit tiefen Reliefs, wie sie für Trekkingschuhe üblich waren, womöglich Größe dreiundvierzig.

Lukas aktivierte den Foto-Modus seines Handys. Er wählte eine kontrastreiche Auflösung auf seinem Display, da drang ein leises Klirren an seine Ohren. Weit entfernt, doch nah genug. Keine musikalische Untermalung aus einem der Lautsprecher. Dieses Klirren schien eine Schrittfolge zu begleiten, so rhythmisch wie ein Taktometer. Ein Klirren wie von einer Kette.

Das muss er sein. Die Ruine. Der Obdachlose. Seine Schilderung des Klirrens, das der Puppenmörder bei jedem Schritt von sich gab. Lukas kombinierte, und er ließ das Handy sinken. Er riss den Kopf nach rechts, dann nach links. Die Geräusche wurden schwächer. Sie kamen vom Fußgängerasphalt. Irgendwo von dort drüben.

Lukas stützte sich auf einen Kotflügel und hechtete auf den Gehsteig. Er drängelte sich zwischen zwei Teenagern mit gewaltigen Kopfhörern hindurch und kassierte einen behandschuhten Mittelfinger von einem der Mädchen. In der Mitte des Gehwegs blieb er stehen. Passanten warfen ihm mürrische Blicke zu, als sie ihm ausweichen mussten.

Lukas drehte sich langsam um die eigene Achse, konzentrierte sich auf die Geräusche der Straße, filterte alle Störgeräusche aus. In dem Soundbrei aus Geraschel und Stimmen suchte er den klirrenden Ton.

Ein Kind lachte, Schnee knirschte. Die Uhr im Rathausturm schlug zweimal.

»Warum legen Sie sich nicht gleich quer über den Gehweg?«

Ein pausbäckiger Glatzkopf mit einem halben Dutzend Einkaufstüten stand hinter ihm. Lukas war zum ungeliebten Bremsklotz des weihnachtlichen Konsumrausches geworden. Er trat einen Schritt zur Seite und ließ den Mann passieren. Der schüttelte im Gehen den Kopf und stieß ein empörtes Schnaufen aus.

Einen Moment später versank er im chaotischen Wirrwarr der Menschenmenge – genau wie das Klirren.

Lukas gab nicht auf. Er schloss die Augen, angelte mit seinen zwanzigtausend Hörzellen nach dem einen Ton – und scheiterte. Zu spät. Das Geräusch ließ sich nicht mehr fassen, war im Lärm der Einkaufsstraße untergegangen.

Lukas trottete zurück zu seinem Auto. Vielleicht hatte er sich das Klirren eingebildet und Rückschlüsse ohne Fakten gezogen. Er musste endlich loslassen. Berit hatte recht.

Ein Fehler zieht den anderen nach sich.

Der fallende Schnee ließ sich auf den Buchstaben der Windschutzscheibe nieder, füllte sie mit seinen Flocken leise aus. Bald schon würden sie wie ein böser Traum ganz verschwunden sein.

ᴧ∥ᴧ TONAUFZEICHNUNG

Audiodatei – File 111, 22 MB, 180 kbit/s.

Ist doch komplett komisch. Mein Vater hat mal gesagt, nur vier Prozent aller Menschen denken, dass sie einen unterdurchschnittlichen Intelligenzquotienten haben. Vier lächerliche Prozent. (Ein Klopfen wie von einem Stift auf einer Tischplatte) Das ist echt ein mathematisches Unding. Wie soll das gehen? Absolut verpeilt.

Noch ein Jahr, und die Abiprüfungen laufen. Mindestens fünfundzwanzig Prozent der Schüler in meiner Klasse werden wahrscheinlich durchfallen. Einfach weg und futsch. Hat die Direktorin gesagt. Aber keiner fühlt sich angesprochen (stößt Luft aus). Die tun alle so, als ob immer der andere gemeint ist. Nur nicht sie selbst. Aber logo, absolut verblendet. Die Direktorin hat ihre Lieblingsschüler sowieso schon auf ihrer geheimen Liste. Je einflussreicher die Eltern, desto besser läuft es für die Kinder.

Ich bin irgendwo im oberen Drittel, ich muss mich nicht mal besonders anstrengen. Nur im Basketballteam bin ich der Totalausfall. Nils fragt mich immer, wie jemand so groß sein kann und trotzdem jeden Korb verfehlt. Weiß ich auch nicht. Ist auch nicht wichtig für mich. Ich muss ja nicht jedes Spiel gewinnen.

Nils lacht dann immer und sagt, dass mich die Welt ein, zwei Generationen später sowieso wieder vergessen hat. Wofür also die ganze Aufregung?

Ich mag das, wenn er so nüchtern aufs Ganze guckt. Er kifft 'n bisschen zu ausschweifend. Ist hier aber normal. Alle tun so, als ob sie Schauspieler in einer amerikanischen Serie wären. Ich ziehe höchstens ein paarmal an 'nem Joint, damit ich nicht wie 'ne Oma rüberkomme. Aber das war es auch schon. Wenn Mom das mitbekommt, gibt es richtig Ärger.

Und jetzt (Hände trommeln auf Tischplatte) ... Drama! Drama! Drama! Nils hatte mal was mit einem Mädchen aus dem Biokurs. Die hat ihn abgesägt, und jetzt ist sie eifersüchtig, weil er eine andere hat. Also ... mich, weil er mich hat (lacht leise). Ist wieder so ein Girlie-Ding. Als ob Nils plötzlich zum Superhottie wird, nur weil sie ihn nicht mehr haben kann.

Gefühle sind berechenbar. Das ist wieder so eine mathematische Angelegenheit. (Ein Fenster wird geöffnet, Vögel zwitschern) Also ... ich meine damit, die Gefühle sind immer gleich. Freude, Angst, Ärger. Trauer, Ekel, Wut, Neid und so. Egal, wo und wer du bist. (Blätter rascheln) So ein paar Wissenschaftler in Berkeley sagen, dass wir insgesamt nur siebenundzwanzig Gefühle kennen. Irgendwie verdammt wenig, aber ich glaube, die haben recht.

Ich packe die Menschen in meinem Umfeld seitdem immer in die passenden Schablonen, und meistens stimmt es. Irgendwie traurig, ist aber so. (Ein Knacken wie von einem brechenden Zweig) Die Krönung der Schöpfung ist eben doch total simpel gestrickt. Vor allem hier.

Die Mädchen sind in Cliquen organisiert. Wenn eine mal was mit einem Jungen anfängt, ist sie für die anderen automatisch 'ne Landkreismatratze. So läuft das. Die Typen hängen auf dem Sportplatz ab oder haben Screenitus von Computerspielen. Aber alle fühlen sich unglaublich erwachsen. Das ist doch alles toxischer Narzissmus de luxe.

Nächstes Wochenende gehen wir alle zum Partymachen in einen Schuppen. Wir hängen da abends öfter mal ab. Ist ein bisschen muffig, aber ich mag das. Eben mal was anderes als dieser durchgestylte Kram. Die Preise für die Cocktails sind auch all right.

Ich habe mir extra ein schwarzes Kleid dafür gekauft. Sieht ein bisschen gothic-mäßig aus, aber auch ganz schön lässig.

Das Ganze wird sowieso wieder zu einem riesigen Schaulaufen. Meist reden die alle noch Tage danach darüber, wer wem die Zunge in den Hals geschoben hat.

Ich bin froh, wenn ich endlich auf der Uni bin. (Fenster wird geschlossen, Holz knirscht) Ich möchte was Kreatives machen. Vielleicht studiere ich Journalismus oder irgendwas, wo ich die echten Welten von Menschen abbilden oder festhalten kann. Ich stehe auf Wahrheiten, und ich glaube, die Welt da draußen könnte ruhig noch ein bisschen mehr davon vertragen. Auch wenn das manchmal richtig wehtut.

Für mich wäre das ein gutes Leben. Gut genug. Oder? Mehr später. (Klick)

KAPITEL 28

Alles in dem Campingwagen deutete auf die ärmlichen Lebensverhältnisse seiner Besitzer hin. Hannahs Kleidungsstücke lagen in einem schief zusammengenagelten Regal aus Pressspanplatten. Darunter standen drei Paar abgetragene Schuhe. Der Stoff der Sitzbank war durchgesessen und befleckt. Von der kleinen Küchenzeile bröckelte der Lack. Die gusseisernen Töpfe waren angeschlagen. Der brummende Heizlüfter am Boden entstammte den Achtzigerjahren.

Hannah saß neben Ariane an dem wackligen Klapptisch und trank Kinderpunsch aus einer Thermoskanne. Die Aromen von Waldbeeren überlagerten die schweren Gerüche von Diesel.

Dazu gab es Lebkuchen, Spekulatius und Dominosteine. Ariane hatte alles mitgebracht. Iris war mit dem Bus zum Einkaufen in die Stadt gefahren, sie würde bald zurückkehren.

Ariane genoss die stillen Momente mit Hannah. Sie beobachtete sie dabei, wie sie den Drachen und Elfen auf ihrem weißen Papier Strich für Strich Konturen verlieh. Wie ihre kleinen Hände die Bilder aus ihrem Kopf in die Realität brachten. Ihr Haar lag auf ihren Schultern wie ein weißer Schleier, die Augenlider waren nur halb geöffnet. Hannah lebte in ihrer eigenen Welt, aber in den vergangenen drei Tagen hatte sie die Tür ein kleines Stückchen aufgezogen. Dann schaute Ariane durch den Spalt und bestaunte das Kind. In diesen Momenten zehrte sie von dem trügerischen Gefühl, eine eigene Tochter zu haben.

Durch das Bullauge neben der Tür fiel die Vormittagssonne, sie warf einen runden Fleck auf den Klapptisch. Die dunklen

Konturen eines Vogels zeichneten sich darin ab. Tatsächlich waren das zerzauste Gefieder und der schwarze Kopf auch vor dem Fenster zu sehen.

»Da bist du ja.« Als Antwort folgte ein Stochern am Fenster. Ariane erhob sich und schob den eisernen Riegel am Bullauge zur Seite.

Hugo streckte den Kopf durch die runde Öffnung und zerhackte einen Eiszapfen, der ihm die Sicht nahm. Er klammerte sich an den Rand mit der Gummidichtung und inspizierte das Innere des Campingwagens. Schneekrümel klebten an seinem Schnabel.

Hannah trat neben Ariane. Sie blickte der kleinen Krähe direkt in die Augen und streckte die Hand aus.

»Sei nicht enttäuscht, wenn er nicht kommt. Er ist meist misstrauisch Fremden gegenüber.«

Hugo und Hannah blickten einander an. Er legte den Kopf nach rechts, dann nach links. Dabei beäugte er das Mädchen. Seine schwarzen Lider schlossen und öffneten sich wie die Linse einer Kamera. Schließlich flatterte er auf Hannahs Hand.

»Ich bin ... überrascht.« Nie zuvor hatte sich Hugo einem ihm unbekannten Menschen so genähert. Nur bei dem Briefträger machte er manchmal eine Ausnahme, wenn er die Post aus seiner Tasche zerrte und nach einem geheimnisvollen Muster im Wald verteilte.

»Siehst du, Ariane?« Hannah strich ihm mit dem Finger über seinen Kopf. »Das ist, weil er mir vertraut.«

Der Heizlüfter knatterte, der Wind fuhr durch das Bullauge.

Hannah hatte gesprochen. Zum ersten Mal hörte Ariane ihre Stimme. Hell und glasklar war sie, doch ihre Modulation ähnelte der einer Erwachsenen.

Hugo schlug mit den Flügeln und verkrallte sich in Hannahs Unterarm. Dabei ließ er sie nicht aus den Augen.

Ariane ging neben Hannah in die Knie. »Du hast einen neuen Freund gewonnen. Krähen gehören zu den treuesten Tieren, die es auf der Welt gibt. Wenn du auf Hugo aufpasst, passt er auch auf dich auf.« Aber nur, wenn ihm danach war. Hugo hatte seinen eigenen Kopf.

Hannah hielt ihm ein Stück von ihrem Spekulatius entgegen. Hugo pickte das Gebäck aus ihrer Hand und gab dabei schnarrende Geräusche von sich. »Ich passe auf dich auf«, flüsterte Hannah. Hugo hob den Kopf und blinzelte sie an.

Da knirschte vor dem Campingwagen der Schnee. Jemand huschte an dem Bullauge vorbei. Das konnte unmöglich Iris sein. Sie war gerade einmal seit einer halben Stunde unterwegs. Die Schritte klangen schwer, kraftvoll und zielstrebig. Michael. Er war zurückgekehrt. Womöglich wollte er sich für die Anzeige rächen.

Ariane verkrampfte sich. Sie trat an die Küchenzeile. Neben zwei Gabeln und einem Teller lag ein Messer in dem kleinen Spülbecken. Sie ergriff es. Der Plastikgriff lag feucht und kalt in ihrer Hand. Sie presste sich die Klinge flach gegen den Oberschenkel. Hannah war noch mit Hugo beschäftigt.

Ariane erwartete ein hartes, ein wütendes Klopfen an der Aluminiumtür. Stattdessen erklang ein tiefes Räuspern, als bäumten sich die fremden Stimmbänder auf. Kam es zum Konflikt, musste ihn Ariane draußen austragen. Ohne Hannah.

Ariane zog die Tür an dem verbogenen Hebel auf, die Scharniere im Rahmen knirschten. Ihre Knöchel spannten sich, das Messer lag hart in ihrer Hand. Die Fußmatte unter ihren Schuhen quietschte, als sie die Tür aufstieß und nach draußen trat.

Zweige raschelten, die Sonne brach sich im Schnee und ließ die Kristalle funkeln.

Tom stand vor dem Wagen. Die Hände hatte er in den Taschen seiner Lederjacke vergraben. »Hallo, Ariane.« Da waren sie wieder, die Grübchen um seine Mundwinkel. »Ich werde nicht oft mit Messer in der Hand begrüßt. Ungewohnt, aber interessant.«

Ariane zog die Tür hinter sich zu. »Ich dachte, Hannahs Vater wollte seiner Familie einen Besuch abstatten. Ich habe mich vorbereitet.« Sie stach mit dem Messer in der Luft herum. »Nur zur Sicherheit.«

»Verstehe. Dann müsstest du dich doch jetzt besonders über mich freuen.«

»Und wie! Schön, dass ich endlich meinen eigenen Stalker habe.«

»Na, hör mal! Ich habe ganz offiziell am Haus angeklopft. Da warst du nicht. Und dann bin ich …«, er machte zwei Schritte zurück und zeigte auf den Boden, »einfach deinen Fußstapfen gefolgt.« Übertrieben euphorisch streckte er die Arme aus. »Und da bist du nun.«

Tatsächlich führten zwei Schneisen direkt vom Haus zum Campingwagen. »Es muss einen dringenden Grund geben, wenn du mir bis hierhin nachstapfst.«

Tom legte den Kopf in den Nacken und wippte auf der Stelle herum, bis der Schnee unter seinen Schuhen platt getreten war. »Ich wollte nur fragen, ob du morgen Abend vielleicht Zeit hast.«

»Nein, habe ich nicht.« Sie suchte in Toms Gesicht nach einer Reaktion, und er lieferte.

Seine mimische Muskulatur erstarrte, er legte die Kiefer hart aufeinander. »Schade. Ich wollte nur …«

Ariane schüttelte den Kopf. »Zeit habe ich nicht.« Sie setzte ein halb fertiges Lächeln auf. »Aber ich kann sie mir nehmen.«

Tom entspannte sich. Warme Luft entströmte seinem Mund. »Dann … morgen um achtzehn Uhr? Vor dem Rathaus?«

»Planst du eine Hochzeit? Oder bereitest du eine Revolution vor und willst das Rathaus stürmen?« Tom blieb ein Rätsel.

»Ich möchte dir etwas zeigen.« Diesmal wirkte er ganz ernst. Im Licht des Tages hatten seine Augen einen blauen Schimmer. Blau, nicht grau. Oder doch? Hinter ihnen war etwas in Bewegung geraten. Ariane spürte das.

»Du klingst irgendwie düster. Wie jemand, der mich mit verbundenen Augen in einen Abgrund führen möchte.«

Tom wich ihrem Blick aus. Er betrachtete eine der hochgewachsenen Fichten so intensiv, als wäre sie eben erst inmitten des Waldes aus dem Erdreich hervorgebrochen. »Aber nein, Ariane. So etwas würde ich nicht tun.« Schnee rieselte vom Zweig der Fichte herab. Die Rufe eines Kauzes hallten durch den Wald. »Das würde ich niemals tun.«

KAPITEL 29

Das neugotische Backsteingebäude mit seinen Türmchen und den spitz zulaufenden Bleiglasfenstern erinnerte an eine Festung. Über dem Haupteingang blickten zwei steinerne Drachenköpfe hinab auf die Schüler und ihr morgendliches Treiben. Gespaltene Zungen hingen aus den geschuppten Mäulern.

Lukas erklomm die Granittreppen, zog sich an den gusseisernen Handläufen empor. Der Schnee hinterließ dunkle Trübungen auf seinen Schuhen. Kälte und Eis hatten Bayern genau wie Thüringen eingenommen. Auf einer der oberen Stufen blieb er stehen.

Schüler brüllten in ihre Handys, deutscher Rap schallte vom angrenzenden Sportplatz herüber. Neben dem Eingang stand eine Dreiergruppe Mädchen. Sie zogen synchron wie Maschinen an ihren Zigaretten und stießen tiefgraue Schwaden aus. Sie beobachteten ihn.

Das Gebäude war zweigeschossig. Farbig glasierte Keramikreliefs und Ziergiebel zeigten sich unter dem Schnee.

Ursprünglich war das Eisenstein-Gymnasium eine Lateinschule mit humanistischen Wurzeln gewesen. Eine dieser Königlich- Bayerischen Lehranstalten. Trotz ihrer Historie war sie für Lukas nur ein Klotz in der Landschaft, dem er seine Geheimnisse entreißen wollte.

Ein Typ mit gegelter Frisur betrachtete seine Spiegelung in einer Fensterscheibe. Einer seiner Freunde versetzte ihm von hinten einen Stoß. Beide lachten.

Lauras Entführer hatte Lukas hierher dirigiert. Womöglich,

um ihn auf eine falsche Spur zu schicken, weil er Zeit schinden wollte. Oder auch nur, um ihn wie eine Maus durch sein Labyrinth zu jagen. Weil er spielen, weil er seine Macht an ihm ausleben wollte. Vielleicht aber verfolgte der Unbekannte ein Motiv, auf das er ihn stoßen wollte. Eines, das sich hinter den Mauern des Gymnasiums verbarg. Der rote Bau war 2016 Lauras Lebensmittelpunkt gewesen. Wenn die Stränge des Puppenmörders zurück bis in ihre Teenagerjahre reichten, würde Lukas die Fäden finden und ihnen bis zum Ende folgen. Wenn nicht, hatte er Lauras Leben verspielt.

Er stieg die letzten Stufen empor und riss die verglaste Flügeltür auf. Noch einmal blickte er über die Schulter, wie er zuvor Hunderte Male auf der Autofahrt in seinen verchromten Rückspiegel geschaut hatte. Er checkte das Umfeld nach einem Verfolger, nach einer auffällig agierenden Person.

Überall Schüler. Nur zwei Erwachsene. Ein hagerer Mann mit einer russisch anmutenden Fellmütze unterhielt sich mit einer jungen Frau im Trainingsanzug. Offenbar zwei Lehrer. An der gestenreichen Annäherung des Mannes meinte Lukas gewisse Avancen für dessen Kollegin abzulesen. Physik trifft Sport – eine aussichtslose Kombination. Keine weiteren Besonderheiten. Keine erkennbare Gefahr.

Lukas betrat das Gebäude und mit ihm ein halbes Dutzend Mädchen. Ihre Rucksäcke schaukelten bei jedem ihrer Schritte. Schrille Hipstermützen und teure Sportschuhe blitzten in den Fluren auf, Handydisplays flirrten. Unter den gemauerten Gurtbögen und Kreuzgratwölbungen erschienen die Schüler wie verlorene Zeitreisende. Laura war einmal eine von ihnen gewesen.

Die Wärme des Gebäudes tat Lukas gut. Er öffnete die drei Knöpfe seines Mantels. Historische Wandgemälde mit Darstellungen von ernsthaft dreinblickenden Chemikern und anderen

Wissenschaftlern zogen an ihm vorüber. Sie erinnerten ihn an die zerfallene Villa mit ihren Malereien. Er schob den Gedanken rasch beiseite.

Klassenzimmertüren klappten, Schüler verschwanden in den Räumen. 10.45 Uhr. Die große, runde Uhr im Flur kündigte die vierte Unterrichtsstunde des Tages an. Die Pause war vorüber.

Inmitten des Treibens, zwischen Fußgetrappel und Gegröle, stand reglos eine Putzfrau. Sie stützte sich auf ihren Wischmopp. In den Fluren roch es nach frischem Bohnerwachs. Lukas liebte diesen scharfen Duft, er erinnerte ihn an den Vorraum des alten Kinos, das er als Kind immer sonntags besucht hatte.

Zwei Jungen liefen um den Reinigungswagen herum, einer stieß mit dem ausgestreckten Arm dagegen. Der Wagen rollte, einen Meter und noch einen. Wasser schwappte über den Rand eines Plastikbehälters. Reinigungsflaschen polterten und fielen auf den Granitboden. Eine milchige Flüssigkeit ergoss sich über die tiefgrauen Platten.

Die Schüler gingen weiter, sprangen über Flaschen und die Lache am Boden, ließen sich nicht bei ihren Gesprächen stören. Niemand von ihnen wollte sich der Uncoolness hingeben und einer Frau am unteren Ende des sozialen Gefälles helfen. Das hier war immerhin ein Elitegymnasium.

»Drecksbande«, flüsterte Lukas leise, doch so laut, dass ihn zwei Mädchen irritiert aus den Augenwinkeln betrachteten. In schnellen Schritten ging er auf die Reinigungsfrau zu und schob die Schüler aus dem Weg.

»Hey, Mann, nicht so grob«, rief ihm ein Junge mit ausrasiertem Nacken und blonder Scheitelfrisur zu. Mit seinen Schuhspitzen stand er in der Lache.

»Verschwinde aus meinem Weg, sonst räume ich dich da

weg.« Lukas spürte die Wärme wie eine Welle in seinem Kopf aufsteigen. »Zur Seite, los!«

Der Junge erstarrte, der dünne Bartflaum über der Oberlippe zitterte. »Schon gut, Mann.« Dann ging er weiter.

Die Reinigungsfrau hatte die sechzig weit überschritten. Ihr graues Haar war im Nacken zu einem Knoten gebunden. Aus ihrer zerschlissenen Fleeceweste ragten die dürren Arme wie zwei Besenstiele hervor. Sie kniete am Boden.

»Lassen Sie mich das machen.« Lukas ging neben ihr in die Hocke und sammelte die verstreuten Reinigungsmittel ein.

Die Frau zog sich mühsam am Gestänge ihres Wagens empor. »Danke schön.« Die Falten an ihren Lippen wirkten wie eingeschlagene Kerben. »Danke.«

Lukas nahm einen Lappen und wischte die Flüssigkeit auf. Schließlich legte er den zerschlissenen Fetzen über den Rand des Eimers. »Fertig.«

Die Alte nickte ihm zu. »Sie sind nicht von hier. Sie sind Polizist.«

Lukas tastete nach seiner Marke am Hosenbund. Unmöglich, dass sie seinen Job am Gesicht ablesen konnte. Zumindest hoffte er das.

»Andere Seite.« Die Alte lächelte. »Ich habe da Ihre Dienstwaffe gesehen, als Sie am Boden gekniet haben.« Sie schien sich an ihrer Beobachtungsgabe zu erfreuen. »Und Sie haben einen Dialekt, den ich hier noch nicht gehört habe.« Ihr rollendes *R* verriet sie selbst als Oberfränkin.

Lukas erfühlte den Griff seiner Waffe. »Stimmt. Ich bin Polizist, und ich komme nicht aus Bayern. In ein paar Minuten habe ich einen Termin bei der Direktorin.«

Der Stiel des Wischmopps knarrte, als die Alte ihren Oberkörper nach vorne verlagerte. »Dann geht es sicher um die kleine Gehler. Sie sind auch nicht der erste Polizist hier.« Ihre

Schultern sackten nach unten. »Die reden alle darüber im Ort. In der Zeitung steht das auch.«

»Sie kennen Laura Gehler?«

»Ach Gott. Kennen ... nein. Ich bin seit zwanzig Jahren hier. Die Schüler kommen und gehen.« Mit dem Unterarm wischte sie sich eine Haarsträhne aus der Stirn. »Ich ... sage auch nichts dazu. Darf ich nicht.«

Wie zerbrechlich sie wirkte. Wie schwer es ihr fallen musste, sich ihren Lebensunterhalt zwischen den Kindern wohlhabender Eltern zu erkämpfen. »Ich muss jetzt auch weitermachen.« Sie wandte sich wieder ihrem Reinigungswagen zu. »Danke noch mal.«

Lukas nickte ihr zu. Die letzte Tür klappte. Die Schüler saßen in ihren Klassenräumen. Die Räder des Reinigungswagens knirschten, die Alte entfernte sich.

Am Ende des Flures hing eine hölzerne Plakette an der Wand, darauf war ein goldener Reliefdruck. *Schulleitung*. Ein Pfeil zeigte in den ersten Stock. Lukas huschte durch den leeren Flur, erklomm die Stufen und erreichte kurz darauf sein Ziel.

Ein geschnitzter Mädchenkopf war in dem Türrahmen zum Büro der Schulleiterin eingelassen. Der aufgerissene Mund und die großen Augen verliehen dem Gesicht einen erschreckten Zug. Der Künstler hatte sich wohl an seine eigene Schulzeit erinnert. Lukas pochte zweimal an die massive Holztür und trat ein.

Die Sekretärin blickte von ihrem Monitor auf. »Ach, Herr Johannsen?« Die Begeisterung in ihrer Stimme ordnete Lukas im unteren Spektrum der Euphorie ein. »Der sind Sie doch?«

»Exakt. Frau Wagenbrecht erwartet mich.«

»Einen Moment, bitte. Sie sind sieben Minuten zu früh.«

Ihre hängenden Mundwinkel erinnerten ihn an das Klappkinn einer Marionette. »Ich kann ja draußen warten.«

Wie in Zeitlupe brach sie sich ein Stück von ihrer Bio-Schokolade ab und schob es sich in den Mund. Während ihre Kiefer mahlten, musterte sie ihn von den Schuhspitzen bis zur Stirn. Sicher fragte sie sich, welche Art Polizist er wohl darstellte. »Schon gut. Besser überpünktlich als zu spät.« Sie zog sich an der Tischkante in die Höhe. »Kommen Sie. Ich lasse Sie rein.« Diesmal klang sie fast mitleidig. Sie stapfte auf Socken zur Tür. Ihre schweren Winterstiefel ruhten neben ihrem Bürostuhl. Einmal klopfte sie an, dann drückte sie die Klinke nach unten. »Herr Johannsen ist da.«

Lukas trat ein, die Sekretärin zog hinter ihm leise die Tür zu. Der Schnapper rastete mit einem Klacken ein.

Hohe Bücherregale zogen sich an den Wänden entlang. Darin reihten sich historische Abhandlungen über Dichtung, Chemie und Medizin. Nur ein Schwarz-Weiß-Fotoband über Leni Riefenstahl unterbrach die wissenschaftlich bedeutsamen Abhandlungen. Die Messingbüste eines griechischen Dichters schien an einer metallenen Stange über dem Boden zu schweben. Auf einem Holztischchen in der Ecke befand sich ein nautischer Sextant aus Bronze. Der massive Kolonial-Schreibtisch aus Holz, durch den sich Risse und Astlöcher zogen, und all die schweren Ledermöbel – das ganze Zimmer war der Zeit entrückt, und seine Bewohnerin war ein Teil dieser Illusion.

Sybille Wagenbrecht stand aufrecht vor einem der geschlossenen Flügelfenster. Sie mochte Anfang sechzig sein. Die langen blonden Haare hatte sie mit einer Steckfrisur gebändigt. Auf einem Tisch stand ein Porzellantellerchen, darauf lag ein Stück Karamellkuchen mit Schokoglasur. Dennoch war sie eine schmale Frau ohne ein Gramm Fett zu viel. Ein Mensch mit Disziplin und festen Regeln, der sein Wertesystem sicher nicht für einen Polizisten beugen würde.

Lukas fehlte die Zeit, um vorbeugend zu verzweifeln.

Unten lief eine Gruppe Schüler in Trainingsanzügen über den eingeschneiten Sportplatz. Ihre anfeuernden Rufe waren durch die geschlossenen Scheiben zu hören.

»Herr Johannsen, bitte suchen Sie sich doch einen der beiden Sessel aus. Erschrecken Sie aber nicht ...« Sie deutete auf einen der Chesterfield-Sessel. »Die Federung ist noch original, Sie werden in die Tiefe sacken.« Die Rüschen am Kragen ihres grauen Kleides umrahmten ihre Halspartie. Sie erinnerten an die Beffchen protestantischer Geistlicher. »Einer der beiden Sessel ist etwas komfortabler. Mal sehen, ob Sie richtig tippen.« Frau Wagenbrecht streckte die Arme aus, als wollte sie ihn zu einer Wette einladen.

Lukas setzte ein Lächeln auf. »Ich bin richtig mies, wenn es um Glücksspiele geht. Ganz ehrlich.« Er war kein Zocker. Noch nie gewesen. Fakten waren sein Schlüssel zur Wirklichkeit. »Mal sehen ...«

Lukas trat vor die Sessel. Beide hatten die gleiche Höhe, die gleiche rissige Patina. Die Jahre hatten ihre Spuren im Leder hinterlassen. Die Chesterfields waren an den Armlehnen abgenutzt, doch nur der linke Sessel wies dunkle Stellen auf, die sich kaum merklich vom Rand nach innen zogen. Dies konnte nur die Folge einer tieferen Sitzhaltung und eines schwächeren Federwerks sein.

»Ich nehme den linken.« Lukas ließ sich in das Leder sacken. Verhörte und Befragte sind redewilliger, wenn ihr Gegenüber eine tiefere und weniger dominante Sitzposition einnimmt. Einer von Berits handlungspsychologischen Tricks.

Frau Wagenbrecht hob beide Augenbrauen. »Herr Johannsen, halten Sie sich um Himmels willen von Casinos fern. Das könnte richtig teuer werden.«

»Keine Sorge. Ich bin mir meiner Schwächen bewusst. Das ist vermutlich meine größte Stärke.«

Sybille Wagenbrecht hob leicht das Kinn und ließ es wieder sinken. Ihre Augen verharrten einen langen Moment auf Lukas.

Respekt. Skepsis. Vorsicht.

»Das hier wird vielleicht ein spannendes Gespräch.« Sie setzte sich in einer anmutigen und einstudiert wirkenden Bewegung in ihren Bürostuhl und schlug die Beine übereinander. »Allerdings habe ich den Beamten vom Bayerischen Landeskriminalamt bereits alles erzählt.«

»Vielleicht haben meine Kollegen die falschen Fragen gestellt.« Oder Sybille Wagenbrecht hatte die falschen Antworten geliefert. Sie wirkte auf ihn vorbereitet wie ein kleines Mädchen, das einen Gedichttext auswendig gelernt hatte und ihn nun fehlerfrei vortragen würde. In seiner langjährigen Verhörpraxis waren ihm solche Charaktere dutzendfach begegnet. Er musste sie auf subtile Weise zum Stolpern bringen. »Mir geht es um das Jahr 2016. In dem polizeilichen Protokoll beschreiben Sie Laura Gehler als inspirierende Schülerin, kreativ, immer freundlich, beliebt, engagiert und hochintelligent.«

Sybille Wagenbrecht verschränkte die Arme vor der Brust, passend zu ihren übereinandergeschlagenen Beinen. »Sie scheinen sich an der Vorstellung einer herausragenden Schülerin zu stören.«

»Keineswegs.« Lukas presste den Rücken gegen die Lehne des Sessels und kämpfte um eine aufrechte Sitzhaltung. »Ich bin nur immer überrascht, wenn eine Biografie praktisch keine Flecken aufweist. Alles ist blitzeblank.«

»Das schließt die faktische Existenz einer solchen Vita nicht aus.« Wagenbrecht blickte auf ihn herab, ihr Schreibtisch stand wie eine Mauer zwischen ihnen.

»Zweifelsohne. Ich frage mich nur, warum lese ich in den Protokollen nichts davon, dass Laura mehrmals von Polizisten betrunken auf der Straße aufgegriffen worden ist? Und das auch noch mit anderen Schülern. Einmal ist sogar ein Auto demoliert worden.«

Frau Wagenbrecht winkte ab. »Ich bitte Sie, Laura war ein Teenager. Völlig harmlos.« Von draußen schallten die schrillen Töne einer Pfeife. Die Jugendlichen hetzten im Sprint über das Feld. »Die waren doch hier alle so. Nichts Besonderes.«

»Das verstehe ich. Aber Sie haben in dem Protokoll betont, wie außergewöhnlich Laura war.« Lukas zog sich an den Armlehnen nach vorne, die Federn unter ihm knarzten. »Verzeihen Sie mir. Ich bin eben ein kritischer Geist. Ich suche in jeder schneeweißen Geschichte die Schatten.« Er drückte den Rücken durch, richtete sich ein wenig auf. »Vielleicht ein Makel. Aber der kommt mit dem Job.«

»Ich lasse mir nur ungern die Worte verdrehen.« Sybille Wagenbrecht zerrte an einer Hautfalte an ihrem Hals.

»Das war wirklich nicht meine Absicht.« Sie hatte einen Schutzschirm um Laura gezogen. Das *Warum* erschloss sich Lukas nicht. »Sicher sind Sie eine ausgezeichnete Pädagogin, die selbst heute noch nur das Beste für ihre ehemalige Schülerin will. Ich respektiere das.«

»Das kommt mit *meinem* Job.«

»Sehen Sie ...« Lukas wählte einen milden Tonfall. »Ich suche nach den Abweichungen in Lauras Leben. Nach kaum bekannten Seitenwegen. Nach hässlichen Momenten der Vergangenheit. Stränge, die bis in die Gegenwart führen und sich dort Jahre später mit voller Wucht entfalten.« Wieder gaben die Federn unter ihm nach, Lukas sackte in dem Sessel nach unten. »Halbe Wahrheiten bringen mich in den Ermittlungen nicht weiter. Es geht hier um alles. Um Lauras Leben.«

Wagenbrecht erhob sich aus ihrem Bürostuhl. Sie nahm einen Bleistift vom Tisch und trat vor das Fenster. »Herr Johannsen, darf ich fragen, wo *Sie* zur Schule gegangen sind?« Mit dem Bleistiftende trommelte sie auf ihrem Unterarm herum.

»Auf die Erweiterte Oberschule Carl von Ossietzky.«

Sybille Wagenbrecht deutete mit dem spitzen Ende des Bleistifts auf Lukas. »In der DDR also.« Da war ein kaum hörbarer Unterton der Überheblichkeit, doch Lukas' feine Sensoren schlugen an.

»Meine Mutter war Übersetzerin. Darum und nur darum habe ich eine sehr gute Ausbildung erhalten. Ich bin dankbar dafür.« Einige Eltern seiner Schulfreunde waren Pazifisten, Christen oder Anhänger einer nichtkonformen politischen Überzeugung gewesen. Ihnen war der Weg zum Abitur verwehrt worden.

»Vielleicht fehlt Ihnen das Verständnis für *unser* Schulsystem, Herr Johannsen.«

Sie griff ihn an. Persönlich, offen und provokativ. »Sicher deuten Sie nicht an, dass mir Jahrzehnte nach dem Mauerfall Einblicke über die westliche Gesellschaft fehlen würden.« Lukas bemühte sich um einen sanften Tonfall, seine Hände lagen schwer auf den Armlehnen.

»*Sie* deuten diesen Gedanken an.« Draußen kreischten ein paar Mädchen auf dem Sportplatz, als sie eine weiße Markierungslinie am Boden überquerten. »Nicht ich.«

»Verstehe. Bleiben wir bei den Fakten.« Empathie und Sensibilität prallten an Sybille Wagenbrecht ab. Ihr Abwehrmechanismus war so nicht zu überwinden. Lukas war in ihr Reich eingedrungen, und sie schien, als ob sie ihn nun von ihrem Bewusstsein fernhalten wollte. Zeit für harte Argumente.

Lukas griff in seine Manteltasche, zog ein paar zusammengerollte DIN-A4-Bögen hervor und legte sie auf den Schreibtisch. »Das hier habe ich aus unserer bundesweiten polizeilichen Datenbank ziehen lassen.« Mit der Handkante glättete er das

Papier. »Ich bin nicht nur erstaunt, dass meine Kollegen aus Bayern nicht darauf gestoßen sind, sondern ...«, Lukas zog sich aus seinem Sessel und stützte die Hände auf Sybille Wagenbrechts Tisch, »sondern auch, dass *Sie* nichts davon erwähnt haben.« Er tippte zweimal mit dem Zeigefinger aufs Papier. »Laura hat an Ihrer Schule Cannabis verhökert, und sie wurde erwischt. Daneben hat sie noch ein paar bunte Pillen vertickert.«

Sybille Wagenbrecht strich ein paar Flusen von ihrem Ärmel. Sie kräuselte die Nase und wandte sich dem Fenster zu. »Sie war minderjährig. Die Beamten haben den Fall nicht weiterverfolgt. Auch sie darf mal einen Fehler machen.«

»Natürlich darf sie das. Aber ich möchte mit Ihnen auch über die Graustufen in Lauras Charakter reden.« Es waren nicht zuletzt diese Unstimmigkeiten, die Lukas nach Bayern getrieben hatten. Direkt vor ihm verbarg sich etwas Unausgesprochenes.

Sybille Wagenbrecht drückte den Rücken durch. Sie atmete schneller, strich sich über die Nasenspitze. Kein Zufall. Ihr Körper schüttete Stresshormone aus. Die feinen Äderchen in ihrer Nase wurden stärker durchblutet und produzierten einen Juckreiz. »Sie kommen in mein Büro und bieten mir nur Anfeindungen und Unterstellungen.«

»Wir können dieses Gespräch so ewig weiterführen. Es ist ineffizient, und mit jeder verstreichenden Minute wird die Zeit für Laura knapper.«

Draußen schrien die Schüler auf. Ein Mädchen in einem roten Trainingsanzug war im Schnee gestürzt. Sie wollte aufstehen, sackte aber wieder zusammen. Wie ein blutroter Fleck zeichnete sich ihr gekrümmter Körper vor dem weißen Untergrund ab. Ihre Klassenkameraden wollten sie aufrichten, doch das Mädchen winkte ab. Sie presste beide Hände auf ihr Knie, ihr Unterschenkel wirkte unnatürlich verdreht. Der knöcherne Schmerz zeigte sich in ihrem weit aufgerissenen Mund.

Lukas trat hinter den Schreibtisch und stellte sich neben Sybille Wagenbrecht. Er durchbrach ihre persönliche Distanzzone, machte sich zum Eindringling in ihrem Territorium. Sie ging einen Schritt zur Seite, wich jedoch nicht weiter vor ihm zurück. Gemeinsam blickten sie nach draußen.

»Schlimme Dinge kommen nicht einfach aus dem Nichts. Sehen Sie diese Wolke da oben?« Lukas deutete mit dem Zeigefinger auf eine verdichtete und bläulich schimmernde Altostratuswolke. »Bevor ein Blitz entsteht, türmen sich warme Luftmassen auf. Schichten mit Eiskristallen strömen aneinander vorbei. Reibung entsteht. Spannungen von mehreren Millionen Volt bauen sich langsam auf. Wenn es zu viel wird, kommt es zum Kurzschluss – dann kommt der Blitz.«

»Vielen Dank für diese Naturkundestunde.«

Lukas ignorierte diese plumpe Anfeindung, der jegliche Raffinesse fehlte. »Es gibt keinen Blitz aus heiterem Himmel. Das ist ein dämlicher Spruch. Menschen aber wollen so etwas gerne glauben, weil sie den Entstehungsprozess eines Phänomens nicht durchschauen.«

»Sie beziehen das auf Lauras Fall.«

»Exakt. Da draußen hält irgendein Irrer eine junge Frau gefangen. Er hat das lange vorbereitet, und er hat seine Gründe. Vielleicht hat er sie an Ihrer Schule gefunden. Aber niemals wurde Laura durch Zufall entführt. Kein Blitzschlag aus heiterem Himmel.«

»Ihre Ermittlungen basieren auf einem *Vielleicht*.«

»Das ist mehr wert als ein *Nein*. Ich muss wissen, mit welchen Menschen Laura an der Schule Kontakt hatte. Mit welchen Männern oder Jungen? Auch von draußen. Wo ist sie in Konflikte geraten? Wo waren die Auffälligkeiten?«

»Ich habe den Beamten alles gesagt. Fragen Sie Lauras Mutter.«

»Die Antworten waren unbefriedigend. Sonst wäre ich nicht hier. Aber wie seltsam eigentlich. Zwei Frauen können mir entscheidende Informationen nicht liefern. Zwei Frauen, die ganz nah dran waren.« Lukas hauchte warme Luft gegen die Fensterscheibe und malte mit dem Zeigefinger zwei Kreise darauf. »Wirkt fast wie abgesprochen.«

»Unsinn! Laura war vor vielen Jahren hier. Niemand kann sich an alles erinnern.« Ihre Stimme klang zwei Oktaven höher. »Ich führe keine heimlichen Files über meine Schüler. Sie sind das ja sicher schon von Kindheit an gewohnt, aber ...« Sybille Wagenbrecht bemerkte ihren Fehltritt und flüsterte kaum wahrnehmbar: »Verzeihen Sie mir, bitte.«

Lukas nickte nur.

Berit hätte dieses Gespräch mit ihren Psychotricks retten können. Sie wäre frech in mentale Leerräume vorgestoßen, hätte die nonverbale Ebene zerpflückt und Mikromimiken enttarnt. Aber sie war nicht hier. Sie glaubte nicht an einen ermittlungstaktischen Erfolg in Bayern. »Ich kämpfe mit Fakten gegen einen Entführer, Frau Wagenbrecht. Nicht mehr, aber auch nicht weniger. Und ich brauche Ihre Hilfe.«

Zwei hochgewachsene Jungen auf dem Sportplatz hielten das verletzte Mädchen an Hüfte und Schulter und trugen es über den Platz. Die anderen Jugendlichen umringten sie. Die Lehrerin telefonierte aufgeregt. Noch bevor alle das Ende des Feldes erreicht hatten, stürzte das Mädchen erneut und fiel in den Schnee. Ihr Schmerzensschrei klang bis in den ersten Stock hinauf. Er war hoch und klirrend, als würden die Eis- und Schneemassen mit einer Stimme sprechen.

»Ein Kollateralschaden – genau den versuche ich für Familie Gehler zu vermeiden.« Lukas wandte sich vom Fenster ab. »Wie werden Sie reagieren, wenn Sie am Morgen die Zeitung aufschlagen? Wenn Sie bei Kaffee und Brötchen von Lauras Tod lesen? Denken Sie darüber nach.« Er reichte Sybille Wagenbrecht die Hand. »Ich muss weiter. Jede Minute, die ich hier verweile, bringt mich von meinem Ziel ab.«

Sie ergriff seine Hand und hielt sie. Der Druck war kaum spürbar, doch er meinte ein Zittern wahrzunehmen. Die Sekunden vergingen.

»Ich wünsche Ihnen viel Erfolg, Herr Johannsen.« Sie zog die Hand zurück und verschränkte erneut die Arme vor ihrer Brust. »Das wünsche ich Ihnen wirklich.«

Lukas kramte seine Visitenkarte aus der Manteltasche und legte sie vorsichtig neben den Kuchenteller. Er rollte seine Papiere zusammen, nickte der Büste des griechischen Dichters zum Abschied zu und verließ das Büro der Direktorin.

Die Sekretärin im Vorzimmer blickte nicht einmal von ihrem Monitor auf, als Lukas durch die Tür in den langen Flur entschwand. Der Eindringling verließ das Schlachtfeld. Niemand mochte Verlierer.

Seine Füße kamen ihm bleiern vor, als er die Treppenstufen hinabschlich. Der lange Flur im Erdgeschoss war leer, die Schulstunde lief noch immer. Nur die Putzfrau schwang hier draußen ihren Wischmopp und beseitigte in gebückter Haltung die Spuren von Schnee und Matsch.

Lukas' Schritte hallten durch den Flur, die lauten Geräusche waren ihm unangenehm. Unter seinen Schuhen klebte noch genug Dreck, der die Arbeit der Alten wieder ruinierte. Als er ihren Reinigungswagen passierte, hob sie den Kopf und lächelte ihn an.

»Sie sehen aber gar nicht zufrieden aus.« Einmal stampfte sie mit dem Wischmopp auf, als wollte sie ein Ausrufezeichen hinter ihre Aussage setzen. Das Wasser spritzte über den Boden und bildete eine Lache. »Lief also nicht gut.«

»Ihre Direktorin ist nicht sehr kooperativ. Wie kann es sein, dass eine Pädagogin praktisch nichts über ihre ehemalige Schülerin weiß?« Lukas wich der Wasserlache am Boden aus.

Die Hände der Alten waren mit braunen Flecken übersät, sie verkrampfte die Finger um den Stiel ihres Mopps. »Vielleicht will unsere Direktorin einfach nichts mehr wissen.« Am Ende des Flures klappte eine Tür. Die Alte riss den Kopf nach unten und rammte den Mopp in den Wischeimer. »Reden Sie mit dem Drechsler Sebastian. Der war hier mal Sportlehrer, bevor er ...« Sie flüsterte nur noch und wandte sich so konzentriert ihrer Arbeit zu, als hätte sie Angst vor einer Strafe. »Reden Sie mit dem Drechsler«, raunte sie ihm noch einmal zu, während sie die Granitplatten schrubbte.

Eine Lehrerin tauchte am Ende des Flures auf. Ihre klappernden Absätze näherten sich, sie schlug den Weg zur Toilette ein und bog ab.

Ein ehemaliger Sportlehrer, der nicht mehr mit der Schule in Verbindung stand. Ein Mann, der nicht mehr in dem System agierte und nun offen sprechen konnte. Lukas würde sich sofort mit dem bayerischen LKA in Verbindung setzen müssen. »Danke«, flüsterte er.

Lukas eilte zum Haupteingang und zog die schwere Tür auf. Eisiger Wind fuhr ihm übers Gesicht. Noch einmal drehte er sich um. Die Wandgemälde, die Kreuzgratwölbungen, der lange Flur des Gymnasiums – und inmitten des elitären Hauses kämpfte die Alte um ihre Existenz. In gebückter Haltung schob sie den Mopp über den Boden. Ganz leicht hob sie den Kopf an und nickte Lukas zum Abschied aus der Ferne zu.

KAPITEL 30

Ihre Haut war hell, so blass, als habe sie stundenlang in eiskaltem Wasser gelegen. Das Rot ihrer Lippen war nur angedeutet. Braunes Haar fiel ihr in einer langen Strähne ins Gesicht, verdeckte ein Auge. Risse zogen sich über ihre Wangen, sie erinnerten an gespaltenen Marmor. Sie trug ein langärmeliges schwarzes Kleid mit feinen Rüschen am Ärmel. Ihre Fingernägel hatten denselben Farbton wie die Lippen. Schwere Knöpfe reichten vom Kragen bis zum unteren Saum des Kleides. An den Füßen trug sie abgewetzte Sneakers, die Schnürsenkel waren über Kreuz in die Ösen gezogen. Sie konnte nicht gehen, nicht lachen, sie hatte kein schlagendes Herz. Sie war eine Puppe, und sie hatte ihre Vorgängerin ersetzt.

Laura saß seit zwei Stunden vor dem Plastikwesen. Als Erstes hatte sie das Kleid geöffnet und nach Auffälligkeiten gesucht. Die künstlichen Arme drehte sie aus dem Gewinde und schraubte sogar den Kopf ab. Vergeblich. Keine auffälligen Kratzer und keine versteckten Nachrichten auf dem kalten Körper. Nichts davon.

Die Puppe symbolisierte das nächste Opfer. Laura hatte keinen Zweifel daran. Bald schon war er mit ihr fertig und bereitete sich auf die nächste Frau vor. Sie sollte spüren, wie sich der Druck erhöhte, wie ihre Zeit ablief. Er erschuf einen Kreislauf der Schmerzen, und niemand konnte ihn durchbrechen. Macht entstand durch Gewalt – das hier war seine Sprache.

Laura massierte sich mit beiden Händen die Stirn, vertrieb das Pochen in den Schläfen. Er hatte sie wieder narkotisiert.

Vermutlich mit dem Wasser, das sie trank. Sie ließ es geschehen, wehrte sich nicht. So oder so änderte das nichts an ihrer Situation.

Laura zerrte den zerknüllten Zettel aus ihrer Jeanshose. Anderthalb Gramm Gewicht, anderthalb Gramm Hoffnung. Der Name, den sie mit dem Kugelschreiber draufgekritzelt hatte, war ihr Eingeständnis von Schuld. Sie wog das Zettelchen in der Hand, prüfte es immer wieder. Wenn sie sich irrte, verspielte sie womöglich die einzige Chance, dem Käfig zu entkommen. Ein Fehler – und alles war vorbei.

Die Puppe blickte auf Laura hinab. Ihr dunkles Auge schien sie zu beobachten, als erwartete sie eine Entscheidung.

Laura nickte ihr zu. »Alles auf eine Karte. Mehr habe ich nicht, oder?«

Schon bald würde wieder das Knacken aus dem Lautsprecher dringen und das Rauschen einsetzen. Dann würde die Stimme ihr endgültiges Urteil sprechen.

KAPITEL 31

Der Rathausturm erhob sich wie ein ausgestreckter Finger im Schneegestöber. Nord, Süd, Ost, West – auf jeder Seite befand sich eine Uhr im Gemäuer. Flocken umtanzten die angestrahlten Ziffernblätter in der Dunkelheit. Gleich hatte der kleine Zeiger die Sechs erreicht.

Ariane wischte sich den Schnee von den Lippen. Keine Spur von Tom. Sie kämpfte gegen die weißen Massen an, bewegte sich Meter für Meter auf den Haupteingang zu. Ihr war, als riss die Kälte an ihrer Haut. Schnee rutschte von den Dachschindeln und schlug neben ihr mit einem dumpfen Geräusch ein. Sie betrat die steinerne Treppe. Das Rathaus mit seinen rissigen Strukturen und dem Balkon aus Naturstein blitzte in den weißen Schleiern vor ihr auf. Sie hielt inne.

Es war nicht richtig, hierherzukommen. Das alte Rathaus. Tom. Die Kälte. Alles fühlte sich falsch an, oder war es nur ungewohnt? Wann wurde ein Gefühl zur Intuition?

Ariane richtete den Kragen ihres Mantels auf, presste den Stoff gegen ihre Wangen. Die Nächte wurden immer kälter. Lange konnte sie hier auf den Stufen nicht ausharren. Keine Spur von Tom, doch sie wusste, er würde kommen. Er wirkte wie ein Mann, der seine Versprechen hielt.

Das Schneegestöber nahm an Dichte zu. Ariane streckte die Hand aus. Ihre Finger wurden inmitten der Flocken unsichtbar. Sie presste die geballten Fäuste in die Manteltaschen und verspannte auch den Rest ihres Körpers, als ließe sich die Kälte so aussperren. Tom sollte sich besser beeilen.

Er schmeichelte ihr. Ariane wusste nicht, wo und wie er lebte. Welche Freunde er hatte. Warum er immer wieder zu ihrem Haus zurückkehrte. Tom war einfach nur da und gab ihr etwas von ihrer alten Leichtigkeit wieder. Deswegen stand sie hier auf der verschneiten Treppe und wartete auf ihn.

Die Rathausuhr schlug sechs. Der dumpfe Klang der Glocke tönte und brachte die Luft zum Vibrieren. Langsam ebbten die Schwingungen ab.

»Ariane?« Toms Stimme drang aus dem Gestöber. »Bist du da?«

»Natürlich«, rief sie zurück. »Wir sind verabredet, und ich komme immer pünktlich.« Meist tauchte sie sogar zehn Minuten zu früh auf. Eine alte Angewohnheit, geboren aus dem Hang zur Überperfektion. Fabian hatte sich oft darüber lustig gemacht.

»Ich bin hier unten, neben dem Haupteingang.«

»Ich sehe kein *hier unten*.«

»Rechts neben dem Eingang, direkt neben den Treppen.«

Ariane unterdrückte ein Seufzen. Sie trat die Stufen hinab. Dabei streckte sie die Arme von sich, um mögliche Hindernisse zu ertasten. Als sie mit dem Stiefelabsatz eine Treppenstufe verfehlte, ging ein Ruck durch ihren Körper. Schnee spritzte hoch. Gerade noch konnte sie das Geländer greifen. Den Rest des Weges balancierte sie wie eine Seiltänzerin.

»Warte! Ich komme dir entgegen.« Eine Tür schlug, knirschende Schritte näherten sich. Eine Hand berührte sie am Oberarm, und da stand Tom vor ihr. Die kleine Falte zwischen seinen Augenbrauen konnte sie selbst im schwachen Licht einer Laterne erkennen.

»Komm. Du erfrierst sonst hier draußen.«

»Wäre ein romantischer Tod.«

»Nicht lustig.« Er zog sie an der Hand hinter sich her. Sie erreichten einen kleinen Seiteneingang, der neben den Treppen lag. Tom stieß die Holztür auf und zog Ariane über die Schwelle. Das Schloss klackte. Kälte und Windrauschen erstarben. Er aktivierte eine kleine Stablampe und richtete sie auf den Steinboden. Ein Stapel Zeitungen und Leergut standen neben der Wand.

»Du darfst keinen Krach machen.«

»Wir sind also illegal hier.«

Er kratzte sich an der Stirn. »Schon irgendwie. Das ist der Postboteneingang. Ich habe am Nachmittag den Riegel von innen aufgezogen.« Jetzt lag ein breites Lächeln auf seinen Lippen. »Und schon sind wir drinnen.«

Ariane sah sich vor einem übellaunigen Richter stehen, der ihr die strafrechtlichen Folgen für den Einbruch in einer Behörde herunterbetete. »Gibt es im Gefängnis eigentlich vegetarische Kost?«

»Die erwischen uns nicht.« Tom schwenkte seine Lampe in den Gang hinein. Eine Wendeltreppe aus Gusseisen zeigte sich im Lampenstrahl. »Wir müssen da hoch.«

Ariane fragte nicht, wohin die Treppe führte. Tom hätte es nicht verraten, und sie sprach das Offensichtliche niemals aus.

Der Aufstieg begann. Ariane erklomm ausgetretene Stufen, stieg über Taubendreck und Rattenkot hinweg. Spinnweben verfingen sich in ihrem Gesicht, klebten an ihren Lippen. Sie passierten Wände mit Sandsteinplatten und verschnörkelten Reliefs. Nach einhundertachtundzwanzig Stufen erreichten Ariane und Tom das Ende der Wendeltreppe.

Ein kleiner Gang zeigte sich, an seinem Ende befand sich eine getäfelte Tür. Rote Kordeln waren an Messingscharnieren zu beiden Seiten der Wand eingelassen. Sie erinnerten Ariane an die Signale einer Einflugschneise.

»Wir sind da«, flüsterte Tom und klang dabei wie ein Verschwörer. Er drückte die eiserne Klinke herunter, die Tür stand offen.

Ein rhythmisches Klacken drang aus dem Raum. Der sanfte Lichtschein flackernder Kerzen fiel in den Gang. Das Holz unter Arianes Schuhen knarrte, als sie auf die Öffnung zuging und die seltsame Welt hinter der Tür betrat.

In dem Turmzimmer waren an die hundert Teelichte am Boden verteilt. Sie warfen ihren Schein auf drehende Zahnkränze und klackende Pendel. Gewichte hingen an Seilen, die sich langsam senkten. Das gewaltige mechanische Uhrwerk trieb die Sekunden vor sich her, machte sie zu Minuten und mehr. *Klack, Klack.* Die Zeit lebte in dem Turmzimmer. Fast schien es, als werde sie hier gemacht.

Unter einem Dachbalken hingen zwei alte Glocken an einem Eisengestänge. Schweigend und voller Würde.

»Das hier ist für dich, Ariane. So eine Art Vorweihnachtsgeschenk.« Tom trat an das Uhrwerk und legte eine Hand auf ein Zahnrad, das sich kaum merklich bewegte. Offenbar war es ein Stundenrad. »Du hast mir neulich erklärt, dass niemand die Zeit anhalten und die Gegenwart einfrieren kann.« Tom ging in die Knie und zog eine fettglänzende Kurbel unter einem Holzgestänge hervor. Er schob den Eisenstab in eine Laufschiene. Ein Ruck ging durch das Uhrwerk. Zahnkränze stoppten, Schwungräder liefen aus. Pendel erstarrten. »Du hast recht. Wir können die Zeit nicht stoppen. Aber versuchen können wir es wenigstens.« Er schob den Stab bis zum Ende in die Schiene. »Andere können aufgeben. Wir nicht. Heute Abend frieren wir die Zeit ein. Wenn auch nur kurz.«

Ariane bemerkte, wie sich ihr Hals zuschnürte und die Luft knapp wurde. Ihre Augen füllten sich mit Tränen. »Tom ... ich ...« Die Worte fehlten. Er hielt für sie die Zeit an, und doch war es viel zu spät für sie. »Ich ...«

Er trat vor sie und legte seinen Kopf an ihre Stirn. »Ist schon gut. Sag nichts.« Er nahm ihre Hand und führte sie zu einer Empore. Darauf lagen zwei schwere Kissen. Eine geöffnete Flasche Wein mit dem Etikett eines schwarzen Pferdekopfs und zwei halb volle Gläser standen in der Mitte. Tom ging zu einer Flügeltür und zog sie ein wenig auf, gewaltige Bäume und wirbelnder Schnee zeigten sich. »Ich habe kapiert, dass du den Blick in die Weite brauchst.«

Der wummernde Heizkörper würde die hereinströmende Kälte besiegen. Ariane glaubte, den klaren und reinen Geruch von Schnee wahrzunehmen. Sie setzte sich auf eines der beiden Kissen. Tom nahm neben ihr Platz. Wortlos beobachteten sie das Schneetreiben. Der Wind brachte eine elektrische Laterne hinter dem Rathaus zum Scheppern. Der lange Zweig einer Eiche kratzte über das Gemäuer.

Tom deutete mit dem Kinn zu einer der Fenster. »Das da draußen wird echt eisig.«

»Stört mich nicht.«

»Mich auch nicht.« Tom ließ den Wein in seinem Glas rotieren und nahm einen tiefen Schluck. Er fixierte einen imaginären Punkt in dem Schneetreiben. »Ich frage mich die ganze Zeit, was dich in dieses einsame Kaff gebracht hat. Für mich ist das ein Rätsel.« Er stellte das Glas auf der Empore ab. »Eines von vielen.«

»Ameisen. Rote und schwarze Ameisen.«

»Das wird doch so etwas wie das Geheimnis vom toten Gorilla.«

»Ein wenig vielleicht.« Ariane nippte am Wein. Mit einer Hand machte sie krabbelnde Bewegungen. »Im Regenwald gibt es schwarze und rote Ameisen. Wenn du einhundert rote Feuerameisen einsammelst und sie in eine Kiste packst ...«, sie wischte einen Tropfen Wein vom Rand des Glases, »und dazu einhundert große schwarze Ameisen, dann wird nichts passieren. In der Kiste herrscht Frieden zwischen beiden Arten.« Ariane schwenkte ihr Glas, der Wein schwappte darin wie Blut umher. »Wenn du die Kiste aber schüttelst und sie wieder auf den Boden setzt, werden die Ameisen kämpfen, bis sie alle tot sind. Die roten Ameisen denken, die schwarzen Ameisen seien der Feind. Und umgekehrt.« Sie stellte das Glas ab. »In Wirklichkeit war es aber ein Mensch, der die Kiste geschüttelt hat. Die Ameisen wissen das nicht. Sie kämpfen und sterben.« Ariane zog die Beine an und legte die Arme darum. »Darum geht es. In der Gesellschaft da draußen schütteln zu viele Menschen an Kisten rum. Ich bin das alles leid.«

»Aber wir können ja rauskriegen, wer die Kiste schüttelt – und warum.« Tom betrachtete sie von der Seite. »Und dann können wir denjenigen zur Rechenschaft ziehen.«

Ariane zog den Rollkragen ihres Pullovers bis übers Kinn. »Das wäre gerecht. Aber wird uns das Gefühl danach befriedigen? Wird es den angerichteten Schaden wiedergutmachen? Das ist die entscheidende Frage.«

Tom griff nach ihrer Hand. Sie ließ es geschehen. Seine Haut war warm, seine Finger umklammerten ihre. Die Teelichte flackerten im Wind.

»Dein Verlust hat dich verändert. Fabian. Ich kann das verstehen. Ich kenne ... das Gefühl von Verlust. Ich weiß, was du durchgemacht hast.«

Nein, das wusste er nicht. Fabian war ihr Fels im Sturm gewesen, ihr Freund, ihr Liebster. Er war ihr Ein und Alles gewesen – und doch nur der Auftakt für all die nachfolgenden Schmerzen. »Dein Vater lebt noch. Genieße die Zeit mit ihm.«

»Es geht nicht nur um meinen Vater.« Tom senkte den Kopf. »Ich kann nicht darüber reden.« Er streckte die Beine aus und schlug die Schuhspitzen gegeneinander. »Wirklich nicht.«

»Aber im Ernstfall schulde ich dir meine Ohren. Nur damit du das weißt.«

Tom lachte leise. Er beugte sich zu ihr hinüber. »Ariane, ich ...« Er roch nach frischer Erde und Wald. Seine Hand klammerte sich um ihre. Ganz langsam näherte er sich ihrem Gesicht. »Ariane ...«

Die Flügeltür knarrte im Gewinde. Der Wind blies zwei Teelichte aus.

Seine Lippen berührten ihre. Da knisterte etwas auf ihrer Haut wie bei einer elektrostatischen Entladung. Sein Mund war warm, sein Kuss sanft und nicht fordernd. Er war kein Kitsch-Küsser, und doch haftete ihm etwas Altmodisches an, als entstammte er einer anderen Zeit. Einer besseren.

»Sag mir, dass ich aufhören soll«, flüsterte er.

Das konnte sie nicht. Da waren keine Worte in ihr. Fehler waren die Türen zu neuen Erkenntnissen. Ariane neigte den Kopf zur Seite und legte ihre Lippen auf seine. Sie spürte die trockenen Risse, die Kälte und Schnee darauf hinterlassen hatten.

Tom umfasste sie an der Hüfte, drückte sie sanft nach hinten, als sei sie aus Glas. Er öffnete ihren Mantel. Küsse prasselten auf ihren Hals nieder. Sein Atem strich über ihre Haut. Sanft, kaum spürbar, biss er ihr in den Nacken. Einen Moment hielt Tom inne, prüfte, ob sich in ihrem Blick Widerstand abzeichnete. Doch da war nichts, Ariane ließ es zu.

Sie umschlang seine Hüfte mit den Oberschenkeln und zog ihn zu sich. Ariane atmete schneller, ließ sich in den Moment fallen. Toms erdiger Geruch, seine vorsichtigen Hände, die ihren Körper, ihre Brüste erkundeten – er machte alles richtig.

Ariane löste sich aus seiner Umarmung, wand sich unter ihm fort. Pullover, Mantel, Schuhe – langsam zog sie sich aus. Wie in einer Spiegelung folgte Tom ihren Bewegungen und tat es ihr gleich. Dabei blickte er sie an, als sei das, was nun geschah, die logische Folge ihrer gemeinsamen Geschichte. Wie kurz sie auch sein mochte.

Ein paar Schneeflocken landeten getrieben vom Wind auf der Empore und schmolzen dahin. Ein Knacken drang von dem erstarrten Uhrwerk.

Nackt standen sie einander gegenüber. Tom packte sie an den Schultern und zog sie zu sich.

»So bossy?«, raunte sie ihm ins Ohr. Ihr dunkles Haar löste sich aus ihrer Steckfrisur, Strähnen fielen ihr vor die Augen. »Na gut, ich erlaube es dir.«

Tom drängte sie zur Wand neben einem der Fenster. Ariane spürte kalten Stein an den Schulterblättern, die Rillen im Holz unter ihren Füßen – und Tom, als er mit einer schnellen Bewegung in sie eindrang.

Seine Hände lagen auf ihrer Hüfte, er presste sie gegen die Wand. Ariane bewegte das Becken, sie ließ sechs flache und zwei tiefe Stöße zu. Tom stöhnte leise, dann wieder lauter. Ariane bewegte das Becken gleichförmig und zirkelnd. Toms Stöße wurden tiefer, forschender. Sein Atem ging schneller, er verkrampfte sich.

Sie legte ihm beide Hände auf die Wangen. »Noch nicht.« Sie stoppte ihn, und Tom verstand. Er blieb in ihr, drehte sie von der Wand fort. Seine Arme lagen um ihre Hüften. Mit einer kraftvollen Bewegung hob er sie empor und trug sie durch die geöffnete Flügeltür auf die Balustrade.

Die Kälte war für Arianes Haut ein Schock. Ein verdammt guter Schock. Schnee flog ihr in die Augen. In der Ferne blitzten die Lichter der Häuser inmitten des weißen Treibens auf. Familien saßen an gedeckten Abendbrottischen, Kinder machten Hausaufgaben. Sie hatte sich von alldem da draußen schon vor Jahren verabschiedet.

Ariane entwand sich Tom. Sie legte beide Hände auf die steinerne Balustrade. Die Kanten lagen scharf unter ihren Fingern. Dreißig Meter in der Tiefe umwirbelte Schnee die Laternen vor dem Rathaus. Ariane drückte den Rücken durch und streckte sich ihm entgegen. »Komm!« Der Schnee peitschte ihr ins Gesicht, sie schloss die Augen und wartete auf die Wärme zwischen ihren Beinen. Sie verkrallte sich in den Rillen der Balustrade. »Nun komm schon!«

Und dann kam Tom. Mit einem leisen Keuchen drang er von hinten in sie ein, dabei legte er wieder eine Hand auf ihre Hüfte. Seine Stöße wurden heftiger. Ariane schrie auf. Eiskalter Schnee lag auf ihren Lippen, drang in ihren Rachen ein und ließ sie erzittern.

Ihre inneren Zahnräder rotierten, Schwungräder schlugen, Gewichte wurden an Seilen in die Höhe gezerrt. Ariane riss den Mund auf, Tom presste seinen warmen Körper noch härter gegen sie. Ihre Finger kratzten über Stein, Eiszapfen brachen von einer Dachrinne ab und fielen in die Tiefe.

Mit einem lang gezogenen Schluchzen sackte Ariane zusammen. Ihre Knie knickten weg, sie fühlte sich leicht und schwer zugleich.

Tom glitt aus ihr. Er fing sie auf und trug sie zurück zu der Empore. Ganz sanft legte er ihr den Mantel um die Schultern, zog ihn über ihren Brüsten zusammen und strich ihr eine Haarsträhne aus dem Gesicht. Seine Berührung war so sanft, dass sie Ariane kaum auf der Haut spürte.

Langsam streifte sich Tom seine Jeans über. Er ließ sich nieder. Wortlos saßen sie nebeneinander und hielten sich an den Händen. Immer wieder wirbelte Schnee in das Turmzimmer.

Eine dicke Flocke ließ sich auf Arianes Handrücken nieder. Die Wärme ihrer Haut brachte den kleinen Kristallkörper zum

Schmelzen. »Verschwunden. Als ob ich sie mir nur eingebildet hätte.«

»Zum Glück gibt es noch ganz viele davon.«

»Aber nie wieder diese eine.« Ariane schüttelte ihre Hand. »Nie wieder.«

Der Schein der Kerzen reflektierte im glänzenden Messing des Uhrwerks. Wie ein gewaltiges Zeitmonstrum lag es unter den Dachbalken. Als ruhte es sich nur einen Moment aus, um sich dann mit doppelter Kraft und Geschwindigkeit die verlorenen Minuten zurückzuholen. Eine Illusion – nicht mehr.

Tom drehte sich um die eigene Achse und setzte sich mit überkreuzten Beinen direkt vor Ariane. »Das eben, das war kein Fehler.« Wieder grub sich die kleine Sichel zwischen seine Augenbrauen ein. »Oder?«

»Das weißt du immer erst am Ende.«

»Das Ende …« Tom spielte an einem seiner Schnürsenkel herum, rollte ihn um seinen Zeigefinger und ließ ihn wieder los. »Ich kriege den toten Gorilla nicht aus meinem Kopf.«

»Sehr gut. Das war der Plan. Du findest deine Antwort schon.«

»Aber wann? Du haust doch sowieso irgendwann wieder in deine hektische Hauptstadt ab und …« Er beendete den Satz so abrupt, als bereute er ihn.

Die Flügeltür klapperte, eine eisige Welle zog durch das Turmzimmer. Ariane ließ Toms Hand los.

»Ich habe dir nie erzählt, woher ich komme.« Ariane achtete auf jeden Blick, jedes Zögern und jeden Sprung in seiner Stimme. »Woher weißt du das?«

»Also … doch, das hast du mal erwähnt.«

»Das habe ich nicht.«

Toms Mundwinkel hoben sich zu einem Lächeln, dabei wirkte diese Geste so künstlich, als ziehe jemand mit unsichtbaren Fäden an seiner Haut. »Vielleicht habe ich mal im Netz nachgeschaut.«

»Da wirst du mich nicht finden.« Kein Facebook, kein Twitter, kein Instagram. Sie war nahezu unauffindbar. Womöglich hatte er im Haus ihre Börse durchstöbert und ihren Ausweis gefunden. Sicher hatte er ihre gepackten Koffer im Zimmer neben der Küche entdeckt. Beides ließ auf eine gezielte Suche schließen.

Ariane ging in die Hocke und federte vom Boden empor. »Ich kenne mich aus mit Lügnern. Ich will wissen, worum es *dir* hier geht.« Ihr Misstrauen war zurückgekehrt. »Verrate es mir, Tom.« Pullover, Hose, Schuhe. Ariane sammelte ihre Kleidungsstücke vom Boden auf. »Sag mir, was du wirklich von mir willst.«

Er fuchtelte mit den Armen in der Luft herum. »Ich verstehe nicht, warum du jetzt so ein Theater machst. Ich habe das wohl nur erraten. Was ist daran so schlimm?«

Ariane blieb vor Tom stehen und blickte auf ihn herab. »Muss ich langsamer sprechen? Oder soll ich signifikant kürzere Wörter benutzen? *Was willst du von mir*?«

Mit den Händen nestelte er an den Rillen des Fußbodens herum, dabei presste er die Arme an den Oberkörper. »Ich kapier nicht, wie du so schnell umschalten kannst. Eben noch haben wir miteinander …«

»Für wie naiv hältst du mich? Du tauchst vor über zwei Wochen aus dem Nichts vor meinem Haus auf. Dein Einbruch im Eis, das ganze Drama deiner Rettung. Dabei hattest du die ganze Zeit einen Eishammer in der Tasche.« Während sie sprach, bekleidete sie sich mit der Geschwindigkeit eines Menschen, der sich im Fluchtmodus befand. »Du hättest dich damit selbst retten können.« Das Leder ihrer Stiefel knirschte, als sie sich die Schuhe über ihre Knöchel zog. »Hast du aber nicht.«

Auf Toms Stirn gruben sich drei tiefe Querfalten ein. Hinter seinen Augen schossen die Gedanken hin und her auf der Suche nach einer befriedigenden Antwort. Ariane konnte die elektrischen Impulse zwischen seinen Synapsen beinahe spüren.

Sie schloss ihren Mantel Knopf für Knopf, von unten nach oben. »Ich habe Spuren am Eisloch gefunden. Du hast eine künstliche Bruchstelle geschaffen. Ich wollte das erst nicht glauben.« Schnee rieselte ihr vor die Füße, die Flocken bildeten abstrakte Muster auf der Empore. Sie zertrat sie. »Aber jetzt bin ich mir sicher.«

Tom lächelte gequält. Seine Kiefer spannten sich. Langsam richtete er sich auf. »Ich hatte Gründe, aber nun hat sich alles geändert. Weil ich glaube ... ich denke ...«

»Nein. Nicht *das*. Sag es nicht. Wenn du es sagst, ist es real.«

Mit den Fingerspitzen strich er sich über die nackte Brust. »Ich habe mich in dich verliebt. Es ist einfach passiert.«

Nichts geschah einfach so. »Pathos und Kitsch – du enttäuschst mich.« Ihr Zweifeln und ihr Misstrauen hatten die Fakten dieses Abends vorweggenommen. Nichts davon hatte sie sich eingebildet. Tom war unecht, warum auch immer. Ihr Zusammentreffen war das Ergebnis einer Lüge. Sie hatte sich zu ihm hingezogen, sich begehrt gefühlt. Nun stieß er sie ab.

Ariane schloss den letzten Knopf am Kragen ihres Mantels und wandte sich dem Uhrwerk zu. Als sie über die Empore ging, federte das Holz unter ihr. »Wer bist du wirklich, Tom? Ist das überhaupt dein richtiger Name?« Mit der Hand strich sie über ein Pendel. Wie kalt es war. »Und dann die rührende Geschichte mit deinem krebskranken Vater. Sicher auch nur eine Lüge.«

»Ich heiße Thomas, aber jeder nennt mich ...«

»Es reicht. Ich möchte nichts mehr von dir hören.«

Tom sprang auf und trat neben sie. »Ariane! Du musst mir doch die Chance geben, und ...«

»Genug!« Ariane schlug ihm die flache Hand ins Gesicht. Sein Kopf federte nach links. »Einen gottverdammten Scheißdreck muss ich.« Die Abdrücke ihrer Hand hinterließen rote Striemen auf seiner Wange. Sie wandte sich ab und ergriff die schwere Kurbel am Griff. »Gar nichts muss ich.« Diesmal sprach sie so leise, dass Tom sie unmöglich hören konnte.

Mit einem Ruck riss sie die Stange aus der Schiene des Uhrwerks.

Die Mechanik antwortete. Zahnkränze ratterten, Pendel mit Gewichten surrten. Die Uhr arbeitete wieder. Nichts stand still. Nichts war zu stoppen. Die Dinge liefen weiter, immer weiter.

»Du hast recht, Tom. Ich gehöre nicht mehr hierher. Ich muss gehen.« Sie wandte sich ab, wollte zur Tür, da packte er sie am Handgelenk.

»So geht das nicht. Das kannst du nicht mit mir machen.«

Der Druck seiner Hand schmerzte.

Ariane wollte sich losreißen. Die Muskeln an Toms Oberarm spannten sich. Er umklammerte sie mit mehr Kraft.

»Lass mich los!« Sie riss an ihrer Hand. »Lass mich sofort los!« Er reagierte nicht, war ihr körperlich überlegen. Nur eine Chance. Ariane zog das Bein an. Sie rammte ihren Absatz in seinen nackten Fuß. Tom schrie auf, sofort ließ der Druck an ihrem Handgelenk nach.

Sie riss sich frei und rannte auf den Ausgang zu. Unter ihr ächzte das Holz der Empore. Der Wind rauschte und trieb einen eiskalten Strom in das Turmzimmer. Zahnräder klackten, Pendel surrten.

Ariane hielt inne, sie blickte über ihre Schulter. Tom war in die Knie gegangen, er presste beide Hände auf seinen Fuß. Seinem geöffneten Mund entrang sich kein Laut. Mit einer Hand zog er sich an einem Holzbalken empor. Er machte sich bereit, ihr zu folgen. Sinnlos und vor allem viel zu spät.

Ariane bückte sich. Sie nahm beide Weingläser von der Empore, holte aus und zerschmetterte sie am Boden. Der Rotwein spritzte übers Holz und hinterließ trübe Flecken. Splitter rieselten durch das Turmzimmer. Im faden Schein der Kerzen blitzten die Scherben wie Kristalle auf.

»Wenn du mir folgst, wird es wehtun. Wir werden uns nicht mehr sehen. Komm nicht in die Nähe meines Hauses. Bleib von mir fern!«

Als wollte er ihr etwas beweisen, ging Tom zwei Schritte auf sie zu. Die Scherben am Boden stoppten ihn. »Du machst einen Fehler.«

»Nein. Ich korrigiere ihn gerade.«

Ariane verließ das Turmzimmer. Das rhythmische Ticken und Surren des Uhrwerks begleitete sie wie ein Herzschlag bei ihrer Flucht durch das Treppenhaus. *Klack. Klack.* Die Geräusche wurden leiser und leiser, und schließlich erstarben sie ganz.

KAPITEL 32

»Vergessen Sie Sebastian Drechsler. Der bringt nichts.« Kriminalkommissar Ludwig Bauer schwenkte seinen untersetzten Körper auf dem Drehstuhl von rechts nach links und wieder zurück. »Haben wir alles schon gecheckt. Das glauben Sie mir mal.« Noch einmal knirschte der Stuhl, als er ihn erneut nach links bewegte.

»Das überrascht mich.« Lukas überspielte seine Enttäuschung und verschränkte die Arme vor der Brust. Er blickte durch eines der Fenster nach draußen. Die Lichter in den Büros des Bayerischen Landeskriminalamts waren hell erleuchtet. Die Beamten huschten wie in einer Bienenwabe in dem modernen Komplex hin und her. Nichts stand still, obwohl es auf zwanzig Uhr zuging. »Warum haben Sie die Information nicht gleich an mich und mein LKA weitergeleitet?«

»Weil wir unter Zeitdruck stehen und uns in der Kommunikation auf das Wesentliche beschränken müssen.« Bauer klopfte sich mit der flachen Hand auf seine verbliebenen Haarsträhnen, die er sich in akkuraten Linien über den Kopf gekämmt hatte. »Ist ja auch in Ihrem Interesse, dass wir selektieren. Das nenne ich analytischen Fokus.«

»Ich möchte gerne selbst entscheiden, was mir unter kriminalistischen Gesichtspunkten als wesentlich erscheint.«

Bauer zuckte mit den Schultern. »Ist vielleicht auch einfach in dem Chaos untergegangen.« Seine Krawatte war eng geschnürt, der Hemdkragen schnitt in seinen Hals.

»Verstehe.«

Auf Bauers Schreibtisch herrschte eine spartanische Ordnung. Füllfederhalter rechts, Wimpelchen mit der bayerischen Fahne links, Laptop in der Mitte. Ein Plastikordner lag exakt im rechten Winkel zur Tischkante. Kein Familienbild, keine aufgerissenen Keksriegel. Der gesamte Raum strahlte eine vollendete Sachlichkeit aus. Bauer war ein strukturierter Perfektionist, da ging keine Informationen versehentlich unter.

Lukas baute sich vor dem Schreibtisch auf. »Wie sind Sie auf Drechsler gekommen?«

Bauer seufzte. »Imke Gehler … sie hat vor Kurzem einen Verdacht geäußert.« Er strich über seinen buschigen Schnauzer. »Da hat es 2016 einen Vorfall am Eisenstein-Gymnasium gegeben, zwischen Drechsler und ihrer Tochter.«

»Etwas mehr Details bitte.«

Er stieß die Luft aus, die Rolle des Verhörten passte ihm offensichtlich nicht. »Drechsler war Sportlehrer an der Schule. Er hat da was mit Laura Gehler angefangen. Mit einer Minderjährigen, verstehen Sie?«

»Sicher hat diese Geschichte auch ein Ende.«

»Natürlich. Die haben Drechsler rausgeworfen. War wohl alles ziemlich heftig.«

»Das macht ihn zu einem Verdächtigen der ersten Rangordnung. Das wissen Sie.«

»Deswegen haben wir auch zwei Beamte zu ihm nach Hause geschickt. Drechsler war zum Zeitpunkt von Laura Gehlers Entführung nachweislich im Urlaub in Tunesien. Er hat auch nichts mit dem 19. August 2016 zu tun. Da war er für ein paar Tage im Krankenhaus. Bänderriss. Nicht untypisch für einen Sportlehrer.« Bauer zupfte seine Krawatte an der Spitze gerade. »Eine Sackgasse. Hätte den Kerl gerne gepackt. Ich habe selbst zwei Töchter, und wenn ich mir vorstelle, wie dieses Schwein …«

»Ist er damals nicht angezeigt worden?«

»Frau Gehler hat das mit der Schulleitung im Stillen erledigt. Die wollten alle keinen Aufruhr. Schadensbegrenzung hat das geheißen. Für die Schule, vor allem aber für ihre Tochter.«

»Verdammt!« Lukas schlug mit der flachen Hand auf den Tisch. Gehler hatte ihm diese Informationen vorenthalten. Vielleicht, weil er sie mit seinem wütenden Anruf wegen der Zeitungsgeschichten verstimmt hatte. Dann die Schulleiterin, und nun der verantwortliche Kriminalkommissar im Bayerischen LKA – Mauern überall.

»Ich habe keine Zeit für diese Spielchen! Es geht um das Leben einer jungen Frau.« Lukas setzte ein falsches Lächeln auf. Er stützte sich mit beiden Händen auf den Schreibtisch, beugte sich weit vor. »Und ich bin kein Idiot. Mir ist bewusst, wenn Menschen mir Informationen vorenthalten.«

Bauer nahm seinen Füllfederhalter und klopfte mit dem Kopfende auf der Tischplatte herum. »Ich kenne Imke Gehler schon eine ganze Weile aus der Jugendprävention.«

Bauer war seit über dreißig Jahren im Polizeidienst, dazu ein halbes Dutzend Auszeichnungen. Lukas und er waren sich mehrmals auf bundesweiten Seminaren über Strafrecht begegnet. Er hatte ihn bislang für einen Mann gehalten, der sich an die Regeln hielt. Sein Verhalten erschien unstimmig.

Wieder klopfte Bauer mit dem Füllfederhalter auf den Tisch. »Frau Gehler hat mich um Diskretion gebeten, und ich bin ihrem Wunsch nachgekommen.«

Ein Eingeständnis. Lukas begriff. Gehler steuerte mit ihren politischen Netzwerken nicht nur die Presse. Sie wollte Schaden von ihrer Familie fernhalten – und produzierte ihn so erst recht.

Er stieß sich von der Tischkante ab und ging zu dem Kleiderhaken neben der Tür. »Ich möchte die Kontaktdaten von Sebastian Drechsler.« Er zog sich seinen Mantel über, ließ die Druckknöpfe einrasten. »Und bitte – sofort.«

»Was erhoffen Sie sich davon?« Bauer schüttelte den Kopf. »Herr Johannsen, wir wollen beide dasselbe. Aber das hier ist Unsinn. Sie verlaufen sich. Wir haben kaum noch Zeit.«

»Geben Sie mir den Kontakt.« Drechsler war ein Mann von der anderen Seite, er bewegte sich außerhalb von Netzwerken, fernab von Zugeständnissen und Gefälligkeiten.

»Ihr Starrsinn ist nicht zielführend. Aber gut.« Bauer nahm den Plastikordner und zog eine dicht bedruckte DIN-A4-Seite hervor. »Der Kerl ist selten zu Hause und geht nie ans Handy. War schwierig zu erwischen. Morgen ist er wieder im Job. Arbeitet auf so einer Bowlingbahn.« Er strich das Papier gerade und schob es über den Tisch. »Offenbar trauen Sie meinem LKA keine sauberen Recherchen zu. Das bedauere ich sehr.«

Der Lüfter des Laptops brummte leise, der Drehstuhl knirschte.

Lukas nahm das Papier, faltete es zweimal und schob es in seine Manteltasche. »Ich habe nur eine andere Sichtweise auf diesen Fall als Sie.«

Als er sich zum Gehen wandte, räusperte sich Bauer noch einmal. »Seien Sie vorsichtig da draußen, Herr Johannsen. Dieser Typ hier …«, er tippte mit dem Zeigefinger auf den Tisch, »der bewegt sich in einem sehr üblen Milieu.«

»Vielen Dank. Ich werde tun, was notwendig ist.« Und mehr als das – in den zwei Tagen, die ihm noch blieben.

KAPITEL 33

Noch zwölf Meter. Noch acht. Ariane sprang über Baumstämme und Schneemassen hinweg, lauschte auf schnelle Schritte, die ihr folgten. Doch da war nichts. Nur ihre eigenen Laufgeräusche, das Knacken von Zweigen, ihr tiefes Atmen. Vier Meter noch. Die elektrische Laterne über dem Hauseingang schaukelte im Wind.

Ariane erreichte die Tür. Ihre Finger zitterten. Sie schob den Schlüssel ins Schloss und drehte ihn zweimal. Mit dem Schuh stieß sie die Eichentür auf und zog sie an dem gusseisernen Gitter hinter sich zu.

Ariane sackte zu Boden. Sie zog die Beine ganz fest an ihren Oberkörper und umklammerte sie. In dieser Körperhaltung nahm sie kaum noch Platz auf der Welt ein.

Die verglühenden Scheite im Kamin knisterten. Fabian blickte sie aus dem Gemälde über dem Sims an. In seinen Augen meinte sie einen traurigen Zug zu erkennen. Eine tröstliche Einbildung. Mehr nicht. »Gott, Fabi, Liebling! Warum habe ich das alles bloß getan?«

Weil du dich noch einmal lebendig fühlen wolltest, bevor alles vorbei ist. Die Farbkleckse konnten nicht sprechen. Aber wenn Fabian noch am Leben gewesen wäre, diese Worte hätte er ihr zugeflüstert und sie danach in die Arme genommen. Fabian war nicht hier, doch er war immer bei ihr.

Die Wärme strich über Arianes Haut. Ihre Gelenke tauten auf. Sie presste den Rücken gegen die Eichentür. Tom war Gottes letzter schlechter Scherz gewesen. Er hatte ihr erstes Treffen inszeniert, es erzwungen. Was hatte ihn dazu getrieben? War das seine irre Masche gewesen, um an die seltsame und allein lebende Frau ranzukommen? Und warum konnte sie ihre Gefühle für ihn nicht einfach abschalten? War das sein Plan gewesen? Die Antworten brachten nichts mehr. Sie musste gehen.

Ein Klackern am Küchenfenster. Hugo schlug seinen Schnabel zweimal gegen die Scheibe. Hungrig schien er nicht, das hier war sein Begrüßungsritual am Abend. Sie nickte ihm zu. Einmal noch hämmerte er mit dem Schnabel gegen das Fenster und verschwand mit kräftigem Flügelschlagen in der Dunkelheit.

Ariane zog sich an der Türklinke in die Höhe. Sie legte ihren Mantel auf die Lehne des Ohrensessels und trat vor das Gemälde. Wie bunt und lebensfroh es nach all den Jahren noch immer wirkte! Diese Momentaufnahme eines heißen Tages in Nairobi. Vergangenheit.

Fabian hatte ihr von einer Malerin in der Renaissance erzählt. Sie hatte die Farben in ihrer Palette gemischt und auf ihrer Leinwand einen einzigartigen rötlichen Braunton erschaffen. Dunkel und lebendig wie Blut und Erde. Als die Farbe aufgebraucht war, gelang ihr dieser Ton nie wieder. Sie suchte ihn, mischte und experimentierte immer und immer wieder. Sie scheiterte. Daraufhin malte sie nie mehr. Die Borsten des Pinsels wurden hart, so wie sie alt wurde. Sie konnte die Erinnerung an das Einzigartige nicht mehr vergessen. Ihre Vergangenheit hatte sie als Geisel genommen.

»Ich bin nicht besser als sie, Fabi. Nicht ein klitzekleines Stückchen.« Sie wandte sich der zwei Meter hohen Standuhr neben dem Bücherregal zu. »Eingefroren in der Vergangenheit, aber die Sekunden rasen weiter.«

Wieder dachte Ariane an den Rathausturm und das stillgelegte Uhrwerk. An die Scherben auf dem Boden, an Toms wütenden und gleichsam verzweifelten Gesichtsausdruck.

Sie legte die Hand auf den Uhrenkasten. Das mechanische Pendel schwang hin und her, das Holz vibrierte. Sie schloss die Augen und erfühlte die Zeit.

In genau zwei Stunden und dreiundzwanzig Minuten war es wieder 22.12 Uhr. Wie jeden Tag. Wie jeden gottverdammten Tag. Selbst wenn es für sie schon bald der letzte sein sollte.

KAPITEL 34

»Du bleibst draußen.« Der Hüne stemmte beide Hände in die Hüften und baute sich vor Lukas auf. Unter seiner Ledermütze quoll rötliches Haar hervor, im Nacken war es mit einem Gummi zu einem Zopf gebunden. »Ist 'ne Privatveranstaltung hier. Klar?«

Bowling Fantasy prangte über dem Eingang des flachen Betongebäudes. Das Neonlicht warf abwechselnd ein blaues, grünes und gelbes Flackern auf das Gesicht des Mannes. Hinter getönten Scheiben zeichneten sich die Umrisse von Besuchern der Bahnen ab. Mindestens zwanzig hochpreisige Autos standen vor der Halle, aufgereiht im exakten Abstand von jeweils anderthalb Metern. Tesla, Porsche, Lamborghini, Mustang, Bugatti und dazwischen immer wieder mal ein Mercedes. Sauber sortiert wie die Fischdosen in einem Supermarktregal. Lukas kannte diese Ansammlung von Luxuskarossen von den Zuhältertreffen im Umfeld des Frankfurter Hauptbahnhofs, wo er als junger Polizist im Einsatz gewesen war. Zuhälter lieben Ordnung, wenn es um Maschinen und Motoren geht. Ob in Frankfurt oder Nürnberg.

Lukas wippte auf seinen Schuhabsätzen auf und ab. Die Minusgrade machten seine Beine steif. »Ich muss da rein. Ich suche Sebastian Drechsler. Er arbeitet hier.«

»Sagt wer?« Der Rothaarige strich sich über den Vollbart.

»Menschen, die ihn kennen.« Lukas machte einen Schritt auf die Schiebetür zu. »Ich habe wirklich wenig Zeit.«

Der Rothaarige stoppte ihn mit ausgestrecktem Arm. »Na,

na, na. Moment mal!« Sein Oberkörper hob sich, das Logo einer finnischen Metal-Band straffte sich auf seinem Shirt. »Nicht so eilig, kleiner Mann.«

Lukas fühlte sich keineswegs getroffen. Er brachte es auf einen Meter neunundsiebzig Körpergröße. Das war normal. Durchschnitt eben. Aus der Perspektive des Rothaarigen mochte er dennoch wie ein dreister Zwerg erscheinen.

»Hast 'n schickes Mäntelchen an.« Der Mann nestelte an Lukas' Mantelaufschlag herum. »Schuldet dir Basti Geld?« Dabei kam er ihm so nahe, dass Lukas seinen Atem auf der Wange spürte.

Er blieb gelassen. »Nein. Das ist eine Sache zwischen ihm und mir.« Er deutete auf das Bowlingschild und riskierte einen weiteren Schritt vorwärts. »Ich gehe da jetzt rein. Ich bezweifele, dass Sie das Hausrecht haben.«

»Brauch ich auch nicht.« Der Rothaarige presste Lukas die Hand so hart auf die Brust, als wollte er dort einen Abdruck hinterlassen. »Für dich ändert sich so oder so überhaupt nix. Du bleibst draußen.« Noch einmal drückte er nach. »Klar?«

Der Griff zu seiner Polizeimarke hätte die Regeln des Spiels geändert. Nicht zum Guten. Ein Kriminalkommissar auf einem Treffen der Unterwelt – das würde sofort für Tumulte sorgen. Ausbaden müsste das Sebastian Drechsler. Lukas wollte sich nicht hinter seinem Amt verstecken.

Er schob den Arm des Rothaarigen zur Seite und spannte die Muskeln. Er besaß genug Erfahrung als Polizist, um sich die folgenden Sekunden wie einen Bilderteppich vor seinem geistigen Auge vorzustellen. Worte wurden hier zur elementaren Zeitverschwendung.

Da surrte und quietschte die Schiebetür der Bowlinghalle. Heraus trat ein Mann mit knielangem Ledermantel. Er war maximal einen Meter sechzig groß. Der Mantel ließ seine Beine vollends verschwinden, er schien über dem Boden zu schweben. Lukas war hier draußen im Mittelfeld der Körpergrößen angekommen.

»Wasn hier los, Frank?« Der Kleine sprach den Namen englisch aus. *Frääänk*, als würde er das Wort wie Kaugummi auseinanderziehen. Dabei wackelte sein goldener Nasenring.

»Der Kerl hier will zu Basti. Hab ihm gesagt, dass wir 'ne geschlossene Gesellschaft sind.«

Der Kleine blieb vor Lukas stehen und kaute auf seiner Unterlippe herum. Dabei streckte er den Kopf vor wie ein Hund, der sein Gegenüber beschnuppert. Mit dem Handrücken fuhr er unter seiner Nase entlang und beseitigte die Reste weißer Krümel. »Verstehe.«

Blaues Neonlicht fiel auf das Gesicht des Kleinen. Seine ausrasierten Seiten, das Metall in der Haut und die schmalzige Tolle ließen ihn wie den Charakter aus einem Endzeitdrama erscheinen.

Im Innern der Bowlingbahn rumpelten die Kugeln über lackiertes Holz. Kegel polterten, Menschen schrien.

»Mach ihn weg, Frääänk.« Das Kommando des Kleinen ließ keinen Spielraum für Zweideutigkeiten.

Die Hand des Rothaarigen schoss an Lukas' Kehle. Schwere Finger pressten sich in seinen Hals. Lukas riss den Kopf nach hinten, schlug die Hand seines Angreifers zur Seite. Der Rothaarige stand unbeweglich vor ihm. Der Kleine verbarg sich hinter dem breiten Rücken seines Handlangers. Wieder hob der Hüne den Arm zum Angriff.

Schlage, wenn du schlagen musst. Tritt, wenn du treten musst. Lukas explodierte. Mit der Handkante schlug er auf den Kinnvorsprung des Rothaarigen. *Protuberantia mentalis* – getroffen und abgehakt. Er drehte sich in einer fließenden Bewegung nach rechts und trat in das Knie des Mannes. *Articulatio genus* –

sein Angreifer geriet ins Wanken, doch er fiel nicht. Nur sein tiefes Atmen schwebte in kleinen und wirbelnden Schwaden aus seinem Mund. Der Mann ballte die Fäuste und schmetterte sie wie zwei Kugeln gegen Lukas' Oberkörper.

Er wich aus, drehte sich und zirkelte mit katzenhafter Geschwindigkeit zur linken Schulter des Mannes. Sein Ausweichen wurde zum Angriff. Lukas rammte seinen Schuhabsatz in den Oberschenkel des Rothaarigen, bohrte ihn in hartes Fleisch. *Os femoris* – das Nervenzentrum des Kerls stand nun in Flammen.

Der Rothaarige schrie auf, seine Ledermütze fiel in den Schnee. Er riss den Kopf empor und präsentierte Lukas den Hals. Ein Geschenk vor dem Fest – und er nahm es an.

Lukas spannte den Bereich zwischen Daumen und Zeigefinger, schmetterte seine Hand gegen die Schlagader des Mannes. Nicht zu hart, doch mit dem Ziel, gemeine Schmerzen an diesem Vitalpunkt auszulösen. *Arteria carotis interna* – in der japanischen Faustlehre war sie einer der größten Schwachpunkte des Menschen.

Der Rothaarige kippte vornüber in den Schnee, alle Muskeln schienen den Kontakt zu seinem Gehirn verloren zu haben. Ein Röcheln und Gurgeln drang aus seinem Hals.

»Wir sind quitt.« Den verschwommenen Schatten zu seiner rechten Schulter nahm Lukas nur am Rande seines Sichtfelds wahr. Er riss den Kopf zur Seite, der stechende Schmerz an der Wange traf ihn wie ein kalter Schlag.

»Du verfickter Bastard.« Der Kleine stand in gebückter Haltung seitlich neben ihm, in der Hand hielt er eine Butterfly-Klinge. Er ließ die Waffe zwischen den Händen hin- und herwandern, malte imaginäre Kreise in die Luft.

Lukas wischte sich über die Wange, ein feiner Streifen Blut blieb auf seiner Haut zurück. Er spürte den Druck des Stahls seiner Sig Sauer an der Hüfte. Wie einfach es wäre, die kleine Ratte mit der Pistole in ihr Loch zurückzutreiben. Doch selbst jetzt würde er sich nicht als Polizist outen.

»Mach das Schwein ... fertig ...« Der Rothaarige hatte seine Sprache wiedergefunden. In gekrümmter Haltung wühlte er sich durch den Schnee, versuchte vergeblich, sich aufzurichten.

»Kein Problem.« Der Kleine nickte ihm zu. Er ließ die Klinge auf- und zuklappen. »Zu schnell für dich, Alter?« Er war Ende zwanzig, und das kleine Messer in seiner Hand stellte seine gesamte Autorität dar.

»Letzte Warnung.« Lukas stand vor ihm, zwei Meter trennten sie voneinander. Er beugte den Oberkörper ein Stück hinab und streckte die Arme von sich. Lukas war bereit. »Lass es einfach, geh mir aus dem Weg.« Seit seinem zwanzigsten Lebensjahr hatte Lukas Kempo-Karate studiert. Jeden Schlag, jeden Tritt, jeden Hebel und jeden Wurf hatte er Hunderte Male ausgeführt. Doch das war keine Garantie für das erfolgreiche Abwehren einer Messerattacke. In der Gerichtsmedizin hatte er einmal die zwölf Stiche im Brust- und Bauchbereich eines Kampfsportlers analysiert. Nicht mehr als drei Sekunden hatte der Täter dafür benötigt.

Der Kleine deutete zwei schnelle Stiche an, wollte seine Reaktion checken.

»Also gut.« Lukas streckte die Hände. »Ich werde dir wehtun. Weil du das so willst. Vielleicht stehst du ja darauf.«

»Du Wichser!« Er stach wie erwartet in Hüfthöhe zu. Eine simple Provokation hatte dafür ausgereicht. Der Kleine legte sein ganzes Gewicht in diesen Stich, als sei sein Körper mit dem Ende der Klinge verwachsen.

Lukas bekämpfte nicht das Messer, sondern seinen Angreifer. Er zirkelte seitlich um ihn herum, riss ihn an der Schulter nach unten und rammte ihm das Knie in die rechte Seite des Oberbauchs. *Iecur* – Lebertreffer, direkt unter dem Brustkorb. Technischer Knockout.

Die Leuchtreklame tauchte die Szene in ihren gelblichen Schein.

Lukas stieß den röchelnden Kleinen von sich. Der ließ das Butterfly fallen, torkelte rücklings durch den Schnee. Mit den Armen ruderte er umher, japste nach Luft. »Du ... Wi... Wichser ...« Der goldene Ring in seiner Nase schaukelte. Er stolperte über die vier Stufen, die zum Eingang der Bowlinghalle führten, und fiel auf den Rücken. Knirschend gab der Schnee unter ihm nach.

Sein Kopf aktivierte einen Sensor, die Schiebetür zum Eingang der Halle surrte auf. Sie quietschte und rumpelte im Rahmen, schloss sich und wurde wieder blockiert. Auf und zu. Hin und her. Das Poltern fallender Kegel drang durch den Türschlitz. Menschen jubelten.

Lukas hob das Butterfly auf. Vor ihm lag nur noch ein schwer atmender Typ in den Zwanzigern, der lieber im Vollrausch die Mädchen in der Disco anquatschen sollte. Mehr war da nicht.

Ein Blick über die Schulter. Der Rothaarige saß mittlerweile im Schnee. Mit einer Hand hielt er seine Ledermütze, mit der anderen massierte er sich den Hals. Die beiden waren ein lausiges Team.

Lukas ging vor dem Kleinen in die Knie. »Was hat uns das nun gebracht?« Blut tropfte von seiner Wange in den Schnee und bildete dort einen Halbkreis aus kleinen Punkten. »Beim nächsten Mal wird es noch mehr wehtun.« Er tippte mit der Spitze des Messers den Nasenring an. »Nur eine kleine Warnung, Junge.« Lukas mochte den dramatischen Unterton, den er seiner Stimme verlieh. Pädagogisch sicher wertvoll.

Das Rumpeln in der Halle war verstummt. Menschen standen nun hinter der getönten Scheibe und beobachteten die Geschehnisse in der Kälte. Eine Frau mit pelzbesticktem Kragen sah Lukas direkt ins Gesicht. Sie presste beide Hände gegen das Fenster.

Durch die ruckelnde und surrende Schiebetür zwängte sich ein Mann in einem schwarz-gelben Jogginganzug. Der Schriftzug *Bowling Fantasy* war auf seinem Arm eingestickt. »Was um Himmels willen ist denn hier passiert?«

»Das Leben.« Für philosophische Abhandlungen fehlte Lukas eigentlich die Muße. Er genoss seine Antwort dennoch, weil sie so herrlich unangemessen war.

»Das gibt Ärger.« Der Mann blickte sich hektisch um. Er trat auf die Stufen, seine gehobenen Augenbrauen waren Ausdruck ehrlicher Betroffenheit. »Sie wissen nicht, mit wem Sie sich hier angelegt haben.« Er flüsterte so leise, dass nur Fragmente des Satzes Lukas' Ohren erreichten. »Das ist nicht gut.« An der Brust des Mannes klebte ein Namensschildchen. *S. Drechsler* stand in kleinen schwarzen Buchstaben darauf. »Was suchen Sie hier eigentlich?«

Lukas wischte sich das Blut von der Wange. »*Sie*, Herr Drechsler. Ich bin nur Ihretwegen hier.« Er betrachtete die Blutstropfen im Schnee, die nun einen Kreis gebildet hatten.

»Und ich glaube, dass ich hier richtig bin.«

KAPITEL 35

Sebastian. Nur neun Buchstaben. Laura musste sie nicht zählen. Sie legte sich das zerknitterte Zettelchen aufs Knie und strich es glatt. *Basti*, so hatten sie ihn genannt. Basti mit dem dunklen Haar. Basti, der immer so aufrichtig gewesen war. Alle Indizien des Käfigs deuteten auf ihn.

Sie sah ihn vor sich, wie er über den Sportplatz lief. Die schwarze Pfeife baumelte ihm um den Hals und schlenkerte bei jedem seiner Schritte. Im Sommer band er das lange Haar zu einem Zopf zusammen. Er war anders als die anderen Lehrer, die selbstherrlich über ihre Schüler richteten. Sebastian schenkte Vertrauen und gab Stärke. Die Mädchen liebten ihn wie den Helden in irgendeinem schwülstigen Sommertraum. Dabei verstand er sie vielleicht nur, weil er selbst noch so jung war. Sebastian war nicht von dieser Welt gewesen, und sie hatte ihn zerstört wie ein billiges Spielzeug.

Wenn er der Mann hinter der verzerrten Stimme war, hatte er unleugbare Gründe, sich an ihr rächen zu wollen. Die Größe des Maskierten, sein schlanker Körper, seine sanften Bewegungen – physisch sprach nichts dagegen.

Doch Sebastians Wesen wäre niemals zu solchen Handlungen fähig gewesen. Laura strich noch einmal über das Papier. Wenn aus Schmerz Wut erwuchs, konnte das die Grundessenz eines Menschen ändern. Dann schien alles möglich.

Sebastian. Sein Name war alles, was ihr nach den Wochen im Käfig geblieben war. Ihre Schuld hatte ein Gesicht bekommen, und Laura wartete auf ihre Strafe.

KAPITEL 36

Stechend. Heiß. Ein ziehender Schmerz. Das Brennen auf seiner Wange war ein Vorgeschmack auf das Höllenfeuer, falls er diesen Fall nicht endlich löste. Davon war Lukas überzeugt.

Er bleckte die Zähne, als das mit Alkohol getränkte Tuch erneut über die Wunde auf seiner Wange fuhr. Mit beiden Händen klammerte er sich an die Lehnen des durchgesessenen Bürostuhls. Unter ihm knarrte das Gewinde.

In dem Hinterzimmer lagen aufgetürmt auf Metallschienen Dutzende von Bowlingkugeln. Sie schimmerten wie Planeten grün und blau, als würden sie intensives Sonnenlicht reflektieren. Selbst unter dem Bürotisch lagen sie. Erstaunlich eigentlich, wie sich ein so simpler Sport den Anstrich des Hypermodernen verpasste.

Wieder pulsierte Lukas' Wange, als der scharfe Alkohol in die Haut eindrang. Leise stöhnte er auf.

»Ich habe da 'nen achtzehn Jahre alten Talisker draufgeträufelt.« Sebastian Drechsler tupfte die Wunde vorsichtig ab. »Ist ein schottischer Whisky, für den sich echte Männer in einer kilometerlangen Schlange anstellen würden.«

»Prima.« Lukas knirschte mit den Zähnen. »Dann reservieren Sie mir bitte einen Platz ganz am Ende der Schlange.«

Drechsler lachte leise. »Sie werden das schon überleben. Ich war Sportlehrer, ich habe im Unterricht Schlimmeres retten müssen. Glauben Sie mir das mal.«

Drechslers Oberkörper füllte die schwarz-gelbe Jacke kaum aus. Er war in den frühen Dreißigern, wirkte wenig muskulös.

Seine Wangen schienen eingefallen. Von seiner Rolle als Sportler hatte er sich zweifelsohne schon lange verabschiedet. Immer wieder blickte er über seine Schulter. Ein rechteckiges Fenster war dort in das Gemäuer eingelassen. Das Geschehen auf den zwölf Bowlingbahnen ließ sich von hier aus im Verborgenen beobachten. Der Raum war Hinterzimmer und Ausguckposten zugleich.

Drechsler tupfte die Wunde ab, goss frischen Whisky ins Tuch, und wiederholte die Prozedur. Dabei streckte er ein wenig die Zunge heraus. Einen Moment hielt er inne und betrachtete die blutigen Spuren in dem Tuch. »Sie sollten sich nicht mit den Schlägern von den Horizontalen anlegen. Kann übel ausgehen.«

Die Horizontalen – so wurden in kriminellen Kreisen die Zuhälter genannt. Eine hübsche Umschreibung für skrupellose Menschenhändler.

Lukas rieb sich die Handknöchel. »Die beiden haben mich angegriffen. Sie waren Hindernisse. Ich musste sie wegräumen.«

»Weil Sie zu *mir* wollten.« Er griff zur Whiskyflasche auf dem Bürotisch. Die Flüssigkeit erinnerte an die Farbe von Honig. »War ein echt dramatischer Akt.« Mit dem Flaschenhals stocherte er in der Luft herum. »Sie haben jedenfalls Kampfsporterfahrung. Das habe ich gleich gesehen.«

Die Unsicherheit ließ Drechsler reden, einen Moment noch sollte er zappeln. Lukas wollte Vertrauen aufbauen, bevor er sich als Polizist offenbarte. »Als Kind habe ich mich auf dem Schulhof gegen Prügler durchsetzen müssen. Ich war einer der Schmächtigsten. So etwas prägt. Und die zwei da draußen ...« Er stieß ein tiefes Seufzen aus. »Die haben mich sehr an diese Typen erinnert. Älter zwar. Bewaffnet. Aber ein ähnlich übler Kern.«

»Muss schon ein Weilchen her sein.« Drechsler lächelte. »Ich kenne solche Geschichten aus meiner Zeit als Lehrer. Habe da einiges an Schulen erlebt.«

Lang gezogene Schreie drangen von der Bowlinghalle. Männer in teuren Anzügen und Frauen mit kurzen Röcken johlten den rollenden Kugeln hinterher. Digitalanzeigen flackerten.

Drechsler deutete mit dem Kinn nach draußen. »Zu dieser Gesellschaft da gehören Sie garantiert nicht.«

»Keineswegs.« Lukas tippte mit der Schuhspitze eine knallbunte Bowlingkugel an. Ihre milchigen Farben erinnerten an Spiralnebel im Kosmos. »Ich gehe davon aus, dass sich Ihre Geschäftsbeziehungen mit den horizontalen Herrschaften auf diese Kugeln da beschränken.« Der Bowlingball rollte ein paar Zentimeter unter den Bürotisch und blieb zwischen einer Lidl-Plastiktüte und zwei leeren Bierdosen liegen.

»Na ja, mehr oder weniger.« Drechsler kniff die Lippen zusammen. »Die Typen und ihre Chicks treffen sich hier zweimal im Monat. Ist immer wie ein Friedensgipfel. Bowlen statt Prügeln.« Er hob erneut die Flasche an und träufelte den Whisky ins Tuch. Er betrachtete die dunklen Schlieren im Stoff. »Also, mal ehrlich jetzt. Was wollen Sie von mir?«

Die Zeit wurde knapp. Lukas entschied sich für eine Strategie der Wahrheit und Offenheit. Sebastian Drechsler erschien ihm zugänglicher als die Direktorin des Eisenstein-Gymnasiums. »Ich bin wegen Laura Gehler hier.«

Aus den Lautsprechern hämmerte dumpf Madonnas *Like a Virgin*. Zwei Frauen auf viel zu hohen Schuhen schleppten zwei Bowlingkugeln durch die Halle. Einer der beiden entglitt die Kugel, sie fiel polternd neben eine Bahn.

Drechsler zerknüllte das Tuch. Sein Gesicht wirkte scharfkantig und doch müde. Im flackernden Licht der Neonröhren sah seine Haut gelblicher aus, als sie es vermutlich war. Er setzte sich auf die Tischkante und blickte auf Lukas hinab. »Sie sind also Polizist. Kam mir sofort in den Kopf, als ich Ihre Action-Nummer da draußen gesehen habe.«

»Ich heiße Lukas Johannsen und bin Kriminalkommissar im LKA Thüringen. Die Putzfrau aus dem Eisenstein-Gymnasium hat mich auch sofort als Polizisten erkannt. Vielleicht mache ich den Job auch schon zu lange.« Er tippte mit dem Finger auf die Wunde. Feine Blutspuren blieben darauf zurück. »Sie hat mir einen Tipp gegeben, und jetzt bin ich hier bei Ihnen.«

Drechsler legte den Kopf in den Nacken und betrachtete die Risse in der Decke, als liefen dort oben vergessene Bilder aus seinem Leben vorüber. »Gerti. Das war die Gerti. Tolle Frau, hat viel erlebt. Die wird da nicht besonders gut behandelt.« Drechsler beugte sich vor und reichte Lukas das Tuch.

Er nahm es und presste den Whisky-getränkten Stoff auf seine Wange. Genauso gut hätte er seine Haut entflammen können. »Sie wissen, dass Laura Gehler verschwunden ist. Sie wurde entführt.«

»Natürlich.« Drechsler nickte. »Ich hatte schon Besuch von der Polizei. Sie kommen ein bisschen spät.« Er spielte mit einem Kugelschreiber, der auf der Tischplatte lag. »Wäre mir aber auch so oder so nicht entgangen. Steht ja auch hier in der Zeitung.« Ein zerfleddertes nordbayerisches Regionalblatt mit rotem Logo lag neben ihm. Drechsler ließ die Spitze des Kugelschreibers ein- und ausfahren. »Die verschwundene Tochter von 'ner Landrätin, so was zieht hier.« Er klickte den Stift schneller, ein hektischer Rhythmus entstand. »Vertreibt die Langeweile am Abendbrottisch. Unsere Emotionshechler und Heuchler stehen auf so 'ne Gutenachtgeschichte. Ich kenn die Leute hier.«

Lukas musste lächeln. Drechsler wirkte nicht unsympathisch.

Doch das hätte er über die meisten Mörder sagen können,

die seinen Weg gekreuzt hatten. Nichts ist so harmlos, wie es scheint. »Es gibt eine Spur des Entführers, die zurück in das Jahr 2016 führt. Deswegen bin ich hier.«

Das Klicken stoppte, dafür schaukelte Drechslers linkes Bein auf und ab. »Ich werde noch immer verdächtigt, Herr Johannsen?« Er legte den Stift auf den Tisch und verschränkte die Arme vor der Brust. »Wirklich?«

»Gäbe es einen Grund dafür?«

»Sie meinen damit, ob ich ein Motiv habe?« Er rieb seine Stirn. »Sie wollen also die ganze Geschichte hören, oder?« Drechsler stieß sich vom Tisch ab und ging neben einem Heizkörper in die Knie. Er öffnete einen verbeulten Verbandskasten aus Blech und entnahm ihm ein Heftpflaster. »Ich bin gut darin, meine Wunden vor anderen zu verstecken.« Die Klappe rastete wieder ein, er reichte Lukas das Pflaster. Drechsler wandte sich ab und trottete durch den Raum. Seine Schultern wirkten eingefallen, der schwarz-gelbe Jogginganzug schlackerte an seinem Körper. »Laura Gehler ist der Grund, warum ich überhaupt in dieser Rumpelbude hier gelandet bin.«

»Das ist mir angedeutet worden, aber die präzisen Details fehlen mir.«

»Natürlich. Die Schweigemauer ist immer noch intakt. Da kommt niemand durch.«

Seine Aussage passte zur ablehnenden Haltung der Direktorin und zu Ludwig Bauers zögerlichen Erklärungen. »Erleuchten Sie mich. Ich bin ein guter Zuhörer.« Er lächelte ihm zu.

Drechsler zog eine zerknitterte Packung Pall Mall aus seiner Hosentasche. Nur drei Zigaretten waren übrig. »Stört es Sie, wenn ich …?«

»Nein, keine Spur.« Lukas verabscheute Zigaretten. Ein wenig kultivierte Heuchelei konnte dennoch nicht schaden.

Drechsler brauchte drei Versuche mit dem Reibrad des Feuerzeugs. Seine Hand zitterte. Endlich schoss die Flamme empor. Auf dem Feuerzeug waren kleine, abgenutzte Herzchen abgebildet. Er nahm einen tiefen Zug und blies den Rauch gegen die Wand.

Die Schwaden umnebelten einen verblichenen Kalender mit Pin-up-Girls. Neben Drechslers Füßen standen Kartons mit hochprozentigem Alkohol und zwei Werkzeugkisten. Ein Paar zerschlissene Bowlingschuhe lag verknotet in einer anderen Ecke. Er hatte seine Welt der blitzeblanken Sporthallen gegen eine Gerümpelhalde eingetauscht. Für all das machte er Laura Gehler verantwortlich.

»2016 war ich Sportlehrer am Eisenstein-Gymnasium. Als Referendar. Laura war mit ihrer Mädchenclique in meinem Basketballteam.«

Ein Lehrer, eine Schülerin. Lukas wusste, in welche Richtung Drechslers Geschichte nun gehen würde. Er unterbrach ihn nicht.

»Damals war mir nicht klar, wie Laura wirklich drauf ist. Wie weit sie gehen würde. Sie versuchte, mir den Kopf zu verdrehen. Einfach so. Das fing mit vermeintlich zufälligen Berührungen an. Mal an der Hand, auch am Arm, und später dann am Oberschenkel. Ohne Rücksicht auf Verluste.«

Er bewegte sich in die Opferrolle. Unbewusst oder bewusst, das spielte keine Rolle. Lukas hatte Dutzende vergleichbare Situationen bei Verhören erlebt. »Sie war minderjährig. Das war Ihnen klar.«

Drechsler lachte auf. »Natürlich habe ich das gewusst. Können Sie sich vorstellen, wie ich die Nacht mit ihr verbringe? Wie ich mich mit ihr durch die Laken wälze? Wie ich am Morgen danach in den Spiegel gucke und mich einfach nur scheiße fühle?«

Anzügliche Nachrichten, heimliche Treffen, dann der Sex. Ein Lehrer lässt sich mit einer Schülerin ein. Die alte Geschichte. »Ja, das kann ich mir gut vorstellen.«

Drechsler deutete mit der Zigarettenspitze auf Lukas. »Und genau das ist das Problem. Ich habe es nicht getan. Es ist nichts passiert. Niemals. Aber alle haben geglaubt, dass ich heimlich Sex mit Laura hatte. Mit meiner Schülerin. Alle haben *ihr* geglaubt.«

Lukas spürte das Pochen auf der Wange. »Entschuldigen Sie, ich wollte nicht ...«

Er winkte ab. »Nee. Schon in Ordnung. Vielleicht bin ich einfach nur der Typ für solche Nummern. Einer, dem man so was zutraut.« Er nahm einen tiefen Zug an seiner Zigarette und ließ den Rauch aus seinem halb geöffneten Mund aufsteigen. »Oder ich war es wenigstens.«

»Ich verstehe nicht, warum Laura das getan haben soll. Erklären Sie es mir.« Er musste weiterreden.

Drechsler wanderte durch den Raum, blieb stehen, ging weiter, stoppte wieder. Dabei fuhr er sich durchs Haar. »Wer fickt als Erste den Sportlehrer? Das war das Motto in Lauras kleiner Mädchentruppe gewesen. Nichts anderes. Sie war die Anführerin. Die verdammte Anpeitscherin, und sie musste liefern in diesem Kackspiel.« Drechsler blieb vor einem Dutzend Holzkegel stehen. Sie waren rissig, die weiß-rote Farbe abgeblättert. Die Jahrzehnte klebten an ihnen. Er nahm einen der Kegel vom Boden auf und strich über das Holz. Farbreste bröckelten ab, er schnippte sie fort. »Laura hat alles versucht, um an mich ranzukommen. Kleine Zettelchen an meinem Auto, Anrufe mit unterdrückter Nummer. Mag sogar sein, dass sie wirklich was für mich empfunden hat. Auf mich hat sie jedenfalls wie eine Besessene gewirkt.« Er betrachtete den Kegel intensiv, wog ihn in der Hand. »Ich habe nicht reagiert. So eine harmlose Mädchenmacke, dachte ich mir. Das war mein Fehler. Ich habe es damals einfach nicht besser gewusst.«

»Sie hätten alles der Schulleiterin, Frau Wagenbrecht, melden können.«

»Aussichtslos.« Er fuhr über die Spitze des Kegels. »Haben Sie mal einen Buschbrand erlebt?«

Lukas hatte sich nur in Europa rumgetrieben. Ein bisschen Portugal, ein wenig Italien und ein Hauch Frankreich. Bis nach Australien oder Afrika hatte er es nie geschafft. »Leider nein.«

»Es beginnt mit Trockenheit, mit einem Funken. Einem Blitzeinschlag. Einem brennenden Streichholz.« Er hielt die Zigarette empor. »Laura war all das in einer Person. Sie hat mit ihren Lügen einen gewaltigen Brand gelegt, für den ich bezahlen musste. Sie war eine Schlange.« Er warf die Zigarette auf den Boden und trat das glühende Ende aus. »Es gab hier vor Jahren so einen Schuppen, das *Pop a Gogo*. Ich habe da öfter abgehangen. Gute Musik, billige Drinks. An einem Abend war Laura mit ihrer Girlie-Gang da und hat versucht, mich vor ihrer Clique anzugraben.«

Lukas sah die Bilder vor seinem inneren Auge. Da war Laura Gehler, umgeben von kichernden Teenagern. Hämmernde Musik, Rauchschwaden, ein Barkeeper mit seinen bunten Ginflaschen.

Sebastian Drechsler saß auf seinem Barhocker. Laura näherte sich ihm, flirtete ihn an, legte ihm eine Hand auf den Oberschenkel. Niemand der Umstehenden bemerkte das in dem Gedränge, nur die Mädchen im Hintergrund. Drechsler fegte ihre Hand fort. »Sie haben Laura zurückgewiesen, oder?«

»Natürlich. Sie ist dann durchgeknallt. Kurz darauf hat sie behauptet, dass sie mit mir Sex in meiner Umkleidekabine gehabt hätte. Mitten auf dem Schulgelände. Alles nur, weil sie ihrer Clique imponieren wollte. Können Sie sich diesen Dreck vorstellen?«

Wenn es darauf ankam, konnte Lukas sich sogar die Weite des Universums vorstellen. Drechslers Beschreibungen aber machten ihn ratlos. »Sie hätten sich wehren müssen.«

»Das habe ich.« Er strich mit dem Daumen über den Kopf des Kegels. »Ich habe das versucht. Vergeblich.« Er trat direkt vor Lukas. »Sie verstehen das nicht. Lauras Mutter hat natürlich alles mitbekommen. Sie ist Landrätin, einflussreich, und sie hat das Gymnasium mit Fördergeldern unterstützt. Die Direktorin hat das getan, was Imke Gehler wollte. Immer.«

»Sie wurden rausgeworfen.«

Drechsler riss die Arme in die Höhe. »Die haben mir mit strafrechtlichen Konsequenzen gedroht. Haben gesagt, die anderen Mädchen würden Lauras Geschichte bestätigen. Die Eltern der Schüler würden sich nur so beruhigen lassen. Es gäbe noch mehr Beweise. Sie wollten nicht, dass ich die Schule als Institution beschädige. Und Laura sollte so auch geschützt werden. Lachhaft ...« Er stützte sich mit einer Hand an der Wand ab. »Ich sollte einfach nur still und heimlich gehen.«

»Und das haben Sie getan.« Lukas lehnte sich im Bürostuhl zurück und schlug die Beine übereinander. Die tiefen Stirnfalten auf Drechslers Stirn und der matte Schein seiner Augen – die Ereignisse hatten ihn gebrochen. Er wirkte keinesfalls wie ein Schauspieler.

Vor dem Treffen hatte Lukas ihn von Polizeihauptmeister Weber scannen lassen. Drechsler war der Sohn einer Friseurin und eines Dachdeckers. Aufgewachsen in der Südstadt, in einer Nürnberger Hochhausburg. Zwei Geschwister, keine Einträge ins Strafregister. Ganz sicher war er die Hoffnung seiner Eltern gewesen, der sozialen Wüste mit seinem Studium zu entkommen. Er war gescheitert und mit ihm seine ganze Familie. Drechsler wirkte nicht wie ein Entführer, es gab auch keinerlei Verbindungen zum Hanka-Fall – dennoch würde er ihn durchs

LKA beobachten lassen. Lukas' Misstrauen hatte sich oft genug als Stärke erwiesen.

Drechsler umklammerte den Kegel so hart, als wollte er das Holz zerbersten. »Ich stand gegen Frau Wagenbrecht, gegen Laura und ihre gottverdammte Mutter. Gegen Imke Gehler – gegen eine Landrätin mit politischen Kontakten und Einfluss. Ich konnte nicht gewinnen.« Er warf den Kegel in eine Ecke, mit einem Poltern prallte er gegen die Wand und riss andere Kegel mit sich. »Keine Chance.« Das Rumpeln erstarb. »Frau Gehler hat ein paar Wochen später dafür gesorgt, dass ich einen Eintrag bei der Landesschulbehörde bekommen habe. Mein Weggang wurde als Schuldgeständnis gewertet. Die haben mir Unterrichtsverbot verpasst. Mein Studium war sinnlos. Gehler hat mich für immer gebrandmarkt. Sie hat mich zerstört für die Lügen ihrer Tochter.«

»Niemand hat Ihnen geholfen, wie es aussieht.«

»Das Lehrerkollegium stand erst auf meiner Seite. Aber dann wurde Druck ausgeübt ...«

»Verstehe.« Lukas erhob sich aus dem Bürostuhl. Der Sitz federte nach. »Im alten Rom erklärten sich etwa sechzig Leute bereit, Julius Caesar zu erdolchen. Aber sein toter Körper hatte nur dreiundzwanzig Stichwunden.« Er klopfte ihm auf die Schulter. »Glauben Sie mir, Herr Drechsler, Menschen ändern ihre Meinung schnell. Erst recht, wenn es um den eigenen Vorteil geht.« Lukas hatte das bei seinen Kollegen und vor allem bei seinen Vorgesetzten nie anders erlebt.

Draußen brüllten sich vor einer Bahn zwei Männer in Anzügen an. Ihre Schreie waren durch das Glas wie ein Brummton zu vernehmen. Die beiden bauten sich mit durchgedrückten Rücken auf, bewegten die Köpfe aufeinander zu. Drohgebärden der Alphatiere. Ihre Frauen wollten den Streit schlichten und schoben sich zwischen die beiden.

Drechsler beobachtete das Treiben auf der Bahn. »Jetzt bin ich hier gelandet, und ich komme nie wieder raus aus diesem Loch.«

Lukas widersprach nicht. Morgen würde er zurück nach Hause fahren mit leeren Händen. Keine neuen Indizien, keine verfolgbaren Stränge. Er dachte an Berit und ihre kritischen Worte in der Scheune: *Wir wissen nicht einmal, ob er es wirklich ist. Es könnte sogar ein Nachahmungstäter sein.*

Vielleicht ist es auch jemand, der sich ganz bewusst nur als Puppenmörder ausgeben will. Oder es ist der Kerl, und er will dich auf falsche Fährten führen. Berit hatte recht. Alles war möglich. Er war in einer Sackgasse gelandet.

Lukas kramte ein paar DIN-A4-Blätter aus seiner Manteltasche hervor. Darauf waren die einhundertvierunddreißig Namen aller Schüler des 2016-Jahrgangs vom Gymnasium niedergeschrieben. Er legte die Papiere auf den Tisch. »Tun Sie mir den Gefallen und setzen Sie hinter allen engen Schulfreundinnen und -freunden von Laura einen Haken.« Das engte den Kreis für weitere Recherchen ein, auch wenn Lukas nicht mehr an einen Erfolg glaubte. »Eine Frage noch: Verbinden Sie den 19. August 2016 mit irgendeinem besonderen Ereignis?«

»Das haben Ihre Kollegen schon gefragt.« Drechsler schloss die Augen halb, suchte in Lukas' Gesicht nach Anzeichen, die womöglich auf eine Fangfrage oder einen tieferen Sinn hindeuteten. »Da fällt mir nichts ein. Ich habe auch wirklich nichts mit dieser Sache zu tun, Herr Johannsen.« Drechsler hatte Angst, nackte Angst, die letzten Reste seiner sozialen Existenz zu verlieren. Zum zweiten Mal. »Glauben Sie mir, bitte.«

»Ich bin nicht Frau Gehler. Keine Sorge.«

Drechsler nickte und setzte sich vor den Tisch. Er nahm den Kugelschreiber und markierte einzelne Namen in den Listen. *Tamara Schreiber, Paula Kunert, Marcel Jakobsohn. Nils Steinert.*

Die Spitze des Kugelschreibers kratzte über das Papier. Lukas blickte über Drechslers Schulter, als der abrupt innehielt.

»Herr Johannsen, ich möchte nicht, dass Laura etwas passiert, aber, ganz im Ernst ...« Er presste die Lippen zusammen. »Sie hat vielen Menschen wehgetan. Nicht nur mir.«

Lukas zuckte mit den Schultern. »Sie müssten etwas deutlicher werden.« Womöglich wollte Drechsler nicht mehr einen vorderen Platz in der Reihe der Gehler-Geschädigten einnehmen.

»Ich wüsste nicht, wo ich anfangen sollte.« Er blickte zur Decke auf, konzentrierte sich. »Laura hat Cannabis an zwei Schulfreundinnen vertickt. Die wurden erwischt. Laura hat keine Strafe bekommen. Sie hat sogar mal ein Nacktfoto von einer besoffenen Schülerin gemacht und das rumgeschickt. Im Basketballteam hat Laura einem Mädchen den Arm gebrochen. Aus Versehen nur, aber keiner hat das wirklich geglaubt.«

»Wenn Sie sich erinnern, markieren Sie bitte auch diese Namen auf dem Papier mit einem Hinweis.«

Drechsler nickte nur. Er beugte den Kopf wieder tief über die Liste. Elisa Grabstedt, Luna Meier – *Drogen*. Juno Kirsch – *Nackt*. Sophia Probst – *Arm*.

Als er fertig war, schüttelte er den Kopf. »Und niemals, nicht ein einziges Mal, ist Laura zur Rechenschaft gezogen worden.« Drechsler warf den Kugelschreiber auf den Tisch. »Ihre verdammte Mutter hat alles erstickt, weil sie es konnte. Und klar, natürlich ist Laura mit einem Top-Abi von der Schule gegangen.«

»Heute ist Laura vielleicht ein anderer Mensch geworden.«

»Mag sein, für mich ändert das aber nichts mehr.« Schritte hallten vom Gang hinter der Tür. Eine junge Frau schlug die Klinke nach unten und stürmte ins Zimmer. Das Oberteil ihres schwarz-gelben Jogginganzugs zeigte ihr tiefes Dekolleté. Sicher eine trinkgeldsteigendernde Strategie. Ihr blondes Haar war zu zwei Zöpfen gebunden.

»Basti, komm schnei! Die hauen sich noch die Schädel ein.« Als sie Lukas bemerkte, machte sie einen Schritt zurück. »Nix für unguat, aber do draußn knallt's gleich.« Noch bevor ihr Satz beendet war, verschwand Drechslers Kollegin wieder im Gang.

Die beiden Männer an der Bowlingbahn standen sich nun mit gehobenen Fäusten gegenüber, tasteten sich mit angetäuschten Schlägen ab. Die beiden Frauen an ihrer Seite hatten ihre schlichtenden Rollen aufgegeben und traten mit ihren Stilettos um sich. Immer mehr Horizontale kamen zu dem kleinen Pulk an Bahn drei zusammen. Was für ein äffisches Theater.

Drechsler erhob sich. »Ich muss dann mal. Wenn Sie noch was brauchen von mir, melden Sie sich doch bitte.«

»Mach ich.«

Drechsler reichte ihm zum Abschied die Hand, ein kraftloser Druck. Er wandte sich ab und eilte durch die Tür. Zwanzig Sekunden später tauchte er wieder auf, in der von ihm so verabscheuten Welt der Bowlingbahnen. Drechsler stellte sich zwischen die Fronten, versuchte, den Streit zu schlichten. Dort stand er nun, das war sein Leben.

Lukas betrachtete sein reflektierendes Gesicht in der Scheibe. Er nahm das Heftpflaster, riss die Schutzstreifen ab und klebte den Strip auf seine Wunde.

Wie erwartet, zog ein pochender Schmerz über seine Wange. Er ignorierte ihn. Die Zeit wurde knapp. Für ihn und für Laura.

KAPITEL 37

Achtunddreißig Zigaretten. Wie zertretene Würmer lagen sie im Aschenbecher des Hotels. Achtunddreißig Zigaretten in acht Stunden. Imke stocherte mit dem Zeigefinger in den Kippen herum. Sie konnte förmlich spüren, wie der braune Teer durch ihre Lunge jagte. Die alten Laster kehrten mit doppelter Wucht zurück.

Sie zog eine weitere Zigarette aus der Schachtel. Diesmal würde sie eine Stunde warten, bevor sie den Tabak entzündete. Das konnte sie schaffen. Sie musste es nur wollen.

Imke ging in der Hotellobby auf und ab. Der Mann an der Rezeption blickte schon seit Tagen nicht mehr auf, wenn er ihre Schritte vernahm. Längst hatte er sich an das Getrappel zwischen grünen Samtsesseln und Eichentischen gewöhnt. Auch seine Tiraden über Rauchverbote hatte er aufgegeben, ganz so, als ob Imke gar nicht mehr in dem Hotel existierte.

Sie war mit sich allein, doch sie beobachtete sich dabei. Seit Lauras Verschwinden hatte sie alle emotionalen Facetten wie in einem Zeitraffer durchlebt. Panik, Depression, Aggression. Hoffnung. Verzweiflung. Sie war eine Frau, die handeln musste. Geriet sie mit ihrem Auto in einen Stau, fuhr sie grundsätzlich einen längeren Umweg, wenn sie nur in Bewegung bleiben konnte. Mit erhöhter Geschwindigkeit holte sie die Zeit wieder ein. Sie wog die Zigarette in der Hand. Alles war eine Frage des Willens. Alles.

Draußen hatte der Schnee nachgelassen, als wollte die Natur vor dem großen Finale noch einmal tief durchatmen. Die kommende Nacht würde zur kältesten des Jahres werden. Meteorologen gingen von mindestens minus zweiundzwanzig Grad aus. Ein Countdown lief, der Lauras Leben unbarmherzig herunterzählte. Nur noch ein paar Stunden, dann war das Ultimatum verstrichen. Alles bewegte sich, die Zeit war nicht bestechlich.

Auf dem Tischchen in der Lobby lag eine Tageszeitung. Imke nahm das Blatt und schlug es auf. Das Papier raschelte, der bräunliche Abdruck einer Kaffeetasse zeigte sich am unteren Rand der Titelseite. In den vergangenen Tagen hatte Imke ausgewählten Journalisten Interviews gegeben, und sie lieferten. Heute hatte sie es auf Seite drei einer überregionalen Zeitung geschafft. Ein sehr gutes Ergebnis.

Von dem Farbfoto über dem Artikel sah sie eine ernste Imke an. Eine Mutter. Ein Mensch in Sorge. Mit der flachen Hand glättete sie das Papier. *Sie* wäre beeindruckt gewesen von dieser Frau. Ein Gesicht, von Trauer gezeichnet, doch mit Stärke im Blick. Die zusammengepressten Lippen zeugten von Entschlossenheit. Von Standhaftigkeit. Das hier war nicht nur ein gutes, sondern ein perfektes Bild.

Mit dieser Geschichte im Rücken war sie die beste Kandidatin für die nächste Bürgermeisterwahl. Die Mitglieder ihres Landkreises ließen daran in ihren subtilen Botschaften keinen Zweifel aufkommen. Kurz nur erschrak sie über ihre beschämende Denkweise. Eine kalte Überlegung. Hier ging es um Laura. Um ihre Tochter.

Imke faltete die Zeitung und legte sie wieder zurück auf das Tischchen. Doch wer so viel Leid wie sie erfahren hatte, musste für einen solchen Gedanken keine Schuld empfinden.

Imke hatte in die Ermittlungen eingreifen müssen. Jahrzehntelang hatte sie als Politikerin Netzwerke zu Journalisten gebaut und auf Beziehungen eingezahlt. Sie holte sich davon etwas zurück. Ein letzter Ausweg – mehr war das für sie nicht gewesen.

Johannsens Vorwürfe konnte sie nicht akzeptieren. Er bemühte sich, aber auch er würde nichts erreichen und erneut scheitern. Ihr vertrauensvolles Bündnis war zerbrochen. Das Kriminalkommissariat in Thüringen arbeitete mit den Beamten in Bayern zusammen, überzeugende Ergebnisse fehlten. Aufkeimende Verdachtsmomente hatten sich zerschlagen, mögliche Spuren endeten im Nirgendwo.

Sie rollte das Ende der Zigarette über ihre Unterlippe, der Geruch von Tabak drang ihr in die Nase. Immer wieder hatte sie Lauras 2016 nach außergewöhnlichen Vorfällen durchleuchtet. Tagsüber, vor dem Schlafengehen, nach dem Aufwachen – sie dachte an nichts anderes mehr. Gefunden hatte sie nichts. Zumindest nichts, was in der Konsequenz Jahre später zu Lauras Tod führen konnte. Ausgeschlossen.

Draußen vor den Fenstern fuhr Benjamin mit seinem Audi auf den Parkplatz. Die Räder drehten durch, der Motor erstarb.

Sie war ungerecht zu ihm gewesen, hatte ihn verurteilt, ohne ihn wirklich zu kennen. Sie musste sich revidieren.

Als Benjamin die Doppeltür des Hotels öffnete, drang Eiseskälte in die Lobby. Er zog eine wässrige Spur hinter sich her. »Irgendetwas Neues?« In seiner Stimme fehlte der kraftvolle Ausdruck.

»Was soll es Neues geben?« Imke entzündete ihre Zigarette, sie nahm einen langen Zug. »Wir sind im Endspiel angekommen, und wir verlieren.« Die Glut fraß sich durch den Tabak. »Wir verlieren, weil wir dumm sind.«

KAPITEL 38

»Wir haben das Ende erreicht. Das sind die letzten Kapitel.« In der Stimme aus dem Lautsprecher, inmitten von Rauschen und Knistern, klang Traurigkeit mit. »Es wird schlimmer, bevor es besser wird. Aber das hast du ja sicher erwartet, Laura.«

»Ich will, dass dieses Spiel endlich aufhört.« Laura blickte hoch zur Kamera. Hinter dem Plexiglas flackerte die kleine rote Signallampe, so wie all die Wochen zuvor. »Ich will, dass dieser gottverdammte Albtraum endlich endet.«

»Aber das wird er. Du und ich – wir beide wissen doch, dass es keine bösen Träume gibt. Es sind nur die Nachrichten von unserem Unbewussten, die uns zugesandt werden. Du musst sie richtig deuten.«

»Ich will, dass das alles aufhört!« Sie schrie ihre Wut in das elektronische Gesicht ihres Entführers. »Es soll endlich aufhören.« Diesmal sprach sie ganz leise. »Bitte ...«

»Du, Laura, entscheidest jetzt, wie unsere gemeinsame Zeit endet.« Etwas raschelte im Lautsprecher, wie harter Stoff oder eine zerknüllte Packung Taschentücher. »Und ich, ich sehe dich auf der anderen Seite deiner Entscheidung.«

Laura ging durch den Käfig, sie legte beide Hände auf das Glas. Kalt. Ein erdiger Geruch zog durch den Raum. Weit entfernt meinte sie, das Rauschen des Windes zu hören. Vermutlich ein Irrglaube. Sie nahm alle Geräusche wahr wie durch Watte. Die altbekannte Stressreaktion ihres Körpers.

Laura wandte sich um und durchquerte den Raum. Da war Hitze in ihr, sie entstand im Bauch und stieg in Wellen zu ihrem

Hals auf. Panik. Sie kannte dieses Gefühl von den Klausurarbeiten an der Uni. Die Angst vor dem Scheitern hatte sie vollends ergriffen.

Die Augen der Schaufensterpuppe folgten ihr, sie streckte die rissigen Arme nach ihr aus. Die roten Lippen aus Plastik wollten mit ihr sprechen, sie vor dem nächsten Schritt warnen. Alles Einbildung und alles wahr. Die Wochen in Gefangenschaft hatten Lauras Kopf verändert. Manchmal sah sie flirrende Gestalten vor sich. Eine Folge der Betäubungsstoffe, mit der er sie immer wieder vollgepumpt hatte. Zwischen Realität und Halluzination konnte sie kaum noch unterscheiden.

Laura stolperte über den Teppich. Sie hatte die Worte Hunderte Male durchgespielt, sie im Geiste geübt und am Ende für richtig befunden. Nun musste sie die Sätze nur noch aus sich herauspressen.

»Ich weiß, dass ich hier bin, weil 2016 etwas passiert ist.« Sie tastete sich wie in einem Ratespiel an die Lösung heran und war dabei von nackter Furcht erfüllt – vor der Stimme und ihrem harten *Nein*.

Mehr als ein Atmen drang nicht aus dem Lautsprecher.

Unter Lauras Füßen raschelten die Seiten eines aufgeschlagenen Buches. Sie glaubte sich auf dem richtigen Weg. Da war etwas, das sie organisch spüren konnte. Als würde ihr Entführer direkt neben ihr sitzen und ihr zunicken.

»Ich bin in einem Vorfall involviert gewesen, und es hängt mit dem *Pop a Gogo* zusammen. Ich habe einen Riesenmist gebaut.«

Ein Knacken von oben, ein elektrisches Brummen folgte. »Weiter, Laura. Rede weiter.« Die Worte wirkten unnatürlich lang gezogen, als würden sie wie ein Gummiband auf ihre maximale Dehnbarkeit geprüft.

»Es ist so ... dass ich ... also ... ich weiß, was ich getan habe ...« Laura wartete, hoffte auf irgendeine Zustimmung aus der Lautsprecherbox. Doch da kam nichts. »Es geht um Sebastian Drechsler. Ich habe ihm ... etwas Schreckliches angetan.« Nun war es raus. Der Name hing in der Luft. Er war ausgesprochen, und sie konnte ihn nicht mehr zurücknehmen. »Es war nur ein dummes Spiel gewesen. Aber ... ich habe sein Leben zerstört. Hier im Käfig habe ich ... also, ich habe verstanden, was ich getan habe.«

Ihre Knie knackten, als sie sich direkt der Kamera zuwandte. »Sebastian, wenn du das bist ... bitte, ich ... das tut mir alles leid. So schrecklich leid.« Sie ballte die Finger zu Fäusten, presste die Nägel hart in ihre Haut. Ein stechender Schmerz schoss durch ihre Nervenbahnen. »Bitte ...«

»Öffne dein Hemd«, sagte die Stimme.

Laura hörte die Strömungsgeräusche des Blutes in ihren Ohren. Ein Pochen setzte ein. Sie hatte die Stimme dennoch richtig verstanden. »Aber ...« Ihre Finger berührten den weißen Baumwollstoff. Es war eines der Kleidungsstücke, das sie in der kleinen Kommode gefunden hatte. »Ich verstehe nicht ...«

»Öffne dein Hemd.«

Laura suchte nach Milde in der fremden Stimme und fand nur Schärfe und Kälte in ihr. Mehr als ein Nicken brachte sie nicht zustande. Obwohl sie keinen BH trug, öffnete sie die unteren Knöpfe des Hemdes. Dann hielt sie inne.

»Weiter. Alle Knöpfe.«

Laura kämpfte gegen ihren inneren Widerstand. Was plante er? War der Unbekannte doch nicht Sebastian? Die Zweifel kehrten zurück. Sebastian war zurückhaltend gewesen, hilfsbereit, immer für die anderen da. Das hier passte nicht zu ihm. Egal, was sie ihm angetan hatte. Ausgeschlossen.

Sie war einer falschen Fährte gefolgt. Der Mann hinter dem

Mikro wollte sie demütigen, sie wie eine Puppe tanzen lassen. Sein Finale mündete in ihrer Vergewaltigung.

Die aufgeladene Luft nahm spürbar das Innere des Käfigs ein. Sie würde sich nicht nackt ausziehen. Nicht vor der Kamera. Nicht vor ihm. Niemals.

»Das mache ich nicht.« Ihre Lippen zitterten, Tränen stiegen in ihr auf. »Das kann ich nicht.«

»Du kannst und du wirst.«

Wieder blickte Laura zu der Puppe am Ende des Käfigs. Ihre blasse Haut, die dünnen Ärmchen, die aus dem schwarzen Kleid ragten. Wäre sie lebendig gewesen, sie hätte ihr sicher zaghaft zugenickt, um eine Eskalation zu vermeiden. Laura suchte in dem künstlichen Gesicht nach Antworten, die sie nie bekommen würde. Sie war allein, sie musste sich entscheiden.

Ein Knopf aus Perlmutt lag zwischen ihren Fingern, sie schob ihn durch die Öse. Und noch einmal. Das Hemd war vollständig geöffnet, sie zog den Stoff über ihrer Brust zusammen.

»Bück dich. Heb den Lippenstift auf!«, tönte es aus dem Lautsprecher.

Der Lippenstift. Immer wieder war er ihr in den vergangenen Wochen vor die Füße gerollt. Sie hatte ihn achtlos durch den Käfig getreten. Nun wollte der Unbekannte, dass sie sich die Lippen schminkte. Sie sollte sich für ihn hübsch machen, bevor er sie vollends zerstörte. Davor hatte sich Laura seit dem ersten Tag gefürchtet. Nun also war es so weit.

Der schwarze Mac-Schriftzug war an vielen Stellen abgegriffen. Wie automatisch öffnete sie den Verschluss des Lippenstifts. Ein Klacken. Im Innern lag die grenadinerote Masse, bröckelig und vertrocknet. Sie hob den Lippenstift an, berührte mit der abgenutzten Spitze ihren Mund.

»Halt.« Ein Krachen hallte durch den Raum. So dumpf wie der Schlag einer Faust auf einen Tisch. Die elektronischen Wellen ebbten ab, ähnlich einem Echo. »Streich mit der Hand über deinen Bauch und über deine Brüste.«

Laura ließ den Lippenstift fallen. Sie sollte an sich rumspielen, während die Kamera alles zu ihm übertrug. Sie ahnte ihn sitzend vor seinem Monitor, die Hose geöffnet, während er mit einer Hand sein Glied bearbeitete.

»Nein!« Ihre Stimme war dünn, viel zu hoch.

»Du wirst das tun. Verschwende deine Zeit nicht.«

Laura verkrallte die Finger in den Knopfleisten des Hemdes, zerrte den Stoff über ihre nackte Haut. Wenn der Unbekannte ausrastete, warteten womöglich noch schlimmere Strafen auf sie. Sie ließ die Arme sacken, ihr Hemd lag geöffnet vor der Kamera – und vor ihm.

»Press dir eine Hand auf den Bauch.«

Sie folgte seinem Befehl. Ihre Haut fühlte sich warm und pulsierend an. Doch unter ihren Fingern war noch etwas anderes, etwas Schmieriges. Wie von einer Paste oder von Fett. Laura riss die Hand hoch.

Der Lautsprecher knackte. Das Licht im Käfig blendete auf.

Gleißende Strahlen tauchten den Raum in hartes Licht.

Rote, schmierige Spuren zeichneten sich wie Blut auf Lauras Fingern ab. Sie verrieb die Masse. Lippenstift. Sie hatte Spuren von Lippenstift auf dem Bauch. Das musste *er* getan haben, als sie seine Benzodiazepine in den Tiefschlaf gerissen hatten.

»Aber ... warum ...?«

»Ich habe die ganze Zeit gewartet und gewartet. Darauf gewartet, dass dein kluger Kopf endlich begreift und alles versteht. Aber du hast mich enttäuscht. Du hast versagt.«

Laura betrachtete die roten Schlieren an ihrer Hand. *Lippenstift.* Bilder formten sich vor ihrem inneren Auge. Bilder aus dem Jahr 2016. Momentaufnahmen. Erst verzerrt, dann schärfer. Sie erstellte Verbindungen, erinnerte sich an Gerüche, sammelte Gedächtnisspuren. Gesichter gewannen an Konturen, wurden klarer.

Da war Sebastian Drechsler im *Pop a Gogo*. Umgeben von Zigarettenqualm. Musik von Bryan Ferry hämmerte aus Lautsprechern. Doch nicht nur Sebastian war dort. Auch andere standen in dem überfüllten Schuppen, drängelten sich aneinander. An diesem Abend. An diesem *einen* Abend.

Pop a Gogo. Sebastian. Lippenstift. Bryan Ferry. Da war etwas.

Ein Schwindelgefühl brachte Laura aus dem Gleichgewicht, ein Sog riss sie nach unten. Wie eine Betrunkene torkelte sie durch den Raum. Sie balancierte über eine Schlucht und war doch längst in die Tiefe gefallen.

Die hell bestrahlte Plexiglasscheibe des Käfigs reflektierte ihren wankenden Köper. Sie trat näher an das Glas heran. Näher. Ganz dicht. Ihr Atem schlug gegen die Scheibe und hinterließ dort einen feuchten Film. Die Wahrheit hatte sie erkannt – nicht anders herum.

Laura zog den Stoff ihres Hemdes wie einen Vorhang auseinander. Ihr nackter Oberkörper badete in den kalten Strahlen der Deckenspots. Über ihre Haut zogen sich die bröckligen Spuren des Lippenstifts. Sie bildeten verschmierte und verzerrte Zeichen – Buchstaben. Ein Wort setzte sich zusammen. Die Spiegelung in der Scheibe gab alles seitenverkehrt wieder.

Laura kniff die Augen zusammen, konzentrierte sich. Längst ahnte sie, was dort auf ihrer Haut geschrieben stand. Es begann auf ihrer rechten Brust mit einem *S*, zog sich längs über ihre Rippen bis hinab zu ihrem Bauchnabel und endete mit einem *E*. Acht verwischte Buchstaben – ein Wort. *SCHLAMPE.*

Laura stützte sich mit der Schulter an der gläsernen Wand ab. Ein Druckgefühl baute sich in der Brust auf. Da hämmerte etwas dumpf in ihrem Körper, wollte ausbrechen.

Pop a Gogo. Lippenstift. Toilette. Die verdammte Toilette.

Die Blitze. Die Mädchen. Die hämmernde Musik. Das Gelächter.

Und Laura begriff.

»Das ... das kann alles nicht sein.« Sie schlug sich mit der flachen Hand auf den Bauch, verschmierte die Buchstaben auf ihrer Haut. »Deswegen tun Sie mir das alles an?« Wie vertrocknetes Blut klebten die Reste roter Farbe an ihr. »Alles nur deswegen?«

»Alles nur deswegen. Reicht dir das nicht?« Die Lichter im Käfig wurden gedimmt. Staubpartikel wirbelten umher. Die Strahlen zogen sich langsam zurück in die Decke, als sei eine Aufführung beendet worden. »Du wirst jetzt für deine Fehler bezahlen.«

Laura sackte vor der reflektierenden Scheibe zusammen. Sie selbst war zum Spiegelbild ihrer Fehler geworden. Hart sog sie die Luft ein. »Wer sind Sie?« Als sie den Kopf senkte, fiel ihr das Haar in fettigen Strähnen vor die Augen. »Ich will nur noch wissen, wer Sie sind. Zeigen Sie mir Ihr verfluchtes Gesicht!«

»Unsere gemeinsame Zeit ist abgelaufen, Laura.« Ein Klacken drang aus dem Lautsprecher. »Ich werde dir deinen Wunsch erfüllen.« Das Mikro wurde deaktiviert, das elektrische Rauschen erstarb.

Anderthalb Minuten vergingen. Vielleicht mehr, vielleicht weniger. Hinter dem Plexiglas ertönte ein Knarren. Darauf folgten Schritte. Eine Silhouette näherte sich dem Eingang zum Käfig.

Er war gekommen.

KAPITEL 39

Das Lenkrad lag kalt unter seinen Händen, der Fahrtwind rauschte durch den Spalt der geöffneten Scheibe. Lukas drückte das Gaspedal durch, der Motor reagierte mit einem Brummen.

Die Straßenlaternen warfen ihr hartes Licht auf sein Auto. Der Schein fuhr über die Motorhaube, glitt über die Windschutzscheibe und verschwand. Bis zur nächsten Laterne. Die Schatten der Masten griffen wie Finger nach ihm. Licht. Schatten. Licht. Und wieder Schatten.

Lukas brauchte noch anderthalb Stunden bis nach Hause. Dann brach der neue Tag an. Der Tag, an dem das Ultimatum des Entführers endete und sich sein ganzer Plan offenbaren würde. Der Tag, an dem Lukas das Leben von Laura verspielt haben würde.

Er war hellwach und ruhig, seine Gedanken gewannen an Schärfe. Imke Gehler hatte ihm Wahrheiten vorenthalten. All die Eskapaden ihrer Tochter und die eigenen Vertuschungsmanöver stufte sie offensichtlich als unbedeutend ein. Keinerlei Relevanz erkennbar, die Jahre später die Entführung von Laura rechtfertigen konnte. Gehler mochte recht haben, und doch veränderte es das Bild, das er sich von Laura gemacht hatte.

Lukas schaltete einen Gang höher, das Getriebe reagierte mit einem dumpfen Klacken. Ein Maisfeld glitt in der winterlichen Einöde an ihm vorüber. Tote und verdorrte Stiele ragten aus der Erde. Wolken zogen über das Feld, verbargen den Mond.

Da war etwas in Lukas' Innerstem. Der Arbeitsspeicher seines Unbewussten meldete sich. Seine Intuition flüsterte ihm etwas zu von einer verborgenen und hochkomplexen Mechanik des Entführers, die sich ihm längst mitgeteilt hatte. Die Stimme war leise, wurde langsam lauter. Er verstand sie nicht. Noch nicht.

Er schaltete das Radio ein. Bob Dylan sang von einem dunklen Tag in Dallas. Seine traurige Stimme war nicht schön, aber sie klang nach Wahrheit. Lukas stoppte das Auto am Straßenrand. Die Räder surrten im Schnee. Er deaktivierte die Scheinwerfer und trat hinaus in die Kälte.

Tief bohrte er die geballten Fäuste in seine Manteltaschen und schritt über das tote Maisfeld. Die Stiele raschelten an seinen Hosenbeinen. Die gefrorene Erde knirschte unter seinem Gewicht. Lukas ging geradeaus in die Weite des Feldes und ließ für einen Moment alles hinter sich. Die Last, die Angst vor dem Scheitern und die langsam aufkeimende Panik, die ihn mit dem Verstreichen des Ultimatums zu ergreifen drohte.

Er erreichte die Mitte des Feldes. Wie still sich die Welt vor ihm ausbreitete. Er legte den Kopf in den Nacken. Über ihm zogen die Wolken vorüber, immer wieder blitzte der Mond zwischen ihnen auf. Tief sog er die Luft ein und reinigte sich von innen. Er hätte einen befreienden Schrei ausstoßen können, lang gezogen und kraftvoll wäre der gewesen. Doch das erschien ihm kindisch. Er brauchte das nicht. Es änderte nichts.

Als sechsjähriger Junge hatte Lukas einmal vor dem Klavier seiner Mutter gestanden. Ein Monstrum aus schwarzem Schellack. Die Klänge, die seine Mutter dem alten Kasten entlockte, faszinierten ihn. Ein Druck auf die Tasten, und die Luft vibrierte. Er wollte verstehen, woher die Töne kamen. Darum kletterte er auf den kippligen Hocker und öffnete die obere Klappe. Gedämpfte Saiten, Hebelkonstruktionen, Hämmer, Holz, Metall, Filz und Leder lagen vor ihm. Er zog an Saiten, spielte mit den Hebeln und rätselte über die Funktionsweise des

Klaviers. Seine Mutter sagte lapidar, dass alle Fakten vor ihm lägen. Er müsse die einzelnen Komponenten nur verbinden, und es ergebe sich das Ganze – der Sinn.

Lukas bastelte an einem Plan. Als seine Mutter an einem Abend zum Tanzen aus war, besorgte er sich die Werkzeugkiste aus dem Keller. Mit Hammer und Zange zerlegte er die Rückwand, löste einzelne Tasten und prüfte, wie die Hämmer gegen die Saiten des Klaviers geschleudert wurden. Mit kindlichem Forschergeist verfolgte er den Weg vom Anschlag bis zum Entstehen des Tons. Und endlich verstand er.

Als seine Mutter spät am Abend wiederkehrte und die Einzelteile ihres Klaviers vor ihr lagen, nahm ihr Gesicht eine weiße Färbung an. Sie schrie nicht, sie war nicht zornig. Stattdessen nahm sie ihn in die Arme und flüsterte: *Lukas, manchmal darfst du dich nicht zu sehr in den Kleinigkeiten verlieren. Das große Ganze zeigt sich manchmal erst, wenn du ein paar Schritte zurücktrittst.*

Dafür hatte er seine Mutter geliebt. Diesen Moment und das tiefe Gefühl von Wärme konnte er noch heute spüren.

Heute lagen die Details und das große Ganze ausgebreitet vor ihm. Er musste nur sehen und begreifen.

Lukas schob den Schnee vor seinen Schuhspitzen zur Seite. Er warf die Mantelschöße nach hinten und kniete sich auf die harte Erde. Kleine Steinchen bohrten sich ihm in die Unterschenkel. Stiele von verdorrtem Mais schabten über seine Hose. Er drückte den Rücken durch, akzeptierte die Kälte und verband sich mit ihr. Beide Hände ließ er auf den Oberschenkeln ruhen. Sein Atem floss langsam, bewusst, so wie Lukas die japanische Zazen-Technik erlernt hatte.

Minuten vergingen. Sein Geist leerte sich, er ließ die Stille zu. Erst die Stille, dann die Gedanken, die langsam zurückkehrten und sich neu sortierten.

Polizeihauptmeister Weber und sein Team hatten das Netz und alle Zeitungen, regional und national, im Umfeld des 19. August 2016 durchforstet. Bei all diesen kriminaltechnischen Analysen war das Geschehen jedoch stets nur aus Lauras Sichtachse betrachtet worden. Die Perspektive des Täters auf sein Opfer war im Verborgenen geblieben. Dabei hatte er sich längst mitgeteilt. Doch niemand verstand ihn.

Eine Nachtigall zwitscherte. Ihre lang gezogenen melodischen Töne zogen über das Feld. In der Ferne holperte ein Auto über die Landstraße.

Lukas zog sein Handy aus der Tasche und aktivierte die Suchmaschine. Das helle Display stach ihm in die Augen.

Der 19. August 2016 tauchte noch immer in seinem Browserverlauf auf. Zu engmaschig. Zu begrenzt. Er berührte den Bildschirm und entfernte das Jahr 2016. Der 19. August – übrig blieb nur noch ein Tag ohne Anbindung. Wieder warf er die Suchmaschine an.

Der 19. August war ein Tag im Sommer. Er war der Welttag der humanitären Hilfe, der Tag der Kartoffel, der internationale Tag der Fotografie. Ein nationaler Feiertag in Afghanistan und …

Lukas stutzte. Er führte das Handy näher an seine Augen heran. *Tag der Fotografie.* Laura studierte Fotografie. Aber das mochte ein Zufall sein. Oder nicht? Nein, zu abwegig. Und wenn es doch eine Verbindung gab, die viel zu offensichtlich war, als dass Weber ihr eine Bedeutung beigemessen hätte? Vorausgesetzt, sie war ihm überhaupt aufgefallen.

Verbarg sich hier ein Hinweis auf Lauras Uni? Die Beamten hatten Gespräche mit ihren engeren Kommilitonen geführt. Ergebnislos. Und doch …

Lukas kratzte den Schnee neben seinem Bein auf und bohrte die Fingerspitzen in die harte Erde. Krümel klebten an ihnen, er verrieb sie. *Ändere die Perspektive. Wähle die Sichtachse des Täters. Tritt fünf Schritte zurück und sieh das Ganze.*

Lukas zog die DIN-A4-Seiten aus seiner Manteltasche. Er sortierte die Polizeiprotokolle aus und legte sie neben sich auf die schneebeladene Erde. Übrig blieben die Seiten mit den einhundertvierunddreißig Namen von Schülern des Eisenstein-Gymnasiums.

Er beleuchtete sie mit dem Handy und blätterte sich durch die ersten Seiten, suchte die Anmerkungen von Sebastian Drechsler. *Tamara Schreiber, Paula Kunert, Marcel Jakobsohn. Nils Steinert.* Das ungelenke Gekritzel des Kugelschreibers tauchte neben den Namensspalten auf. *Elisa Grabstedt, Luna Meier – Drogen. Juno Kirsch – Nackt. Sophia Probst – Arm.*

Die Wolken über Lukas zogen weiter. Sie legten den Mond frei. Seine kalten Strahlen trafen ihn auf dem Feld.

Nur eine Person aus diesen Reihen ließ sich mit einem fotografischen Ansatz in Verbindung bringen – und er war verbunden mit dem Jahr 2016.

Der Gedanke erschien Lukas absurd, und doch tippte er Polizeihauptmeister Webers Kontakt auf seinem Handy an. Nach nur einem Hörton klackte es in der Verbindung, und ein Rauschen setzte ein.

»Haben Sie was für mich, Lukas?« Weber klang hellwach. Er kaute am anderen Ende der Leitung auf irgendetwas herum. Das Knistern klang nach seinen ungarischen Chips, die er jeden Tag im Büro mit den Backenzähnen zermalmte.

»Frank, ich habe einen Namen. Ich brauche einen Check in allen Datenbanken. Jetzt. Sofort. Es geht um das Eisenstein-Gymnasium.«

»Bin dabei. Legen Sie los.«

»Gut, dann hören Sie mir jetzt ganz genau zu …«

KAPITEL 40

Er trug seine Gummimaske. Sie verwandelte sein Gesicht in ein unergründliches schwarzes Loch. Die Gläser der mattgrauen Brille verschluckten seine Augen. Die Schlitze über dem Mund lagen aufeinander. Er sprach nicht. Er bewegte sich nicht. Er stand nur vor der Scheibe des Käfigs und blickte Laura an.

Sie atmete flach, wollte sich kontrollieren. Der Angst keinen Raum geben. »Ich weiß ... dass ich Fehler gemacht habe.« Laura ließ die Schultern sacken, machte sich kleiner. »Die macht doch jeder mal. Aber das hier ...« Sie klopfte gegen die Scheibe ihres Gefängnisses. »Das hier habe ich nicht verdient. Das müssen Sie doch auch kapieren.« Laura schüttelte den Kopf. »Das ist total krank.«

Der Mann trat näher an die Scheibe heran. Das Leder seiner Jacke knirschte. Er zog einen seiner Handschuhe aus und griff in seine Hosentasche. Ein iPhone kam zum Vorschein.

Das Gerät war an den Ecken angeschlagen, eine ältere Generation. Laura hatte dasselbe Modell besessen, bevor es auf ihrem Gerätefriedhof gelandet war. Das hier aber konnte ja nicht ihr altes Handy sein. Oder? Doch wem gehörte es dann? Ihm?

Der Mann drückte einen Knopf und wandte ihr das Display zu. Darauf war eine Blumenwiese mit einem Meer aus Margeriten zu sehen. Seine Hand war schmal, die Finger lang und filigran. Mit einer Wischbewegung verschwand die Wiese, an ihrer Stelle tauchte eine Sprachmemo-App auf.

Mit der Fingerspitze tippte er auf das Display. Ein Rauschen folgte, eine Stimme erklang. Die Stimme einer jungen Frau.

ᴊᴊᴊ TONAUFZEICHNUNG

Audiodatei – File 137, 21 MB, 192 kbit/s.

Es wird nicht besser. Nichts wird besser. Alles wird schlimmer. Es geht jetzt erst richtig los. Ich kapier das alles nicht ... (atmet schwer) Wie können Menschen so was tun? Warum machen die so was mit mir? Ich habe niemandem was getan (schluchzt). Niemandem. Ruhig, ich muss mich ... beruhigen (holt tief Luft). Ich drehe sonst total durch (schwere Atemgeräusche).

Das Irre ist ... ich habe schon seit Jahren immer Angst vor dem Monat November gehabt. Richtig fette Angst. Da ist so ein Gefühl von Panik in mir. Direkt hier in meiner Brust (ein dumpfes Klopfen). Das geht nicht weg.

Immer, wenn etwas Schlimmes passiert, geschieht es im November (schnieft). Immer dann. Dad ist da gestorben. Und Frido, mein Kater. Das ist doch lächerlich, vor so einem einzigen Monat Angst zu haben. Aber jedes Jahr, wenn der Oktober zu Ende geht, kommt das Gefühl zurück. Ich kann es nicht vertreiben. Und jetzt ... jetzt ist es wieder passiert. Mir ist es passiert, und ich bin noch nicht mal erwachsen (stößt schwer die Luft aus).

Ich war mit Nils und den anderen im Pop a Gogo tanzen. Hab mich echt auf den Samstag gefreut. Fing auch alles lustig an. Wir haben Cocktails getrunken und unten im Keller getanzt. Nils hat mir die Arme um die Schultern gelegt und mich geküsst. Die haben Slave to Love *gespielt. Ist so ein schmieriger Song aus den Achtzigern. Und dann hat mich Nils ganz lange geküsst. Immer wieder. »Du gehörst mir«, hat er mir ins Ohr geflüstert. (Langes Schweigen) War schön.*

War wunderschön. Bis dahin war alles perfekt. Und dann kam diese Laura aus meinem Basketballkurs mit ihrer Mädchengang.

Nils hatte mal kurz was mit ihr. Ist aber schon ein halbes Jahr her. Die ist so ein High-Class-Chick. Mutter Landrätin, Liebling der Lehrer, immer teure Klamotten. Sie hat Nils nur zugenickt und mich ganz lange gescannt. Dann hat sie sich Basti, unseren Sportlehrer, vorgenommen. Die hat den dreist angemacht, mit Antouchen und Oberschenkelstreicheln. Das war ihm so unangenehm, dass er sie wegschieben musste. Basti ist dann einfach abgehauen. Richtig weggerannt ist der. Hatte ordentlich die Nase voll von ihr. *(Ein Knarren, Schritte auf Holz ertönen)*

Nils und ich mussten laut lachen. Wir haben noch ein bisschen getanzt. Dann wollte er mit den Jungs oben ein Hörnchen rauchen und ein paar Minuten vor dem Laden abhängen.

Ich hätte nur mit ihm hochgehen müssen, dann wäre das alles nicht passiert. *(Ein Knirschen ist zu hören, ein Fenster wird geöffnet)* Nein, nichts von dem ganzen Dreck wäre passiert. Garantiert nicht.

Manchmal ... da schließe ich mit mir selbst Wetten ab. Anfang November zähle ich immer die Blätter auf dem Weg nach Hause. Ist die Zahl gerade, wird alles gut in diesem Monat. Aber die Zahl war seit Tagen immer ungerade. Dienstag, Mittwoch, Donnerstag, Freitag. Immer ungerade. Ich dachte: Kommt vor, so was. Ist eben wie im Casino. Viermal hintereinander rot. Vielleicht hätte ich die Zeichen sehen und vorsichtiger sein müssen.

Das Pop a Gogo wurde immer voller. Laura hat mich zu sich und den anderen Mädchen geholt. Ich war neugierig, was sie von mir wollte. Auch so eine blöde Eigenschaft von mir. Sie hat mir 'nen Cocktail spendiert, einen Moscow Mule. Ich steh total auf den Geschmack von Ingwer. Laura war total nett zu mir. Ich dachte schon, sie wollte mich abchecken. Weil sie ein bisschen eifersüchtig war und wissen wollte, wie es mit mir und Nils so läuft. Wollte sie aber nicht.

Sie und ihre Mädchen waren nur total aufgedreht und haben blöd rumgekichert. Da hätte mir schon auffallen müssen, dass hier irgendwas nicht stimmt. Ich bin so saublöd und naiv.

Ich habe ausgetrunken und auf Nils gewartet. Mir war dann total schwindelig, alles hat sich gedreht. Laura und die Mädchen haben gelacht und mich festgehalten. Ich kann mich nicht mal mehr richtig daran erinnern, was dann passiert ist. Da sind nur einzelne Bilder in meinem Kopf. Wie eingefroren (schluchzt leise). Als ob ich alles aus der Ferne sehe und gar nicht mehr in meinem Körper bin.

Ich erinnere mich an eine Toilette. Da hat irgendwas geblitzt. Immer wieder so ein Blitzen. Und Laura war da. Mir war schlecht, richtig übel. Ich konnte kaum die Augen offen halten. Vielleicht habe ich zu viel getrunken und dann noch das ganze Rumgetanze. Laura und ihre Freundinnen haben gelacht. Mein ganzer Körper war schwer, ich konnte nicht mal die Arme heben. Mehr weiß ich nicht. Filmriss. Komplett.

Jedenfalls hat Nils mich irgendwann eingesammelt und im Taxi nach Hause gebracht. Er meinte später, ich hätte den Taxifahrer so richtig abgenervt. Ständig habe ich wissen wollen, was es kostet, wenn ich ins Taxi kotze. Einhundertfünfzig Euro übrigens. Klingt lustig, oder? War es aber nicht. War es überhaupt nicht. (Wind rauscht, ein Fenster schlägt auf und zu.) Die echte Katastrophe ist erst noch gekommen.

Da draußen regnet es gleich wieder. Ich kann das schon

riechen, die Luft ist aufgeladen. Ist doch komisch: Regen hört man fallen, Schnee nicht. Ich mag das Prasseln von den Tropfen, wenn sie auf die Straße fallen. Dieses schwere Plattern auf dem Asphalt.

Als ich noch klein war, hat mein Vater immer gesagt, dass das die Melodie des Himmels ist. Aber wenn ich wissen wollte, ob der Himmel weint oder ob er zornig ist, hat er nur gelacht. Ich habe geglaubt, er weint. Was bleibt ihm denn sonst übrig bei alldem, was er von da oben sieht (atmet schwer, die Stimme zittert).

Am Sonntagmorgen nach dem Pop a Gogo *wollte ich duschen. Da waren wahnsinnige Schmerzen in meinem Kopf. Meine Schläfen sind fast explodiert. Ich habe mein Kleid vor dem Badezimmerspiegel ausgezogen, und dann ... dann ... (mehrere Sekunden Schweigen) ... überall auf meinem Oberkörper, auf meinen Brüsten und meinem Bauch, da war eine verschmierte rote Paste – und ein Wort. SCHLAMPE. Jemand hat mir das Wort auf die Haut geschrieben. Ich habe die roten Krümel abgekratzt und bin in mein Zimmer gelaufen, hab meine Handtasche durchwühlt. Mein Mac-Lippenstift hat ganz weit unten gelegen. Die Kappe war ab und die Spitze total abgenutzt.*

Mir ist wieder Laura eingefallen, die Toilette im Pop a Gogo *und das dämliche Gelächter von ihren Freundinnen. (Langes Schweigen, Regentropfen fallen in der Ferne) Ist doch unfassbar, Laura hat mich ausgezogen und mit meinem eigenen Lippenstift beschmiert. Wer denn sonst? Sie ist die Anführerin in ihrer Clique. Wie kann jemand so was machen? Warum ich? Warum überhaupt? (Schlägt mit der flachen Hand auf eine Oberfläche) WARUM ICH? Weil Laura das lustig findet, sie und ihre Freundinnen. Weil sie es mit mir machen können.*

Ich habe den ganzen Morgen auf meiner Bettkante gesessen und geheult. Da habe ich das Brummen von meinem Handy gehört. Achtzehn Anrufe. Achtzehn! Neun waren von Nils, der Rest von meinen Freundinnen und dazu über ein Dutzend SMS. Da wusste ich, dass jetzt alles noch viel schlimmer wird. Viel, viel schlimmer. Das ist so grausam. Wie ein Inferno.

(Regen prasselt auf einen Fenstersims, Donner erklingt)

Ich habe dann eine Nachricht auf meinem Handy geöffnet. Eine einzige Nachricht, und ich wusste Bescheid. Im Anhang war ein Foto. Ein Foto von mir. Ich wollte nicht glauben, dass ich das bin. Ich konnte mich nicht daran erinnern. Ein paar Tausend Pixel, die sich zu einem Körper, zu einem Gesicht, zusammensetzen. Aber ich, ich war diejenige auf dem Foto.

Ich sitze mit halb geschlossenen Augen auf der Toilette im Pop a Gogo, *den Rücken an die Wand gelehnt. Ich sehe total zugedröhnt aus. Alle Knöpfe von meinem Kleid sind geöffnet. Meine Beine sind gespreizt. Der Slip verdeckt kaum was. Über meinen Oberkörper ziehen sich die roten Buchstaben, als würde meine Haut da brennen. SCHLAMPE. Wenn ich die Augen zumache, sehe ich nur das eine Wort (schluchzt). SCHLAMPE. Und unter dem Bild steht mein Name. Damit auch alles schön eindeutig ist.*

Ich habe dann die anderen Nachrichten angeklickt. Immer wieder taucht dasselbe Foto auf. Nils ist echt ausgetickt, Mom auch. Meine Freundinnen konnten das alles nicht fassen. Niemand hat gewusst, woher das Foto gekommen ist. Aber ich, ich weiß das natürlich.

Laura hat mich auf der Toilette fotografiert und das Bild in der ganzen Schule rumgemailt. Wie krank kann so jemand sein?

Ich weiß, dass sie alles leugnet. Nils hat mir das gesagt. Ihre Mädchengang hält auch dicht. (Geräusche von Regen nehmen zu) Ich habe nicht mal die Kraft, sie zu hassen. Das ändert auch nichts mehr.

Seit dem Pop a Gogo *sind fünf Tage vergangen. Ich hab seitdem mindestens zwanzig Mal geduscht. Da ist immer noch so ein Gefühl, dass ich völlig verdreckt bin. Das geht einfach nicht weg. Die ganze Woche war ich nicht in der Schule. Mom wollte mich zu Hause lassen, bis alles geklärt ist. Als ob das so einfach geht. Was soll denn da geklärt werden?*

Bin auch echt durch. Ich habe Angst, dass alle hinter meinem Rücken tuscheln. Die Lehrer wissen garantiert alle Bescheid (stößt Luft aus). Jeder ... jeder wird das Foto sehen. Meine nackten Brüste, meine gespreizten Beine. Mein Gesicht, als hätten sich da Drogen eingegraben. SCHLAMPE. Und alle werden denken, dass da was Wahres dran ist.

(Schritte auf knarrendem Holz) Was mache ich jetzt? Nichts ist wie vorher. Ich bin an der Schule erledigt. Alles vorm Abi. Keiner wird mich noch so wie vorher sehen. Für die bin ich jetzt ein komplett anderer Mensch.

Dad hat immer gesagt, die Meinungen anderer können mir völlig egal sein. Keiner außer mir selbst darf über mich urteilen. Niemand darf mit seiner oberflächlichen Meinung meine innere Stimme ersticken. Nur ich entscheide, was in meinem Leben wichtig ist. Nur ich.

Dad ist nicht mehr hier. (Fenster wird geschlossen, Regengeräusche werden leiser) Ich muss das jetzt alles ohne ihn schaffen. Ich kann das. Ich krieg das hin. Irgendwie.

Mehr später. (Klick)

KAPITEL 41

»Sie hat es nicht hingekriegt«, flüsterte der Mann mit der Maske. Er tippte auf das iPhone, die Geräusche erstarben. »Mit nur einem Foto hast du das Leben eines Menschen zerstört.«

Tränen liefen über Lauras Gesicht, rannen ihr über die Wangen, berührten ihre Lippen. Salzig und fremd schmeckten sie. Die Bilder dieses Abends vor über acht Jahren hatte sie verdrängt. Sie vergessen gemacht. Kein schlechtes Gewissen zugelassen. »Ich war doch selbst noch ein Kind. Ich habe Mist gebaut. Das tut mir entsetzlich leid.« Sie legte beide Handflächen auf die Plexiglasscheibe. »Ich will es wiedergutmachen. Sagen Sie mir doch ... wie ich alles wiedergutmachen kann.« Wer war der Mann mit der Maske? Konnte das Nils sein? Jemand aus der Schule? Es musste jemand vom Eisenstein-Gymnasium sein.

»Du hast es noch immer nicht verstanden.« Der Fremde deutete mit dem Handy auf Lauras Oberkörper und flüsterte leiser als je zuvor. »Du hast einem jungen Mädchen Knockout-Tropfen ins Getränk gekippt. Du hast ihren nackten Körper beschmiert und ein Foto davon gemacht. Du hast ihren Namen auf das Bild gesetzt und es herumgemailt. Das hast du getan.«

Laura erzitterte. Das Kribbeln ging von ihren Beinen aus und breitete sich in Wellen bis zu ihrem Oberkörper aus. Sie suchte nach einem Namen. Nach dem Namen des Mädchens. Vergeblich. Sie hatte dunkles Haar, trug Hippie-T-Shirts mit Regenbogen und grüne Stiefel. An mehr konnte sich Laura nicht erinnern. »Das sollte doch alles nur ein ... Spaß sein. Ich wollte ihr nicht wirklich wehtun. In dem Alter waren wir doch alle so.«

Die Lederjacke des Mannes knirschte, als er sich vorbeugte. »Dein Foto ist danach durchs Netz gewandert. Du findest das Bild auf Pornoportalen, auf russischen und afrikanischen Websites, überall – auf den Servern in der ganzen Welt. Selbst heute noch. Dein Foto ist unlöschbar. Du musst nur ihren Namen eingeben.« Der Mann schob das Handy in seine Hosentasche und strich von außen über den Stoff. »Jeder Mensch, der ihren Namen googelt, wird dein Foto entdecken. Jeder, der etwas über sie wissen möchte, trifft auf deine Lüge. Nur die Wahrheit, die wird niemand finden. Die Wahrheit ist hier im Käfig.« Der Mann klopfte einmal gegen die Scheibe. »Wir werden sie nun herauslassen.«

»Das wusste ich doch damals alles nicht. Bitte ... ich will doch alles wiedergutmachen.« Laura verlor den Kampf gegen ihre Tränen. Ihre Sicht verschwamm. Sie zitterte, kämpfte um Luft. »Bitte ...«

»Sag ihren Namen.«

Das konnte sie nicht. »Sie war die Freundin von Nils. Von Nils ... Nils ... Steinert.«

»Sag ihren Namen.« In der Flüsterstimme gab es keine erkennbare Emotion, keinen Zorn, keine Anklage. Dennoch lag eine tiefe Bedrohung darin.

»Ich kann mich nicht mehr an ihren Namen erinnern. Ich versuche es ja, aber ...«

»Weil sie keinen Wert für dich besitzt. Weil dieses Erlebnis für dich nur eine alltägliche Episode war.« Er legte eine Hand in die andere und knetete die Finger. »Zurück bleibt eine Unschuldige, die du zu deinem Opfer gemacht hast.«

Laura schlug mit beiden Fäusten gegen den Käfig. Ein dumpfes Trommeln zog durch den Raum. »Das stimmt nicht! Ich bin kein ... schlechter Mensch. Ich bin doch heute ganz anders als damals. Das müssen Sie doch sehen!«

»Du begreifst noch immer nichts. Die Gegenwart löscht die Vergangenheit nicht aus.« Der Mann schüttelte den Kopf. Seine Zähne zeigten sich scharf über dem Schlitz in der Gummimaske. »Das Mädchen hieß Juno. Sie hat gekämpft und verloren. Sie ist gestorben.«

Juno. Natürlich. »Juno … Juno Kirsch. Ich erinnere mich.« Der Mann reagierte nicht auf Lauras verspätete Erinnerung.

Er zog seinen zweiten Handschuh mit langsamen Bewegungen aus. »Sie starb nicht, weil sie es wollte.« Der Handschuh fiel zu Boden. »Sondern, weil sie nicht mehr konnte. Dein Foto hat sie am Ende in den Abgrund getrieben.« Mit beiden Händen griff er nach dem Rand der Gummimaske an seinem Hals. Ein Druckverschluss klackte. »Sie hat sich das Leben genommen.«

Niemand hatte Laura darauf vorbereitet. Niemals hatte sie einen Gedanken an diese Episode ihrer Abizeit verschwendet.

Die Erkenntnis riss sie zu Boden. Ihre Hände glitten über das Glas. Ein Quietschen begleitete ihren Fall.

»Du hast mir in den vielen Tagen gezeigt, wer du wirklich bist, Laura. Und nun …« Das Gummi über seinem Gesicht warf Falten, als er die Maske Zentimeter für Zentimeter von seinem Kopf zog – über das Kinn, über die Nase. »Nun zeige ich dir, wer ich bin.«

Wieder hörte Laura ein Windrauschen. Irgendwo gluckerte Wasser.

Langes, dunkles Haar legte sich auf den Kragen der Lederjacke. Zwei volle Lippen pressten sich hart aufeinander. »Juno ist um 22.12 Uhr an einem Dienstag im November gestorben.«

Die schwarze Gummimaske fiel zu Boden.

Dunkle Augen blickten Laura an, und sie begriff.

»Aber … aber, das ist …«

»Ich bin Ariane Sternberg. Und du, Laura, hast meine Tochter getötet.«

KAPITEL 42

Die Lichter der Maschine flackerten an den Tragflächen. Rot und blau. An und aus. Als folgten sie einem geheimnisvollen Code, der sich Lukas nicht erschließen wollte. Das Röhren der Rotoren vermengte sich mit dem Wind zu einem tiefen Rauschen. Er stand breitbeinig auf dem Maisfeld und blickte dem Passagierflugzeug nach, bis die Maschine in einer Wolkenwand verschwand. Er wäre jetzt gerne woanders gewesen, doch der unbekannte Täter hatte ihm Fesseln angelegt.

Seine Mantelschöße flatterten. Ihm war nicht kalt. Er war nicht angespannt. Da war nur Leere in ihm. Sie musste ausgefüllt werden. Lukas wartete auf Antworten.

Das Handy lag kalt in seiner Hand. Endlich vibrierte es, als hätte er es mit der Kraft seiner Gedanken dazu gebracht. Frank Weber. Wie erwartet. Dieser Anruf entschied über Scheitern oder Niederlage. Vielleicht über Leben oder Tod.

Ein Motorrad knatterte über die Landstraße. Die Stiele auf dem Maisfeld knisterten. Er drückte den grünen Button auf dem Display, das blecherne Räuspern Webers erklang.

»Ich hab was, Lukas.« Er wirkte atemlos. »Das muss was sein.«

»Weiter. Ich höre.«

»Dieses Mädchen, Juno Kirsch, die ist vor fünf Jahren gestorben. Selbstmord.«

»Grund erkennbar?«

»Nicht aus den vorliegenden Datensätzen. Ihr Vater Fabian

Kirsch ist ein paar Jahre zuvor im Ausland verstorben. Ein Unfall. Aber jetzt kommt es ...«

Lukas hasste Webers Ankündigungen, die er grundsätzlich mit bedeutungsvollen Pausen versah. »Frank, los jetzt!« Er trat seinen Absatz in die harte Erde.

»Ariane Kirsch hat nach dem Tod ihrer Tochter Bayern verlassen und ist zurück nach Berlin, in ihre alte Stadt. Aber vor knapp zwei Jahren ist sie ins Bleilochtal gezogen. Sie hat ihren Mädchennamen angenommen. Heißt jetzt Ariane Sternberg. Das ist aber noch nicht alles ...« Am anderen Ende knisterte es. Weber kaute auf irgendetwas herum.

Lukas sog tief die Luft ein. »Frank, bitte ...«

»Ich beeil mich ja schon. Sie wohnt in einem uralten Haus, das nur sechs Kilometer entfernt liegt von dem Fundort von Lauras Fahrrad. Zufälle sehen anders aus, würde ich meinen. Das hier ist mir zu dicke.«

Lukas setzte die Fragmente zusammen. Ariane Sternberg. Laura. Das Eisenstein-Gymnasium. Das Foto. Er strich sich über die Stirn. »Aber das heißt ja dann sehr wahrscheinlich ...«

»... dass das nicht der Puppenmörder ist. Hier hat uns jemand so richtig verarscht.«

Lukas stapfte mit dem Handy am Ohr durch das Maisfeld. »Wenn er es nicht ist, dann gibt es nur einen Grund für die falsche Fährte.« Die Stiele schlugen gegen Lukas' Hosenbeine, ratschten über den Stoff.

»Da wollte uns jemand Angst machen.«

»Da wollte jemand Zeit gewinnen.«

»Wüsste nicht, wofür. Forderungen wurden keine gestellt. Wenn ich jemanden töten will, töte ich ihn.«

»Das hier geht tiefer, Frank. Viel tiefer.« Lukas verfiel in eine schnellere Schrittfolge, dann spannte er die Muskeln an und rannte. »Ich nehme mir das Haus vor.«

»Wir kriegen doch jetzt keinen Durchsuchungsbeschluss mehr. Die Richterin liegt längst besoffen im Bett.«

»Brauche ich nicht. Ich habe einen besseren Türöffner.« Lukas spurtete zu seinem Wagen. »Den besten Türöffner der Welt sogar.«

KAPITEL 43

»Was machst *du* denn hier, Tom?«

Hannah sprach ihn direkt an. Er hörte ihre Stimme, diesen kindlich-melodiösen Singsang in der klirrenden Kälte. Dazu ihr ernstes Gesicht, das von zwei flackernden Laternen am Boden bestrahlt wurde. Sie schien ihm zu vertrauen. Hannah saß auf einem großen Stein, den sie dorthingerollt haben musste. Schnee rieselte auf ihren kleinen Körper hinab, auf ihr weißes Haar. Sie wirkte wie eine Vergessene inmitten der winterlichen Landschaft.

Tom ging neben ihr in die Knie, der Schnee reichte ihm bis zu den Unterschenkeln. »Ich habe hier was für dich.« Er klopfte mit einer Hand auf den Stoffhaufen in seinen Armen. »Das sind beheizbare Decken, meine Lieblingsschokolade mit Mandeln und zwei Bücher, die ich als Kind gern gelesen habe. *Krabat* und *Die unendliche Geschichte*. Wobei ... der erste Roman mit den Hexenmeistern ist ziemlich gruselig.«

Äste strichen über Hannahs Schultern. In ihren Händen lagen mehrere Zweige, die sie miteinander zu einem Figürchen verband. Der zerfledderte und dreifach gewickelte Schal verschluckte einen Teil ihres kleinen Gesichts. Tom ahnte, dass sie darunter lächelte.

»Danke schön.« Sie nahm den Stapel entgegen und legte ihn in ihren Schoß. »Danke«, sagte sie noch einmal leise.

Vor ihr im Schnee lagen die Stöcke und Steine, die sie angeordnet hatte, um Arianes Haus nachzubilden. Die hellen, symmetrischen Kalksteine stellten das Gemäuer dar. Sie leuchteten sogar noch in dem schwachen Licht. Die aus Zweigen geflochtene Figur neben dem Haus sollte wohl Ariane sein. Der kleine Punkt über ihr war Hugo.

»Es ist bald elf. Du solltest im Bett liegen. Es ist hier draußen viel zu dunkel und zu kalt für dich.« Meteorologen sprachen von der kältesten Nacht des Jahres.

Hannah schüttelte den Kopf. »Bin ja warm eingepackt.« Sie klopfte auf ihre Daunenjacke, dumpfe Geräusche entstanden. »Und es sind Ferien. Da lässt mich Mama länger aufbleiben.« Sie verband zwei lange Zweige miteinander. »Du bist ja auch noch wach.«

Er musste lächeln. »Weil ich dir noch unbedingt die Sachen vorbeibringen wollte. Ich verschwinde morgen von hier.« Er sah Ariane vor sich, ihr wutverzerrtes Gesicht und ihre Flucht aus dem Rathausturm. »Ich komme nicht mehr zurück. Ich muss gehen.«

Hannah betrachtete ihn intensiv vom Kopf bis zu den Schuhen, als wollte sie sich ein Bild für spätere Jahre einprägen. Dabei schien sie wie eine weise alte Frau, womöglich lag das an ihrem weißen Haar. »Du musst mit Ariane reden.« Und ihre Worte unterstrichen diesen Eindruck.

Tom schüttelte den Kopf. »Zu spät. Dafür ist es zu spät.« Ariane hatte Geheimnisse, die sie niemals mit ihm teilen würde. Das musste er respektieren. Er liebte sie, liebte alles an ihr. Ihren ungestümen Charakter. Die Art, wie sie die Welt sah. Doch ein Platz neben ihr war für ihn nicht vorgesehen. Er hatte schwerwiegende Fehler gemacht, nun musste er dafür bezahlen. Es schmerzte ihn, in der Nähe ihres Hauses zu sein und sie nicht sehen zu dürfen. Das Gefühl drohte ihn innerlich zu zerreißen.

Tom erhob sich und blickte auf Hannah hinab. »Es war mir eine Ehre, dass ich dich kennenlernen durfte.«

»Mir auch.« Hannah legte die geflochtene Figur in den Schnee, direkt ans Ende eines Stockes, der zu dem Haus aus Steinchen führte. Sie faltete die Hände und blickte an Tom vorbei in die Dunkelheit. »Das ist wirklich schade. Außer Ariane und Hugo habe ich hier keine Freunde, weißt du?«

»Du kannst mich ja aus Zweigen basteln und neben das Haus legen. Dann bin ich immer hier.« Er deutete auf die Figur am Ende des Stockes. »Oder bin ich das schon?«

»Nein, Tom. Das bist doch nicht *du*.« Noch immer richtete sie ihren Blick in die Dunkelheit. »Das ist die Frau im Rohr.«

Tom meinte, sich verhört zu haben. Das kleine Figürchen am Ende des Stockes streckte die geflochtenen Arme aus. Sein Gesicht war nur ein unförmiges rundes Gebilde. »Welche Frau meinst du denn?«

»Na, die Frau im Rohr.« Hannah hob die Hand und deutete mit dem Zeigefinger auf den See hinter Arianes Haus. »Da hinten ist ein Rohr in der Erde, und da höre ich immer die Stimme von einer Frau.« Sie schob das Stöckchen etwas näher an die geflochtene Figur heran. »Manchmal weint sie. Und manchmal schreit sie ganz laut. Ich kann sie ganz deutlich hören.«

Dichte Schneeflocken rieselten auf Hannah nieder. Das Schlagen von Flügeln ertönte im Dunkeln. Zweige raschelten im Wald.

Tom war kalt, doch diesmal war es eine Kälte, die Wind und Eis nicht auszulösen vermochten. »Zeigst du mir das mal schnell? Bringst du mich zu der Frau im Rohr?«

Und Hannah nickte nur.

KAPITEL 44

Wie ein kleines Mädchen kauerte sie auf dem Boden. Tränen liefen ihr übers Gesicht. »Ich wollte ... das doch alles ... nicht ... ich ...« Lauras Sprache verkam zu einem bröckligen Gestammel. Sie krümmte den Körper, brachte ihn in eine embryonale Haltung. »Ich ... habe das doch nicht gewollt ...«

Ariane setzte sich neben Laura auf den Boden. Nur die Scheibe in der Schleuse trennte sie voneinander. »Ich wollte das hier auch alles nicht.« Sie klopfte gegen das Glas. »Ich bin promovierte Wissenschaftlerin der Biologie. Ich habe mit solchen Plexiglaskäfigen das Sozialverhalten von Tieren erforscht.« Schimpansen, Füchse, Bienen – in ihren Studien waren Ariane die unterschiedlichsten Charaktere aus dem Tierreich begegnet. Ein halbes Jahr hatte sie gebraucht, um diesen Käfig zu bauen. Das Wesen darin war ihr bis heute ein Mysterium geblieben. »Ich wollte verstehen, wie der Mensch ist, der einen anderen in den Tod treibt. Wie *du* wirklich bist.«

»Sie sind eine Doktorin? Wie können Sie mich so quälen?«

»So wie du wunderschön bist und gleichzeitig ungeheuerlich dumm.« In Ariane keimte Zorn auf, und doch schämte sie sich für ihre harschen Worte. »Alles in diesem Käfig hat meiner Tochter gehört.« Sie machte eine kreisende Bewegung. »Das Bett, die Bücher, der Lippenstift. Alles.« Ariane deutete auf die Schaufensterpuppe mit dem schwarzen Kleid. »Das dort hat Juno in der Nacht getragen, in der du dein verfluchtes Foto gemacht hast. Und nichts, absolut nichts davon hast du mit deiner Tat in Verbindung gebracht. In den ganzen Wochen nicht.« Weil es ihr nicht wichtig gewesen war. Weil Relevanz nur ihr eigenes Wohlbefinden umschloss. So einfach war das.

»Du und deine Mutter. Ihr habt mit eurem Verhalten meine Tochter getötet. Und dann seid ihr weitergezogen mit euren Leben. Einfach so.«

Laura schob den Oberkörper in die Höhe. Mit dem Handrücken wischte sie die Tränen fort. »Ich erinnere mich wieder an Sie. Wir sind uns im Büro der Direktorin begegnet.«

»Ja, das sind wir.« Da waren Bilder in Ariane, die sie seit Jahren totzuschlagen versuchte. Das Büro der Schulleiterin. Laura, die auf einem Stuhl saß. Nur ein gespielter Schein von Schuld in ihrem Gesicht. Imke Gehler, wie sie die Arme auf die Schultern ihrer Tochter legte, sie beschützte. Gehler spielte die Angelegenheit wie einen harmlosen Schulstreich herunter, bezeichnete Ariane als hysterisch. Die Direktorin fühlte sich unwohl. Und doch quittierte sie jedes ihrer Worte mit einem mechanischen Kopfnicken. Selbst die Drohung einer Anzeige erzeugte bei Gehler nur ein Schulterzucken. Sie wusste warum. Auf wundersame Weise konnten die Beamten die Quelle des Fotos nicht ausfindig machen. Die Wahrheit kannte jeder in der Schule. Alle schwiegen. Politik trifft Polizei, Polizei knickt ein.

Als Ariane einen Anwalt und die Medien einschalten wollte, bremste sie Juno. Das würde alles nur noch schlimmer machen. *Lass es bitte, Mom.* Ariane respektierte ihren Wunsch. Und dann wurde alles schlimmer.

»Juno hat sich verändert in den Monaten danach. Sie wurde schüchterner und stiller. Ständig bekam sie Bauchschmerzen. Und dann hat sie nichts mehr gegessen. Sie ist abgemagert.« Ariane zog die Beine an ihre Brust und legte den Kopf auf die Knie. »Wo immer sie hingegangen ist, wem immer sie auch begegnet ist – dein Foto war schon da. Für jeden sichtbar. Juno hat das runtergespielt, aber ihr altes Wesen ist immer mehr verblasst. Sie hat sich isoliert, hat die Schule verlassen. Ich habe sie zurück nach Berlin gebracht und so sehr gehofft, dass sie das heilen würde. Aber Juno war für niemanden mehr zugänglich.« Ariane verhakte die Finger ineinander. »Auch nicht für mich.«

Sie sah Juno in ihrem Zimmer sitzen mit gesenkten Schultern und heruntergelassenen Jalousien. Im Sommer. Im Herbst. Im Winter. Und wieder im Frühling. Die Jalousien blieben unten, die sie umgebende Dunkelheit war allumfassend. »Juno hat Drogen genommen, und dann wurde sie tablettenabhängig. Zweimal haben die Ärzte auf der Intensivstation um ihr Leben gekämpft. Juno war nicht mehr lebendig, und sie wusste das.« Ariane deutete mit Zeigefinger und Daumen einen Millimeter breiten Abstand an. »Dann war es nur noch ein kleiner Schritt bis zu ihrem Tod.«

Ariane war an diesem einen Dienstag im November spät nach Hause gekommen. Es war die Zeit nach Mitternacht. Die Konferenz in der Uni lief stundenlang. Junos Therapeutin hatte sich nach ihrem Hausbesuch längst verabschiedet.

Ariane legte ihre Schlüssel auf das Board im Wohnzimmer und räumte ihre Handtasche aus. Juno schlief womöglich schon. Sie wollte leise die Stufen zum ersten Stock erklimmen, da fiel etwas auf ihre Schulter. Ganz sanft nur. Es kam von oben, aus dem ersten Stock. Aus der Decke.

Als sie hochblickte, traf sie ein Wassertropfen an der Stirn. Dunkle Wölbungen zogen sich über die Decke, breiteten sich wie Gewitterwolken aus. Wieder trafen sie Tropfen an Armen und Knien. Wasser schlug neben Ariane aufs Parkett. Die Decke war damit vollgesogen. In diesem Moment ahnte sie, dass sie Juno verloren hatte.

Ariane stürzte die Treppen hinauf. In Junos Zimmer war das Licht aus. Wasser rauschte. Im Flur hing ein merkwürdiger Geruch. Eisen. Der Geruch von Blut, als wäre Hackfleisch stundenlang auf dem Küchenbuffet gelegen. Sie rief Junos Namen. Keine Antwort. Im Bad flackerte eine Lampe. Ariane tastete sich voran, ging in kleinen Schritten darauf zu. Sie erreichte den Türrahmen, Wasser lief über die Schwelle. Sie trat ins Bad.

Blut. An den Kacheln zogen sich Blutspuren entlang. Juno lag in der Badewanne, ein Arm hing schlaff über dem Rand. Ihre Augen waren offen, nach oben ins Leere gerichtet. Ariane stürzte ins Bad, fiel vor der Wanne auf die Knie, riss Juno aus dem Wasser. Umarmte sie. Streichelte ihr Gesicht. Und hatte die Wahrheit längst erkannt. »Juno hat sich die Pulsadern aufgeschnitten. Sie hat lange gekämpft und am Ende ... da konnte sie einfach nicht mehr.«

Laura zitterte, ein Speichelfaden hing an ihrer Unterlippe. »Das ... wollte ich alles nicht.«

»Und doch ist es geschehen.«

Juno war es in ihren letzten Tagen gut gegangen. Sie hatte oft gelacht und Ariane umarmt, wenn sie das Haus verließ. Sogar im Park war sie gewesen für lange Spaziergänge. Schon zu diesem Zeitpunkt musste sie ihre Entscheidung getroffen haben.

»Hast du jemals realisiert, wie böse das war, was du getan hast, Laura? Wie böse du bist? Was für eine abartige Version eines menschlichen Wesens du bist?« Ariane legte eine Hand auf die Glasscheibe. »Dieser eine Moment, wenn dein Kopf vorm Einschlafen dein Kissen berührt und du still entgleitest – hast du jemals darüber nachgedacht?«

Laura weinte. Ihre Tränen tropften vom Kinn auf den Boden. Die Wahrheiten des Käfig hatten sie gebrochen.

»Und zu alledem studierst du auch noch Fotografie, als wolltest du den Tod meiner Tochter nachträglich verspotten.«

Ariane ging in die Hocke und richtete sich auf. »Ich hätte alles dafür getan, um Junos Welt zu schützen. Ich habe versagt.

Nun kann ich nur noch deine Welt zerstören und von deinem Schmerz zehren. Mehr bleibt mir nicht.«

»Das ist ... alles so lange her ...«

»Meine Trauer zeigt dir, wie hartnäckig Liebe sein kann.«

»Ich wusste das alles nicht.«

»Nein, du wusstet nichts. Und wenn, hättest du mir dann eine hübsche Trauerkarte geschickt? Und alles wäre gut gewesen?«

Laura legte die Hände vor die Augen. Ein lang gezogenes und hohes Schluchzen drang über ihre Lippen.

»Wir werden uns nicht mehr wiedersehen.« Ariane überkreuzte die Arme vor der Brust. »Es ist alles gesagt und getan.«

»Sie wollen mich töten. Das wollen Sie.« Nun überschlugen sich Lauras Worte, als hätte sie all ihre Kraft dafür aufgespart. »Deswegen bin ich doch hier drinnen.«

»Das musst du schon selbst machen.« Ariane deutete zur Wand des Plexiglaskäfigs, wo Laura die Polaroidfotos aufgehängt hatte. »Hebe dir noch ein paar Tränen auf.«

»Das ... verstehe ich nicht.«

»Das wirst du, Laura.« Ariane wandte sich ab und verließ die Schleuse. »Das wirst du.«

KAPITEL 45

Ihre Silhouette wurde unschärfer. Ariane Sternberg verschwand im Dunkeln. Eine Tür klappte. Die Stille im Käfig kehrte zurück.

Laura kroch über den Boden und zog sich an dem Bücherregal in die Höhe. Sie wischte die Tränen fort, konzentrierte sich auf das rhythmische Heben und Senken ihrer Brust und beruhigte sich. Sie atmete langsam und tief.

Die elektronisch verzerrte Stimme und Sternbergs Flüstern, die Lederjacke, die Gummimaske – Junos Mutter hatte sich wochenlang getarnt. Und sie, Laura, hatte nicht eine Sekunde über das nachgedacht, was sie dem Mädchen vom Gymnasium angetan hatte. *Juno.* Der Name klang so weit entfernt, als gehörte er in eine andere Welt.

Sternberg hatte sie geprüft, Laura war durchgefallen. Sie hatte die Chance vertan, womöglich dem Käfig zu entkommen.

Laura wankte zu den Polaroids an der Scheibe. Was immer ihr Ariane Sternberg damit auch sagen wollte – da hingen sie. Die Bilder, die sie von sich geknipst hatte. Eine Reihe von Selfies, über dreißig Fotos.

Erschöpft, müde, zuversichtlich, kämpferisch – in ihrem Gesicht zeichneten sich in blassen Farben die Phasen ihrer Gefangenschaft ab. Der blutige Kratzer an der Stirn verwandelte sich von einer dunklen und schorfigen Stelle zu einem rötlichen Strich. Die Bilder dokumentierten die verstreichende Zeit, die Tage und Wochen. Sie kamen Laura wie Jahre vor.

Sie berührte die matte Oberfläche eines Polaroids, da fiel ihr in der Reihe darunter ein Foto auf, das nicht sie geknipst hatte. Unscheinbar verbarg es sich inmitten der anderen Bilder, als gehörte es schon immer dorthin.

Laura beugte den Oberkörper vor, ihre Gelenke knackten. Sie hatte sich nicht getäuscht. »Nein ...« Sie riss das Foto vom Glas. »Nein!« Ihre Augen sahen, aber ihr Kopf wollte nicht verstehen.

Die milchigen, blassen Farben zeigten Laura, ihren betäubten Körper. Als wäre sie eine Puppe. Sie trug Junos schwarzes Kleid, es war aufgeknöpft. Ihre gespreizten Beine. Ihre geschlossenen Augen. Ihre nackte weiße Haut mit dem roten Lippenstift. *SCHLAMPE*. Sie fühlte die Demütigung, ihre Ohnmacht.

Laura zerknüllte das Foto, das harte Papier knirschte zwischen ihren Fingern. »Nein.« Ihr Widerspruch resultierte aus Erkenntnis. Endlich hatte sie Ariane Sternberg und ihren Plan wie eine mathematische Gleichung begriffen. »Nein, verdammt noch mal.«

Junos Mutter wollte den Kreis schließen, Vergangenheit und Zukunft zu einem machen. Laura wurde in die Rolle von Sternbergs Tochter gedrängt. Sie befand sich im Mittelpunkt des Kreises, und sie konnte nichts mehr tun, um ihn zu durchbrechen. In diesem Moment begriff sie, was nun da draußen geschehen würde.

KAPITEL 46

»Wenn es wirklich Ariane Sternberg ist, hat sie das alles meisterhaft geplant.« Lukas kurbelte am Lenkrad, der Wagen schlingerte und glitt wieder zurück in die Rille der schneebeladenen Spur.

Berit stöhnte auf. Sie saß neben ihm und schminkte sich die Lippen. »Lukas, wirklich!« Mit einer Hand stützte sie sich auf der Armatur ab. »Wenn du so weiterfährst, werden wir die Antwort nie bekommen.«

»Sorry. Ich kann kaum was sehen.« Der Schnee war zurückgekehrt, heftiger als zuvor. Die Bäume am Straßenrand kamen der Stoßstange bedenklich nahe. Wie aus dem Nichts tauchten die dunklen Stämme vor den Scheinwerfern auf. »Sie hat falsche Spuren gelegt, und dennoch führt sie uns und will, dass wir sie finden.« Hier vermutete Lukas den Kern von Sternbergs unsichtbarem Plan. Die Heizung ratterte auf voller Leistung, dennoch konnte er seinen Atem im Wagen sehen. »Vorausgesetzt, sie hat das tatsächlich alles alleine geplant.«

Berit klappte den Schminkspiegel zusammen. Sie presste die Lippen aufeinander und verteilte so den Lippenstift gleichmäßig. »Ich höre da einen Restzweifel heraus.«

»Ich meine ... sie ist eine Frau. Ich bin die ganze Zeit vom Puppenmörder ausgegangen. Von einem Mann.«

Berit lachte auf. »Natürlich. Frauen sind im All unterwegs, aber du traust einer von uns nicht mal eine Entführung zu.«

»So habe ich das nicht gemeint.«

»Doch, Lukas. Genau so hast du das gemeint.«

Er sah ihre scharfen Konturen von der Seite, ihre Nase mit der klassischen geraden Form und den schmalen Nasenlöchern. Berit schob das Kinn vor, sie ähnelte einem Raubvogel auf der Jagd. »Sternberg hat erst ihren Mann durch einen Unfall verloren. Dann ihre Tochter durch einen Suizid. Da entstehen Traumata, die einen Menschen grundlegend verändern können.« Sie wischte mit der Handkante die beschlagene Seitenscheibe frei und blickte ins Schneetreiben. »Egal, ob Mann oder Frau.«

»Ich bin froh, dass du mitkommst.«

»Du hast mich aus der Wanne geholt, Lukas. Ich hasse das, wenn ich ungeschminkt aus dem Haus muss.«

»Ich weiß.« Er trommelte mit den Daumen auf dem Lenkrad herum. »Aber du bist Profilerin. Du kannst Sternberg besser scannen als ich. Besser als jeder andere.«

»Und warum klingle ich mitten in der Nacht bei ihr?«

»Reifenpanne, mitten im Schneetreiben.«

»So schlicht?«

»Schlicht ist gut.«

»Kann ich nicht unbedingt teilen. Aber gut, bin ich heute Nacht eben Türöffner und Lügendetektor für dich.«

Nur die Frau an meiner Seite bist du nicht mehr. Lukas beließ die Worte in seiner Gedankenwelt. Er bremste abrupt, der Wagen schlidderte in eine Kurve. »In vierzig Minuten sind wir da.«

KAPITEL 47

Minus zweiundzwanzig Grad. Niemand konnte in dieser Kälte lange überleben. Ariane lief durch die Schneewehen. Die kleine Lampe über dem Eingang ihres Hauses schaukelte hin und her.

Sie kämpfte sich voran, betrat die Veranda und riss die Tür auf. Die Wärme traf sie wie ein heißer Schock. Sie rieb die Hände aneinander und legte den Kopf in den Nacken. Schnee fiel von Haaren und Schultern. Mit dem Fuß stieß sie die Tür zu. Sie riss den Reißverschluss der Lederjacke auf, die Metallzähne glitten mit einem Surren auseinander. *Der letzte Schritt. Es ist so weit. Du musst den letzten Schritt noch gehen.*

Sie hetzte zu dem Treppengeländer, die alten Holzdielen federten unter ihr. Da drangen die Geräusche des klackenden Pendels zu ihr. Die große Standuhr schien mit ihr reden zu wollen. Ariane hielt inne. Nur einen kleinen Moment.

Sie wandte sich um und trat vor den zwei Meter hohen Kasten aus Holz. Die schwarzen Zeiger hingen wie ausgestreckte Finger auf dem Zifferblatt. Mitternacht war nahe.

Sie schob den kleinen Haken am Gehäuse aus der Verankerung und klappte das Glas auf. *Klack. Klack.* Unbeirrt schwang das Pendel hin und her. *Klack.*

»Du warst ein guter Freund. Ohne dich hätte ich das alles nicht geschafft.« Die Uhr antwortete mit einem weiteren Klacken.

Sie hatte Dr. Martin betrogen, ihm Junos Tod als schwere posttraumatische Störung verkauft. Der Psychiater mochte Ariane. Er glaubte an ihren Willen zu einem mentalen Heilungsprozess. Nur darum ging er für sie über Grenzen. Martin trickste ihr Bewusstsein mit posthypnotischen Suggestionen aus und baute eine Barriere. Tagsüber vergrub er in Arianes Unbewusstem die schwere Erinnerung an Juno und alles, was in der Folge mit dem Tod ihrer Tochter verbunden war. Wie eine künstlich geschaffene Amnesie. Selbst die Geschehnisse im Käfig nahm Ariane am Tag nur wie durch Watte wahr – weit entfernt und schemenhaft. Erst zu einer bestimmten Uhrzeit hob sich der Schleier.

»Das war das letzte Mal, dass ich dich gebraucht habe.« Sie berührte das wandernde Pendel der Uhr. 22.12 Uhr – die Todeszeit von Juno. Jeden Tag zur selben Zeit fiel die posthypnotische Barriere. 22.12 Uhr – der Trigger, mit dem Arianes volles Bewusstsein zurückkehrte und sie wieder zu einem Ganzen wurde. Ohne diese Technik und Dr. Martins euphorisierende Antidepressiva hätte sie ihr Vorhaben nicht umsetzen können.

Sie hatte eine junge Frau entführt und in einem Käfig gefangen genommen. Ihr Gewissen und ihre Zweifel hätten sie gestoppt, ihre stundenlangen Grübeleien alles zunichtegemacht. So gut kannte sie sich.

22.12 Uhr – jeden Tag hatte Ariane darauf gewartet, wie sich die Zeiger auf ihr Ziel zubewegten, hatte diesem einen Moment entgegengefiebert. Dann traf sie die Realität mit aller Wucht. Die Bilder fügten sich, wurden zu einem Ganzen. Der Schmerz kehrte zurück.

Sie sprach mit Laura, kochte ihr Essen, beobachtete sie in der Nacht. Ariane empfand Wut, Trauer und Verzweiflung. Im Morgengrauen aktivierte sich ihr posthypnotischer Schutzwall wieder, und ihre Erinnerungsteile grenzten sich voneinander ab. Sicher und geräuschlos.

Dr. Martin wusste nichts von den Geschehnissen im Käfig. Von Lauras Entführung. Von Arianes Plan. Sie hatte ihn zum

Mittäter gemacht, ohne dass er etwas davon ahnte – und sie empfand Scham darüber.

Ein Klappern im ersten Stock ließ Ariane herumfahren. Die Flammen im Kamin flackerten auf. Kalte Luft zog durch das Haus. Das Geräusch war aus ihrem Schlafzimmer gekommen, nun war es verstummt.

Das Holz im Kamin knisterte. Das Pendel klackte.

Womöglich hatte der Wind die alte Doppeltür zum Balkon aufgestoßen. Der morsche Riegel war schon während des ersten Herbststurmes aufgesprungen. Seitdem klappte die Tür bei dem leisesten Windchen auf.

Ariane verschloss den Uhrenkasten und schlich zur kleinen Kommode neben dem Treppengeländer. Die Schublade knirschte, grüne Farbe blätterte an den hölzernen Kanten ab. Zwischen Schraubenziehern, Kerzen und Batterien lag ihr Elektroschocker. Sie hatte ihn noch nie benutzt.

Der kleine schwarze Griff mit den zwei Kontakten schmiegte sich in ihre Hand. Sicher war sicher. In den Tageszeitungen wurde täglich über Einbrüche in der Region berichtet. Je alleinstehender ein Haus, desto begehrter war es für Kriminelle.

Ariane griff nach dem Geländer und bestieg die Treppe. Die Fugen des rissigen Eichenholzes lagen unter ihrer Hand. Jemand anders hätte sich vielleicht schleichend ins erste Stockwerk bewegt. Oder er wäre gleich aus dem Haus gelaufen. Nicht aber sie. Ganz im Gegenteil.

Ariane trat lauf auf, kündigte ihre Ankunft an. Sie wollte aufschrecken, kein Zeichen von Schwäche zeigen. Dabei lauschte sie nach fremden Geräuschen.

Irgendwo knirschte es im Gebälk. Ein Donnergrollen erklang. Ein Wintergewitter kündigte sich an.

Sie erreichte die obere Ebene. Gerüche von Holz und Tannenzweigen hingen im Flur. Die Lampe im Schlafzimmer warf ihren sanften Schein in den Gang. Sie schaltete sie aus Gewohnheit immer nach Einbruch der Dunkelheit an. Selbst wenn sie nicht im Haus blieb. Ariane näherte sich dem Licht, berührte im Gehen das kalte Gemäuer und ertastete all die kleinen Unebenheiten. Vor dem Schlafzimmer hielt sie inne.

Die Stehlampe aus Kunststein verströmte ihren goldgelben Schein. Die kleine Strippe zum An- und Ausschalten schaukelte. Das gewaltige Bett aus Palisanderholz stand wie ein schlafendes Ungetüm in der Mitte des Raums. Es stammte noch aus Nairobi. Rechts und links wurde es von zwei Sesseln aus Bambus eingerahmt.

Hinter einem der Vorhänge zeichneten sich scharfe Konturen ab. Die Tür zum Balkon stand offen. Sie knarrte im Scharnier, als erneut ein Windstoß durchs Zimmer fuhr. Der Zipfel eines Bettlakens flatterte. Blitze zuckten in dem Schneetreiben auf. In dieser Nacht ballten sich die Naturgewalten und entluden sich wieder.

Ariane betrat das Zimmer. Sie verschloss die Tür und schob den Elektroschocker in die Tasche ihrer Lederjacke. Draußen bildete der Schnee einen undurchdringlichen weißen Vorhang, der nur durch die aufflackernden Lichtbögen der Blitze unterbrochen wurde. Das Gartenhäuschen war in dem Treiben ganz verschluckt worden.

Ariane setzte sich an ihren kleinen Sekretär neben dem Bett. Sie schob das Mikrofon auf der Tischplatte zur Seite und klappte ihren Laptop auf. Wie automatisch gab sie den Code ein – 2000. Junos Geburtsjahr. Das Display schaltete um. Ein Panorama aus sieben Kameraperspektiven zeigte den Käfig und Laura, die am Boden kauerte. Sie wippte mit dem Oberkörper auf und ab und blickte nach oben. Sie bewegte die Lippen, wollte zu Ariane sprechen.

»Zu spät. Alles, was hätte gesagt werden können, ist gesagt

worden.« Eingefallene Schultern, ein gekrümmter Rücken – Lauras Kampfgeist und ihr klarer Blick waren verschwunden. Sie hatte ihre Schuld angenommen. Das änderte nichts an ihrem Scheitern. Juno war tot. Zu mehr als einer unbedeutenden Fußnote in Lauras Leben hatte sie nicht getaugt.

Ariane presste die *Shift*-Taste und parallel dazu die Sieben. Die Kameraperspektiven verschwanden. An ihrer Stelle erschien das Foto, das Ariane von Laura gemacht hatte. Das Zolpidem in ihrem Trinkwasser hatte sie in einen unnatürlichen Tiefschlaf versetzt. Sie war betäubt, hilflos, so wie es Juno gewesen war. Das schwarze Kleid hing wie ein obszön geöffneter Schleier über Lauras Haut. *SCHLAMPE*. Die rote Schrift erinnerte an einen amtlichen Urteilsspruch nach einer Gerichtsverhandlung. Dazu prangte in kraftvollen schwarzen Lettern in Arial 16 der Name *Laura Gehler* am unteren Bildrand der Aufnahme.

Ariane legte sich beide Händen an die Schläfen und massierte sie. Seit Junos Tod hatte sie fremde Mädchen angestarrt, ihre Gesichter seziert und nach Spuren ihrer Tochter in ihnen gesucht. Mal war es ein Lächeln gewesen, mal ein Augenaufschlag, aber sie hatte Juno nie mehr wiedergefunden.

Auch in Hannahs nachdenklichem kleinen Gesicht, in der aufmerksamen Weise, wie sie Ariane anblickte, forschte sie nach ihrer Tochter. Manchmal malte sie Bilder von Juno, doch sie ähnelten ihr nicht. Sie erinnerte sich an den Geruch von Aprikose, der ihrem Haar entströmt war. Vielleicht hatte sie sich den Duft auch nur eingebildet. Juno verschwand immer mehr.

Als Arianes Eltern gestorben waren, wurde sie zur Waise. Als ihr Mann in seinem Flugzeug umkam, wurde sie zur Witwe. Zu was aber war sie geworden, nachdem ihre Tochter verstorben war? Sie fand kein Wort dafür. Keines, das sie akzeptierte.

Ariane zoomte das Foto von Laura auf, bis es bildfüllend auf dem Display stand. »*Actio gleich reactio.*« Sie hob den Zeigefinger, ließ ihn einen Moment über der Tastatur schweben. Sie zögerte, bemerkte ihren Zweifel und schloss für zwei Sekunden die Augen. Dann drückte sie mit aller Kraft *Enter*, schlug die Taste bis zum Anschlag durch. Ein scharfes Klacken ertönte. »Alles gleicht sich aus.« Der letzte Schritt war vollzogen. Lauras Foto wurde nun weltweit auf über einhundertdreißig Online-Plattformen hochgeladen. Sie würde nun das erleben, was Juno widerfahren war. Der Kreis hatte sich geschlossen.

Donner grollte, ein zuckender Blitz erhellte das Schlafzimmer. Die Tür zum Balkon wurde aufgestoßen. Eiskalter Wind berührte ihren Nacken.

Ariane zog sich an den Stuhllehnen in die Höhe, wollte die Tür wieder schließen. Doch etwas war verändert.

Eine Silhouette zeichnete sich auf dem Balkon ab. Ein Mann stand dort. Er trug einen Mantel. Schnee umwirbelte ihn. Die Vorhänge im Zimmer flatterten. Er trat über die Schwelle.

Ariane wich einen Schritt zurück, ertastete die Konturen des Elektroschockers in ihrer Jackentasche. Da streifte das Licht das Gesicht des Mannes.

»Was um Gottes willen hast du da getan, Ariane?«

Tom. Es war Tom. Hier oben. In ihrem Haus.

Er deutete mit ausgestrecktem Arm auf ihren Computer – auf das Foto. »Was hast du mit Laura gemacht?« Tiefe Furchen zogen sich über seine Stirn. »Bitte, sage es mir.« Seine Brauen waren nach unten gezogen. In seinen Augen lag ein Flehen. »Was hast du mit meiner Schwester gemacht?«

KAPITEL 48

»Hier ist es.« Lukas riss die Handbremse hoch, mit einem Klicken rastete sie ein. Die kleine japanische Daruma-Puppe auf der Armatur wackelte. »Wir sind da.«

Das also war es. Der Stress, die Wut und die Verzweiflung der vergangenen Wochen – all dies hatte ihn hierhergeführt.

Vor ihm lag die Zufahrt zu einem großen Waldgrundstück. Zwei steinerne Säulen mit zerbröckelten Kreuzen markierten den Eingang zu dem Areal. Verschneite Baumstämme lagen am Boden, weiter hinten stand eine mit Heu beladene Futterkrippe.

Berit beugte den Kopf vor. »Wo ist *da*?« Sie zog ihre Handschuhe an und streckte die Finger im Leder, bis es knarrte. »Das da draußen ist eine eiskalte weiße Wand.«

»Die wir gleich durchdringen.« Lukas zerrte sein Handy aus der Mittelkonsole. »Weber hat mir einen alten Grundriss von dem Anwesen geschickt. Ist von 1975. Hat früher mal der Familie eines Obstbauern gehört und in den Dreißigern einem Industriellen.« Er zoomte das Bild mit zwei Fingern auf. »Wir müssen knapp achtzig Meter in Richtung See laufen. Das Haus liegt direkt davor.« Er führte mit der Handkante eine Schlagbewegung nach rechts aus. »Also dort entlang.«

Dicke Flocken rieselten auf die Windschutzscheibe, die Wischer kämpften vergeblich dagegen an.

»In diesem Schneechaos gibt es keine Richtung.« Berit knöpfte ihren Mantel zu. »Aber gut. Ist eben ein kleines Abenteuer in der Kälte.«

Blitze zuckten, rollender Donner kam näher. Immer wieder

zog Lukas den Grundriss über das Display, vergrößerte und verkleinerte ihn. Etwas störte ihn, eine Unstimmigkeit.

Da war das Haus und dreißig Meter entfernt davon ein kleineres Objekt. Womöglich ein Gartenhäuschen oder eine Laube. Doch direkt daneben, eingezeichnet in dünnen Strichen, befand sich ein weiteres rechteckiges Gebilde. Seine Ränder schnitten sich mit dem Gartenhaus. Das erschien Lukas nicht plausibel. Die Bleistiftmarkierungen unter dem Objekt konnte er nicht entziffern. Eine unlesbare Handschrift, die dem vorherigen Jahrhundert entstammte.

Er hielt Berit das Display hin und deutete auf das Rätsel aus Bleistiftstrichen. »Verstehe ich nicht. Warum überschneiden sich die beiden Objekte?«

Sie betrachtete das Display eine Viertelsekunde lang.

»Unterirdisch.« Sie wandte den Kopf wieder dem Schneetreiben zu. »Mein Vater war Architekt.«

Lukas zog sein Handy zurück. Darauf hätte er selbst kommen können. »Aber das könnte ja heißen, dass ...«

»... dass das einer der Gründe ist, warum Hunde, Wärmebildkameras und Helikoptereinsätze kein Resultat bei der Suche geliefert haben.« Sie berührte ihn an der Hand. »Wir sind hier richtig, Lukas. Du hast recht gehabt.«

Er war ein Mann kriminalistischer Fakten. Erst wenn sich alles vor ihm ausgebreitet hatte, fällte er seine Urteile. »Dann ist das tatsächlich unser Ziel.«

Berit nickte. »Unser letztes und einziges Ziel.« Sie tippte die Daruma-Puppe an, die sofort vibrierte. »Das Ding ist einfach nur scheußlich.«

»Ich weiß.« Lukas öffnete die Fahrertür. Inmitten des Schnees polterte ihm Donner entgegen, Blitze rissen den Himmel auf. Die Nacht hatte erst begonnen.

KAPITEL 49

»Willkommen am Ende meiner Geschichte, Tom.« Ariane lächelte gequält. Sie legte die Lippen hart aufeinander, ihre Wangenknochen erschienen in dem dämmrigen Licht wie scharf geschnittene Kanten. »Du hättest nicht hierherkommen sollen. Jetzt hast du die letzten Reste des schönen Bildes von mir zerstört.« Sie zuckte mit den Schultern. »Irgendwie schade.«

»Das ist doch verrückt. Das da ...« Er deutete auf den Laptop, auf das Bild seiner Schwester. »Wo ist sie? Wo ist Laura? Du hast sie doch nicht ...« Er wollte das *eine* Wort nicht aussprechen. Die Furcht vor Arianes Kopfnicken ließ ihn sich verkrampfen. Seine Lider zitterten. »Rede endlich!« Tom trat vor Ariane und riss gewaltsam an ihren Schultern. »Rede mit mir!« Ihr Kopf federte vor und zurück. »Rede! Verdammt noch mal!«

Ariane entwand sich seinem Griff. Sie ging zu ihrem Schreibtisch und drückte eine Taste auf dem Computer. Die Oberfläche veränderte sich. »Laura lebt. Sie ist körperlich unversehrt.«

Tom zählte sieben unterschiedliche Kameraperspektiven, die den zusammengekauerten Körper seiner Schwester aus allen Blickwinkeln zeigten. Sie saß in einem durchsichtigen Käfig. Ihr flehender Blick in eine der Kameras ließ ihn zusammenfahren. Ein gefangenes Tier, das um Freiheit bettelte.

Er trat an den Computer und berührte das matte Display, berührte Laura aus der Ferne, streichelte sie. »Ich begreife das alles nicht.« Tom konnte Lauras elektronisch verzerrten Anblick nicht mehr ertragen. Er schloss die Augen. Nur für einen Moment. »Wo ist sie?« Hannah hatte die Wahrheit gesagt. Lauras

Stimme war aus einem Rohr gedrungen, das ins Erdreich führte.
»Was hast du mit ihr gemacht? Und warum?« Ganz leise fragte er in die Stille, beruhigte sich selbst.

Nur der Donner über dem Haus antwortete ihm, brüllte ihn an. *Hol es raus aus ihr!* »Du sollst reden!« Tom packte Ariane am Hals. »Bist du wahnsinnig geworden?«

»Das kann ich ... nicht ausschließen.« Ariane kämpfte um Luft, versuchte, seine Arme fortzudrücken.

Tom spürte die Bewegungen ihrer Kehlkopfspitze unter seinen Fingern. Er erhöhte den Druck, rechnete mit noch größerem Widerstand. Aber Ariane wehrte sich nicht mehr. Sie blickte ihm direkt in die Augen, Tom ließ die Hände sacken.

Ariane japste nach Luft.

Vor einem Tag noch hatte er mit ihr geschlafen, nun stand eine Fremde vor ihm. »Wer bist du, Ariane? Wer zur Hölle bist du wirklich?«

Sie wankte zum Balkon und hielt sich am Türrahmen fest. »Wir sind beide nicht das, was wir vorgegeben haben.« Ariane tauchte das Gesicht in die Kälte, als sei sie eben erst erwacht. Schneeflocken setzten sich in ihrem Haar ab. Die Flügeltüren klapperten. »Ich sage dir, wer ich bin. Hör gut zu.«

Ariane sprach langsam und durchdacht. Sie erzählte von ihrer Tochter Juno und ihrem Leben nach Fabians Tod.

Tom erinnerte sich an das Foto in ihrem Medaillon. Arianes Tochter nahm vor ihm Gestalt an, als sei sie mitten unter ihnen, direkt im Zimmer.

Sie war ein schlankes und großes Mädchen mit dem tiefbraunen Haar ihrer Mutter. Juno liebte Erdbeeren, das Meer und Sonnenaufgänge. Sie liebte die Menschen, bis ihr in Bayern in der Schule Laura begegnete. Ariane stockte in ihrer Erzählung nicht ein einziges Mal. Bis zu diesem Punkt ihrer Geschichte ließ sie keine Pausen zu. Nun aber verkrampften sich ihre Finger zu Fäusten, ihre Stimme brach immer wieder ein wie das morsche Gebälk in einer Ruine.

Der Abend im *Pop a Gogo*. Das Foto. Laura. Ihre Mutter. Junos Tod. Die Wassermassen im Bad. Ihr lebloser Körper. Der Geruch von Blut.

Tom spürte die Beine nicht mehr. Ihn schwindelte. Arianes Enthüllungen zerrten ihn in die Tiefe. Er wollte sie umarmen, sie festhalten. Dabei war er es, der jetzt Halt brauchte. Doch Tom stand nur reglos auf dem knarrenden Dielenboden, während Arianes geflüsterte Worte auf ihn einschlugen.

Sie berichtete von ihrem Plan, wie sie Laura wochenlang beobachtet und ihre Gewohnheiten studiert hatte. Wie sie Laura überrumpelte und einsperrte – sie analysierte und an ihrem Wesen verzweifelte. Wie Ariane heimlich hoffte, mit ihrem Ultimatum Imke Gehler zu quälen. So, wie es ihr als Mutter selbst widerfahren war. Wie sie Lauras obszönes Foto hochgeladen hatte und auf Erleichterung hoffte. Wie aber absolut nichts, nicht einmal die Gefühle von vollendeter Rache, sie erleichterten. Junos Tod war ein sinnloser gewesen. Nichts würde daran jemals etwas ändern.

»Das ist die Wahrheit, Tom. Und mehr habe ich nicht in den Händen. Ich bin leer. Alles in mir ist wie ausgelöscht.« Ariane kniete sich vor dem geöffneten Balkon nieder, als erwartete sie einen Henker, der mit seiner Axt zum Schlag ausholte.

Tom hätte dieser Vollstrecker sein können, doch er ließ sich neben ihr fallen und umarmte sie. »Ich habe nichts davon gewusst. Laura und meine Mutter haben nie darüber gesprochen. Ich habe damals bei meinem Vater gelebt.« Tom presste Ariane an sich. Er gab ihr all seine Wärme, alles, was er für sie empfand. »Das tut mir so schrecklich leid.«

Ihr Haar berührte seine Haut, ihre Tränen liefen über seine Hände. Unter ihm gab es keinen Boden mehr. Alles lag in Trümmern. »Vielleicht gibt es noch eine Chance. Die suchen da draußen diesen Puppenmörder, nicht dich.« Er glaubte selbst nicht daran, suchte nach Auswegen, wo es längst keine mehr gab. »Wenn ich mit Laura und meiner Mutter rede, dann können wir vielleicht ...«

»Zu spät. Alles viel zu spät. Ich habe die Polizei auf die Spur des Puppenmörders gebracht. Weil ich Zeit gebraucht habe.« Ariane wischte die Tränen fort. »Ich habe sie in die Vergangenheit zu dem Gymnasium gelenkt. Sie werden und sollen irgendwann die richtigen Schlüsse ziehen. Ich will diese Geschichte in den Medien sehen. Alles. Die ganze Wahrheit.« Sie strich über Toms Kinn. »Laura wird frei sein. Aber sie wird den Käfig in ihrem Kopf immer mit sich herumtragen. Das ist ihre Strafe.«

Schnee wirbelte in das Schlafzimmer. Blitze zuckten über dem Wald. Flügelschläge ertönten, Hugo war wohl in der Nähe.

»Jedes Detail habe ich geplant. Nur du, Tom, du bist die unbekannte Variable gewesen. Eine schöne Variable. Du hast mir etwas von meinem Leben zurückgegeben. Und ich frage mich ...« Sie fuhr über seine Wange, ertastete sein Gesicht. »Wie bist du überhaupt auf mich gekommen? Du bist hier wie aus dem Nichts aufgetaucht.«

Tom zog den rechten Ärmel seines Mantels hoch und klopfte auf seine Armbanduhr. »Fitnesstracker. Laura und ich vergleichen seit Jahren unsere Daten beim Radfahren.« Das schwarze Gummiarmband lag fest um sein Handgelenk. Obwohl sie seit so langer Zeit voneinander getrennt lebten, verband Tom mit Laura einen Teil seiner Kindheit. Diese Bande ließen sich nicht kappen. Beide ließen das nicht zu. »Die letzten Geodaten von Lauras Tracker habe ich vierhundert Meter von deinem Haus entfernt übermittelt bekommen.« Alle anderen Grundstücke im Radius von drei Kilometern wurden seit vielen Jahren und Generationen von denselben Familien bewohnt. Ariane Haus war die Ausnahme.

»Du warst die Verdächtige Nummer eins.« Er hatte sich im Ort umgehört. Alle zeigten mit dem Finger auf die neue und unheimliche Frau in der ehemaligen Industriellenvilla. Sie redete mit niemandem, zog sich zurück und schien Geheimnisse zu haben. Niemand hier mochte so etwas. »Dann habe ich überlegt, wie ich in das Haus gelangen kann. Es war ja nur ein Verdacht, aber besser als nichts. Ich habe gefühlt, dass hier etwas nicht stimmt.«

»Verstehe.« Ariane nickte. »Ich habe den Tracker zu spät zerstört. Ein Riesenfehler. Wärst du zur Polizei gegangen, hätten die mich sofort gestoppt.« Sie berührte ihn an der Schulter. »Bist du aber nicht.«

»Meine Mutter hat die Polizei eingeschaltet. Aber wenn ich Laura selbst gefunden hätte, dann ... dann ... *Ich* wollte derjenige sein, der sie ganz alleine rettet. Nur ich. Ich hätte meiner Mutter beweisen können ...«

»Dass du nicht nutzlos bist.«

»Ich verachte sie. Ihre ganze karrieresüchtige und menschenverachtende Art.« Er war zwölf gewesen, als sie ihn zu seinem Vater abschob. Ein Scheidungsopfer. Wie in einem Supermarkt entschied sie sich für Laura – das bessere Produkt. Sie war ihr ähnlicher, und sie durfte bleiben. »Ich habe Laura gefunden. Und dich.« Mit der Hand strich er ihr übers Gesicht. »Als die Spur zum Puppenmörder geführt hat, ist eine riesige Last von mir gefallen. Ich wollte mich irren. Du solltest unschuldig sein. Auch wenn sich Lauras Situation dadurch verschlimmerte. Ich habe mich dafür so sehr geschämt ...«

Arianes Schultern sackten ein. »Ich muss gehen.« Sie zog sich am Türrahmen in die Höhe. »Sie werden mich bald finden. Mein Flug nach Nairobi geht morgen Abend.« Ihr langes, dunkles Haar verbarg Teile ihres Gesichts. Der Wind ließ einzelne Strähnen tanzen. »Dann ist es vorbei. Alles ist dann vorbei. Und Laura ist wieder frei.«

»Ich muss jetzt zu ihr.« Tom richtete sich auf. Die wehenden Vorhänge im Zimmer, das Bett mit den weißen Laken, der kleine Schreibtisch – aus der Stille dieses Raums hatte Ariane das Schicksal seiner Schwester gesteuert. Nun war das Ende erreicht.

Schnee, Blitze und Donner. Die Natur schien vor Wut zu toben. Aus dem Wetterchaos drang ein schnappendes Geräusch, darauf folgte ein Klappern wie von einer schweren Holztür.

Ariane schreckte auf. Sie ging auf den Balkon und legte beide Hände auf das Geländer. Dabei reckte sie den Kopf nach vorne, als könnte sie so das Weiß durchdringen.

»Was war das?« Tom trat neben sie.

»Das ist vom Gartenhäuschen gekommen.« Ariane deutete mit ausgestrecktem Arm nach Westen. »Laura ist da unten.«

KAPITEL 50

»Sehr subtil, Lukas.« Berit leuchtete mit ihrem Handylicht in das Gartenhaus hinein. »Dein Krach weckt noch den letzten Tiefschläfer im Nachbarort auf.« Sie deutete nach links. »Oder Ariane Sternberg. Da oben brennt Licht.«

Aus einem Fenster drang ein schwaches Glühen, immer wieder wurde es vom Schnee verschluckt.

»Wir haben keine Zeit für feinmotorische Übungen.« Lukas stellte den Spaten auf den Boden, den abgebrochenen Türriegel schob er mit der Schuhspitze im Schnee zur Seite.

Ein säuerlich-süßlicher Geruch schlug ihnen entgegen.

»Puh! Bestialisch.« Berit verzog den Mund und schwenkte ihr Handylicht in die Laube.

Die zusammengestückelten Holzplanken am Boden ließen das Häuschen schief erscheinen. In einigen Fugen zeigten sich Reste wie von sprießendem Gras. Säcke mit Blumenerde, Gießkannen und Rechen standen sauber verteilt im Raum. An der Wand hingen zwei Gartenscheren, ein Paar abgenutzte Gummihandschuhe und ein aufgerollter Gartenschlauch. Verstaubte Blumentöpfe und zwei große Holzkisten standen am Boden. Darin waren verdorrte Pflaumen und Äpfel, aufgetürmt wie zu kleinen Komposthaufen. Ihr Geruch vermengte sich mit den erdigen Ausdünstungen.

Lukas entdeckte nichts Auffälliges. Doch diese Normalität erschien ihm zu alltäglich – zu inszeniert. Er betrat das Gartenhäuschen. »Leuchte bitte noch einmal den Boden ab.«

Berit folgte ihm. Lukas' Beine warfen lange Schatten an die

Wände. Er ging in die Knie und fuhr über die Rillen zwischen den Holzplanken. Trotz aller Reinigungsversuche zeigten sich vergessene Spuren meist in den Zwischenräumen. Kurz nur sah er die Putzfrau im Eisenstein-Gymnasium in ihrer gebückten Haltung vor sich. Ohne sie hätte er es niemals bis hierher geschafft.

Lukas bohrte die Fingerspitzen in die Spalte, fuhr zwischen den scharfen Kanten auf und ab. Ein grünes Krümelchen klebte an seiner Haut. Die grasartigen Reste waren künstlich. Weich. Nichts Pflanzliches. Spuren von Schaumstoff. Grüner Schaumstoff. »So was haben wir an Lauras Fahrrad gefunden.« Lukas schnippte das Krümelchen fort und legte sich flach auf den Boden. Da waren Dutzende feine Schleifspuren auf dem Holz. Er berührte die reliefartigen Kratzer, folgte ihrem Verlauf. Die Spuren stammten von den Kisten. »Schlau. Richtig, richtig schlau.«

»Mir ist nur kalt.« Berit umschloss den Kragen ihres Mantels. »Etwas mehr Präzision, bitte – und schneller.«

Lukas richtete sich auf. »Das verdorrte Obst hier mitten im Winter ist kein Zufall. Die intensiven Gerüche würden Spürhunde in den Wahnsinn treiben.« Er richtete sich auf. »Aromen wie Schweiß oder andere menschliche Ausdünstungen würden sie komplett überlagern.«

»Wundert mich nicht. Sternberg ist Biologin.«

»Exakt.« Lukas ging auf die Kisten zu. »Gleichzeitig verrät uns diese Strategie aber, dass sie nur ein Ablenkungsmanöver ist.« Mit kraftvollen Bewegungen zerrte er die Kisten zur Seite. Holz schabte über Holz, Zentimeter für Zentimeter – eine splitterige Falltür mit einem neu montierten Eisenriegel zeigte sich inmitten der Planken. »Bitte sehr.«

Berit deutete einen leisen Applaus an. »Nicht schlecht, gar nicht schlecht.«

Lukas öffnete seinen Mantel. An der Hüfte ertastete er den Griff seiner Sig Sauer und zog sie aus dem Holster. Mit der anderen Hand schob er den Eisenriegel auf. Kein Knirschen, frisch geölt. Lukas riss die Klappe nach oben, sie schwang geräuschlos auf. Gestützt von drei Federn blieb sie in der Vertikalen stehen.

Kalte Luft fuhr ihm ins Gesicht. Aus der Tiefe drang das leise Brummen eines Generators. Berit leuchtete in den Gang.

Sechs rostige Streben zeigten sich im Gemäuer unter ihnen. Geschätzte dreieinhalb Meter bis zum Boden.

»Ich gehe vor. Du gibst mir Licht.« Lukas ließ sich hinab, griff mit der freien Hand die oberste Strebe. Mit den Füßen ertastete er den nächsten Tritt. Das Metall hing locker in der Wand, zehn Kilo mehr, und er würde abstürzen.

Unten angekommen, strich er über das Gemäuer. Beton. Ein Bunker womöglich. An den Wänden hingen verbeulte graue Lampenfassungen im Industriedesign. Sie entstammten den Dreißigerjahren. Seit Ewigkeiten war auf ihnen keine Spannung mehr gewesen. Daneben hing ein schwarzer Stromzähler mit eingeschlagener Scheibe. Staub und Spinnennetze überall. »Du kannst runterkommen. Ich fang dich, wenn was schiefgeht«, raunte er nach oben.

»Nicht nötig. Alles, was du kannst, kann ich besser«, flüsterte Berit zurück. Tatsächlich glitt sie die Streben mit katzenhafter Leichtigkeit hinab und landete sanft vor ihm. »Na, was? Weiter.«

Als er sich umdrehte, konnte er sein Lächeln nicht unterdrücken. Der Gang vor ihm war anderthalb Meter breit und machte am Ende einen Knick. Dahinter spendete eine nicht sichtbare Quelle ein mattes Licht. Lukas hob seine Waffe und tastete sich am Gemäuer entlang. In der Aushöhlung einer Wand hing ein hölzernes Regal mit Weinflaschen. Die Etiketten waren verschlissen und zerfetzt.

Lukas sah den vermögenden Vorbesitzer in den Dreißigerjahren vor sich. Wie er sich auf den nahenden Krieg vorbereitete und den Bunker bauen ließ. Während oben Menschen kämpften, schwenkte er hier unten sein Weinglas. Die Welt kannte keine Gerechtigkeit.

Ein paar Meter weiter entdeckte er im Schein von Berits Handylicht zwei Nummernschilder. Sie standen angelehnt an einer Betonwand. Eines davon hatte eine Delle im Blech. Die Plaketten waren aktuell. Offenbar hatte Sternberg sie für Lauras Entführung an einem Fahrzeug eingesetzt.

Sie erreichten den Knick. Das Licht nahm an Intensität zu. Lukas erhöhte den Druck auf den Abzug seiner Waffe. Steinchen knirschten unter seinen Schuhen. Der Generator brummte noch lauter. Er trat nach vorne.

Glas. Der Gang wurde zu einem Schlauch, der mit Plexiglas umgeben war. Er mündete in einer Schleuse, dahinter zeigte sich ein größerer Raum, der ebenfalls von Plexiglas umgeben war. Er spürte Berits Atem an seinem Ohr.

»Gott, das ist ein Käfig.« Sie drängelte sich an ihm vorbei und ging voran. »Da ist eine durchsichtige Tür mit Riegel und Schloss. Dahinter noch eine ... und da, ganz am Ende ...« Berit presste die Stirn gegen die Scheibe. »Da sitzt jemand am Boden.«

Lukas schob sie sanft zur Seite. Nun sah auch er den kauernden Menschen. Langes blondes Haar. Eine Frau. Laura. Das musste Laura sein. Sie lag seitlich gekrümmt auf einem Läufer. Ohne Regung. Ohne Anzeichen von Leben. Alles zu spät. Er war zu lange der Spur des Puppenmörders gefolgt. Das hier war seine verdiente Strafe.

Lukas spürte eine heiße Welle in sich aufsteigen. Er zog an dem Riegel. Verschlossen. Ein Schuss aus seiner Waffe könnte das Problem lösen, doch ein Abpraller auf solch engem Raum hätte fatale Folgen. »Warte! Komm hinter die Ecke.«

Berit nickte, lief mit ihm zurück. Er legte die Waffe an. Der Schuss würde Sternberg und mögliche Mittäter alarmieren. Bedeutungslos. Das Opfer zählte mehr als der Täter. Immer.

Lukas umklammerte den Griff, lockerte den Arm und brachte Kimme und Korn in eine Linie. Er drückte den Abzug dreimal durch. Die Kugeln brachten das Gemäuer zum Vibrieren. Flirrende Geräusche ertönten. Das Schloss zerbarst und mit ihm das Plexiglas an der Einschussstelle.

»Komm!« Berit lief voran.

Er folgte ihr, da bemerkte er eine Bewegung hinter der Scheibe. Ein Zucken. Von Lauras Hand. Sie hob den Kopf. *Sie lebt. Gott, sie ist am Leben.* Die wochenlange Last fiel von ihm, als er die Schleuse im Lauftempo durchquerte.

Berit riss den Querriegel an der zweiten Tür hoch, er hatte kein Schloss und ließ sich aus seiner Verankerung heben. Sie stürmte in den Raum und kniete vor Laura nieder, presste den Daumen auf ihren Puls.

»Wer ... wer sind Sie?« Laura blinzelte erst Berit an, dann Lukas. »Ich ... muss ohnmächtig gewesen sein ... ich habe von dem Wasser getrunken ... ich ... wo ist Ariane Sternberg? ... Ist sie ...?« Laura riss den Kopf zurück, als erahnte sie eine Gefahr. »Gehören Sie ... zu Ariane Sternberg?« Ihre Arme verkrampften sich. Sie stieß Berit von sich. »Sie gehören ... zu ihr ... Ich weiß das.«

Zerstört. Ihre blutunterlaufenen Augen, ihr strähniges Haar, ihre erschlafften Gliedmaßen – was immer in dem Käfig geschehen war, Sternberg hatte Laura gebrochen.

Das Innere des Raums strahlte die gemütliche Atmosphäre eines jugendlichen Zimmers aus. Ein Sessel mit dem Aufdruck bunter Papageien, Magazine, Bücher, ein großes Bett, ein Läufer mit abstraktem Muster. Nur die aufgestellte Schaufensterpuppe neben dem kleinen Schreibtisch störte die friedvolle

Szenerie. Als beobachtete sie still und abwartend die Situation im Käfig, um im richtigen Moment zuzuschlagen.

Lukas wollte sich neben Laura setzen, Berit aber deutete ein Kopfschütteln an. Sie übernahm. Er wich zurück, sie war die psychologisch Versiertere von ihnen.

Ganz sanft berührte sie Laura an der Schulter. »Ich bin Berit. Ich bin Profilerin bei der Kriminalpolizei. Das da ist Lukas, er ist Kriminalkommissar.«

Lauras Unterlippe zitterte. Sie biss sich in die Hand. Tränen liefen ihr über die Wangen. »Das ... stimmt alles nicht ... das ist ein Trick. Ein Trick ...« Sie richtete den Oberkörper auf, rutschte anderthalb Meter von Berit zurück. »*Sie* will ... dass ich das glaube ... sie hat Sie geschickt ... sie will, dass ich ... ich ...« Sie biss härter auf ihre Hand, Blut lief über ihre Haut. Die Abdrücke der Zähne hinterließen Wunden auf ihrem Handrücken.

Berit nahm Lauras blutende Hand und umklammerte sie. »Lukas ist ein komischer Typ. Er verabscheut Pfirsiche. Schon als Kind. Die Pfirsichhaut erinnert ihn an Mäusefelle, und in so was will er nicht reinbeißen. Wenn du ihm einen Pfirsich über die Haut streichst, schreit er auf. Jede Wette.« Sie rückte näher an Laura heran, setzte sich direkt neben sie und legte ihr einen Arm um die Schultern.

Lukas schnaufte. Die Geschichte stimmte. Er verstand Berits Technik, sie wollte Lauras Geist in eine andere Ebene bewegen und Vertrauen schaffen. Darum hielt er sich zurück.

Laura liefen die Tränen übers Gesicht, während sie ihn aus großen Augen anstarrte, ihn prüfte. »Aber ... aber ...«

»Und weißt du, was? Lukas hat sogar mal als kleiner Junge daran geglaubt, dass Menschen, die andere Sprachen sprechen, Untertitel in ihrem Kopf haben.« Sie presste Laura stärker an sich. »Hat er mir mal erzählt.« Ihre Stirn berührte Lauras Kopf.

»Das also ist Lukas.« Sie deutete mit dem Kinn auf ihn. »Der Mann ist durch die Hölle gegangen, um dich hier zu finden. Er hätte sein Leben für dich gegeben.«

Laura schluchzte, zwischen ihren Weinkrämpfen sog sie die Luft ein. Tränen tropften auf ihre Jeans und hinterließen dort dunkle Trübungen. Sie presste das Gesicht in Berits Mantel, umklammerte sie mit beiden Armen ganz fest.

»Kindchen, du hast es geschafft. Du bist frei. Alles wird gut.« Berit deutete Lukas mit einem langen Augenaufschlag an, dass sie die Situation unter Kontrolle hatte.

Er nickte und wandte sich ab. Die Waffe lag schwer in seiner Hand, als er den langen Gang des Bunkers durchquerte.

Ariane Sternberg. Sie war das Epizentrum dieser Geschehnisse. Dorthin musste er nun vordringen.

KAPITEL 51

»Die Polizei. Viel früher, als ich gedacht habe.« Ariane betrachtete das Display ihres Computers, sah die Waffe in der Hand des Mannes mit dem dunklen Haar. Er hatte mehrere Schüsse abgegeben. Die Kameras übertrugen achtundzwanzig Bilder in der Sekunde aus dem Käfig – genug, um die Ereignisse der nächsten Minuten vorherzusagen.

»Sie wollen mich holen.« Ariane riss den Reißverschluss ihrer Lederjacke bis zum Anschlag nach oben. »Ich muss verschwinden.«

Tom hielt sie am Arm fest. »Ich will erst mit Laura reden. Wir haben vielleicht noch eine Chance.«

Glaubte er wirklich daran? War Tom so naiv? Oder trieb ihn nur die Angst an vor einem fatalen Ausgang ihrer Flucht?

»Lass es mich versuchen ... bitte ...« Seine Finger bohrten sich in ihren Arm. »Laura ist der Auslöser für das Ganze hier. Wenn ich sie auf meine Seite ziehe, kann ich vielleicht meine Mutter schachmatt setzen. Wir stehen das zusammen durch.«

Seine Augen. Waren sie nun grau oder blau? Nach so vielen Wochen blieb dieses Rätsel ungelöst. Ariane wollte sich losreißen, er ließ es nicht zu. Tom verstand nicht. Dinge zerbrachen. Ein Teller, ein Fenster. »Ich bin zerbrochen. Kaputt. Lass mich bitte gehen.«

»Nein. Du kannst da draußen draufgehen.« Hart presste er die Kiefer aufeinander. »Das lasse ich nicht zu.«

Ariane legte ihm die Stirn an die Brust. »Danke, Tom. Dafür, dass du da warst. Das war ... schön.«

»Was?« Er wich zurück und suchte in ihrem Gesicht nach Antworten, die ihm ihren nächsten Schritt verrieten.

Ariane spürte, wie er kombinierte, analysierte und das Gedankenchaos in seinem Schädel organisierte.

Doch da lag schon der Elektroschocker in ihrer Hand. Ein Druck auf den Schalter. Blaue Funken tanzten zwischen den Kontakten hin und her. Ariane führte die Waffe gegen seinen Oberschenkel. Ein Ruck ging durch Toms Körper. Er stöhnte auf, ließ ihren Arm los und torkelte nach hinten. Neben dem Bett sackte er zusammen. Seine Muskeln verkrampften sich, zitterten unkontrolliert.

Toms Anblick schmerzte sie. Doch sie würde nicht auch noch sein Leben ruinieren. Ariane checkte die Kameras auf ihrem Computer. Der Mann mit der Waffe war nicht mehr im Käfig. Er war auf dem Weg zu ihr.

Ariane ging neben Tom in die Knie. Seine Augenlider flatterten, er presste sich die Hand auf den Oberschenkel. Sie beugte sich vor und küsste ihn auf den Mund, saugte noch einmal die Wärme seiner Lippen auf. »Tut mir leid. Ist aber besser so. Der Gorilla ... am Ende wirst du es verstehen.«

»Bleib hier. Du stirbst da draußen ... im Sturm.«

»Ich bin der Sturm.« Einmal noch strich sie ihm über die Wange, dann lief sie aus dem Zimmer und hetzte über die Treppenstufen nach unten. Sie griff ihren Reisepass und ihre Kreditkarten von der kleinen Kommode neben der Tür. Aus der Schublade zerrte sie einen Stapel Geldscheine. Sechstausend Euro in bar. Dazu die Tickets. Für ihre Abreise war seit Tagen alles vorbereitet. Noch einmal drehte sie sich um.

Die große Standuhr mit dem ewig wandernden Pendel. Das Gemälde mit Fabians tiefsinnigem Lächeln. Der flackernde Kamin und der Ohrensessel mit dem dicken Leder, in dem sie so viele Stunden mit ihren Grübeleien verbracht hatte. Alles vorüber. Dieses Haus hatte Gift geatmet, solange sie hier gewesen war. Nun war es frei von ihr.

Ariane riss die Tür auf. Schnee, Blitze und Donner begleiteten sie, als sie durch den tiefen Schnee stürmte.

KAPITEL 52

Er atmete Eis. So kam es ihm vor. Die Kälte drang tief in seine Lungen ein. Nur die pulsierende Wunde an seiner Wange glühte heiß. Wie sehr er den Winter hasste.

Lukas fixierte das beleuchtete Fenster im ersten Stock des Hauses. Für Sekundenbruchteile gab der Schneesturm die Sicht darauf frei. Da war ein Schatten. Er sah ihn deutlich. Einen Moment später war er verschwunden, und er glaubte an eine Sinnestäuschung.

Lukas hatte Weber kontaktiert. Drei Einsatzwagen und medizinisches Personal waren auf dem Weg. Bei diesem Naturchaos brauchten sie mindestens eine halbe Stunde. Am liebsten wäre er sofort ins Haus vorgedrungen. Ein schneller Zugriff, präzise ausgeführt mit dem Faktor der Überraschung, und diese Geschichte hätte ihr Ende gefunden.

Aber Lukas hielt sich zurück. Berit und Laura waren da unten schutzlos. Womöglich gab es neben Sternberg weitere Täter.

Der Bau des Käfigs, die Entführung, die falschen Spuren – Berit hatte recht. Er tat sich schwer damit, das alles einer einzigen Frau zuzuordnen.

Die Tür des Gartenhäuschens klapperte hinter ihm. Er wischte sich die Flocken von den Lippen. Ein rhythmisches Knirschen erklang. Vor ihm. Weiter rechts. Das Geräusch kam vom Haus. Er versuchte, die Quelle präzise zu lokalisieren, in dem weißen Chaos war das unmöglich.

Da erhellte ein Blitzschlag die Nacht. Eine Frau rannte durch den Schnee. Lederjacke. Langes dunkles Haar. *Sternberg.* Sie kämpfte sich vor in Richtung See. Ihre Arme lagen dicht am Körper wie bei einer Sprinterin auf dem Weg zur Zielgeraden. Nacht und Dunkelheit verschluckten sie genauso schnell, wie sie aufgetaucht war.

Lukas hob seine Waffe. Er visierte die Stelle im Schneetreiben an, auf die Sternberg mit hoher Wahrscheinlichkeit treffen musste. Der Lauf pendelte sich auf Fußhöhe ein. Statt eines Schusses erklang krachender Donner über ihm.

Lukas ließ die Sig Sauer sinken. Zu gefährlich. Er kannte Kollegen, die abgedrückt hätten. Das war er nicht. Er verabscheute Handfeuerwaffen. Stattdessen setzte er sich in Bewegung, sprintete in die weiße Masse hinein.

Der Schnee knackte unter ihm. Er stoppte, lauschte in das Rauschen des Windes. Wieder klapperte die Tür des Gartenhäuschens. Wie ein weit entferntes Echo hallten Sternbergs Schritte von rechts. Oder war es links? Sie war schnell, und sie hatte ein Ziel – den See und vermutlich das dahinterliegende Waldareal. Schon ohne dieses Wetter wäre die Fläche unübersichtlich und nicht mit einer Handvoll Polizisten zu beherrschen. Keine Chance.

Lukas hielt inne. Er würde sie jetzt nicht stellen können, und sie wusste das.

Noch einmal blickte er über die Schulter zum Haus hinüber. Der Wind trieb die Schleier aus Schnee für einen Moment auseinander. In diesem Moment entdeckte Lukas die Konturen einer zweiten Gestalt im Fenster. Breite Schultern. Mittellanges Haar. Ein Mann. Er schwankte und schien um sein Gleichgewicht zu kämpfen. Der Unbekannte blickte hinab zu ihm.

Lukas schob die Waffe in sein Holster. Es war Zeit, die Rätsel dieser Nacht endgültig zu lösen.

KAPITEL 53

Schneller. Nicht stehen bleiben. Lauf. Der Polizist hatte aufgegeben. Seine Schritte waren verstummt. Ariane lief weiter, immer weiter, und durchquerte die Schneise im Wald. Endlich erreichte sie den See. Das dicht bewachsene Areal auf der anderen Seite bot ihr ausreichend Schutz. Sie ertastete die scharfen Kanten des Reisepasses in ihrer Lederjacke. Vielleicht konnte sie im Morgengrauen eine Maschine am Flughafen Erfurt bekommen. Doch das wäre riskant. In ein paar Stunden würde die Bundespolizei agieren und sie in ihr Suchraster setzen. Gleiches galt für die Bahn. Mit jeder verstreichenden Minute schrumpften ihre Fluchtchancen.

Sie stürzte aufs Eis, bewegte sich wie auf einer offenen Lichtung und war doch durch die fallenden Flocken geschützt.

Ariane richtete ihren Oberkörper gerade auf und beugte den Kopf leicht nach vorne, als sei er die Verlängerung ihrer Wirbelsäule. Sie überquerte im Sprint den See. Der Schnee löschte ihre Spuren aus.

Ihre Stiefel flogen über das Eis, sie war trainiert und konnte dieses harte Tempo zwanzig Minuten lang halten. Über ihr ertönte ein kehliges Krächzen. Hugo musste sie beobachtet haben. Die kleine Krähe folgte ihr mit verräterischen Lauten. Ariane blickte hoch. Zwischen dem fallenden Schnee konnte sie ihn nicht ausfindig machen. Aber sie spürte seine Anwesenheit.

Sie erreichte die andere Seite des gefrorenen Ufers. Die Zweige der Fichten rauschten, als wollten sie Ariane bei ihrer Ankunft begrüßen. Sie tauchte tief in den Wald ein, berührte im Laufen mit den Händen die Stämme der Bäume. Sträucher raschelten an ihren Unterschenkeln. Die Gedanken überschlugen sich im Rhythmus ihrer Schritte.

Sie musste untertauchen und Zeit verstreichen lassen. Andere hatten das vor ihr geschafft. Das war möglich. Nur, das hier war Saalburg-Ebersdorf. Keine Großstadt wie Berlin, in der sich Menschen einfach verbergen und nie wieder gesehen wurden.

Sie schob Äste aus dem Weg, mit der Schulter stieß sie gegen den Stamm einer Fichte. »Ich muss mich konzentrieren.« Ariane stützte sich an einen Baum und atmete tief ein. Luft. Eiskalte Luft.

Das Spiel mit den Beamten war hochriskant gewesen. Im Schatten des Puppenmörders hatte sie das Kriminalkommissariat auf eine falsche Fährte geführt, um Zeit für den Käfig und seine Gefangene zu gewinnen. Die Wahrheit aber hatte sie unter einer zweiten Schicht verborgen. Nur wenn die Polizei die Hintergründe um Junos Tod entschlüsselte, würden die Spuren zu ihr führen. Zwei Landeskriminalämter ermittelten. Diesmal würde Imke Gehlers Einfluss auf die bayerischen Behörden nicht ausreichen, um die Wahrheit unter einen dicken Teppich zu kehren.

Ariane hatte gewonnen. Alles würde herauskommen. Nur – ein paar Tage zu früh. Die ermittelnden Beamten waren besser, viel besser, als sie angenommen hatte.

Ariane stieß sich vom Baum ab und rannte weiter. Ein Blitz zuckte durch den fallenden Schnee, der Donner folgte fünf Sekunden später. Vielleicht musste sie das Wagnis eingehen und ein Taxi ordern. Aber hier draußen, in diesem Sturm und zu dieser Uhrzeit, saß kein Fahrer mehr hinter dem Lenkrad. Sie hätte Zuflucht im Haus der Späher in der Talsperre suchen können. Doch wofür? Das würde nur ihren Vorsprung verringern. Ihre einzige Chance bestand darin, sich einen Leihwagen im Flughafen zu besorgen. Sie musste Distanz schaffen und in einer größeren Stadt abtauchen. Sie musste schneller sein als der Fahndungsaufruf. Ihr Flug nach Nairobi war verloren. Die Maschine startete erst am morgigen Abend, das Risiko war zu groß.

Das Gelände wurde abschüssiger. Ariane nahm Anlauf, sprang über einen quer liegenden Stamm und landete im Schnee. Ein Knacken, das Geräusch erinnerte an ein gerissenes Gummiband. Der folgende Schmerz ließ ihren Knöchel seitlich wegsacken.

Sie rollte den Hügel hinab, griff nach den dürren Zweigen eines Busches, riss sie aus der Erde. Schnee rieselte ihr ins Gesicht. Ariane streckte den linken Arm weit von sich und bremste mit einer Hand. Die weißen Massen türmten sich vor ihr auf und verlangsamten sie, bis sie ganz zum Stillstand kam.

Der Schnee war auf ihren Lippen, auf ihren Beinen. Überall. Ariane lag auf dem Bauch und zog sich langsam in die Höhe. Die Schnallen ihres rechten Stiefels klackten, als sie die Klammern löste. Sie zerrte die Socke vom Fuß. Ein Druck auf den Knöchel – der Reiz fuhr von dort in die Nervenbahnen ihres Gehirns und verwandelte sich in kreischenden Schmerz.

Sie richtete sich auf. Ihr Fuß knickte ein. Dem Gefühl nach waren die Bänder im oberen Sprunggelenk gerissen. In der nächsten Stunde würde dort eine heiße, pochende Schwellung mit blauen Verfärbungen über ihre Haut ziehen. Ihr Fuß war unbrauchbar. »Na gut. Alles erledigt«, flüsterte sie. Mit diesem Handicap kam sie niemals vom Fleck. Ihre Flucht war beendet. So einfach war das.

Ariane humpelte mit dem Schuh in der Hand zu einer gewaltigen Kiefer und setzte sich unter ihre ausladenden Zweige. Die acht Zentimeter langen Nadeln kratzten über ihre Wange. Als sie sich setzte, zuckte erneut ein stechender Schmerz durch ihren Fuß.

Das Gewitter zog vorüber, Blitze zuckten weiter entfernt. An der Dichte des Schneefalls änderte das nichts.

Ariane entdeckte ein paar verrottete und eiförmige Zapfen neben dem Stamm. Sie nahm jeweils einen in die Hand und erspürte die rauen Strukturen. Zwei Optionen blieben ihr. Mehr nicht.

Sie konnte sich stellen. Imke Gehler und ihre Tochter würden zu ihren Anklägerinnen werden – und sie zur Täterin. Die Argumentation der beiden wäre simpel. Junos unschönes, aber letztlich harmloses Foto konnte doch kein Grund für eine solche Tat sein. Eine Jugendsünde – mehr nicht. Ariane erahnte ihre Ausreden und Anklagen, konnte sie schon Wort für Wort mitsprechen.

Das Gericht würde zur Bühne werden, während Gehler im Hintergrund ihre Netzwerke bespielte. Psychologische Gutachten würden Ariane als instabil einstufen, ihren klaren Geist zu einem Chaos aus Posttraumata, Neurosen und dissoziativen Störungen verklären. Am Ende war Lauras Entführung nicht mehr als die Tat einer Wahnsinnigen.

Ariane presste den Zapfen in ihrer rechten Hand fest zusammen. *Nein.* Sie würde sich nicht den Behörden unterwerfen. Das ließ sie nicht zu. Sie warf den Zapfen in den Schnee, wo er unter der dichten Decke versackte. Blieb nur Option zwei.

Ariane legte den Kopf in den Nacken. Sie zitterte. An Armen und Händen setzte ein Taubheitsgefühl ein. Wie sehr sie sich jetzt nach der trockenen Hitze Afrikas sehnte. Sie würde Nairobi nie mehr wiedersehen. Ihre Reise endete hier. Alles endete hier.

Wie seltsam. Sie hatte niemals Spaghetti Bolognese gegessen, niemals Bulgakow gelesen. Niemals einen Sonnenbrand gehabt oder einen Speer geworfen. Das musste sie auch nicht. Das hier war ein erfülltes Leben gewesen, sie war dankbar dafür. Und dennoch.

Ein leises Krächzen erklang neben ihr. Hugos grau-schwarzer Körper erschien wie ein dunkler Fleck im Schnee. Er streckte sich und kam ein Stück näher.

Hugo konnte nicht an ihrer Seite bleiben. Seine Laute würden die Aufmerksamkeit ihrer Verfolger auf sie lenken. »Du musst hier weg, Kleiner.« Sie machte fächernde Bewegungen. »Hau ab!« Doch Hugo wollte nicht weichen. »Verschwinde!«, rief sie laut und warf den zweiten Zapfen nach ihm. Hugo wurde an einer Schwinge getroffen. Er krächzte auf, stieß sein lautes *Rak-Rak-Rak* aus und verschwand mit kräftigen Flügelschlägen in der Nacht.

Arianes Augen füllten sich mit Tränen. »Das tut mir so verdammt leid.« Sie wischte sich mit dem Jackenärmel über die Augen. Das Schlagen der Flügel wurde leiser, verschluckt vom Schnee, der alles umhüllte. »Mach's gut, Kleiner.«

Ariane zog ihre Lederjacke aus. Darauf folgten ihr zweiter Schuh und der Pullover. Sie streckte Arme und Beine weit von sich, legte sich zurück in den Schnee und schloss die Augen. Das Zittern ebbte ab. Ihre Muskeln erlahmten.

Wie die meisten Menschen hatte sie ein Leben aus unendlich kleinen Momenten gelebt. Ein chaotisches Durcheinander an Gefühlen und Ereignissen, die alle miteinander verbunden waren. Nun, da sie zurückblickte, erkannte sie die Muster und den Weg, der sich durch ihr Leben zog. Ihre Verluste hatten sie ins Bleilochtal geführt. Sie fragte sich, ob sie auch nur ein Mal eine echte Entscheidung getroffen hatte. Oder war ihre Geschichte schon geschrieben gewesen, bevor sie überhaupt begonnen hatte? Ariane lächelte.

Sie zerquetschte den Schnee mit den Fingern. Vielleicht

würde sie Fabian und Juno wiedersehen. Wie sehr sie sich nach dem Lachen der beiden sehnte, nach ihrer Wärme. »Ich habe nicht eine Sekunde aufgehört, euch zu lieben.« Sie presste den Hinterkopf tiefer in den Schnee. Die Flocken setzten sich auf ihren Körper, umgaben ihn wie ein weißes Tuch.

Tom kam ihr in den Sinn. Ariane schämte sich für das Leid, das sie nun auslöste. Bei ihm, bei Hannah und bei Iris – bei den wenigen Menschen, die ihr noch etwas bedeuteten. Sie würden sie verstehen. Ganz sicher. Das würden sie. Der Gedanke beruhigte sie. Ihr Herz schlug langsamer. Sie wurde müde. So schrecklich müde.

Minus zweiundzwanzig Grad. Ariane ließ sich von der kältesten Nacht des Jahres umarmen. Und alles war friedlich und gut.

KAPITEL 54

»Und das ist alles, was ich Ihnen über Ariane sagen kann.« Tom Gehler kauerte vor Lukas auf einem Stuhl. »Wirklich alles.« Beide Hände legte er hinter seinen Nacken, die Finger verhakte er ineinander. »Sie müssen mir glauben.« Er starrte auf den Boden. Dorthin, wo Ariane Sternbergs Koffer neben ihrem Bett stand, zurückgelassen wie ein gebrochenes Versprechen.

Lukas stützte sich auf ein Fensterbrett. Vor dem Haus rotierten Blaulichter in der Nacht. Flatterbänder schaukelten im Wind. Scheinwerfer bestrahlten das Gartenhäuschen. Sanitäter kamen mit einer Trage aus dem Bunker, darauf war Laura angeschnallt. Sie schien reglos.

Lukas hatte Tom Gehlers Bericht nicht ein einziges Mal unterbrochen. Selbst die persönlichsten Momente und seine Beziehung zu Sternberg hatte er offen eingestanden.

»Ich glaube Ihnen.« Und das war die Wahrheit.

Tom Gehler stieß laut die Luft aus. Sein halblanges Haar fiel ihm wie ein Vorhang vor die Augen. Die Spannung entwich seinem Körper. »Wird Zeit, dass ich mich um Laura kümmere.«

Vor dem Haus knisterten die Funkgeräte der Beamten, Lukas vernahm das elektrische Rauschen noch hinter den geschlossenen Fenstern. Eine Ärztin tauchte neben Laura Gehlers Trage auf. Sie hielt ein Beutelchen mit einer isotonischen Kochsalzlösung in die Höhe. Ein Assistent mit dicker Fellmütze rammte eine Injektionsnadel in Lauras Unterarm. Ein durchsichtiger Plastikschlauch schaukelte zwischen Beutel und Arm hin und her. Vermutlich war Laura dehydriert. Berit trat vor das Gartenhäuschen. Wie klein sie von hier oben wirkte. Sie nickte ihm zu, und er erwiderte die Geste.

»Tragisch«, entfuhr es Lukas. Er verstand, wie sich die einzelnen Fragmente dieser Geschichte zusammenfügten, wie der Kreislauf der Gewalt entstanden war. Sicher durch Laura, vor allem aber durch ihre Mutter. Es war Imke Gehler gewesen, die ihre politische Macht und Netzwerke missbraucht hatte. Immer und immer wieder. Ariane Sternberg wollte Gerechtigkeit. Was sie nicht bekam, holte sie sich. Sie schlug mit der gleichen Gewalt zurück, die ihr widerfahren war – Mutter gegen Mutter.

Tom Gehler erhob sich von seinem Stuhl und blieb direkt neben Lukas stehen. Sein Mantel raschelte, der Geruch von Schweiß entströmte ihm. »Das da unten, das hat sie meiner Schwester angetan. Aber ich habe die echte Ariane kennengelernt. Sie ist warmherzig, voller Humor, ein liebevoller Mensch.« Der aufgeklappte Laptop auf dem Schreibtisch streute blaues Licht und warf Tom Gehlers gekrümmten Schatten an die Wand. »Sie ist auch ein Opfer.«

»Sie ist weit mehr als das.« Lukas tippte gegen die Fensterscheibe. »Was hier passiert ist, das hat Ariane Sternberg mit klarem Geist geplant. Jede einzelne Facette. Sie hätte andere Wege wählen können. Nun ist sie zur Täterin geworden.«

»Wenn Ihre Leute sie nicht finden, wird sie da draußen womöglich sterben.« Tom Gehler blickte auf das Schneetreiben vor dem Haus. »Ich gehe jetzt zu Laura. Ich habe so lange auf den Moment gewartet und gehofft, dass sie noch lebt.«

»Warten Sie noch einen Moment länger.« Lukas klopfte ihm auf den Unterarm. »Die Ärztin hat ihr ein Beruhigungsmittel verabreicht. Ihre Schwester braucht jetzt eine Atempause.«

»Na gut.« Er presste die Stirn gegen die Scheibe. »Zwischendurch habe ich gedacht, dass ich sie nie mehr wiedersehen würde. Und Ariane hat mich ... irgendwie getröstet. Sie hat mir

Vertrauen gegeben, an mich geglaubt. Das ist eigentlich absurd.«

»Es ist viel erstaunlicher, dass Sie nach dem Stromstoß wieder stehen können.«

»Meine Muskeln zittern noch.« Er presste die Lippen hart aufeinander. »Ich hätte die Polizei am Anfang einschalten müssen. Dann wäre das vielleicht alles nicht passiert. Aber als ich Ariane richtig kennengelernt habe, da sind alle Verdachtsmomente verpufft.« Tom Gehler senkte den Kopf, er deutete ein Nicken an. »Nur ein Anruf bei Ihrem Kommissariat, und alles hätte sich geändert. Mein Fehler und meine Verantwortung.«

»Dafür haben Sie Ihre Mutter zu sehr gehasst. Und gleichzeitig wollten Sie ihr Ihren Wert beweisen.« Lukas runzelte die Stirn. »Das könnte eine Form von Liebe sein.« Tom Gehler warf ihm einen prüfenden Blick von der Seite zu.

»Sie sind schon ein seltsamer Polizist.«

»Dann bin ich wohl die Antwort auf diese höchst seltsame Geschichte.« Das Handy in seiner Jackentasche vibrierte. Lukas zog das Smartphone hervor und tippte auf den grünen Punkt auf dem Display. Weber.

»Wir haben sie, Lukas. Wir haben sie gefunden.«

»Schick mir deinen Standpunkt. Ich komme.« Er deaktivierte das Handy und wollte die Stufen zum Erdgeschoss hinablaufen, da versperrte ihm Tom Gehler den Weg.

»Ich komme mit.«

»Meinen Sie nicht, dass Sie sich ausruhen sollten?«

»*Bitte.*«

Dem flehenden Blick seiner Augen konnte Lukas nur schwer standhalten. Diese Nacht hatte ihnen allen viel abverlangt. Für einen Moment fühlte er sich mit dem Mann vor ihm verbunden, spürte seine Nähe wie die eines alten Vertrauten. »Gut. Wir gehen zusammen.«

KAPITEL 55

Ihr Körper ruhte mit weit ausgestreckten Armen und dicht beieinanderliegenden Beinen im Schnee. Wie ein Kreuz aus Haut und Knochen, das der Erde zu entwachsen schien. Ariane Sternberg war Teil der Natur geworden. Die weißen Flocken bedeckten sie nahezu vollständig. Nur ihr Gesicht und einen Arm hatten die Beamten auf der Suche nach einem Lebenszeichen freigelegt – nach einem Pulsschlag, einer minimalen Regung, nach irgendetwas. Doch Frank Weber schüttelte den Kopf.

Tom Gehler stand einen halben Meter neben Lukas. Seine Unterlippe zitterte, er biss mit den Schneidezähnen darauf herum und wandte sich ab.

Zwei Beamte beleuchteten die Leiche mit ihren Stablampen. An ihren Leinen hingen zwei hechelnde Spürhunde. Eine etwas zu klein geratene Nebelkrähe tauchte am Kopfende neben Sternberg auf. Sie streckte die Flügel und stieß immer wieder krächzende Laute aus – *Rak-Rak-Rak*.

»Wir haben sie verscheucht, aber sie kommt immer wieder zurück. Das Gekrächze hat uns hierhergeführt.« Weber stapfte mit dem Fuß im Schnee auf. »Weg mit dir! Hau ab!« Die Krähe machte eine schnelle Hüpfbewegung nach hinten, mehr nicht. Sie blieb wachsam, und sie würde nicht weichen.

Tom Gehler ging auf Weber zu, packte ihn mit beiden Händen an den Schultern. »Lassen Sie den Scheiß! Die Krähe gehört zu Ariane.« Er rüttelte an ihm wie an einer Puppe. »Haben Sie das kapiert, Sie Idiot?«

Weber blickte irritiert. Sicher hätte er einen solchen Angriff trotz seiner Leibesfülle in zwei Sekunden stoppen können. Er hatte wohl begriffen, dass sich der Junge in einer Ausnahmesituation befand.

Lukas wollte Tom Gehler beruhigen, doch der ließ selbst die Arme fallen und kniete sich neben Sternbergs Leiche in den Schnee. »Sie ist tot. Das ist sie doch«, flüsterte er. »Sie ist einfach weggegangen.« Er berührte ihr Haar, das an einigen Stellen wie ein dunkler Schleier durch den Schnee schien. Langsam strich er ihr übers Gesicht, über ihre weiß-graue Haut.

Augen und Wangen waren eingesunken, die Kälte hatte ihr Gewebe absterben lassen. Die Krähe näherte sich Tom Gehler mit zwei Hüpfbewegungen und blieb neben ihm sitzen. Er ließ die Schultern sacken und senkte den Kopf. Ganz leise flüsterte er dem Vogel Worte zu, die niemand verstand.

Nichts hätte Lukas in der kältesten Nacht des Jahres auf dieses Bild vorbereiten können. Ariane Sternbergs Augen und ihr Mund waren geschlossen. Sie war nicht im Schock erstarrt, wie er das oft bei Leichen gesehen hatte. Sie wirkte friedvoll, wie aus absoluter Stille geboren – und dorthin war sie nun zurückgekehrt.

Tom Gehlers Knie versackten im Schnee. Sein Rücken krümmte sich. »Das ist nicht fair. Das ist ... einfach nicht fair.«

Lukas ging neben ihm in die Hocke. »Nein, das ist es ganz sicher nicht.«

Die Hunde schnüffelten am Stamm einer Fichte, die Beamten redeten leise miteinander. Weber wickelte einen Keksriegel aus seinem knisternden Papier.

»Das ist egoistisch, aber ich bin dankbar für die Tage, die ich mit ihr hatte.« Tom Gehler nahm ein Stöckchen und zerbrach es in der Mitte. »Nun ist es für immer vorbei.« Er warf die Hölzchen zu Boden. »Das alles hier, das hat Ariane nicht verdient.«

»Aber sehen Sie doch noch mal genau hin. Sie hat sich selbst ausgezogen.« Lukas deutete auf Sternbergs erstarrten Körper. »Sie war eine intelligente Frau. Stark und selbstbestimmt. Das hier, das war ihre letzte Entscheidung.« Erst zögerte er, dann legte er die Hand auf Tom Gehlers Schulter. »Wenn Sie Ariane Sternberg respektieren, dann müssen Sie das auch bis zum Schluss tun. Sie hätte das von Ihnen erwartet. Enttäuschen Sie sie nicht.«

»Das tut so verdammt weh.«

»Ich weiß.« Lukas erhob sich. Er schüttelte den Schnee von seinen Hosenbeinen und blickte in den Nachthimmel.

Die Flocken fielen im Licht der Stablampen wie funkelnder Staub auf die Erde herab. Die Spitzen der Fichten wogten im Wind. Niemand sprach ein Wort. Und der Schnee legte sich leise auf Ariane Sternbergs Gesicht und ließ es unter seinem Weiß verschwinden.

KAPITEL 56

Ordensschwestern in weißen Gewändern zogen durch die Gänge des Krankenhauses. An ihren Gürteln klirrten Rosenkränze. Sie flüsterten miteinander, als würde auch nur ein lautes Wort das Gebäude zum Einsturz bringen.

In den langen Fluren des Backsteingebäudes hingen gerahmte Reproduktionen von Naturdarstellungen. Vincent van Gogh, Paul Cézanne, Claude Monet. Lukas ging die Bilder ab, seine Schritte hallten durch das steinerne Gemäuer. Er achtete auf einen gleichmäßigen Rhythmus, weil er die Harmonie seiner Umgebung nicht stören wollte.

Der Rundbogen zur Krankenhauskapelle zog an ihm vorüber. Er bestaunte die prachtvollen Engelfenster und erklomm die steinernen Stufen zum ersten Stock. Station fünf. Die psychiatrische Abteilung.

Die frühe Nachmittagssonne schien durch die Fenster und badete Lukas' Gesicht in der Wärme des Tages. Im Hofbereich standen in zwei Reihen Laub- und Nadelbäume. Ein verschneiter Kräutergarten bildete zwischen ihnen ein Rechteck.

Zwei Ärzte mit quietschenden Crocs kamen Lukas entgegen. Die Sonne ließ die Stethoskope um ihren Hälsen aufblitzen. Hinter schweren hölzernen Kassettentüren lagen die Patientenzimmer. Eine Halbskulptur der heiligen Agatha stand auf einem Sockel, direkt neben Zimmer achtundzwanzig. Er hatte sein Ziel erreicht. Lukas pochte an die Tür. Eine leise Stimme bat ihn, hereinzukommen. Er drückte die Klinke herunter und betrat das Zimmer.

Honig. Der süßliche Duft von Honig lag über dem Raum und vermengte sich mit den Gerüchen von Reinigungsmitteln. In einem Bett machte er zwischen weißen Laken Laura Gehlers Gesicht aus. Sie blinzelte ihn müde an. Nach drei Tagen hing sie noch immer an einem Tropf.

Die grünen Lämpchen des Überwachungsmonitors blinkten. Neben Lauras Bett stand ihre Mutter in gebeugter Haltung. Sie richtete ein Kopfkissen. Auf einem Nachttischchen befand sich ein opulenter Blumenstrauß, violette Ranunkeln und weiße Christrosen. Auf einem Tellerchen lagen zwei Honigbrötchen. Hinter Lauras Kopf hing an der Wand ein gewaltiges Holzkreuz. Etwas schief, wie Lukas auffiel. In dem katholischen Krankenhaus verband sich das Archaische mit dem Modernen auf unbeholfene Weise.

Imke Gehler stürzte auf ihn zu, sie nahm beide seiner Hände und drückte sie fest. »Ich bin Ihnen so dankbar. Ich weiß gar nicht … wie ich Ihnen jemals danken soll.« Sie trug einen schwarzen Strickpullover. Kleine Strasssteinchen waren in die Wolle eingewoben.

»Danke, Herr Johannsen.« Diesmal war es Lauras dünne Stimme, die an ihn gerichtet war. Die Blässe ihres Gesichtes lag wenige Farbnuancen unter denen des Bettlakens. Nur ihre dunklen Augenringe störten diesen Eindruck. Sie blinzelte ihn an und hob die Mundwinkel mühsam zu einem Lächeln. *Danke*, formulierte sie die zwei Silben noch einmal, diesmal nur gehaucht.

»Sie schulden mir nichts. Das war mein Job.« Die Danksagungen berührten Lukas peinlich. Auch weil er wusste, dass nun der unangenehme Teil ihrer Begegnung folgen würde.

»Sie sind einfach zu bescheiden.« Imke Gehler hob theatralisch die Arme, als habe er etwas Törichtes von sich gegeben. »*Nur ein Job*«, wiederholte sie seine Aussage und lächelte ihre Tochter an.

»Ich bin vor allem ein Mann der Fakten.« Er wandte sich Lauras Mutter zu. »Darf ich Sie kurz noch einmal draußen sprechen?«

»Aber natürlich.« Sie wirkte so euphorisch, als würde er Rosen über ihren Kopf regnen lassen. »Selbstverständlich.«

Lukas winkte Laura zu. »Gute Besserung.« Er hielt inne. »Nein, ich wünsche Ihnen sogar die bestmögliche Besserung und viel Kraft.« Klischees verabscheute er.

Imke Gehlers Absätze klapperten über den Boden aus Kautschuk. Sie öffnete die Tür des Krankenzimmers und blickte noch einmal über ihre Schulter. »Bin gleich wieder da, Laura, Schatz.«

Die Tür fiel hinter ihnen ins Schloss.

Ein grauhaariger Mann im Rollstuhl wurde von seiner Pflegerin durch den Flur gerollt. Dabei checkte sie mit einem flinken Daumen ihre Mails im Handy. Zwei Ärztinnen lehnten an einer Wand und unterhielten sich. Aus der Brusttasche der einen ragte ein Micky-Maus-Kugelschreiber mit schwarzen Ohren hervor. Das steinerne Wappen eines Greifvogels im Sturzflug hing über den Ärztinnen.

In den Gängen wummerten schwere Heizkörper, Lukas öffnete seinen Mantel. »Laura wäre so oder so freigekommen. Sternberg hatte das so geplant. Mir steht also kein übertriebener Dank zu.«

»So einfach ist das nicht.« Imke Gehlers Gesicht nahm ernste Züge an. »Wenn Sie Laura nicht rechtzeitig gefunden hätten, dann ... also, sie stand knapp davor, sich in diesem Käfig das Leben zu nehmen. Die Psychologen haben keinen Zweifel daran gelassen.« Sie strich sich eine Haarsträhne aus dem Gesicht. »Laura hat schreckliche Angst davor, dass ihr Foto hochgeladen wurde. Wir müssen sie langsam darauf vorbereiten. Danke, dass Sie nichts gesagt haben.«

»Sie werden das nicht ewig verschweigen können.«
Wie eine Landschaft mit verästelten Flüssen bildeten sich die Falten auf ihrer Stirn. »Es ist unmöglich, das Foto von dieser Irren wieder aus dem Netz zu holen.«

»Diese Erfahrung hat Ariane Sternberg auch mit ihrer eigenen Tochter gemacht.«

Sie musterte ihn. »Ich lasse mich nicht mit einer Wahnsinnigen vergleichen, Herr Johannsen.«

»Das würde Frau Sternberg mit Sicherheit auch nicht gefallen.« Sein Lächeln war zu süffisant geraten, er spürte das. Lukas hatte den folgenden Dialog in seinem Kopf Dutzende Male durchgespielt. »Sehen Sie, alle Fäden der Geschehnisse laufen in diesem Fall auf eine Person zu. Nicht auf Frau Sternberg.« Er deutete auf Imke Gehler. »Sie, Sie und immer wieder Sie.«

»Sie wollen sagen, dass ich für das alles verantwortlich bin?«

»Lassen Sie es mich so ausdrücken ...« Er ließ zwei bedeutungsvolle Sekunden verstreichen. »Ja.« Einfacher war ihm eine Antwort nie gefallen, und nie war er mehr von ihrer simplen und klaren Schönheit überzeugt gewesen.

»Ich bin das alles so leid.« Imke Gehler stemmte die Fäuste in die Hüften. »Erst verrät mich mein eigener Sohn und bändelt mit dieser Wahnsinnigen an. Dann trifft sich auch noch Lauras Freund heimlich mit Thomas und tauscht sich mit ihm aus. Hinter meinem Rücken wird die ganze Zeit intrigiert.«

Interessant. Das hätte Lukas diesem Muttersöhnchen Benjamin gar nicht zugetraut. Doch alles war und blieb eine Frage der Loyalitäten, und Benjamin hatte sich für Lauras Bruder entschieden.

»Und nun auch noch Sie.« Imke Gehler streckte den Hals vor. »Was fällt Ihnen eigentlich ein?«

Lukas blickte durch eines der Fenster in den Garten. Vögel hüpften über die Ränder eines granitenen Sprudelsteins. Wie friedlich dort unten im Schnee alles wirkte. »Sie haben mit Ihren politischen Netzwerken das Leben von Sebastian Drechsler kaputt gemacht, es zerfetzt. Sie haben ihn unter Druck gesetzt. Er war unschuldig, und Sie wussten das.« Gehler holte Luft und öffnete den Mund.

»Moment.« Lukas deutete ihr an, zu schweigen. Er griff in seine Manteltasche und zog das Foto von Juno Kirsch hervor. »Danach hat Laura dieses Mädchen betäubt und ihr Leben mit einem Foto zerstört.« Er streckte den Arm mit dem Bild aus. »Sehen Sie sich Juno an. Sie ist tot. Ihre Mutter ist tot. Und Ihre eigene Tochter hat in der Folge dieser Ereignisse nur knapp überlebt. Und warum?«

Gehler stieß ein hysterisches Lachen aus. Die Ärztinnen im Gang drehten sich nach ihr um. »Warum? Na, weil ich ein ganz schlechter Mensch und an allem schuld bin.« Sie ballte die Fäuste. »Herr Johannsen, Sie haben eben sämtliche roten Linien überschritten. Das lasse ich mir nicht bieten.«

»Ich sehe Muster, wo tatsächlich welche sind.« Lukas schob das Foto zurück in seine Manteltasche. Dafür zog er eines seiner japanischen Ha-ni-Tsukinikui-Kaugummis hervor und wickelte ihn aus dem Papier. Entspannt schob er ihn sich in den Mund. Zweimal kaute er auf der süßen Masse herum und ließ den Geschmack wirken. »Über den Vorfall mit Sternbergs Tochter am Gymnasium gibt es keinerlei Polizeiprotokolle, obwohl anfangs Beamte involviert waren. Seltsam, oder?« Lukas glättete das Kaugummipapier. Darauf war ein Mann mit riesigem Hirn dargestellt. »Was wurde unterschlagen? Wer hat hier Druck ausgeübt? Wir lassen das gerade prüfen. Auch die Schulleiterin des Eisenstein-Gymnasiums fühlt sich im Nachgang von Ihnen bedrängt.«

»Ach, ist das so?« Gehler verschränkte die Arme vor der Brust. »Warum machen Sie das alles?« Sie schüttelte den Kopf und betrachtete Lukas, als sähe sie ihn zum ersten Mal. »Warum lassen Sie diese alten Geschichten nicht ruhen?«

»Weil ich nicht anders kann.« Drei Ordensschwestern mit Bibeln zogen an ihm vorüber. Lukas blickte ihnen nach. »Ich glaube nicht an Gott, aber an Gerechtigkeit. Sie haben Laura nach ihren Fehltritten darin bestätigt, dass sie immer und jederzeit damit davonkommt. Mutti richtet das schon. Mutti, die mächtige Landrätin.« Er hustete gekünstelt. »Verzeihen Sie meine Ironie. Das war unangebracht.«

Gehler stocherte mit dem Zeigefinger in der Luft herum, deutete auf das Krankenzimmer. »Herr Johannsen, das da drinnen ist meine Tochter. Sie haben keine Kinder. Nichts, absolut nichts, können Sie in dieser Sache beurteilen.« Diesmal zischte sie die Worte. »Also, lassen Sie es einfach.«

»Ich habe alles Recht dazu. Ich habe zwar keine Kinder, aber ich bin selbst ein Sohn. Ich werde Ihnen etwas ganz Persönliches verraten.«

Gehler knetete ein Strassssteinchen in ihrem Pullover, mit der anderen Hand zog sie an ihrem Ohrläppchen.

»Ich bin in der DDR aufgewachsen. Meine Mutter war Übersetzerin. Sie hat eine Affäre gehabt, mit einem Mann aus einer japanischen Handelsdelegation.« Lukas betrachtete das Kaugummipapier in seiner Hand, den Kopf mit dem gewaltigen weißen Hirn. »Der Mann verschwand. Meine Mutter wurde schwanger. Sie ist vor dreizehn Jahren verstorben. Sie hat mir nie den Namen meines Vaters verraten. Ich weiß nicht, ob, wie und wo er heute lebt.« Er schob das Kaugummipapier vorsichtig in seine Tasche. »Und wissen Sie, was?«

»Nein. Ich weiß nicht, wohin Sie mit dieser rührseligen Geschichte wollen.«

»Nach diesem Fall hier bin ich froh darüber. Was, wenn er im Ansatz auch nur ein Mensch wie Sie wäre? Ein Mensch, dem alle anderen scheißegal sind. Der andere Leben für sein Kind zerstört und über fremde Schicksale wie über Fliegendreck wegsteigt. Ich konnte in der vergangenen Nacht nicht schlafen und habe lange darüber nachgedacht. Sehr lange ...« Lukas streckte Gehler die Hand entgegen. »Mir reicht das selbst gemachte Bild meines Vaters, meine Idealvorstellung. Danke für diese Erkenntnis. Das macht für mich vieles leichter.«

Gehler betrachtete seine Hand wie eine Haifischflosse, hinter der sich ein nahender Angriff abzeichnete. Sie drückte den Rücken durch und hob das Kinn an. »Ich könnte Ihre Karriere zerstören.«

Er zog die Hand zurück. »Oder ich zerstöre Ihre. Glauben Sie mir: Ich bin schneller als Sie.« Gehler konnte nicht ahnen, dass die Rechtmäßigkeit der von ihr veranlassten Fördergelder für das Eisenstein-Gymnasium geprüft wurde. Geld für Lauras gute Noten – die verängstigte Schulleiterin hatte dunkle Andeutungen gemacht und versuchte nun, ihre Haut zu retten. Reines Nervengift für eine Politikerin.

»Damit kommen Sie nicht durch.«

»Das wird ein interessanter Wettkampf.« Lukas wandte sich ab und knöpfte im Gehen seinen Mantel zu. »Willkommen im perfekten Sturm, Frau Gehler.«

»Sie erbärmlicher Wichser«, raunte sie ihm hinterher.

Lukas ignorierte die Beleidigung.

»Sie dämlicher kleiner Polizist.« Diesmal schrie sie, und ihre Stimme hallte in dem Gemäuer wie ein abklingendes Echo wider.

Die Ärztinnen unterbrachen ihr Gespräch und wandten sich Lukas zu. Sie scannten ihn von den Schuhen bis zum Kopf. Erst ihn, dann Imke Gehler.

Lukas lächelte ihnen im Vorbeigehen zu. Er machte eine rotierende Bewegung mit der Hand. »Die Nerven, die Nerven. Wenigstens ist sie hier richtig.«

Die Ärztin mit dem Micky-Maus-Kugelschreiber nickte ihm zu. »Auf jeden Fall«, sagte sie kaum hörbar, und ihre Kollegin stieß sie dafür mit dem Ellenbogen an.

Freiheit heißt Gerechtigkeit. Lukas lebte nach diesem Grundsatz, und er würde sich nicht beugen. Für niemanden. Als er im Erdgeschoss an den großen Fenstern vorbeiging, bemerkte er eine Gestalt im Hof. Direkt neben dem Kräutergarten. Ein Mann. Der Wind zerrte an seinem halblangen Haar. Thomas Gehler – Tom. Er saß allein auf einer Bank und stocherte mit einem Stöckchen im Schnee herum. Sicher wartete er darauf, dass seine Mutter das Krankenhaus verließ. Erst dann würde er zu Laura gehen. Ariane Sternberg hatte diese Familie endgültig zertrümmert.

Tom Gehler drehte den Kopf, als spürte er Lukas' Anwesenheit in dem Gemäuer, seine Blicke und Gedanken.

Lukas hätte ihm zunicken, ihm Mut machen und einfach ein paar freundliche Worte mit ihm wechseln können. Doch er wandte sich ab und steuerte die große Holzpforte am Ausgang an. Für ihn gab es noch etwas zu tun.

KAPITEL 57

Manchmal liegen Wahrheiten ausgebreitet vor uns. Wir sehen sie nur nicht. In diesem Fall konnte die Wahrheit erst wirken, nachdem Lukas für sie bereit gewesen war.

Darüber dachte er nach, als er die Fotogalerie in seiner Scheune abschritt, Spieße aus den aufgetürmten Heuballen herauszog und die roten Wollfäden löste. Das Stroh raschelte unter seinen Füßen. Ein erdiger Geruch lag über der Scheune. Neben ihm stand die offene Flasche seines Kirin-Biers. Der darauf abgebildete Drache schien ihm zuzuzwinkern. Die Aufräumarbeiten in seinem Denkzimmer waren fast abgeschlossen.

Lukas nahm ein Foto von der linken Seite eines aufgetürmten Heuballens und legte es auf seinen Buchentisch. Das Bild zeigte eine Schulaufführung am Eisenstein-Gymnasium. Auf Klappsitzen hockten Eltern, um ihre Kinder zu bestaunen, die gerade zu Erwachsenen wurden. In der zweiten Reihe, inmitten der Zuschauer, saß Ariane Sternberg. Sie trug einen schwarzen Rollkragenpullover, das Haar war hochgesteckt. Ein Strahlen lag auf ihrem Gesicht. Ihre scharf geschnittenen Wangen, ihre edle Kinnlinie und ihre großen dunklen Augen machten sie zu einer schönen Frau. Ihr Lächeln war voll ehrlicher Freude. Wie sehr sie ihre Tochter geliebt haben musste. Lukas tippte auf ihr Gesicht.

Sie waren sich in der Praxis von Dr. Martin begegnet. Es war ein Fingerzeig gewesen, den niemand von beiden verstanden hatte. Seine Schlaflosigkeit hatte ihn nach dem Fall des Puppenmörders dorthin getrieben. Und Ariane Sternberg ließ in der

Praxis ihr Bewusstsein mit Hypnosen austricksen. Nur so konnte sie ihren Plan emotional ausführen. Dr. Martin hatte in Anbetracht der Schwere des Falles den postmortalen Geheimnisschutz aufgehoben. Der Psychotherapeut machte sich die schlimmsten Vorwürfe. Ausgetrickst von seiner Patientin – neben all dem Schmerz über den Tod Sternbergs war das auch ein Schlag für sein Ego. Ariane Sternberg war auf ihre eigene Weise brillant gewesen.

Da klappte das Holztor auf. Berit betrat die Scheune, ein Schwall eiskalter Luft begleitete sie. Die Absätze ihrer Stiefel schlugen dumpf auf den Boden, als sie sich ihm näherte. Sie trug in der rechten Hand einen Vorschlaghammer, in der linken einen Benzinkanister. »Da bin ich. Von mir aus können wir mit unserer kleinen Feier beginnen.«

»Mir ist nicht so recht nach Feiern. Aber wenn schon ...«, er nahm Berit den Hammer aus der Hand, »dann hätte ich eher mit einem schönen Glas Wein gerechnet.« Der Hammer wog mindestens fünf Kilo. Sein Eschenholzstil war abgenutzt, lag aber gut in der Hand. »Was hast du damit vor?«

Sie blickte ihm tief in die Augen. Ihre rot geschminkten Lippen umspielte ein amüsierter Zug. »Wirst du gleich sehen. Es ist ein Geschenk. Nur für dich, Lukas. Das hast du dir verdient.«

KAPITEL 58

Staub rieselte. Das Mauerwerk bröselte. Der Hammerkopf traf immer wieder auf die einbetonierten Stahlringe in den Fliesen. Der Rollstuhl vibrierte bei jedem Schlag.

Lukas holte erneut aus, diesmal mit mehr Wucht. Eierkartons fielen von den Wänden, Scherben knirschten unter ihm. Ganze Stücke der Mauer und der Fliesen fielen zu Boden und zerbrachen. Wie ein wahnsinniger Hufschmied hob Lukas den Hammer, immer und immer wieder, und zertrümmerte die Wand mit den Stahlringen. Das Spielzimmer des Puppenmörders verwandelte sich zu einem Werk der Zerstörung. Schließlich gaben die Stahlringe nach, an denen der Rollstuhl fixiert war. Krachend brachen sie aus der Wand.

»Na also. Jetzt weg mit dem Ding.« Berit stand im Türrahmen. »Das hätten wir schon viel früher machen sollen.«

Lukas schob den Rollstuhl neben ihr über die Bodenschwelle. Stroh quoll aus dem aufgerissenen Stoff, an Sitz, Arm- und Rückenlehnen. Die losen Speichen klirrten bei jeder Bewegung. Noch immer umklammerte er mit einer Hand den Hammer. Berit folgte ihm mit der Lampe.

Das Schwimmbad mit seinen mintfarbenen Kacheln empfing ihn mit steriler Kühle. Die Lederriemen des Rollstuhls schlugen ihm bei jedem Schritt gegen die Hände.

Die Stille in der Villa ließ das Grauen, das hier geschehen war, nur umso glaubhafter erscheinen. Verkrusteter Schnee lag vor einer eingeschlagenen Fensterscheibe. Im Becken türmten sich leere Bierdosen, zerfetzte Chipstüten und anderer Zivilisationsmüll. Lukas schob den Rollstuhl vor den Beckenrand. Die Räder knirschten bei jeder Umdrehung.

»Komm, lass es uns zu Ende bringen.« Berit klapperte mit dem Benzinkanister.

Der Polizist in Lukas wollte sich verweigern. Die Eisenrohre lagen kalt unter seinen Fingern. Das hier war ein Beweisstück. Andererseits waren das Areal und der Rollstuhl Hunderte Male kriminaltechnisch analysiert worden, und er hatte es nicht einmal in die Asservatenkammer geschafft.

Das Stroh in der Rückenlehne kitzelte seinen Handrücken, der rechte Reifen berührte seine Schuhspitze.

In dieser einen und viel zu langen Sekunde verstand Lukas, warum er sich die Jahre so sehr an das Stück Eisen mit den zwei Rädern geklammert hatte. »Ich habe immer gedacht, dass ich das Schwein in der Kammer einsperren kann. Da war so ein Gefühl, dass ich weiß, wo er ist.« Fiel ihm nun der Abschied schwer? Konnte er nicht loslassen?

Berit betrachtete ihn intensiv. »Du brauchst das nicht mehr. Du konntest den Gehler-Fall nur lösen, weil du deine Spur verlassen hast.« Sie klopfte auf die Rückenlehne des Rollstuhls. »Du hast dich von dem Puppenmörder und von deinem Scheitern befreit. Ganz alleine. Jetzt musst du dich von seiner Hinterlassenschaft trennen.«

Durch das zerschlagene Fenster rauschte der Wind. Eine Coladose rollte über die Fliesen, eine verrottete Zeitung raschelte. Gerüche von Moder und Urin hingen in der Luft. Der ganze Raum schien wie ein uraltes, krankes Wesen.

Lukas hob erneut den Hammer und schlug auf den Rollstuhl ein. Auf die Speichen, auf die gelblich-dreckigen Hartgummireifen, auf das Gestell aus Eisen. Das Metall verbog, beugte sich seiner Wut. Das Klirren zog durch das Schwimmbad wie der Takt mechanischer Stanzen in einer Fabrik. Er ließ den Zorn der verstrichenen Jahre zu, sah die Bilder der Toten vor sich und schlug noch härter zu.

Berit trat neben ihn. Sie schraubte den Benzinkanister auf und reichte ihn Lukas.

Er nahm den Behälter und kippte den gesamten Inhalt auf die Stoffbezüge des Rollstuhls, auf das Stroh, das sich wie dünne Ärmchen durch den aufgeplatzten Stoff streckte.

Berit zerrte eine Streichholzschachtel aus ihrer Manteltasche. Sie klapperte zweimal damit und zog ein Hölzchen heraus. Der Zündkopf ratschte über die Reibefläche, eine Flamme loderte. Schwefelgeruch stieg in einer dünnen Schwade auf. Einmal noch lächelte ihm Berit zu, dann ließ sie das brennende Hölzchen aufs Sitzpolster fallen. Sofort zuckten Flammen empor. Das Stroh knisterte, der Stoff verkokelte an den Brandstellen und verzehrte die Spuren von Blut.

Lukas trat den Rollstuhl über den Rand. Wie ein Flammenmeer auf Rädern kippte er in die Tiefe des Beckens und schlug auf den Fliesen auf. Vergammelte Pizzapackungen und ein paar kaputtgelesene Jugendmagazine entflammten. Rauch stieg empor. Das gelb-orange Feuer erhellte das Schwimmbecken wie ein Lagerfeuer.

»Alles ein bisschen sehr dramatisch.« Lukas trat an den Rand heran. »Oder?«

»Schadet nicht, wenn es dir hilft.«

Die Hitze des Feuers war selbst hier oben zu spüren, aber vielleicht bildete sich Lukas das auch nur ein. Seine Blicke und Gedanken verloren sich in den lodernden Flammen, in dem schwebenden Tanz des Feuers.

Ariane Sternberg hatte sich mit dem Monster unter ihrem Bett angefreundet. Das hatte sie Lukas in der Praxis des Arztes erzählt. Ihm würde das nie gelingen. Vor *seinem* Monster aber hatte er die Angst verloren. Die Angst vor dem Scheitern. Das war mehr, als er sich zu Beginn des Falls erhofft hatte. »Was, wenn diese Geschichte den Puppenmörder triggert? Was, wenn er wieder zuschlägt, nach all dieser Zeit?«

Berit nahm seine Hand. »Dann sind wir bereit. Wir sind hier und warten auf ihn.«

Der Rollstuhl brannte. Ein Knistern zog durch die Halle. Das da unten war das Ende. Ganz fest drückte Berit seine Hand, und Lukas erwiderte den Druck.

Achtundvierzig Tage und siebzehn Stunden später

Das Gorillaweibchen hetzte tagelang durch die Savanne. Es verließ die grünen Täler und seine Gemeinschaft. Durst, Hunger, brennende Sonne und Erschöpfung stoppten es erst nach vielen Tagen. Was trieb es dazu? Warum ließ es alles hinter sich? Warum opferte es sein Leben?

Die Antwort auf Arianes Rätsel war einfach: Verzweiflung und Wut. Das Weibchen folgte Wilderern, die ihr Junges getötet hatten. Sie wollte Vergeltung, weil sie mit dem Schmerz nicht mehr anders leben konnte. Am Ende versagte sie. Sie starb in der glühenden Sonne im Gras der Savanne. Ihr ausgemergelter Körper, das dichte braunschwarze Fell – das war alles, was von ihr übrig geblieben war.

Tom hatte einen von Arianes ehemaligen Professoren ausfindig gemacht, und das war seine Geschichte. Das Rätsel war gelöst, seinen tieferen Sinn hatte es ihm offenbart.

»Ich hätte nicht gedacht, dass du das hinbekommst. Richtig gut, Junge.«

Die Stimme seines Vaters riss Tom aus seinen Gedanken.

Der Alte warf seinen knallroten Schal über die Schulter und ließ die Kufen schleifen, Eis spritzte empor. Er vollführte eine kleine Drehung auf dem gefrorenen See und stand still. Beide Handschuhe schlug er ineinander. »Jetzt du!«

Wie automatisch ahmte Tom die Bewegung nach und kam weniger elegant zum Stehen. Doch er fiel nicht und drückte voller Stolz den Rücken durch.

Sein Vater fasste ihn bei den Oberarmen. »Wenn du wüsstest,

was für eine Freude du mir bereitest.« Er atmete tief die kalte Luft ein. »Wer hat dir das beigebracht?«

»Die beste Lehrerin der Welt.« Weniger wäre eine Lüge gewesen, zumindest für ihn.

Stille lag über dem See. Da war kein Rauschen des Windes, keine raschelnden Zweige. Der Februar umklammerte die Landschaft rund um die Bleilochtalsperre noch immer mit eisigem Griff. Es schien, als wollte er den Winter nicht gehen lassen.

Sein Vater schob sich die marineblaue Pudelmütze in die Stirn. »Ich glaube, sie wäre sehr stolz auf dich.« Sein grauer Schnauzer vibrierte bei jedem Wort.

Tom hatte ihm alles von Ariane erzählt, und sein Vater stand fest an seiner Seite. »Vielleicht. Sie war anders.«

»Nein, nein.« Sein Vater machte eine wegwischende Bewegung. »Kein Vielleicht. Ganz sicher.« Er drehte sich auf den Kufen um die eigene Achse. »Ist schön hier. Wild und ursprünglich.«

Da fiel Tom auf, wie sehr Ariane Teil dieser Landschaft gewesen war. »Willst du noch ein paar Runden drehen? Ich komme gleich wieder.«

Sein Vater warf ihm einen dieser verständnisvollen Blicke zu, die er noch aus seiner Kindheit kannte. Meist dann, wenn er im Begriff gewesen war, eine Dummheit zu begehen. Ein Nicken, dann fegte der Alte in schnellen Bewegungen fort über den See.

Nur für ein paar Monate würde Tom ihn noch für sich haben, bevor ihn der Krebs holte. Wenigstens würde er kein alter Opa sein, der reglos im Fernsehsessel saß und am Nachmittag klebrige Kuchenstücke in sich hineinstopfte. Die Gewissheit nahm Tom etwas von der Schwere seiner Gedanken. Er fühlte sich einsam, als er über den See zum Ufer glitt.

Seine Mutter hatte endgültig mit ihm gebrochen. Laura war

in Therapie, sicher für mehrere Jahre. Sie sprach nicht mehr mit ihm. Ebenso wenig wie Luisa, seine andere Schwester. Sie blieb im Ausland und wollte mit niemandem von ihnen etwas zu tun haben. Diese Familie war nie eine gewesen.

Tom näherte sich der Nordseite des Sees, wo Arianes Haus lag. Aus der Ferne sah er schwere, schwarze Rauchschwaden aus dem Schornstein aufsteigen. Seltsam. Wer wohnte dort? Womöglich lag vor ihm ein weiteres von Arianes Geheimnissen. Vielleicht spielte sie nach ihrem Tod noch immer mit ihm. Wenn auch das eines ihrer Rätsel war, so wollte er es lösen.

Tom beschleunigte, seine Boots hingen ihm an Schnürsenkeln um den Hals. Sie schlugen hin und her, als er das Ufer erreichte. Er hockte sich hin. Mit schnellen Handbewegungen riss er sich die Schlittschuhe von den Füßen und zog die Boots an. Er band die Senkel straff und lief durch den Schnee. Die Kufen der Schlittschuhe klirrten in seinen Händen.

Die Rauchschwaden erschienen dichter, je näher er kam. Sie wälzten sich wie schwarze Schleier über das Haus. Tom wich Bäumen, Zweigen und Steinen aus. Er atmete schnell. Die knorrigen kahlen Apfelbäume auf dem Grundstück erschienen ihm wie Wächter des Anwesens. Schweigsam, und doch aufmerksam. Die Fenster im oberen Stock des Hauses waren geöffnet. Unten stand die Tür offen. Da entdeckte er eine Gestalt, die im Schnee kniete.

Leise Musik drang aus einem der Fenster. Das Windspiel über der Tür klirrte. Das Rauschen eines Staubsaugers ertönte im Haus.

Hannah. Sie rutschte auf den Knien durch den Schnee und rollte eine Kugel zusammen, formte sie mit klopfenden Bewegungen. Direkt neben ihr lagen ein Kochtopf und eine Mohrrübe – ein Hut und eine Nase. Sie baute einen Schneemann.

Hannah legte den Kopf in den Nacken und stieß einen hohen Schrei aus. Als Antwort ertönte ein Krächzen in der Spitze einer Fichte. Kurz darauf schoss ein Vogel wie ein schwarzer Pfeil auf sie zu und landete auf ihrer Schulter.

Hugo. Er hatte sich mit seiner rabenschwarzen Intelligenz ein Nest im Herzen des Mädchens gebaut. Tom musste lächeln. Wie selbstverständlich verkrallte sich der kleine Vogel in Hannahs Schulter und beobachtete von dort ihre konstruktionstechnischen Fähigkeiten beim Bau des Schneemanns.

Tom bemerkte eine Gestalt im Fenster des ersten Stocks. Iris stand dort oben. Sie blickte zu ihm hinab und beugte den Oberkörper über das Fensterbrett. Sie lächelte ihm zu, und Tom verstand.

Ariane wollte Iris und Hannah helfen, sie aus dem eiskalten Campingwagen retten. Immer wieder hatte sie das gesagt. Nun hatte sie ihr Versprechen eingelöst. Sie musste den beiden vor ihrer geplanten Abreise das Haus übertragen haben. Selbst nach ihrem Tod spürte er Arianes Mitgefühl. Vor allem für Hannah. Für ein Kind, das sie selbst nicht mehr haben durfte.

Tom kämpfte die Schwere nieder, die in ihm aufstieg. Wie sehr er sie vermisste. Ihren Witz, ihre Sicht auf die Welt. Alles verloren. Doch solange er sich an Ariane erinnerte, würde sie leben.

Iris winkte ihm zu, deutete ihm, ins Haus zu kommen. Doch Tom schüttelte den Kopf. *Nicht jetzt.* Er war noch nicht so weit. Vielleicht nie.

Iris presste die Lippen aufeinander und nickte ihm aus der Ferne zu. Alles war gesagt.

Hannah, Iris und Hugo. Alles war gut. Tom prägte sich das Bild von den dreien ein und hob noch einmal die Hand. Er wartete nicht auf Iris' Reaktion.

Tom wandte sich ab und ging durch den Schnee zurück zum See. Irgendwann würden die Tage wieder länger werden und der Sommer zurückkehren. Die Menschen würden ihre warmen Wollpullover in den hintersten Ecken ihres Kleiderschrankes verstecken. Der Schnee würde verschwinden, als hätte es ihn nie gegeben. Als wäre das alles nie passiert.

Tom schlug den Weg zum See ein, da fiel ihm am Rande seines Sichtfelds eine Bewegung auf. Rechts von ihm. Dreißig Meter entfernt. Ein Vogel? Ein anderes Tier? Tom blieb stehen.

Ein Waldkauz stieß seinen Ruf aus, Baumstämme knarrten.

Zwischen den Fichten stand ein Mann. Womöglich Iris' Mann, der zurückgekehrt war. Doch die Konturen erschienen zu schmal für ihn.

Der Fremde bemerkte ihn, wirkte aber keineswegs ertappt. Entspannt steckte er die Hände in die Taschen seiner Lederhose. Er beobachtete das Haus, so wie Tom es selbst einmal getan hatte. Damals, als er Ariane verdächtigte. Welche Intention der Fremde aber hatte, erschloss sich ihm nicht.

Tom änderte die Richtung und ging direkt auf ihn zu. Der Mann trug eine schwarze Bomberjacke. Auf dem Kopf thronte eine ockerfarbene Schiebermütze. Der Mund wurde verdeckt von einem straff gewickelten Schal. Die Augen lagen hinter einem schwarzen Brillengestell mit dicken Gläsern. Als sich ihm Tom näherte, nickte er ihm zu.

»Verzeihung, was tun Sie hier?« Eine direkte und freche Frage. Das Areal gehörte nicht mehr zum Grundstück.

Der Mann räusperte sich. »Ich wollte mir nur mal das Haus ansehen, in dem das alles passiert ist.« Er zog sich die Mütze tiefer ins Gesicht. »War ja alles in den Medien.«

»Natürlich. Das erklärt ja dann auch alles, oder?« Einer dieser Katastrophentouristen. Tom hatte davon gehört. Anwohner und Reisende tauchten hier regelmäßig auf, weil sie vom Kitzel des Grauens kosten wollten. Widerlich. »Sie dringen in die Privatsphäre einer Familie ein.«

»Ich weiß schon, dass sich das nicht gehört. Ich war neugierig. Eine schlechte Eigenschaft. Eine von vielen, befürchte ich.« Der Mann legte eine Hand auf die Rinde der Fichte neben ihm. Er trug Autofahrerhandschuhe, die seine Knöchel frei ließen. »Am Anfang haben alle gedacht, dass das dieser Puppenmörder war.« Er sprach Hochdeutsch, seine Stimme drang gedämpft unter dem Schal hervor. »Wie sich die Polizei so täuschen konnte ...« Er schüttelte den Kopf. »Wer weiß, was da noch alles kommt.«

»Da kommt nichts mehr. Sie müssen sich Ihre Thrills woanders holen. Diese Geschichte ist zu Ende.«

»Nach all diesen Irrungen weiß man das ja nie so genau.« Der Mann hob die Hand und fuchtelte mit einem Zeigefinger vor Toms Gesicht herum. »*Abyssus abyssum invocat.*«

Er verstand kein Latein. Der Fremde hatte auch gewiss nicht damit gerechnet. Jemand, der so handelte, wollte seine intellektuelle Überlegenheit beweisen.

»*Ein Fehler zieht den anderen nach sich.*« Der Mann sprach, als stünde ein Kleinkind vor ihm. Er tippte sich mit zwei Fingern gegen den Schirm seiner Mütze »Ich wünsche Ihnen noch einen schönen, einen sehr schönen Nachmittag.« Er ging fort.

Tom fiel die feingliedrige Messerkette auf, die an der Gürtelschlaufe des Mannes hing und in seiner Hosentasche endete. Die Glieder aus Edelstahl klirrten, als er im dichten Schnee durch den Wald stapfte. Selbst als seine Gestalt zwischen den Fichten nicht mehr zu sehen war, hing das Klirren noch immer in der Luft. Wie ein sphärischer Klang in der vereisten Landschaft, der für immer bleiben würde.

EIN DANK UND NOCH EINER ...

„Das hat Ariane nicht verdient."

„Warum nicht? Sie hat knallhart ihren Plan umgesetzt - und auf ihre Weise hat sie gewonnen. Auch, wenn sie jetzt nicht mehr da ist."

„Na gut, wenigstens geht es Hugo und Hannah am Ende gut. Kind und Krähe - wenigstens das!"

So sieht der Dialog mit meiner alten Freundin Claudine aus, nachdem sie mit dem Buch fertig war. Und das ist noch harmlos.

Minus 22 Grad ist eine Geschichte über Entscheidungen und Konsequenzen. Ich habe lange über Arianes Ende nachgedacht - es ist für mich alternativlos. Sie selbst hätte es verstanden und sehr wahrscheinlich genickt. Dafür mag ich sie. Danke, Ariane.

Kein Autor ist mit seiner Geschichte alleine. Und das sind die Menschen, die *Minus 22 Grad* möglich gemacht haben:

Ein Dank an meinen Agenten Bastian Schlück, aus dessen Kopf im Minutentakt kreative Ideen purzeln. Außerdem erinnert er mich an Ragnar Lothbrok aus *Vikings* - und den kann man nur mögen.

Ein Dank an Regine Weisbrod, die es als Lektorin schafft, einen Autoren mit ihren klugen Fragen und Anmerkungen in schlaflose Nächte zu treiben. Ich weiß nicht mehr, wie viele Tafeln Nussschokolade ich in diesen Nächten „gekillt" habe.

Mein Dank geht an Wiebke Rossa und Julia Abrahams, die sich Arianes Geschichte für Blanvalet geschnappt haben. Falls Sie irgendwo ein T-Shirt mit einem knallbunten und aufgeregt flatternden Kolibri übrig haben: Schicken Sie es Frau Rossa - sie liebt solche Motive.

Und der Finaldank geht an Bettina Steinhage, die mit ihrem mikroskopischen Blick der Lektorin in die Seele des Textes kriecht, in den Wörtern lebt und sie pusht. Buchstaben haben Angst vor ihr, und das muss auch so sein.

Solche Menschen braucht jeder Autor. Und falls Sie mich jetzt noch brauchen sollten: Unter *quentin-peck.de* erreichen Sie mich. Ich warte am anderen Ende des Internets auf Sie.

Vielleicht verrate ich Ihnen dann auch, was Lukas und Berit in ihrem nächsten Abenteuer erleben werden.

Versuchen Sie es!

Quentin Peck